The One I Knew The Best of All

バーネット自伝

わたしの一番よく知っている子ども

フランシス・ホジソン・バーネット
Frances Hodgson Burnett

松下宏子・三宅興子［編・訳］

翰林書房

はじめに*

これは自伝的な作品ですが、「想像力あふれるどの子にも当てはまる物語」と言ってもよいでしょう。そのため、個人的なことを世に出すのは悪趣味だと謗られずにすむのではないかと感じています。主人公の「その子*」が他の大勢の女の子と違っていたのは、他の子よりいくらか想像力が豊かだったところだけなのです。

子どものこころというものは、どんなに関心のあるひとでも、外側からうかがうことしかできませんが、わたしは以前からずっと、もっとしっかりと内側を見つめてみたいと願ってきました。子どもには、勇気がなくて言い出せなかったり、子どもの語彙では十分に言い表せなかったりする思いが、数多くあるはずです。そこで、子どもの内なる視点から書くことができ、しかも、確かによく知っている子どもがひとりいることに思い当たりました。そして、誰よりも一番よく知っている子どもについての小編を書き始めたのです。

最初のもくろみでは、この小編は、いろいろな国で知り合った子どもを描いた短編連作*の最後に掲載するはずでした。ところが、始めてみますと、おもしろかったり、良い実例だったりして、記録に留めておきたいことがたくさんあるのがわかり、短編のはずが長いものになりました。わたしがやろうとしたのは、ある特定の子どもを描くことではなく、パノラマのように目の前を通りすぎていく人生の様々な出来事のなかで、子どものこころに刻まれた印象、その子にしか説明のできない印象を、絵のように描きだすことでした。そうした記憶の絵を同じようにこころに刻んでいる子どもは、他にも何万人もいることでしょう。

時が過ぎて、「その子」は、小さなひとたちがみんな移り住む遥か遠い国へと行ってしまいました。数年前、わたしのふたりの息子*も、その見知らぬ国へとさまよい出て行きました。それ以来、すべての母親が、かつては現身であったいとしい小さな面影を偲ぶように、わたしも、折りにふれ、息子たちの面影に思いを馳せています。歳月が過ぎるとともに、子どもたちがどれほど愛おしく成長してくれたとしても、話しかける声は同じではありませんし、ほほえみかける瞳も同じではありません。もはや、同じではないのです。子ども時代は「時」に誘われて、見知らぬ妖精の国に行ってしまい、そこでさまよっているのです。その国に住んでいる無邪気な幼いものを、わたしたち母親はみんな、愛情のこもった思いと、時には、涙があふれそうになる目で、振り返るのです。

このふたりの小さな幻影を思いのままに描けるとしたら、長い間、同じように幻影であった「その子」のことも、思いのままに描けるのではないかという気持ちになったのでした。

フランシス・ホジソン・バーネット

バーネット自伝　わたしの一番よく知っている子ども

目次

（さし絵　レジナルド・バーチ）

第1章 わたしの一番よく知っている子ども

その子のことを知る機会は、常にありました。わたしたちは、同じ日に生まれ、ともによちよち歩きを覚え、同時に世の中の観察を始め、ひとや物に同じ感想を持ち、自分なりの意見を同じようにひそかに持ってきたのです。

外見については、全くわかりません。そのころは、今ほど写真の技術は進んでいませんし、肖像画も残っていません。はっきり言えるのは、その子が、赤褐色の髪に、バラ色の頬をしていたことです。また、巻き毛であったことも確かです。乳母がぼんやりしていたのか、あるいは不器用だったためか、髪の毛が櫛に引っかかって引っ張られ、鋭い痛みを感じて、癇癪を起した覚えがあるからです。それが、思い出せる限り一番古い、何かを感じ

た記憶です。また、まるまる太っていたことも確かです。口の悪い従兄や無礼な兄から、ころぶとゴムまりのように「弾む」と、よくからかわれたからです。鏡に映る自分の姿を見ていたはずなのですが、容姿についてはそれ以上思い出せません。そのころは、もっと大切な、もっとおもしろいものに気を取られていて、鏡に映る姿などは取るに足らない些細なことだったのでしょう。

幼いころは、一人のひととしてその子に興味を持つことはありませんでした。そもそも、人格を持った存在とみなしていた覚えはありません。まわりのひとびとや、目に映るものや、体験する出来事のほうに夢中になり、興奮していたからです。ときには、それが何よりも生き生きとした、きわめて大切なことでした。自分に子どもができて、幼いながらもそれぞれの個性が形成されていき、その豊かな想像力によって、物事に重要性と価値を見出していくのを見守っていくうちに、その「ちいさな子」のことを、ひととして思い出すようになりました。昔を振り返って、細かなことを思い出し、それがその子に与えた影響に好奇心をそそられて、その子に興味を覚え、その子に教えられるようになったのです。小さな魂は、さまざまの悲劇がおこる人生という大きな世界に初めて足を踏み入れ、勝手のわからない恐ろしい問題と関わり、通り過ぎるすべてのものに初めて触れ、その触れ合いから何らかの影響を受けずにはいられません。そういう存在としてその子を思い起こすとき、心の底から優しい気持ちがこみあげてきます。

　なかでも、非常に鮮明に思い出され、大切だと感じることがありました。それは、思い出せるかぎり早くから、はっきりとした小さな「個性」があったことです。幼くて自分の意見をはっきりと言えなかったころの記憶はありませんが、三歳になる前の出来事は、まざまざと思い出せます。幼児のこころに何が起こっているのかを教えてくれる最初の興味深い出来事が起こったのは、二つ年下の妹が生まれて一週間ほど経ったころでした。三、四歳の幼児は転げ回ってゴム製の犬と遊んでいたりしますし、おもちゃの動物やノアやセムやハムやヤフェト*の塗料をなめたりするのを止めさせるのに、大人は苦労するものです。そんな子どもも、人格をもった「ひと」であり、しかも、その子がおとなより何千倍も感受性が強いことなど、大の子ども好きのひとでも、つい忘れてしまいがちです。それも当然で、しかたのないことですが、子どもというものは、持ち運んでいる小さな品物を悪気なく壊すかたわら、見たり、聞いたりしたことを、本当にはわかっていなかったとしても、納得のいく説明を見つけようと頭を働かせ、あとで参考にしようとして、その幼いころの棚に、せっせとしまい込んでいるのです。「わたしの一番よく知っている子ども」の幼いころの習性は、まさにこのようなものであったことを、ここでしっかりと述べておきます。

誰かが、ぽっちゃりした幼いからだを膝に乗せて、「妖精」や「わんこ」や「にゃんこ」のお話を語り始めるとします。すると、そのお話が始まるやいなや、質問も始まるのです。わたしのよく知っている子は、ひとを悩ませるひたむきな小鬼だったのですが、ごくありふれた様子の小さな子で、外見からは、その異常なほどの敏感さや痛ましいほどの真剣さをうかがい知ることはできなかったでしょう。そうした質問にきちんと正しく答えるには、よほど公正で、聡明でなければなりませんが、それはとても難しいことであったと、いま思い出してみるとよくわかります。最初におきた次のような出来事はとても鮮やかに記憶に残っているのですが、こんなに幼いころから、小さな頭のなかでは、明確な思考の道すじを辿っているのだということを示していると思います。

英国の居心地のよさそうな寝室が目に浮かびます。今日では時代遅れですが、絵になるというほど古風ではありません。部屋にあった家具で覚えているのは、彫刻をほどこされたマホガニー材の重々しい四柱式ベッド*だけです。真紅のダマスク織の布がかかっており、ずっしりとしたへり飾りがつき、太い紐や飾りぶさが下がっていました。ベッドのかたわらには、一脚の椅子（さらさ木綿のカバーがかかった肘掛け椅子だったようですが）と、足のせ台がありました。その足のせ台は、「バフェット」と呼ばれており、カード（凝乳）とホエー（乳漿）を食べているマフェット嬢ちゃん*と韻を踏んでいます。英国の伝承童謡では、マフェット嬢ちゃんが「バフェット」に座っているときに、血の凍るような出来事がおこります。

そこへ大きなクモがきて
隣にすわったものだから
ぎょっとしたマフェット嬢ちゃん、逃げ出した

この足のせ台は、暖炉の前の敷物の上に置かれていて、「その子」は、その上に座っていました。真紅の布に覆われたベッドに横たわったママが、そばにある椅子に座った女友だちと生まれたばかりのお互いの赤ん坊について話し合っているのを、静かに心に留めていました。けれども、足のせ台に座ったその子がもっとも関心を寄せていたのは、すぐそばで乳母が世話をしている、家族に加わったばかりの赤ん坊でした。

興味深いことに、ひとは、こうした記憶をエピソードでしか思い出せず、しかもそれは、前後関係と切り離されてあらわれるようです。この時点まで、足のせ台に座っているその子の眼には、生まれたばかりの赤ん坊は、ちらりとも映っていませんでした。どうしてその子が赤ん坊を膝に抱きたいと願うようになったのか、そのこころの経過は全く記憶にありません。おそらくは、ふいに、ひらめいたのでしょう。

その子は、赤ん坊を抱きたいと思い、そのことを、はっきりわかるように乳母に告げたのでした。乳母の姿は影のようで、名前もなければ、個人的な特徴もありません。ただ「乳母」とだけしか、知りませんでした。

しかし今になってみると、その乳母は、どんなに申し分のない理由があったとしても、三歳にもならない子どもに生まれたばかりの赤ん坊を任せることはできないというゆるぎない考えをもつひとだったのだと思います。

当時、その子が、どのように自分の意思を告げたのかは、全くわかりません。三歳前は、発音が不明瞭なものですが、たとえそうだったとしても、自分の発音が不十分であることに、その子は気付いていませんでした。ほかのひとと同じように話していると思っていましたし、発音を正された覚えは一度もないのです。しかし、自分では何と言ったつもりだったのか、また、それを聞いたひとがどのように受け取ったようだったかは、はっきりと正確に思い出すことができます。

それは、実際、こんな風だったのです。

「おひざのうえで、生まれたての赤ちゃんを抱っこしたいの」

「まだ、小さいから無理ですよ」と、乳母がいいました。

「そんなことないわ。赤ちゃんは小さいし、わたしは足のせ台にすわっているから、おひざのうえに赤ちゃんをおいてくれたら、しっかり、抱っこできるわ」

「赤ちゃんが、するっと滑り落ちてしまうかもしれませんよ」

「あなたがしているように、しっかり、両腕で抱っこするから、そんなことにはならないわ。赤ちゃんをちょうだい」そして、その子は、小さな膝をひろげました。

このやりとりがどれほど続いたのかわかりませんが、乳母は気立てのいいひとだったので、とうとう、足のせ台のそばの敷物に膝をついて、白いベビー服を着た生まれたばかりの赤ん坊を両腕に抱え、愛想よく、短い腕と小さな膝の上に、置くふりをしました。実際には、乳母が赤ん坊を支えているのでした。

「ほらね、赤ちゃんは、あなたのお膝の上にいますよ」乳母は、うまくやったと思いましたが、それは、大きな間違いでした。

「わたしは、自分で、赤ちゃんを抱っこしたいの」と、その子は言いました。

「抱っこしていますよ」と乳母は、明るく答えました。「おとなのひとみたいに、生まれたての赤ちゃんが抱っこできるなんて、すっかり、お姉さんですね」

その子は、真剣な表情で、乳母をまじまじと見つめました。

「抱っこしているのは、わたしじゃないわ。あなたが抱っこしているのよ」と、言ったのです。

その子は、生まれたての赤ん坊を抱くことはできませんでしたが、抱いているのだと騙されることもありませんでした。このエピソードはそのまま終わりましたが、わたしは、まるで昨日のことのように鮮明に覚えています。この出来事で大切なのは、乳母を見つめて事実をずばりと言ってのけたとき、その子のこころのなかにあった思いを、これほど長い年月を経た後も、当時と同じくらいはっきりとわたしが覚えていることです。一方で乳母は、その子はまだ考えたりすることなどできない赤ん坊だと、思い込んでいたのでした。

この出来事を思い起こすたびに興味深いのは、ずっと昔にあったことなのに、まったく記憶が薄れることなく、その子とカーテンの垂れ下がった四柱式ベッドが目に浮かぶのと同じくらいはっきりと、その子の頭のなかが見えてくることです。その子は幼すぎて、自分の考えや言いたいことを表わす言葉を持っていなかったのですが、それでも、いまのわたしと同様に、自分の考えや言い分はあったのでした。そして、何年もたった後で、わたしは何の苦も無く大人の言葉でその考えと言い分を書くことができるのです。その子が乳母を見つめてこうしたことを考えていた時の目や、赤ん坊のような顔の表情を撮った写真があったら見たいものですが、おそらく、その顔つきは、話し方と同じようにはっきりとはしていなかったことでしょう。

「わたしは、とても小さいの」と、その子は考えました。「小さいから、あなたが生まれたての赤ちゃんを抱っこさせるふりをしているだけで、本当に抱っこしているのはあなただってことを、わからないと思ったのね。でも、わたし、わかっていたのよ。あなたと同じようにわかっていたの。わたしは小さいけど、あなたは大きいから、いつでも赤ちゃんを抱っこすることができるのよ。でも、あなたにはわかってもらえないから、話してもむだだわ。赤ちゃんを抱っこしたいのに、あなたはわたしが落としてしまうと思っているんだもの。ぜったいに落としたりしないのに。あなたはおとなで、わたしは小さい子どもだから、おおきいひとは、いつでも、やりたいようにできるのよ」

不公平だからといって、反抗した覚えはありません。思い出せるのは、おとなはやりたいことができ、その全能の力には対抗できないというゆるぎない事実を、はっきりと悟ったということです。

このように考えたのは、その子の性質の片鱗が、すでに幼児のころから現われていたからでした。それは後に、その子の主要な性格のひとつとなっていきます。つまり、避けがたいものには、黙って適応するという習性です。これは、無関心とみなされがちでしたが、実は、動かしがたいものと争っても全くの無駄であると自分で悟った結果、自然に身についたものでした。

寝室でのエピソードの続きというよりは、同じ朝のもうひとつの出来事を思い起こすと、幼い子どものこころにどのように考えが生まれてくるのか、その道筋を知りたいという好奇心に、またしてもとらわれてしまいます。

椅子に座っていた訪問客は、近所のひとでした。そのひとにも生まれたての赤ん坊がいたのですが、乳母が抱いていた赤ん坊よりは、数週間早く生まれていたのです。

その女のひとは、二、三人子どものいる若いお母さんで、楽しい打ち解けた態度で幼い子どもたちに接してくれました。次に目に浮かぶのは、その子がそのひとのそばに呼ばれて、ベッドの近くに立っている光景です。控えめな礼儀正しい態度で、質問をされたり、話しかけられたりしています。

生まれたばかりの赤ん坊についてどう思っているのか、尋ねられたに違いありませんが、唯一思い出せるのは、ある質問をされて困った状態になったことです。それは、その子が初めて出会った社交上の難問でした。真実を述べることと礼儀正しくすること、このふたつにうまく折り合いをつけるにはどうすればよいのかという手に負えそうもない問題に、はじめて直面したのでした。

この難問と直面し、それを解決するには、言葉が必要でしたが、その子は、その言葉を持っていませんでした。それでも、その問題に立ち向かって奮闘したのは確かです。

「お宅の生まれたばかりの赤ちゃんのお名前は何というのですか?」と、女のひとが尋ねました。

「イーディスです」と、答えました。

「すてきなお名前ね」と、女のひとは言いました。「わたくしにも生まれたての赤ちゃんがいて、エレナーと名付けたのよ。すてきな名前でしょう?」

一見、些細なことのようですが、ここで恐ろしい難問が持ち上がったのです。実際、恐ろしくて堪えられそうもなかったのですが、それは、さなぎから孵化した生まれたての蝶の魂のように、不思議で感動的で、繊細な感受性をその子が持っていたことを示しています。その繊細さを、わたしたちがいつまでも覚えていられないのは、とても悲しいことです。

なぜかは説明できませんでしたが、何らかの理由で、その子はエレナーがすてきな名前とは思えなかったのです。自分の小さなこころの奥の奥を念入りに探ってみて、エレナーがすてきな名前だとは思えないとわかったのです。無理にでもそう思おうと努めましたが、できませんでした。醜い名前だと思ったのです。それは、苦しいことでした。ここにいるひとは、すてきなひとで、ママとお茶をする親切なひとなのに、そのひとが、自分の生まれたばかりの赤ちゃんに、醜い名前で洗礼を受けさせるなんて、なんて不幸なことでしょう。あなたのせいで、あなたの赤ちゃんが、これからずっと、醜い名前で呼ばれるのですよ、などと、不作法で冷酷なことを言えるはずはありません。その子は惨めさに打ち震えました。

じっと、立ち尽くしたまま、なすすべもなく、無言でそのかわいそうなひとを見つめていました。恐らく、その女のひとは、その子が恥ずかしがっているか、幼いのですぐに答えられないか、名前の話題に何の意見も持っていないのだと考えたに違いありません。その女のひとは、間違っていました。どれほど間違っていたかをはっきりと思い出すことができます。その子は、初めての社交上の問題と格闘していたのです。どうすべきかを決めようとしていたのでした。

「すてきな名前だと思わない？」と訪問客は、励まそうとするつもりで、甘やかすような、なだめすかすような声で続けました、「いい名前でしょう？」

その子は、同情をこめて、その女のひとを見つめました。きっぱりと、「いいえ」とは言えませんでした。その時には、すでに、ある感情の種がからだの中に芽生えていたのです。その感情は、ひとに優しくしたいという願いから、美徳として芽生えたものですが、年を経るにつれて増幅すると優柔不断という悪徳になるものです。その子は、思ってもいないことを言うことはできませんでしたし、思っている不愉快なことを、あからさまに言うこともできませんでした。その結果、哀れな妥協の道を取ったのです。

「その名前は…」と、言いよどみました。「その名前は、ええっと、イーディスより…すてきだとは…思わないわ」

するとおとなたちは、その子がおもしろい子だといわんばかりに、大笑いして、キスしたり、抱きしめたり、撫でたりしました。誰も、大人の言ったことを、その子が古代ギリシャ語に翻訳しているとは思わないでしょう。それと同じように、その子が何かを考えているとは、誰も思ってもいませんでした。わたしは、子どものことなら、生き生きと想像できますが、子どもについての物語を創作しているときでも、こんなに小さな子がこころのなかにそのようなエピソードをもっているとは、思いつきもしなかったでしょう。おとなになってからもずっと長い間、わたしは、この記憶が鮮明に残っていることに興味を持ち続けて、それをおもしろいと思ってきました。普通は意識されないような事柄が、ひとのこころに刻み込まれるのは、なにかしら重要な意味があるという気がしています。

その子が四歳になったころ、家のなかで、奇妙で深刻な出来事が起こりました。その出来事は、ふたつの事実があったために、恐ろしい印象として、深くは残りませんでした。もちろん、それは深い印象を残したのですが、怖いというのではなく、なんとも説明のつかない謎のようなものだったのです。それは、父親の死でした。その子は、乳母と子ども部屋で暮らしていたので、父親とはそれほど親しくなく、たまにしか会うことがなかったのです。こころのなかの「パパ」は、茶色の巻き毛で、よく笑っておもしろいことを言う紳士でした。そのため、父親をとても感じのいい親戚のように思っていましたが、そのおもしろいことというのが、ひとのいいおとなが子どもによくいう冗談だったとは知りませんでした。食堂の食器棚にしまわれていたケーキにまつわる冗談や、小さなシェリーグラス＊についての楽しいしゃれは、父親の記憶としっかりと結びついています。そのグラスは、夕食後、兄たちとナッツや果物の並んだ食卓のそばに立って、父親と母親の健康を祝して乾杯するときに使われるものでした。その小さいグラスは、本当はリキュールグラスだったに違いありませんが、てっきり、子ども部屋の住民のために、特に小さく作られたのだと思っていたのです。

「パパ」が病気になったとき、やさしい配慮と賢明な計らいで、子ども部屋には、病状の深刻さは知らされませんでした。その子が初めて父親の病気を知ったのは、おもしろい冒険を通じてでした。その子と兄たちと生まれたての赤ん坊は、といってもこのころには大きくなっていましたが、家から別の場所に移されたのです。住んでいたところからそれほど離れていないとても美しいひなびた公園のなかに、一般のひとが滞在してくつろげる館があったのです。その公園はいまも残っていますが、館は増築され、博物館になっているはずです。当時、幼い子どもの目には、その館はたいそう豪華で、圧倒されるような大邸宅に映りました。公園のなかの館に住めるのは、本当にすばらしいことでした。その公園は、普段は、乳母に連れられて散歩に行くとき以外は入ることができません。公園は自分たちの庭のようになりましたし、あの干しブドウ入りのパンがおいてある喫茶室も自分たちの住まいのようになり、最初は怖かったお巡りさんも怖くなくなって、普通のひとに思えるようになりました。

この時期に主役を務めたのは、あるお巡りさん*でした。そのひとは、愛想のいいお巡りさんだったに違いありません。とてもやさしい父親のようなひとだったのですが、このお巡りさんにからかわれたために、「その子」が味わった恐怖の苦しみは、忘れられないものになりました。

いま振り返ってみると、その子は、幼いながら、法を守ろうとする気持ちがとても強かったのだと思います。すでに知っている決まりを破りたいと思った覚えは、ただの一度もありません。こころの中では、いい子になりたいと願っていました。その考えは、漠然としていましたが、自分なりの物差しは持っていました。「悪い子」にはなりたくなかったし、叱られたくもなく、争いごとが嫌いで、楽しいことが好きでした。そういう子でいるためには、従順でなければなりません。その子も「悪い子」になるときはありましたが、それは、不公平で非道だと思ったことに、怒りをあらわにしたからでした。時折、癇癪を起しましたが、手に負えなくなることはありませんでした。

芝生の上を歩いてはいけないことや、芝生のふちに黒い文字で「不法侵入するべからず」

と書いた小さい立札が出ていることを教わると、「不法侵入」の意味がわからなくても、金輪際、芝生に足を踏み入れませんでした。あるとき、ひとりで行ったり来たりしている公園のお巡りさんが、芝生への侵入者を「捕まえる」ために、さる恐ろしい筋から派遣されていることがわかりました。ついうっかり侵入してしまったら、「捕まえられる」かもしれないという恐怖にとりつかれて、その子は血の凍る思いをしました。

うまく言い表せないのですが、その子の傷つきやすいこころの中に、法が破られて怒り狂っている「お巡りさん」の姿が入り込んでしまったのです。「お巡りさん」とは、全能の力を持っていて、どんなに大胆な者でも決してふざけたふるまいをしたりしない相手なのだ、と思っていたのは確かです。その堂々としたお巡りさんのただ一つの目的は、タカのように鋭い怒りのまなざしを、若気の至りで法律に違反した年少者に向け、彼らをすばやく、あやまたずに、法の下に送ることでした。法による恐ろしい処罰とは、泣き叫んでもママのもとから引き裂かれ、生涯、地の底にある暗い土牢に閉じ込められることなのです。それが、「牢屋」と「捕まえられる」の意味するところでした。

そんなわけで、お巡りさんが現われると、息を殺して、乳母のスカートにしがみつきながら、うやうやしく、遠くからこの超自然的な存在を見たものです。踏んではいけない芝生をこれ見よがしに仰々しく避けました。お巡りさんが天の高みから降りてきて、おどけた様子で乳母に話しかけることがありました。その様子から、罪を咎めるために飛びかかって、理不尽な力で「捕まえ」ようとする意図を隠しもっているとは思えないとわかったときは、恐怖と感謝が入り混じった気持ちになったものです。

どうやって、お巡りさんと親しくなって、丁寧なあいさつを交わすようになり、おずおずしながらも会話をするまでになったのか、わかりません。おそらく、お巡りさんの方からの親切な歩み寄りにも大いに助けられて、ゆっくりと少しずつ親しくなっていったのでしょう。親しくなれたとわかるのは、ある朝、大変な出来事が生じたのを覚えているからです。

それは、とても美しい朝でした。お巡りさんのこころも優しくなるような美しい朝でした。入ってはいけない芝生は、鮮やかな緑色に輝き、花壇は満開でした。太陽の輝きと自然のやさしさが「その子」を大胆にし、大きな力を与えてくれたのでしょう。

どうして、その子が公園に行って、芝生の端にあるベンチに腰かけたのかはわかりませんが、お巡りさん、それも、威厳のある本物のお巡りさんが、その子のそばに腰かけていました。

おそらくは、乳母がその子をしばらくそこに座らせて、親しいお巡りさんに世話を頼んだのでしょうが、いきさつはよくわかりません。わかるのは、その子がそこにいて、お巡りさんもいましたが、警戒心を抱かせるようなそぶりは、何もなかったことです。そのベンチは、背もたれに一枚の板が渡してあるだけのものでした。その子は、からだが小さかったので、短い足をまっすぐ前に突き出しており、短いソックスとピンク色のまるまるしたふくらはぎと小さなアンクルストラップの靴*が目の前にありました。頭を、背もたれにもたせかけようとしましたが、低すぎて届きませんでした。

　この事実から、大惨事が起きる可能性のあることに気が付きました。悩んだあげくに、あまりに胸が苦しくなって追い詰められ、隣に座っている法の権化に質問をしたのです。お巡りさんの方を見て、話しかけようと六回も口を開いてから、やっと、ことばが出てきました。

「もし、だれかが、芝生を踏んだら、あなたは、捕まえないといけないの？」

「もちろんです」その悪気のないひとは、その質問をおもしろい冗談だと思ったに違いありません。

「もし、だれかが芝生の上を歩いたら、そのひとを捕まえないといけないの？」

「もちろん」と、職業的ないかめしい様子をみせて、答え

ました。「だれであってもです」

その子は、息をのんで、訴えかけるようにお巡りさんを見つめました。「もしも、わたしが、芝生の上を歩いたら、わたしを捕まえないといけないの?」その子は恐らく、寛大な処置を期待していたのでしょう。というのも、お巡りさんは、乳母を嫌っていないのはあきらかだったので、そうした関係で、態度を和らげてくれるのではないかと思ったのでした。

「もちろん」と、お巡りさんはいいました。「牢屋に連れて行かなくてなりません」

「でも…」と、その子は口ごもりました。「どうしようもなかったら…わざとしたのではなかったら?」

「芝生に入ったら、捕まえられて牢屋行きです」と、お巡りさんは言いました。「知らずに、芝生に入ることはありえません」

その子は、振り向いて背もたれを見つめました。高くて頭が届きそうにありません。ということは、小さなからだを支えてはくれないのです。

「でも…でも…、小さいから、このベンチの背もたれのあいだから落っこちるかもしれないわ。芝生の上に落っこちたら、お巡りさんは、わたしを牢屋に連れて行くの?」

そのお巡りさんは不親切なひとではなかったと思うのですが、どこかが鈍感だったのでしょう、小さな顔に表われていたはずの恐怖心やろうばいの表情を見落してしまいました。お巡りさんがどんな顔をしていたのかは思い出せませんが、少なくとも、その恐ろしいことばにぴったり合うような残忍な表情はしていなかったでしょう。

「もちろん」と、お巡りさんは言いました。「あなたを拾い上げて、ただちに、牢屋に運ばねばなりません」

その子は、真っ青になったに違いありません。何も言わずにじっと座っていました。絶望のあまり狂ったようなわめき声をあげることはありませんでした。そんなに幼いころからすでに、尊厳と運命に対して忍従するという意識がめばえていて、自分を抑えていたのでしょう。そこに座り、ソックスと小さな黒いアンクルストラップの靴を履いた短い脚を見つめながら、からだのなかで、骨の髄が溶けていくような思いをしていたのです。

この出来事は、その子にとって恐ろしいもので、夜中にベッドで目を覚まして恐怖でおののいたものでした。一方、のちに、「かわいそうなパパ」が亡くなったと聞いたときには、説明がなかったので怖くなく、謎のような気がしただけでした。これらは、柔らかいこころが事実を受け止めるときに、感じとれる限界がある一方で、誇張して感じ取ることもあるのを示しています。幼少の子どもにとって、死は、漠然としていて、とらえにくい概念であったのは、疑いようのないことです。

その日、誰かが、その子を抱いて、寝室に連れていってくれました。真紅のカーテンのかかった四柱式のベッドがあり、腕に抱えられてそのそばに連れて行かれ、枕の上で身動きもせずに横になっているパパを見下ろしました。その子には、パパは眠っているように見えました。誰かが「パパは、天国に行ったのですよ」と言いましたが、びっくりすることもなく、敬いながら、関心をもって、静かに見下ろしていました。七年後、同い年か、それに近い年の子どもが棺桶に横たわっているのを見たときに、幼いこころは、畏怖の念にうたれて、死のことを悟りました。その堪えがたい苦痛は、それ以後二度と経験することのないほど激しいものでした。しかし、やさしい腕に抱かれて、「かわいそうなパパ」を見下ろしたときは、理解できず、恐怖も覚えず、ただ、じっと見つめていただけだったのです。

第2章 小さな花の本と茶色の聖書

その子は、どのように文字を覚え、いつごろから読めるようになったのでしょうか。子ども部屋の暖炉の火の前で、足のせ台に座っているその子の姿が浮んできます。暖炉は、背の高い金網の炉格子*で囲われていて、格子の先端部は、真鍮でできていました。二、三歳年上の文字の読める兄に助けてもらいながら、真剣に、注意深く、新聞の広告欄を飾っている大文字を、短くて太い指で、拾い読みをしています。

ここから、記憶が途切れて、細かいことは飛んでいますが、場所は同じ、子ども部屋の背の高い炉格子のところで、祖母の膝元に立ち、ゆっくりと、もったいぶった様子で聖書を開いて、「マタイによる福音書」第二章第一節を読んでいます。聖書は、大きな活字で印刷

された茶色い横長のもので、少ししみが出ていました。

「イエス…が…ユダヤの…ベツレヘム…に…お生まれになったとき…」と読みましたが、覚えているのは、この一節だけです。

自分が三歳であると知ったのは、この偉業を成し遂げる前後でした。おそらく、その年齢で文字が読めるのはたいしたものだと褒められたのでしょう。けれども、その子にとって「たいしたこと」だったのは、初めて自分が何歳なのかを知り、誕生日が人間存在のかなめになる特別の日だと知ったことでした。

文字が読めるようになったきっかけは、茶色の聖書でしたが、読むのが上達したのは、『小さな花の本』*のおかげでした。

本を人生の礎に置いて自己形成をしてきたひとが、初めて自分のものになった本をいとおしく振り返るのは、ごく自然なことでしょう。「わたしの一番よく知っている子ども」にとって、『小さな花の本』は、生まれて初めての本でした。

これほど熱中した本は他にありませんし、また、これほど美しいものや、物語や冒険を豊かに連想させてくれた本もありませんでした。それでいて、その本は、ABCを勉強するための小さな本にすぎなかったのです。

美しい本でした。足のせ台に座って、何時間もページをめくり、「Aは、アップル・ブロッサム（リンゴの花）のA」「Cは、カーネーションのC」「Rは、ローズのR」などの文字とその花の小さなさし絵を見て、驚きと喜びでわくわくしました。今ふたたび、その絵を見ることがかなうなら、何を差し出しても惜しくないでしょう。しかし、その子が見たとおりに見ることは、もうできないと思います。もし、そうできたらうれしいのですが。なんと美しい絵だったことでしょう。まるで本物の花のようでした。ひとつひとつ見ていくうちに、目の前に、花の咲いている庭が浮かんでくるのでした。たしかに、花の精*があらわれてくるように感じたものです。

その本は、茶色の聖書と形が似ていました。横長で、活字は大きく鮮明でした。ページは上下に分割されていて、上半分には、長方形の黒地に花が描かれており、下半分には、その花の名前の頭文字で始まる四行詩が書かれていました。黒地は素晴らしい思いつきでした。花をとても美しく見せたのです。詩は、ひとつも思い出せませんが、花に喩えられた道徳的な教えのようだったという印象が漠然と残っています。「その子」が幼いころ、道徳の教えは決して忘れてはならないものでした。きちんとした人が子ども向けに書くときには、「ケシ」といえば必ず「みせびらかし」や「けばけばしいもの」と決めつけ、「スミレ」といえば「慎み深さ」を強調し、「バラ」といえば「愛らしさ」を讃え、「ミツバチ」を出せば「働きもの」であると書かないわけにはいきませんでした。理由はわかりませんが、「ケシ」が真っ赤なのは生意気だから、「スミレ」が一晩中起きているのは慎み深いから、「バラ」は自ら愛らしさをそなえており、「ハチ」は「怠け者の蝶」になるくらいなら死んだ方がましなので、片時も「日のある内に働く」ことを忘れない、と考えられていたのです。わたしたちはそうした道徳の教えをよく我慢したものですし、苦情をいうひともいませんでした。むしろ、子どもは生まれつき不道徳なので、それを多少なりとも矯正するためには、絶えず苦行が必要なのだと感じていたと思います。

その子も、花の道徳的な教えに腹を立てたりすることはなく、甘んじて受け入れていました。花の性質より、黒地の長方形に映えるバラや、そのほかのＡＢＣの仲間の美しい姿に熱中していたのではないかと思います。

『花の本』を持てるようになったことは、それだけでも大きな出来事でした。その子は、どうしても自分だけの本を持って、それを読めるようになりたくてしようがなかったのです。幸いなことに、その子には愉快にさせてくれる申し分のない祖母がいました。どちらかというと、モダンなひとではなく、「古き良き英国」のおばあさんでした。いかめしいけれど、やさしいひとでもありました。銀髪に、白い網目のふち飾りのついた帽子をかぶり、ポケットには、時代ものの銀のかぎタバコ入れ*を入れていました。タバコをかぐためではなく、その地方で「砂糖菓子」と呼ばれていたものを入れる容器として使っていたのです。

その菓子は、子ども部屋で、よい子へのご褒美として、また、何にでも効く万能薬として、ひとつずつ、うやうやしく授けられていました。祖母は、気前がよくて、思いやりがあり、願い事をかなえてくれそうなひとでした。その子が早くから本にあこがれをもっていることをおもしろく思いながらも、多少は、当惑していたかもしれません。祖母が試みに本より人形のほうをほしいのではないかと尋ねたことがあるのを覚えています。それに対して、その子は、断固として、本でなければ、本以外のものでは、自分のこころからの願いは満たされません、と言い切りました。人形は後に、その子の喜びとなり、なくてはならないものになったのですが、奇妙なことに、幼いころには人形を欲しがった記憶は全くありませんし、人形を持っていた覚えもないのです。

こうして、その子は、本を買いに連れて行ってもらいました。それは、美しくおごそかな巡礼の旅のようでした。その子の小さな短い脚で行ったことを考えると、長い道のりのはずはないのですが、とても遠くへ旅したように思えました。郊外のれんが工場のがらくた置き場のそばを通りすぎたのですが、なぜか、そこをロマンチックでおもしろいと思いました。田舎道に面した小さな店が、旅の終点でした。店の中は覚えていませんが、外側には、小さな窓があり、おもちゃやガラスのビンに入ったあめ玉が見えました。その子は、そうしたすばらしいものを見ているようにと、外に残されたのかもしれません。店内の記憶がないので、たぶんそうだったのでしょう。その店で、『花の本』を買ってもらったのです。六ペンスもしたでしょうか。本をわきの下にしっかり抱えて、家まで自分で持って帰りました。その本がどこへ行ったのか、どうしてなくなってしまったのかはわかりません。ずっと長い間、その子にとって大切なものだったのですが、その後、煙のように消えてなくなってしまいました。おそらくは、茶色の聖書に夢中になり、ヘロデ王や幼児大虐殺*といったもっと劇的な物語へと興味が移っていったのでしょう。ヘロデ王は、劇や物語で初めて出会った「悪漢」でした。王の行為に対してその子が抱いた思いは、単なる個人的な感情を超えた、もっと普遍的なものに基づいていたと思います。

第3章 エデンの裏庭

その屋敷がどこに建っていたのか、はっきりとはわかりません。おそらく、もう影も形もないでしょう。当時は、居心地のよい田舎風の家で、まわりに大きな庭があり、その前にも後ろにも、畑や木立があったと思います。わたしが住んでいたころ、そこには楽しいことがたくさんあり、まわりの環境は豊かで、まるで、妖精の国に住んでいるようでした。毎日が、魔法にかけられたように過ぎていったものです。

幼い子どもには、自分の住んでいる世界は驚くほど広大で美しいところ、それも、途方もなく高く、奥行があって、大きなところに見えるものですが、それをそっくりそのまま、ここに再現できればよいのにと思います。その子には、庭の散歩道はりっぱな大通りに、

バラの茂みは花のジャングルに見えました。冒険好きの兄たちが木の一番上の枝まで登る様子は、まるで空に登っていくようでした。その木は、シードリー*の庭の奥まったところにありました。その子には、庭は果てしなく広いものでした。前庭と裏庭がありましたが、その子は、裏庭が大好きでした。世界のすべてと思えるほど大きかったのです。そこで過ごした何年かのあいだ、裏庭は、その子の世界のすべてでした。前庭には、小さな芝生と花壇があり、砂利道がそのまわりを取り囲んで、裏庭へと続いていました。そこで興味をひいたのは、裏庭のまわりにつくられていた広い花壇で、その子には大きなジャングルでした。花壇には、花の咲く灌木やたくさんの木が植えられていて、そばを歩きながら、もつれあった枝や茎の間から中を覗き込むと、何か生き物がいて、暗がりに身を潜めているのではないかという気がしたものです。バラの茂みやライラックの茂みがあって、シャクナゲが続き、キングサリやスイカズラもありました。そこには、象や虎が潜んでいたかもしれませんし、妖精やジプシーがいたかもしれません。もっとも、その子は、それほどはっきりと思い描いていたのではなく、そんなおもしろいことがあってもいいかな、というぐらいに思っていただけでした。

　裏庭には、美しくて不思議なものが満ちあふれていました。魔法のかかったあの「庭」は、いつも、春か夏だったのでしょうか。全世界から切り離されて、いつも、エデンの園であり続けたのでしょうか。太陽はいつも輝いていたのでしょうか。英国の気候にもっと精通した今となっては、いつも太陽の光にあふれて暖かかったのでもなければ、バラやモクセイソウ、刈り取ったばかりの干し草やリンゴの花やイチゴの匂いが立ち込めていたのでもなかったとわかります。草の上に仰向けに寝転がって、ふわふわの島や雪の山がゆっくりと流れていたり、じっと静かに浮かんでいたりするここちよい深い青色の高い高い空の世界を、いつでも見ることができたわけではないのです。空を見ていると、どういうわけか、地上にいるのではなく、天空の世界にいるように思えました。からだが浮き上がって、白いなだらかな丘の上を駆け巡り、海のように見える深い青を飛び越えて、小さな島から島へと弾みながら渡っていく情景をありありと思い描けました。その子が覚えている限り、庭ではいつも青い空が見えていたのです。それは間違いありません。というのも、雨の日や風の日、寒い日や荒れ模様の日には、暖かい子ども部屋に留め置かれて、いつもと違う光景を見ることができなかったからです。

戸外で遊べたのは、バラの花が咲き、すばらしい一年草がたくさん生え、茂みにはグズベリーや赤・白・黒のスグリや、キイチゴやイチゴの実がなっているような日でした。どこまでも続くように見える神秘的な道には野ばらが生え、その葉っぱに触れると甘い香りがしたり、時には赤い実がなっていたりして驚いたものでした。暖かくいい匂いのするこの野ばらの小道をたどって、リマー家の豚と仲良くなり、その豚がきっかけで、幼年時代の「初めての罪」を犯すことになったのです。

リマー家は、田舎の労働者の一家で、裏庭の近くにあった白い漆喰塗りの小さな家に住んでいました。リマーさんは、市場に出荷する野菜を栽培しており、その仕事柄、裏庭に立ち入ることや庭師とも面識がありました。家は田舎風で趣があり、畑にはキャベツやスグリの茂みやレタスなどがよく育っていました。その細長い畑には豚小屋があって、興味がそそられました。

大人になるとそうでもないのですが、六歳の子どもには、豚小屋は興味をそそるものです。庭の生垣のすき間から覗いて、向こう側にいる豚の飼い主の小さな女の子と知り合いになりました。その女の子は、豚独特のくせなど、豚のことなら何でも知っていたのです。それまで家族と一緒にいる豚を見たことがなかったので、豚小屋に行って、豚とその奥さんと小さなピンク色の子どもたちを紹介してもらいました。お互いにキーキー言い合い、押し合い圧し合いしながら、桶に入った夕食を行儀悪く食べ散らすさまを見ていると、いろいろと想像できました。

豚小屋は、まるで小さな家のようです。豚のお父さんが、寝ころんで頭半分を戸口から出し、日光にまばたきしながら、ブーブーと言って家族と話をしているようです。何を考えているのでしょうか。ブーブーとはどんな意味なのかしら。ピンク色の子豚たちは、わかっているのでしょうか。豚の奥さんは、返事をしているように見えますが、本当にそうなのかしら。みんなは、バターミルクと混ぜられて桶に入っているジャガイモやリンゴの皮やいろいろな食べものが、本当に好きなのでしょうか。

豚の飼い主の娘である女の子には、すぐれた才能がありました。豚小屋にいる一家については、何でも知っているようでした。こんなに知識と経験のある子と知り合いになれて、うれしく思わないはずはありません。

その子は、この少女と話をしてもよいことになっていました。名前は、エマ・リマーでした。父親も母親もきちんとしたひとで、エマも行儀のよい子でした。母親が道路の料金所の番をしている家の子もいましたが、その少女と話をしてはいけないと言われていました。「不作法な子」と関わることは、禁じられていたのです。

けれども、エマ・リマーは、そうではありませんでした。エマはプリント地でつくったドレスを着て木靴を履き、ランカシャー訛りでしゃべりましたが、たまに話をする分には差し支えなかったのです。あるとき、その子はエマの家の狭い庭に連れて行ってもらったに違いありません。そこで贅沢な品々を見たのを覚えているからです。家の戸口から一メートルほど離れたところに小さな木造小屋があって、傾斜した屋根がついていました。屋根の下には、テーブルかカウンターのようなものが置いてあり、その上に売り物のおいしそうな品が並べられていたのです。

それは、日曜日に労働者階級のひとが郊外へ歩きに出かけるときに、よく飲んだり、食べたりする物でした。そのほとんどは、一ペニーか半ペニーのコインで買えました。家の窓に貼られたボール紙には、次のように書かれていました。

「ビール*　一びんにつき　一ペニー
ジンジャー・ビール*　あります
イラクサ・ビール*　もあります　」

陳列台の上には、「真正エクルズ・ケーキ*　一個　一ペニー」「パーキン*　半ペニー」がありました。他にも、「ラズベリー・ドロップ*」や、「牛の目玉あめ*」や、強いハッカ味がしてべとべとする美しい縞模様の「ハンバッグ*」が、ガラスびんに入って並んでいました。半ペニーを持っている金持ちなら、そのお金をどの贅沢品に投資するか決めるのに、たっぷり半時間は迷ったことでしょう。

そのころ、ちょっとした噂が流れていました。実はエマ・リマーが流したものでしたが、すっかりとは信じきれないままに、こそこそと繰り返し伝わっていく伝説のようなものでした。それによると、年の若い女モンテ・クリスト伯*が出没して、一度に六ペンス全部を使ったというのです。誰も見たひとはいませんでした。どこの子か突き止められなかったので、近所の子どもではなかったのでしょう。女モンテ・クリスト伯は、工場で働いているひとと何か関係があるのではないか、もしかしたら、工場で働いている女の子自身ではないかと、その子は考えました。乳母の目が行き届いていて良いしつけを受けた女の子なら、それほど向こう見ずで下品な浪費に走るのを許されるはずはなかったからです。

こうしたお菓子の誘惑がすぐ近くにあったことから、「罪」が訪れました。蛇が「エデンの裏庭」に入り込んできたのです。その蛇は、無邪気なエマ・リマーでした。

ある日、その子はエマ・リマーと遊んでいました。おそらく、身を切るような寒さでお腹がすいたのでしょう。あるいは、その朝、子ども部屋の朝食で出た牛乳に浸したパンをしっかり食べなかったのかもしれません。どういうわけか、その子は裏庭ではなく、車道に通じる大きな門の外の道路にいました。なぜ乳母がいなかったのかはわかりません。その子は、エマ・リマーと飛び回ったり、駆け回ったりしていたようです。すると、ふいに、エプロンのベルトの下の方で刺すような空腹を感じました。「おなかがすいたわ」と、その子は言いました。「おなかがすいたの」エマはその子を見て、また飛んだり跳ねたりを続けました。

いつもなら、バター付きパンを探しに戻ったはずですが、何かいつもとは違う状況があったのでしょう。

「半ペニーあったら、いいのになあ」と、その子は言いました。「半ペニーあったら、あなたのおうちの半ペニーのパーキンを買ってきてもらうのに」と、その子は続けました。パーキンというのは、砂糖キビの糖液とオートミールにショウガ味をつけた、ランカシャーやヨークシャーにしかないお菓子です。

エマはじっと考え込んでいるようでした。商売についてよく知っているので、エマは大胆になりました。

「あんた、パーキンを掛けで買いなよ」と、エマは言いました。「母ちゃん、あんたに半ペニーつけといてくれるだ」

「えっ！」と、その子は息をのみました。

その大胆な提案に圧倒されたのです。そんなことができるなんて、夢にも思いませんでした。

「うん、つけといてくれるだ」と、エマは言いました。「パーキン食べて、そんで、半ペニーあるときに、払ったらいいだ。みんなそうしてるだ。母ちゃんに頼んでやるよ」

その計画は途方もなくて、とても上品と言えるものではなく、危険をはらんでいるように思えました。パーキンを「掛け買い」して、半ペニーを手に入れられなかったら、どうなるのでしょうか。そうなったら、永久に、不名誉と災難を家族にもたらしてしまうのです。「ママに怒られるわ」と、その子は言いました。「そんなことさせてくれないと思うわ」「黙ってりゃ、いいさ」と、エマは言いました。

エマは、実際、悪気があってうそをつくように勧めたのではなかったと思います。素朴で田舎っぽいエマは、真っ赤なリンゴのような頬っぺたをして、陽気なスズメのようにぴょんぴょん飛び回っていました。

事の深刻さをまったく意に介していない冷静で割り切ったエマの態度が、その子に影響を与えたのは間違いありません。話し合いがどれほど続いたのかはわかりませんし、「掛け買い」による買い物が商売ではありふれたことだという現実的な物言いに、最終的にどのように説き伏せられたかはわかりませんが、結局のところ、空腹がまさって、エマにパーキンを取りに行ってもらったのです。

けれども、幼い罪びとの道は険しいものです。子どものころの感覚は、物についてと同じように、こころの問題でもどんどん誇張されていきます。ライラックやシャクナゲの茂みがジャングルになり、木々が空に届くように感じられたように、子ども部屋の掟破りは、犯罪となって、その子を恐怖で覆いました。横領の罪を犯した者や、姿をくらました銀行の頭取や、どんなにひどい罪を犯した者でも、茶色いべとべとしたお菓子を手にして罪が既成の事実になってしまったその子ほど、自責の念という怪物につきまとわれた者はいないでしょう。

出来事そのものはたいしたことではありませんでしたが、興味深いのは、その出来事がもたらした影響です。幼い子どもが心のなかで一生懸命に考えると、実際にあったことがどれほど大きく誇張されていくものかを説明してくれるからです。その子は「パーキン」を一口しか食べられませんでした。一口食べると、こころが傷んでそれ以上食べられなかったのです。丸いお菓子が半円形に欠け、端に小さな鋭い歯型がついたので、エマのお母さんに返すこともできませんし、恥ずかしい行為をしてしまって、その苦しみでいっぱいの状況を、誰かに打ち明けることもできませんでした。わたしは、これまで誰も殺したことはありませんし、犠牲者の死体を世間の目から隠したこともありませんが、面倒を起こして苦しむ殺人者の気持ちを察することはできます。半円形の歯型のついたべとべとしたお菓子をどうするのかは、恐ろしいだけでなく、厄介な問題でした。それを処分するために、胸をどきどきさせて、頭をくらくらさせながら、忍び足でこそこそと歩き回らなければなりませんでした。犯罪の証拠を隠せる場所をこっそりと探さねばならなかったのです。どうして、食堂にあるサイドボードのなかの食器棚の特にひと目につきそうな棚を思いついたのかはわかりません。これは、その子が生まれつき犯罪や後ろ暗いことには不向きで、こそこそする才能がなかったのを示す証拠だったと、自らを慰めています。

不正行為の相棒とどのように別れたのかは、覚えていません。覚えているのは、そのあと続いた恐ろしい日々です。何日続いたのでしょうか。その子には千日にも思えましたが、おそらくは、二、三日だったのでしょう。

その子は、子ども版ユージーン・アラム*でした。犠牲者の死体は、その子の住む家で、朽ち果てようとしていました。しかし、その子が苦しんでいたのは、罰を恐れていたからではなかったのです。母親は厳しいひとでなく、乳母がその子を叩くのを許しませんでした。それは、こころの問題だったのです。その子は、自分が家族の面汚しだと感じていました。大切な身内の名誉を汚し、辱めてしまったのです。自分の身内が大好きで、道義をわきまえた気高いひとたちであると誇りに思っていました。母親は淑女*なのに、その娘が半ペニーのパーキンを「掛け買い」したのです。たとえ「裏庭」で雷に打たれて死んでしまったとしても、仕方がないと思いました。もはやそこは「エデンの裏庭」ではありませんでした。堕落した罪びとが、自分でその庭を汚してしまったからです。

そして「死体」は、サイドボードのなかの小さな食器棚の二番目の棚で朽ち果てようとしていました。

魔女に呪いをかけられた犠牲者が、蝋人形が溶けると死んでしまうように、その子もパーキンとともに、しだいに消えてなくなっていたかもしれません。しかし、そこに救いが訪れたのでした。

その子には、兄がふたりいました。男子としての経験と強い精神力を持っていると考えて、兄には敬意を払っていました。(英国の少女なので、男性が大変優位に立っていることはわかっていました。)下の兄は、巻き毛のケンカ好きの少年で、ベルト付きのラウンダバウト・ジャケット*を着て、幅広の白い襟をつけており、大きい白い前歯が二本目立っていました。英国の男らしく、兄は、女の子だという理由でその子を見下していたのですが、自分の妹として愛情のようなものは持っていました。それは、時々、妹を親切に守ってあげるという行動にあらわれました。当時、兄は、七、八歳だったでしょう。

しばらくひどく苦しんだあげく、あまりの苦しみに耐えかねて、その子は下の兄に打ち明けました。ずいぶん昔のことなので、どんな状況で、どのように打ち明けたのかは説明できません。覚えているのは、兄の行為がすばらしかったことだけです。兄は気立てのよい子どもであったに違いありません。そして、たとえ女の子がやったことだとしても、家族の名誉を守らなければならないという気高い感覚を持っていました。

兄は、妹を激しく叱ったことでしょうが、犯罪に対する考え方は、妹ほどおおげさなものではありませんでした。妹の心がすっかり押しつぶされてしまうことも、家族の名誉を失うことも、男としての兄の気概が許さなかったのです。兄は、ひとりの男、ひとりの兄であると同時に、金持ちでもありました。自分で一ペニーのお金を持っており、高潔でナポレオンのような性質も持っていました。リマー夫人の家に行って（年長でしたので、乳母の付き添いなしに自由に庭から出ることができました）、パーキンの代金を支払ってくれたのです。こうして汚名はそそがれ、犯罪者は、まだその身が罪で汚れているように感じていたものの、息を吹き返すことができたのでした。

その子は、すでに、文学的な想像力のようなものを持ち始めていました。それは、英雄的で高貴な少年が登場して見習ったり賞賛したりしたくなるような行いをする物語を読むうちに、何らかのかたちで育まれていたに違いありません。というのも、その子はこころのなかで、うやうやしく兄を本のなかの少年と比べていたからです。何の本だったかはわかりませんし、その子にもわからなかったと思います。当時、その子の想像のなかで、兄は気高い姿に作り上げられ、文学作品に出てくる気高い登場人物そのものでした。リンゴ

を盗むのをきっぱり断り、物乞いやお腹をすかせた犬を見れば、必ず自分の干しブドウ入りのケーキをあげるような少年だったのです。

このできごとは、いつの間にか片が付いてしまったのですが、その子には、それがいつまでも謎でした。母親だけでなく、祖母も乳母もみんな事の次第を知っていたのですが、その子は追放者の扱いを受けなかったのです。誰からも叱られず、誰からも罵られませんでした。邪悪な本能が狂ったように吹き出して赤ん坊を殺してしまう恐れもあったのに、その子を赤ん坊とふたりきりにするのを誰も怖がっていないようだったのです。これには合点がいきませんでした。額に烙印を押されて、以後、お巡りさんの厳しい見張りのもとで留置されたとしても、驚かなかったでしょう。それなのに、罪のない子どもたちと一緒に、子ども部屋で牛乳に浸したパンの朝食を取り、裏庭で遊ぶことも許されたのです。まるで、その子がいてもグズベリーは枯れず、その邪悪な目にさらされても赤スグリの実はしなびることがないかのようでした。

ジャケットを着た金持ちの兄から話を聞いた母親と祖母は、ひそかにとてもおもしろがって、おごそかに沈黙を守るほうが賢明だと考えたのでしょう。しかしその子は、この世から追放されるという当然の報いを受けなくとも、自分の罪が軽くなったとは思いませんでした。ただ、祖母と母親が与えてくれた慈悲のこころをすばらしいと感じていたのです。

第4章 物語と人形

「物語」と「人形」は、その子の感受性を育み、ものの考え方に影響を与えましたが、どちらが先にその子の暮らしに入ってきたのかというと、簡単には答えられません。記憶のなかでは、このふたつは分かちがたく、同時に入ってきたように思います。人形遊びの役割とその魅力がどこにあったのかを思い出してみますと、まず、たどたどしいながら物語によって人形遊びの基礎が作られたのではないかと思います。物語から影響を受ける以前に、人形を持っていたという覚えはないのですが、おもしろいことに、人形がくる前に物語のようなものに触れた記憶はあるのです。その物語は、断片的で、満足できないものだったので、全体を知りたいという漠然とした抑えようのない欲求がふくらんでいき、イメージ

が創りだされて、幼いこころを掻き立てたのでした。

その子が、人形より先に本を持っていたはずはないのですが、物語に想像力を刺激されて、人形にキャラクターを与えたのは確かです。それまでは、人形はただのおが屑を詰めた物にすぎず、特に印象に残っていませんでした。

また、その子は、お話を聞かせてもらったこともありませんでした。一度もお話を聞いたことがなかったと思います。そう言い切れるのは、その子が、乳母から、どんな断片でもいいからお話の一部を聞き出そうと必死の努力をしていたのをよく覚えているからです。

「幼児大虐殺」が、生まれて初めてその子のこころに残った物語だったようです。小さな絵入り聖書物語のなかに、ユダヤ人の母親が胸に赤ん坊を抱きしめて、広い石の階段を狂ったように駆け下りていく絵や、高い塀の影で母親が幼い子をかかえてうずくまっている絵、武装した恐ろしい男たちが剣を振り回している絵がありました。

それは、ヘロデ王がやったことでした。「叫び泣く大いなる悲しみの声が、ラマで聞えた。ラケルはその子らのためになげいた。子らがもはやいないので、慰められることさえ願わなかった。*」

これが、初めてふれた物語で、しかも悲劇でした。東方の星が、頭の周りに光を放ちながら飼葉おけで眠る幼な子へと導いてくれるという物語がなければ、耐えられないお話でした。賢人たちがひざまずき、崇拝しながら乳香と没薬*の贈り物を幼な子に捧げるのです。その子は、「乳香と没薬」が何のことかわかりませんでしたが、賢人たちを美しいと思いました。夜、羊飼いが羊の群れを見守る静まりかえった平原と、それを覆う高くて深い天空を、はっきりと目に浮かべることができました。主のお使いがやってくると、あたりに、神の栄光が輝き、羊飼いたちが、「非常に恐れ*」ると、天使は、「恐れるな、見よ、大きな喜びを、あなたがたに伝える」と、告げました。

物語のこの箇所は、不思議で、荘厳で、美しく、ヘロデ王の残虐さを癒す慰めになりました。

乳母は、自分でも知らないうちに、その子の人生における最初のロマンスを教えてくれたのですが、頭の鈍いひとだったにちがいありません。いまでも、そのぼんやりとした愚かな様子を思い返すと、じれったくなってしまいます。

物語を連想させる歌の二、三節は覚えているのに、もっと覚えようとしないばかりか、物語そのものを知ろうとしないなんて、どうしてそんなことができたのでしょう。

そうした二、三節の歌に耳を傾け、ぼんやりとした乳母の座る傍らに立って、何を考えているのかわからない乳母の表情を、願いを込めた目でしかと見つめながら、どんなに問い詰めても、どうしてもそれ以上くわしいことを引き出せないとわかったときの、その子のどうすることもできない苦しみといったらありませんでした。

断片にすぎない一節からも、すばらしい連想がわき、そこから見事な景色が広がりました。当時、その子は、その歌を「うるわしのアリス・ベンボルト*」だと堅く信じていました。アリス・ベンボルトというのは、その子が思った通り、詩のなかに登場する若い女性の名前だったのです。第一節の描写からすると、アリスは、とても繊細な娘だったようです。

覚えているだろうか、うるわしのアリス・ベンボルトを
　鳶色の髪のうるわしのアリスを
ほほえみかけると　喜びの涙を流し
　顔をしかめてみせると　おびえ震えた

ベンボルト嬢は家庭のなかでつらい思いをしていたのかもしれませんが、そんなことは、その子には思いもよりませんでした。「うるわしのアリス」と呼ばれ、悲しげな曲で歌われる鳶色の髪の乙女のはかないイメージに、ひたすら心を動かされたのです。アリスは人々には愛されているのに、何か理由があってかわいそうだと思われているらしく、アリスのことが語られる様子には、なにかしら胸を打たれるものがありました。男の子たちが

「丘のふもと」の学校に行ってしまった、というところは、痛ましい思い出とつながっているように思いましたが、それがどうして痛ましいのかは理解できませんでした。それに、もう一節、最初は意味がわかりませんでしたが、あとでわかったときには、哀れを感じて、胸が張り裂ける思いをしたところがありました。

ベンボルトの谷にある小さな墓地の
　奥まった隅にぽつんと横たわる
灰色の平たい御影石
　その下で　うるわしのアリスは眠る

「どうしてそこで眠っているの?」乳母の膝に両手をおいて尋ねます。「どうしてうるわしのアリスは石のしたにいるの?」

「死んだからですよ」乳母は平然と答えます。「そこに葬られたのです」

その子は、なすすべもなく乳母のエプロンにしがみつきました。

「うるわしのアリスが?」とその子は言って、「鳶色の髪のうるわしのアリスが?」と、尋ねます。

(名前と同じように鳶色の髪の毛はとても哀れを誘いました。なぜかはわかりませんが、そう感じたのです。）

「なぜ死んだの？」「どうして死んでしまったの？」と、聞きます。

「知りませんよ」と、乳母は答えます。

「でも、でも、もうちょっと話して」と、その子はあえぎながら頼みます。「もうちょっとだけ歌って」

「これ以上は知りませんよ」

「でも、男の子はどこに行ったの？」

「知りません」

「校長先生はどうしたの？」

「歌には出てきませんね」

「どうして怖い顔をしたの？」

「それも歌には出てきません」

「うるわしのアリスは、校長先生に会いに学校へいったの？」

「たぶんね」

「アリスが死んで、かわいそうに思ったかしら？」

「歌には出てきませんね」

「もっと、歌の続きはないの？」

「もう覚えていませんよ」

尋ねても無駄でした。乳母はそれ以上知らなかったし、気にもかけていなかったのです。懇願したり、こんな風だったのではないかと言ってみたりはしましたが、乳母は想像力のない人でした。知ろうとすれば知ることができたのに、そうしなかったこの無神経な人の前では、その子はただ、聞きたそうな目で見つめて、がっかりするしかありませんでした。一節だけでもいいからと、何度も何度も繰り返しせがむその子は、乳母にとっては厄介者であったことでしょう。その度に、新たな質問を考え出してうるさく聞いたに違いありません。

「うるわしのアリス・ベンボルト」「鳶色の髪のうるわしのアリス」と、その子はよく独り言を言いました。すると、いつもこころのなかにある光景が浮かび上がりました。その光景はいまでも当時と同じくらい鮮やかです。

それは、ちょっと奇妙な光景ですが、当時は、とても胸を打つものでした。やわらかな緑につつまれた丘の斜面が見えます。高い丘ではなく斜面は緩やかです。「丘のふもとの学校」がどうして丘の頂上にあるのかは、説明できませんが、とにかく、それは頂上にあって、下を見下ろし、丘のふもとの片隅にあるものを、やさしく見守っています。そこには、やわらかい緑の草の間に灰色の平たい御影石が横たわっていました。

その下に　うるわしのアリスは眠る

その人、うるわしのアリスは、幻ではなかったのです。こころの中を幾千人もの幻が通りすぎたいまも、アリスは幻よりもはっきりした存在です。傷つきやすく、鳶色の髪をした娘は、人々に愛され、そして亡くなったのでした。

物語やロマンス、悲劇、冒険などのかたちで、文学がその子の想像力を刺激するようになってから、人形は、夢中になれるおもしろいものとして姿をあらわしました。そして、いったん登場すると、退場することはありませんでした。その子が大きくなって、人形がいつもヒロインを演じていたわくわくする場面に幕が下ろされるまでは、ずっと活躍し続けたのです。

ここが、肝心なところでした。人形ではなくて、ヒロインだったのです。

人形をヒロインにするには、想像力が必要でした。そのころは、今日手に入るえくぼのある星のような目をした人形*ではありませんでした。しっかりした小さな足で立つことができ、ぽっちゃりした脚や腕は思うままに曲がり、デルサルト法*にしたがって感情をあらわすことができて、唇は開き、歯は真珠のようで、顔の造作も思いのまま、という人形ではなかったのです。

　その時代の人形は良いところが少ししかなくて、ある程度大きいことや、髪の毛が小さな黒い頭蓋用の帽子に縫い付けられているところや（ゴム糊で貼り付けられている場合もありましたが）、人形の脇腹から突き出ている針金を引っ張ると目がぱっと開くことぐらいでした。手に入れられる一番高価で立派な人形といっても、ただの大きい蝋人形で、髪の毛をとかしたり、目を開けたり閉じたりすることはできましたが、そのほかの点では、みんな同じでした。顔と首だけが蝋で、顔立ちも人形師による違いはありませんでした。顔はみんなまったく同じような恰好で、というか、同じように不恰好にできていました。表情や外見に手をかけるのは、材料の無駄遣いだと思われていたのでしょう。今日では人形には、頬、鼻、唇、眉があるので、ほほえんだりも、愁いをおびたりもしますし、子どもらしく見えたり、世慣れたように見えたりもします。当時の人形にはそんな表情はまったくありませんでしたが、それもしかたなかったのです。人形のなめらかな丸い顔の真ん中にそっけない突起物があって、それが鼻と呼ばれていましたし、その下には、一本の赤い線があって、それが口でした。顔の両側には、きつくみえる黒か青のガラスの目があり、全く表情がなく、人形製造業者の長年にわたる技術を総動員したとしても、本物の目に比べると、似ても似つかないものでした。目には、瞳孔がなく、何の意思も示さず、見開いて睨みつけていました。蝋の瞼を引っ張って閉じても、目がじっと開かれたままのときと同じくらいひどいありさまでした。目の上に茶色の絵具で描かれた二本の弧は、眉でした。こうした美しい顔のてっぺんに小さい黒い帽子がのっていて、そこから黒や茶の巻き毛がぶら下がっていました。胴体には、おが屑が詰められ、悲しいことには、皮膚である白いキャラコにあいた穴という穴からはみだしたり、飛び出たりしていました。腕と脚は、おが屑を詰めたソーセージのようで、腕には、ピンクか青か黄か緑の子ヤギ革がかぶせてありました。腕は、普通、このような色合いをしていないものですが、誰もそんな先入観を持っていなかったのでしょう。脚は痛々しくぶら下がり、脚線美には程遠く、つま先は例外なく内側に曲がっていました。

どれほど熱意のこもった想像力があれば、このような代物を人間に似たものに変身させることができたのか、誰にも説明できないでしょう。しかし、ときどき、造化の神は、幼い子どもにとても慈悲深いのです。ある日、わたしは、馬車でロンドンのごみごみした街を通っているとき、薄汚れた小さな女の子が石段に座っているのを見かけました。その女の子は、真ん中を紐で縛った干し草の束を大事そうに抱きしめていました。それは、その女の子の赤ん坊だったのです。赤ん坊は、おそらく、ユリのように美しくて、目は空のように青く、クークーと声を出してキスをしてくれたのでしょう。けれども、おとなにはそれが見えないのです。

「その子」の人形が経てきたいろいろな冒険、感情を揺さぶる悲劇、戦いの場面、殺人、唐突な死を思い起こしますと、時に、おが屑がキャラコの表皮を突き破って次々と飛び出てきて、子ども部屋の床のあちこちに落ちていたのも不思議ではありません。誕生日にもらった人形がぼろぼろになって、次の誕生日までもたなかったとしても、驚くことではなかったでしょう。人形の一生は短かったのですが、充実した日々でしたので、人形に文句はなかったはずです。人形は、十一月二十四日*から、獰猛に飛び跳ねて荒い鼻息をたてる御しがたい馬にまたがって、その波乱万丈の人生を始めます。馬は、尊大に蹄で大地を蹴って火花を散らしているのですが、見ている者には、緑色のラシャ生地で覆われた子ども部屋のソファの肘掛けにすぎません。人形は、この馬にまたがって、その生涯を始めるのです。そして馬を手なずけると、馬はなでたら応えてくれるようになり、ぞっとするような生垣や深淵をも飛び越えて、稲妻より早く走っていきます。二十四日をこうして過ごすと、翌二十五日には、黒いベルベットを着て、スコットランド女王メアリとして処刑され、その後は別の人になって、ロンドン塔に幽閉され、「改宗」してローマ・カトリック教徒にならないと拷問台や火刑柱にさらすぞと脅かされるのです。このような生涯を送る人形は、退屈するはずがないでしょうが、時にはへとへとになったことでしょう。その子のふたりの妹は、人形の家*をきれいに整えて、ミニチュアのカップを出してお茶会をし、子ども部屋のお互いの場所を訪問し合っていましたが、その子は、自分の居場所で、血沸き肉踊る物語を楽しんでいました。ひとりで小声で物語りながら、人形の助けを借りて、その物語を演じていたのです。

その子は、ヒロイン以外のすべてのキャラクターを演じました。ヒロインは人形でした。その子は、ヒーロー、悪漢、山賊、海賊、処刑人、泣き悲しむ貞節な乙女、胸を打つ慈悲深い老紳士、廷臣、探検家、王になりました。

ひとりきりでないときは、いつも、ささやき声か小声でしゃべりました。誰にも聞かれたくなかったからです。最初は本能的なものだったのでしょうが、この癖を他のひとが「独り言屋さん」と言って物笑いの種にしているのがわかってからは、もっと用心するようになりました。使用人は、扉の影で耳を澄まして、独り言が聞こえるとくすくす笑いましたし、兄たちは、ばかなちびっこだとみなしていました。兄たちは、クリケット*をやるような男子だったので、ひそかに、その子を少しおかしいと思っていたのでしょうが、他の男の子がそんなことを言ったら、げんこつをくらわせて、やっつけてくれたことでしょう。

自分が「ロマンチック」だと言われているのを聞いた時は、それまでに経験したことがなかったほど、打ちのめされました。自分はロマンチックではない、とはっきりわかっていたからです。そんなことを言われる屈辱には耐えられませんでした。自分が何であるかはわからなかったのですが、ロマンチックでないのは確かでした。そこで、とても用心深くなって、子ども部屋の自分の場所を離れないようにし、誰かが聞き耳を立てているような気配に気づくと、ただちに、演技を中断しました。しかし、そうしたドラマ仕立ての物語に没頭して、「独り言屋さん」になるのは、暮らしの中で、一番の喜びでした。

　住んでいた家の玄関ホールの奥まったところに、背の高いスタンドがあって、ロウソクを立てる枝つきの大燭台になっていました。鉄を加工したもので、その支柱には、上の方まで装飾がほどこされていました。

　ある日、母親が階段を下りて娘のところへやってくると、娘は明らかに独り言を言いながら、残忍な怒りに荒れ狂って、陽気なにやにや笑いのゴム製の黒人人形*を燭台のスタンドに縛りつけて、兄のおもちゃのムチで容赦なく打ち据えていて、しかも、その状況を楽しんでいるように見えたのです。母親は、この上なくやさしくて、思いやりのある人でしたから、どんな気持ちになったことでしょう。

「あら、まあ！一体、何をしているの？」と、驚いた母親は叫びました。

　その子は、飛びあがって、ムチをふるっていた頑丈な右腕を下しました。顔を赤くしたように見えたかもしれませんが、実際は激しい活動ですでに真っ赤になっていたのです。

「あのう、遊んでいただけなの」と、その子は、おどおどして口ごもりました。

「遊んでいた、ですって！」母親はおうむ返しに言いました。「何をして遊んでいたの？」

その子は、頭をたれ、しおれた様子で、とまどいながら答えました。

「あの、ちょっと、ふりをしていただけなの」

「とても心配になりましたわ」 後に、友だちにそのことを話しているときに、母親は言いました。「あの子は、もともとは、残酷な子どもではないと思いますのよ。どちらかというと、ずっと、心のやさしい子どもだと思っていました。でも猛り狂ったようにかわいそうな黒い人形をムチ打ちながら、独り言を言っていましたのよ。とても邪悪に見えましたわ。何かの『ふりをしている』と言っていましたけれど、それが、あの子の遊び方らしいのです。イーディスやエドウィーナのような遊びはしませんのよ。お人形はお話のなかの誰かで、自分も誰か他のひとだという『ふりをする』のです。本当にロマンチックなのですよ。この間も、あの子が赤ちゃん人形に白い服を着せて箱に入れて、花をのせて、前庭に埋めたときは、ちょっと、心配になりましたわ。夢中になってやっていて、それっきり掘り出していませんの。そこに行っては、お墓のうえに、花をまいていますのよ。黒い人形を叩いていたときは、いったい、何の『ふりをしていた』のか、知りたいものですわ」

その子が人形遊びを卒業してから、母親がその事件を思い出させたときに、やっと、何も知らなかった母親は、黒い人形の名前はトプシーだけれど、その時は、かわいそうなアンクル・トム*に変身していたことや、髪を振り乱していた狂暴な子どもは、邪悪なリグリーだったことを知ったのでした。

その子は、『アンクル・トムの小屋』を読んでいたのです。その子の生涯でも、そのころは、特別な時期でした。陽気な黒い人形を手に取ると、すぐに、トプシーと名付けました。「一番良い人形」は幸い髪が鳶色でしたので、エヴァになり、熱で頬を紅潮させ、だんだんやつれて、天国のことを語りながら死んでいく場面で、盛んに使われました。エヴァはトプシーを改心させました。ゴム人形のにやにや笑いは変えられませんでしたが、ゴム人形の性質を変えることはできたのです。エヴァは、アンクル・トムと話をして（その時、その子はアンクル・トムでした）、「長い金茶色の髪」を切って（実際にではなく、「ふりをする」だけです、人形のかつらには、巻き毛があまりついていませんでした）、泣いている奴隷たちに贈りました。（その時、その子はただちに、泣いている奴隷全員になりました）そっけない鼻をした蝋でできたエヴァの顔は、こうした感動的な場面でも全く変わりませんでしたので、時にはその子も物足りなく感じたのは否めませんが、熱心に「ふりをする」力によって、慰められ、支えられていたのです。

すべての子どもは、何でも「ふりをする」ことのできる妖精の国に入る権利を持っているに違いありません。わたしはそう確信しています。そして、「ふりをする」ことを理解してやれたら、子どもについていろいろな発見ができるでしょう。ある日のこと、フィレンツェのカッシーネ公園で、幼い女の子の一団とすれ違いました。十一、二歳の美しい少女がその集団を率いていて、頭を高く上げ、フランス語で早口に話していました。

歩きながら、「わたくしは」と、他の子どもたちに言って、優雅に片手をあげました。「わたくしは女王です。あなた方は——あなた方は、わたくしの供の者です！」

これには、考えさせられました。造化の神は、時に気まぐれで、ある者には生まれたときから才能や力を与えて、生涯、指導者、すなわち「女王」や「王」にします。そして他の者は、程度の差こそあれ、のちにみんな「供の者」になるのです。しかしながら、そのような才能と力を持っているひとでも、このふりをしていた幼い子が身にまとっていたほど、自覚のある堂々とした雰囲気を出すことはできなかったでしょう。

子ども部屋の緑の覆いのかかったソファは、冒険好きの家具でした。他のひとが見れば、飾りけのない、古風で立派な外見をしていました。硬くて、近寄りがたく、両端に肘掛けがあり、その下には、ソーセージ型の低くて硬い緑色の長まくらが付いていました。この肘掛けは、想像力のない冷たい世界の者なら誰も夢にも思わないような物に変身したのです。ソファ自身が夢を見て、規則正しい子ども部屋の暮らしに、楽しい変化を見出したのではないでしょうか。肘掛けは、一瞬のうちに、この上なく見事な馬に変身することができました。「漆黒の軍馬」や「雪のように白い乗用馬」や「小形の野生馬」になりました。「騰躍」をしたり、「後肢旋回」をしたり、跳ねるとその「誇り高い蹄は大地を蹴ちらし」ました。肘掛けが、こういうことをいつもやっているあいだ、人形は、「鞍に軽やかに飛び乗り」、「投げ矢のように直立して」跨りました。ヒロインを演じる人形は、御すのが難しい馬をいつでも御すことができ、「どこまでも続く大草原を疾走し」、前足で天駆けるあいだも恐れることなく、ほほえみを浮かべていました。どんな馬上の妙技をあやつっても、人形の尊大なまでの冷静さが揺らぐことはなく、どんな命を脅かすような危機に出会っても、意気揚々と抜け出したのです。

ソファの肘掛けを「漆黒の軍馬」に変身させたのは、サー・ウォルター・スコット*で、「雪のように白い馬」に変えたのは、G・P・R・ジェイムズ*とハリソン・エインズワース*でした。キャプテン・メイン・リード*の魔法にかかると、「小形の野生馬」に変わり、子ども部屋はどこまでも続く大草原になりました。そこでは、化粧をして羽飾りをつけたインディアン*の戦士の大群が鬨の声や叫び声をあげ、軍馬に跨った人形を追って、そのかつらを奪おう*としています。

決して捕まらない大草原の白馬が登場する『戦いに行く道』*は、なんと、すばらしく美しい物語だったことでしょう。読みながら、わくわく、どきどきしました。大草原への扉を開けてくれたのです。そこでは、野生の馬の群れが草原を駆け抜け、バッファローの大群が暴走し、崇高で猛々しいインディアンの酋長が、ウォンパムをつけて、（ウォンパムが何であれ）、ヒーローやヒロインを追いかけていました。

そして、エインズワースの『ロンドン塔』*は、なんとおもしろかったことでしょう。あの愛すべき本には、奇妙なさし絵が入っていました。オグ、ゴグ、マゴグ、小人のジット、首切り役人のモーガー、悪賢いレナード大使、足元にひざまずくコートニーを従えたエリザベス王女、そしてにがにがしく見つめるあわれなメアリ女王の絵です。

想像のなかで、身震いしながら、暗くてじめじめした地下通路を通っていくと、ネズミがちょろちょろ走っていて、看守に迫害されて狂ったあわれなアレクシアが徘徊していました。死ぬまでの何年ものあいだ気高い囚人が嘆き暮らす地下牢のそばを通りすぎ、女王たちが打ち首にされるのを待っている塔へと登っていき、血の凍る思いで、暗い逆賊門*をくぐりました。そして、いつしか、広い台所や従者の広間に辿りつくと、そこでは、騒々しいお祭り騒ぎがやむことなく繰り広げられており、「サック酒*」や「カナリーワイン*」が大量に飲まれ、大きなロースト・ビーフの塊りや「鹿肉パイ」や、肥育鶏のローストやクジャクさえも出ていて、人々は、「最微粒の小麦粉」パンを食べ、ブラウン・エールを大びんから「がぶ飲み」し、おおげさな冗談で、お互いに「こらっ」「悪党」「ごろつき」などと言い合っていました。

　かわいそうなレディ・ジェイン・グレイ、道を誤ったかわいそうな美男子のギルフォード・ダッドレイ。苦しみ、怯え、欺かれたかわいそうなノーサンバーランド公。

　当時、人形は、なんという悲劇的な歴史上の冒険を体験したのでしょう。王位につき、それを剥奪され、刑を宣告され、打ち首にされたのです。異端者を火刑に処した、惨めな愛されない「血のメアリ」のために、子ども部屋はどれほど恐怖を感じたことでしょうか。これらの悲劇のあいだ、子ども部屋のソファは、乗用馬、断頭台、地下牢、はしけとして、いつもともに活躍しました。はしけから降りて、「ジェインは、誇り高く、悲しげに、逆賊門を通りすぎて」行ったのです。

「子ども部屋のソファ」が、興味を引いてやまない家具であるとしたら、他にも無視できない「居間の緑の肘掛け椅子」や「居間の戸棚」、「居間のテーブル」があったので、その魅力についても述べないわけにはいきません。喜びを与えてくれたこれらの家具を、普通名詞としてかぎ括弧もつけずに表記したとしたら、あまりにも不作法で非礼にあたるでしょう。これらの家具は、ありとあらゆる魅力的なエピソードを実行に移すとき、手助けしてくれた親切な友だちでした。どれほどドラマチックであろうとも、事が進行しているあいだに決して笑ったりしないので、信頼できたのです。

居間は、ただの小さな部屋でしたが、隔離された場所のような雰囲気がありました。そこで遊ぶ習慣はなかったのですが、誰もいないときや、子ども部屋が騒がしすぎるときには、とても魅力的な場所でした。人形を連れてそこに行き、扉を閉めると、立ち聞きされる心配がまったくなくなって、独り言を言うことができました。そこには、どっしりとした「肘掛け椅子」があって、「子ども部屋のソファ」と同じくらい落ち着いていて立派でした。同じ緑色の布で覆われていて、小型帆船から、ゴンドラ、カヌー、あるいは沈没船の生存者たちが乗った水も食料もなく「海図のない大海原」を何週間も漂う筏へと、変身させることができました。

こうした出来事は、人形の生涯において頻繁に起こりました。人形は慣れっこになっていました。燃えさかる船からかろうじて救出されたり、インド洋や太平洋で血に飢えた海賊が乗り組む黒旗を掲げた「船足の早そうな船」に追いかけられたりするようなすさまじい成り行きにも、かつらの髪の毛一本動かすことはありませんでした。海賊の楽しみは、捕虜に目隠しをして舷側から突き出た板の上を歩かせて海に落としたり、船底に穴を開けて沈めたりすることです。海賊の頭領は、短剣とピストルで完璧に武装して、魅力的な女の捕虜の前に現われ、「この女はおれのものだ」と血も凍るような宣言をしたものです。けれども、人形は少しも動じることはなく、燃える船から彼女を救い出したヒーローだけがスリルを味わったものでした。まっとうな海賊の頭領なら、女性の捕虜をこのような作法で迎えるべきであり、それが、海賊のしきたりというものだ、とその子は考えていたのです。こんなとき、居間の床は、太平洋、インド洋、地中海など、海洋の真っただ中になりました。海には、サメや深海の怪物がうようよしていたので（よく船から海中に落ちる癖があった人形をヒーローが飛び込んで救助しました）、「緑の肘掛け椅子」の舵をうまくとることができたのは、奇跡といえるでしょう。

それでも、ヒーローは、優れた航海術を駆使して堂々と舵を取ったものです。乗組員は、人形と、この負け知らずのヒーローに限らざるをえませんでした。「緑の肘掛け椅子」はあまり大きくはなかったからです。

こうした英雄的な行為にもかかわらず、年齢を重ねた冷静なおとなの目から見ると、この若いヒーローのこころは、くぐり抜けてきた試練によって弱くなっていったか、あるいは、人形への情熱が頂点に達して、理性が働かなくなっていたとしか、考えられません。なぜかというと、ある非常に危険な航海で、ヒーローが高貴な命を賭けて人形を救助したときに、筏の上で役立つものとして人形とともに救い出した唯一の品が、楽器であったことを、はっきりと思い出したからです。その子が手にしていたこの楽器は、傍から見れば、早い話が、スズの笛、特に不愉快な音を出すように作られた笛にすぎなかったでしょう。しかし、筏の上のヒーローと人形には、「リュート」だったのです。実際的な航海術の知識のあるヒーローが、食べ物も水もない筏のうえで、救助した若い女性が栄養不足で倒れそうなときに、なぜ「リュート」の調べで元気づけられると考えたのでしょうか。それに答えられるのは、人並み外れた感情と情操に恵まれた人だけでしょう。とにかく、リュートはそこにあって、ヒーローは海賊を追跡し、ヒーローにふさわしく自己を犠牲にして餓えで死にそうになっている合間も、それを奏でました。人形が海中深くに転落する癖は、リュートに熱中する相手の気を引きたいという、ヒロインにあるまじき願いによるものではないかと、いまでは思い当たります。ヒーローは、もちろん楽器を脇において、海中に飛び込み、サメから人形を救助するはめになります。ヒーローがそうしてくれるのを人形は喜んだことでしょう。年月によってわたしの性質がもっと冷淡になっていたとしら、時には人形は、リュートか、あるいはヒーローを、サメが手際よく片付けてくれないものかと思っただろう、そして、どちらが片付けられたとしても、気にしなかっただろう、とまで言ったかもしれません。餓えで少しずつ弱っているときに、リュートを奏でられたら、いらいらしたに違いないからです。

けれども、ああ！「緑の肘掛け椅子」で乗り出した航海、帆走した海、接岸した浜辺、打ち上げられた神秘の島々。それらを、その子はそれ以後、見ることはありませんでした。「エデンの裏庭」で芝生に寝転んで、空を見上げ、青いなかに白い島が浮かんでいるのを見たのと同じような美しい世界でした。それ以上に完璧な世界は、望むべくもないでしょう。地上を長年さまよったのちに、再び、どこかで、見つけることができるかもしれません。そう、どこかで。それが、どこで見つかるのか、知るひとはいないでしょう。

「居間の戸棚」が、中央アメリカの寺院だったと知っていたら、家庭教師は、さぞ驚いたことでしょうし、母は、おもしろがり、兄たちは、口汚く嘲笑ったことでしょう。そこには、アステカの王族の生き残りの奇妙な小人がかくまわれ、神として崇められていたのです。その神秘的な存在を聞きつけた勇敢な探検家が、あらゆる危険と困難をものともせず、探索に出かけ、その狡知と大胆さで、小人を発見して、連れ去っていきました。その詳細については、すべて、展覧会の会場で売られていた一ペンスのパンフレットに載っていたのです。会場では、ふたりのアステカ族の小人が公開されており、科学者である探検家の目的は、明らかに、ひとり一シリング、子ども半額をとってふたりを見物させて、金儲けをすることでした。

その子は、小人を見に連れて行ってもらったことはありませんでした。実のところ、その展覧会は、もっと、ずっと前のものであったかもしれません。ある時、家族の誰かが、見物に出かけたのでしょう。パンフレットには、探検家の風変りな木版画や、アステカ族の小人のからだや生え際の後退した奇妙な横顔の木版画や、かつては栄えたものの今では事実上絶滅した王族の最後の生き残りとして彼らを祭っていた寺院の木版画が載っていました。

木版画はとても奇妙なものでしたし、寺院は明らかに廃墟で、太い柱が壊れて倒れているさまはいっそう野生味にあふれ、空想に富んだ夢にふけることのできる場所でした。「居間の戸棚」の中で、寺院は再建され、壮大な建築物になりました。秘教の祭式や華麗な儀式がそこでとり行われました。人形は儀式に参加し、その子は、儀式を司りました。ふたりで探検して、アステカ族を発見したのです。そうした場面を演じているあいだは、頭を戸棚に突っ込んだままで、床にひざまずいている必要がありましたが、それでも、そのすばらしい効果や強烈なおもしろさが減りはしませんでした。何ものも、その楽しみを損なうことはできなかったでしょう。「居間のテーブル」には、大きすぎるカバーが掛かっていました。当時のテーブル掛けは、大きく作られていたのかもしれません。このテーブル掛けは、テーブルの下の方まで掛かっていましたので、人形を連れてその下に潜り込んで座ったら、ウィグワムになりました。人形は、インディアンの女房になり、その子は、酋長になりました。ふたりは長いパイプをふかし、トウモロコシを食べ、お互いに戦争や死後の天国の話をしました。モカシンを履き、羽飾りやウォンパムを身につけ、パプースを育てて、とても幸せでしたし、気性は穏やかでした。頭皮を剥いだりはしませんでしたが、トマホークは日常的に使っていました。部屋の暖房用の道具類と同じように日用品だったのです。すっぽり覆われたテーブルクロスの下は暗かったので、ウィグワムは、ますます本当らしくなりました。張出窓やシャンデリアつきのウィグワムは、メイン・リードやフェニモア・クーパー*の作品には、そぐわなかったでしょう。外の世界から遮断されていたので、小声にはなっていたものの、思う存分熱弁をふるうことができたのです。まるで、テーブルクロスの壁の外には、全く世界はない、現実の世界は存在しないように思えました。「居間のテーブル」の下、ウィグワムのなかが世界のすべてでした。おとなのひとたちが部屋に入ってきたとき、テーブルクロスの陰からひそひそ、ひそひそ、ひそひそ言う小さな声が聞こえてくるのをどう思っただろうと、よく考えたものです。時には、その子は、おとなが出たり入ったりするのに気が付かないぐらい没入していて、はるか遠くに行っていたのです。

　ああ、そのころ世界はとてもうまくいっていました。すばらしい世界は、物語や冒険やロマンスであふれていました。トランクや鉄道がなくとも、「子ども部屋のソファ」の肘掛けに乗って、「緑の肘掛け椅子」の袖に乗って、「居間のテーブル」のカバーの下から、中央アメリカや中央アフリカや、どこの中央へも行くことができたのです。

ほんの短い逸話なのですが、いつ思い出しても美しく、名状しがたい気持ちになるイギリスの画家ワッツ*のお話があります。

ワッツが、コベント・ガーデン市場*の絵を描きました。それは、画趣に富んだすばらしい芸術作品でした。たくさんの訪問客のうち、ひとりの女のひとが、長いあいだ、やや疑わしげに眺めていました。

「あの、ワッツさま」と、彼女は言いました。「もちろん、この絵は、とても美しいと思います。でも、コベント・ガーデン市場を知っていますが、正直に申しますと、こんな風に見えたことは一度もありません」

「ありませんか」と、ワッツは答えました。そして、その女のひとを考え深げに見つめました。「こう見えたらいいのにと思いませんか」

いろいろ考え合わせると、その通りだと思います。

あらゆるものが、このように見えていたころを、ひとは、長い歳月を経て振り返るものです。しかし、もう一度そのように見ようとしても、はるかに年をとりすぎているのに気がついて、微笑を浮かべながらも、ため息をついて言うのです。

「ああ、そんな風に見ることができたらいいのに！」と。

第5章 イズリントン・スクエア

イズリントン・スクエア*は、英国の大きな町には必ずあるような場所ですが、興味深いのは、そこに、繁栄した時代の名残が見られることです。近くまで鉄道が敷かれ、工場ができ、それに伴って、工員の小さな家がまわりに突如として出現して、昔の趣のある景観は壊されていきました。イズリントン・スクエアでも同じことが起こりましたが、一味違ったのは、大きい堂々とした鉄の門があって閉ざされた場所だったため、失われつつあった上流階級の雰囲気を残していたことです。そういう場所には、物語がいっぱいあるのですが、ロマンチックなものではありません。そこに住んでいたのは、いい暮らしをしてきた人たちでした。夫を亡くし収入が少なくなった未亡人や、妻と大家族をかかえた紳士がほ

とんどでした。狭苦しい住いには慣れていなかったので、安い家賃で十分な大きさのある家を見つけて喜んでいたのです。

スクエアには、堂々とした広い家が残っていて、繁栄した時代には、すばらしいところだったに違いありません。しかし、その穏やかなよき時代は、遠い過去のものでした。一番大きな建物であったイズリントン館は、若い紳士淑女のための学校になっていました。その館と対をなしている邸宅は、住む人もなくさびれていましたし、他にも同じような空き家がありました。おそらく、未亡人や大家族の紳士には、そういう大邸宅を維持していくのに必要な大勢の使用人を雇う余裕がなかったのでしょう。

スクエアの真ん中には、「ランプ・ポスト」*がありました。かぎ括弧をつけたのは、ただの街灯ではなかったからです。とても大きなもので、がっしりした石の台座があり、子どもたちはみんな、それは座るためにあると思っていました。小さな女の子なら四、五人は座ることができたのです。晴れた日には、いつも、女の子が四、五人座っていました。

「ランプ・ポスト」の下で、いろんなことを話し合ったものです。内緒の話をひそひそとささやいたり、悪いことをする相談をしたりしました。冬には、四時ごろになるとガス灯に火が灯り、黄色いランプの光に照らされた石の台座は、周りから切り離されて友だちと楽しくおしゃべりのできる格好の場所になりました。

外部から女の子が鉄の門のなかに入ってきて「ランプ・ポスト」に座るのを見ると、スクエアに住んでいる女の子たちは腹を立てました。そんな独占欲を持ったのは、世俗的なプライドと傲慢さのせいだったのでしょうか。みんなは、「ランプ・ポストに座る」という言い方をしました。

「ランプ・ポストに座っている子は誰?」と、不満げに言うのです。「あの子はスクエアの子じゃないわ。通りの子には、わたしたちのランプ・ポストに座ってほしくないわ」「通りの子ども」というのは、スクエアを取り囲む通りに住んでいる子どもで、そのほとんどが貧しい家の子どもたちだったので、「スクエアの子ども」や「ランプ・ポスト」の仲間にはふさわしくない、とみなされていました。

その子が、初めてハンス・クリスチャン・アンデルセンの作品集を読んだとき、ある物語に強く惹きつけられました。それは、「古い街灯」*という話だったのですが、まるでスクエアの真ん中に立っている「ランプ・ポスト」のお話のように思えました。その物語は、その子がずっと「ランプ・ポスト」にいだいていた愛情や、それを生き物のように感じる気持ちを解き明かしてくれるようでした。そのまわりで遊び、台座に腰をおろして、何度も明かりが灯るのを見ているうちに、愛情をいだくようになっていたのです。それは誰にも言ったことがありませんでした。その子は、スクエアに面した部屋で、人生で最初の記憶に出てきたあの四柱式ベッドで、母親と一緒に眠っていました。家は「ランプ・ポスト」の真正面に立っていて、夜になると、その光が寝室の窓から差し込んで、壁に明るい模様を映しました。その子は横になって、その明かりのもとでいろいろなことを考えたものですが、どういうわけか、ひとりぼっちだと感じたことはありませんでした。その明かりが見守ってくれていたので、さびしくなかったのです。そのころの街灯は、魔法の杖の一振りでいっせいに灯るのではありませんでした。点灯夫が肩に梯子をかついでやってきて、街灯の柱に梯子をかけ、驚くような速さで駆け登り、ガスに火を灯すと、駆け降りて、梯子を肩にかけて、立ち去ったのです。

その子は、『点灯夫』*という物語が大のお気に入りでした。そこに出てくるランプに、親しみを感じていたのです。登場するトルーおじさんが大好きでした。そのおじさんほど、愛すべき人はいませんでしたし、ガーティの苦難ほど、涙を誘うものはありませんでした。

前に述べましたように、「通りの子ども」は、「スクエアの子ども」の遊び相手には好ましくないとみなされていました。工場で働くひとびとが住む小さな往来や裏通りでは、丸出しのランカシャー訛りが飛び交っていたのです。当時スクエアは、そうした往来や裏通りの真ん中にある、オアシスのようなものでした。ひどい訛りの横行する界隈で子どもたちに正しい発音を守らせるのは、かなり難しいことでした。英国では、話し方が育ちを示すので、「通りの子ども」との付き合いは歓迎されなかったのです。

　しかし、その子は、「通りの子ども」にあこがれていました。なかでも、その子たちが話す方言や風変りな言葉にあこがれていたのです。立ち入りが禁止されている裏通りにふらりと入り込んで、工場で働いて汚れた小さな子どもに声をかけて会話に誘い込むのは楽しいことでした。十二時に鉄の門のところに立って、工場のひとが流れるように通り過ぎるのを見ながら、後ろで結んだエプロンをつけて頭にショールを巻いた若い女のひとがコールテンのズボンを穿いた若者や少年に親しげに大声をかけたり、からかったりするのを見物するのは、芝居を見ているようでおもしろかったものです。本当のことを言えば、大方の芝居よりは、ずっと楽しめたのでした。

　その子は、こっそり練習に励んで、通りの子と同じくらいうまく方言がしゃべれるようになりました。二、三人の賢い女の子の友だちがいましたが、その子たちは、方言をすらすらと、ユーモアたっぷりに話せました。お互いに方言でお話を語り、その趣を少しも損なうことなく、活き活きとした会話を続けました。「するか」とか「どごいく」「ねえちゃんよ」「おい、そこのあばずれ*」などと、すらすら言い合いました。地理の勉強は、これほどすらすらとはいきませんでした。見るからに汚い小さな男の子がいて、その男の子の家族は、人の住まなくなった大邸宅に、管理人として家賃を免除されて住んでいました。この男の子トミーは、泉のように尽きぬ喜びを与えてくれる子でした。トミーには、年中飲んだくれの評判の悪い祖父がいました。トミーがきわめつけのランカシャー訛りで、酔っ払った「じいちゃん」を陽気に本物そっくりに真似るのを見るのは、この上ない楽しみでした。「じいちゃん」の無作法も、トミーにかかると愛嬌になりました。物事を良い方にとるあっぱれな態度は、「その子」やその友だちにとって、目新しいものの見方でした。「ああ、酔っ払ったときのじいちゃんの悪態を聞かせてやりてえよ」と、トミーは立派な家族を誇りにしているように、勝ち誇った様子で言ったものです。「あれを聞かねえとな。あんなのは聞いたことねえさ。誰もな」まるで上流階級にだけ与えられた特権のように、きっぱりと言い切りました。

「その子」は、毎夕、客間の窓辺の床に座って、翌日の予習をしていました。そんな時に、ある人物を見かけて、どういうわけかとても当惑し、強く惹きつけられたのです。どうしてそう感じたのかはわかりませんでした。

スクエアに家をもっていない人は、用事がないかぎり、そこに入ってはいけないという不文律がありました。通り抜けできないので、そうなったのでしょう。実際、部外者がその鉄の門から入ってくる理由はまったくなかったのです。

部外者が入ってくると、何の用事かわかるまで、好奇の目にさらされました。この制約があるので、工場や小さな通りに囲まれた砂利敷きの囲い地には、どことなく、噂好きの小さな田舎町のような社交的な雰囲気がありました。それぞれの家庭は、他の家庭と知り合いでしたし、住んでいるひとの性格や好奇心の違いによって程度の差はあったにせよ、他の家庭の事情もよく知っていました。

ある夕方、声が聞こえてきたので、地理の勉強から顔を上げると、見慣れない子どもたちが「ランプ・ポスト」のまわりに集まっているのが見えました。その子は、窓枠に肘をつき、両手に頬を乗せて、興味深々で外を眺めたのです。

そこには、明らかにただの「通りの子ども」ではなくて、「裏通りの子ども」がいました。「裏通りの子ども」は習慣や言葉がどこかエキゾチックだったので、その子はわくわくして観察したものです。「裏通りの子ども」は、方言しか話しませんでした。その家族のおとなはみんな工場で働いていましたが、子どもたちのなかにも、働いている子がよくいたのです。その界隈のたまり場は、活気にあふれていました。家族の長は、ビールを途方も無く好み、暇な時間は、「パブ」で「何杯も」飲んで過ごしました。その結果、通りに出て一杯機嫌で言い争いが始まるのも珍しいことではありませんでした。言い争いは支離滅裂になって、威勢よく家の戸口まで続き、火かき棒や家にある道具を使って決着がつくのです。意見の違いが高じて、お巡りさんに来てもらってやっと解決がつくこともよくありました。

また、言い合いが始まると、通りは喜んだ野次馬や熱心に応援する近所のひとでいっぱいになったものです。女のひとたちも興奮して、両手を腰に当て肘を張って立ったまま、成り行きを見物しました。

「よくやるよ」時にそういう声も聞こえました。「あいつは、女の頭をビールのジョッキで叩き割ったんだぜ、二週間前によう。今度は、殴って目にアザ、作っちまいやがった。ブタ箱にぶちこんで出しちゃならねえ」

あるいは、

「あの女がひっぱたかれるのも無理はねえ。あの女ときた日にゃ、やつの稼ぎを『黒豚亭』のビールにつぎ込みやがった。木曜日に酔っ払って、金曜日に酔っ払って、土曜の晩まで酔っ払おうって魂胆さ」

「イズリントン・コートでけんかだ!」『バック・シドニー通りでけんかだ。男が女房をシャベルでぶん殴っとるぞ!」などの叫び声が聞こえると、向こう見ずなスクエアの子どもは、怖さ半分とおもしろさ半分でぞくぞくしました。お巡りさんが誰かを捕まえて引き立てていくのを見たいので、こわごわ、大きい門のまわりをうろうろしたり、門を出たり入ったりする幼い子もいました。

そして、「ランプ・ポスト」のまわりにいた見知らぬ子どもたちは、そういう世界から来たのです。

女の子は、五、六人いました。ほとんどが工場で働く少女で、ピンクのワンピースに大きなごわごわした麻のエプロンをつけていました。エプロンは、機械に巻き込まれないようにスカートを押さえるため、ずっと下のほうまで後ろを紐で結んでいました。帽子は被っておらず、木靴を履いていました。皆がごく普通の幼い女工さんでしたが、ひとりだけが普通と違っていました。どうしてそのひとりにくぎ付けになって、その動きを目で追ってしまったのでしょう。その少女は他の子より大きく、大人びているように見えたのですが、なぜそう思ったのか、その子にはうまく説明できませんでした。少女は他の子とまったく同じ格好をしていました。ピンクのワンピースを着て、後ろで結んだエプロンをつけ、木靴を履き、頭には何も被っていなかったのです。しゃべりながら、ごわごわした青い毛糸で靴下を編んでいました。少女が美しいとは、その子には思えませんでした。その当時、その子にとって美人とは、ピンクの頬に、きらきらの青い目、または、黒い目をしていて、髪の毛をかわいらしくカールして、素敵なワンピースを着ているひとだったのです。毛糸の靴下を編んでいる、木靴を履いた風変りな様子の顔色の悪い女工さんは、そうではありませんでした。断じて美人ではありませんでした。

それでも、地理のことをすっかり忘れて、その少女をじっと見つめていたのです。

他の子は、よくいる粗野な連中と同じで、大声でしゃべったり、飛んだり跳ねたり、小突き合ったりしていましたが、この少女は、まったく遊んだりはしませんでした。佇んだり、ゆっくりとした動作で少し歩きまわったりしていましたが、そのあいだもずっと青い毛糸の靴下を編み続けていました。十六歳ぐらいだったでしょうか、やや大柄で、どことなく堂々としたところがありました。「その子」が自分の言葉で表そうとしたなら、「大きくて、のろのろしている」と言ったことでしょう。しみのない青白い顔に、深みのある大きな灰色の目と、細いけれどしっかりした濃い黒い眉をして、少し角張った顎にはくぼみがありました。髪の毛は黒く、ゆったりしたウエーブがわずかにかかっていました。たっぷりとした髪をひっつめて、うなじのところでずっしりとしたまげに結ってありました。首は、柱のように太くてしっかりしていて、独特の堂々とした様子で頭を支えていました。

少女を見つめながら、その子は「あの少女には、どこか変わったところがある」という結論に達しました。

「何だろう」戸惑いながらも感銘を受けて、こころのなかで呟きました。「ほかの子とは全然違う。木靴を履いているのに、裏通りの子には見えないわ。どこかが違うのよ」

そうなのです。その少女は他の子どもと違っていたのです。少女の姿が見えるあいだ、地理の勉強に戻れなかったのは、そのせいでした。

仲間は、少女に気に入られようとしているようでした。少女はなんらかの権力や影響力を持っているように見えましたが、その仲間が騒がしくなると、抑えているようでしたが、そのあいだも靴下を編み続けていました。窓が閉まっていたので、何を言っているのかは聞こえませんでしたが、時折、大声の方言の言葉や文句が、その子の耳に届きました。その集団は長くは留まらず、帰るときには「他とは違う子」が引き連れていきました。見物に熱中していたその子は、姿が消えるまで見送り、鼻をガラスに押し付けたまま、しばし考え込んでから、地理の勉強に戻りました。

翌週のある夕方、ほぼ同じ時刻に、同じ集団がまた姿を現しました。その子もまた床に座って膝の上に課題を置いていました。女工さんたちは、やはり笑って騒々しくしており、他の子と違う子も、やはり編み物をしていました。

その子は膝から本を払いのけたので、絨毯の上で本の山ができました。そのままにして、再び窓枠に肘を乗せ、我を忘れて見物に没頭しました。

他の少女が大声をあげたりくすくす笑ったりしても興味をひかれなかったのですが、笑い声や叫び声の真っただなかにいても別の世界にいるように堂々として無口な大柄の少女を見るのは、興味深いことでした。不思議なことにその少女は、なぜか、読むことも筋を推測することもできない物語を暗示しているように思えたのです。

堂々と頭をあげ、くぼみのある角張った顎をした青白い顔のたくましい少女、その少女こそが一編の物語であったとわかったのは、「その子」が年を重ねて、ひとや人生や性格をもっとよく知るようになってからでした。彼女こそが、美しく、繊細で、力に満ちた、とても悲しい物語――自分とは何の関係もない世界に生まれ、ひとりきりで、沈黙と苦しみのなかでもがいているすばらしい人間の物語そのものでした。どこか変わったところがあると思ったのは、このためでした。十歳の子どもがその胸に湧き上がってくる感情を測り兼ねて、勉強の本を取り落としてまで少女を見つめ、どうしてその少女が「他の子と違う」のかがわからなくて不安になり、物足りなく思ったのは、そのせいだったのです。

その夕方、一行が立ち去る前に、以前とは異なる事態が生じました。入口の方を振り向いたある少女が、近づいてくる人影を見つけると、見るからにうろたえた様子で急いで仲間の肘を突きました。そうして、みんなが見ました。

ひとりの男がやってくるところでした。コールテンのズボンをはき、両手をポケットに突っ込み、目深かにモールスキン帽*を被った人相の悪い男でした。機嫌が悪そうに、前かがみに歩いてきました。

「あんたのとうちゃんがくるよ」と、少女のひとりが大声をあげました。編み物をしている少女に言ったのです。少女は、近づいてくる男を見て、何事もなかったように編み物を続けました。男が何のためにやってきたのかわかるものなら、その子は勉強の本を全部、特に、算数の本を差し出してもよいと思いました。その子はこの手の男を知っていたのです。ビールを大量に飲み、むしゃくしゃしたときやいらいらしたときには、自分の女房を木靴で踏みつけるような男でした。いらいらがつのると、女房を殴り殺しそうになるので、女たちには、怖がられていました。

けれども、深みのある目としっかりした濃い黒い眉の少女は、怖がっていませんでした。そんな父親には慣れっこになっているようでした。男は近づくと、父親ぶったずうずうしい調子で話しかけました。家に帰るように命令しているようでした。がみがみ言って、威張りちらし、拳を振り上げて脅しました。

その男の階級ではよくやるように、少女を殴り倒したり、蹴ったりするのではないかと、その子は恐ろしくてぞっとしました。そんなことには耐えられないので、駆け出して行って、どこかからお巡りさんを連れてきたいという衝動にかられました。

しかし、その少女は、動じていませんでした。男の野蛮な顔を真っ直ぐに見て、編み物を続けました。そして、向きを変えて、ゆっくりと、スクエアから歩き去りました。その後ろから

男も歩いていき、ときどき拳を振り上げたり、木靴を振り上げたりして脅していました。男が一度「馬鹿野郎、えらそうにしやがって」と、言っているのが聞こえました。

少女は、一言もいわず、急ぐそぶりも見せず、男の前を静かに歩いていました。靴下を編みながら、角を曲がって、共感に満ちたその子のまなざしの前からとうとう姿を消してしまいました。それから二度と見かけることはなく、少女はその子の人生から消えてしまったのです。

しかし、その少女については何度も思い出し、あれこれ考えて、力強さと謎を感じていました。さまざまな古代の大理石の彫刻について深く考え、「ミロのヴィーナス」がひとを惹きつけるのはどうしてかを考えるようになると、分かったことがありました。木靴を履いてエプロンをしたあの少女を見て圧倒されたのは、崇拝される女神のような「美」と、支配する者だけがもっている力が備わっていたからなのです。その後どんなことが起こったのかを知りたいとずっと思っていましたが、その子が見た物語には、結末がありませんでした。そこで、何年も経ってから、発端と途中と結末を自分で書いたのです。女工を「炭鉱の少女」にして、「ジョーン・ロウリー」*と名付けました。

自分とは異なった世界の人びとが大勢住んでいる通りに囲まれて暮らしていると、想像力の糧となるものがたくさんありました。その世界では、習慣や礼儀作法や言葉が、ある意味で全く異質でした。そこでは、子どもですら日の昇る前に起床し、機械の唸る音や油の匂いのする巨大な工場へ働きに行きます。工場では、機械に巻き込まれて、病院に運ばれることもありました。怪我をして血を流して苦しんでいるひとのからだが、きちんとおおわれてタンカに横たえられると、野次馬がじろじろ見ながら哀れんでついていきました。そうした事故は、たまにしか起こりませんでしたが、とても恐ろしかったので、子どものこころには絶えず、いまにも起こりそうに思えました。そうした危険が起こるかも知れないのに、ぞっとするほど恐ろしい歯車の間で生きているひとたちを、畏敬の念をもって見ていたものです。

子ども部屋と同じ階に、家庭教師の眠る部屋があり、そこにふたりの少女が眠る予備ベッドが入っていて、家庭教師がその世話をしていました。何らかの理由で、その子がそのうちのひとりであったときがありました。この部屋の窓は、家の裏側にあって、工員の住む家並みの裏手を見下ろせたのです。好奇心があれば、窓から小さな台所をのぞいたり、朝食を用意したり食べたりする様子を、たやすく見ることができました。

ある暗い冬の朝、早くに目が覚めて、はるか下の方から差し込んでくる光が寝室の天井に映っているのを見たとき、どんなに楽しかったかを想像してみてください。

その子は、それをしばらく見ていると、光と窓が映っているだけではなくて、どうやら、ふたりの人影が窓の前を横切ったり、そばに立ったりするのも映っているのに気付きました。

ひとりで見ているのはもったいないくらいおもしろかったので、そばで眠っている妹に話しかけました。

「ねぇ、イーディス」家庭教師を起こさないように用心深くささやきました。「イーディス、起きて。いいものを見せてあげるから」真夜中に、いいものを見せてもらえると聞けば、眠気は吹き飛ぶものです。

イーディスはこちらに寝返りをして、目をこすりました。

「なあに？」眠そうに聞きます。

「ほら、男のひとと女のひとがいるでしょう」半分だけ身を起こして、ささやきました。「裏通りのひとが台所にいるのよ。ほら、天井に映っているでしょう。この部屋の天井よ。見てごらん」

イーディスは見ました。裏通りのひとびとには、いつも、好奇心をそそられたのです。

「見える、見える」と、くすくす笑いを押し殺しながら言いました。「女のひとがいる」

「手に何か持っている」と、その子が言いました。「パンのようだけど」

「うん、なにかのかたまりみたい」と、イーディスは言いました。

「パンに違いないわ」と、その子は言いました。「工場で働いているから、出かける前に、奥さんが朝ごはんの用意をしているのよ。貧しいひとたちって、どんな朝ごはんを食べるのかしら」

「男のひともいるわ！」と、イーディスが、大きな声をあげたので、家庭教師が寝返りを打ちました。

「しっ」と、その子は注意しました。「家庭教師が起きてしまうわ。やかましいと言って、叱られるわよ」

「男のひとが流しで顔を洗っている」声を落としてイーディスが言いました。「窓の近くに来てくれると、何をしているのかわかるわ。男のひとが顔をこすって、振っているのが見えるよ」

「わたしも見える」その子が言いました。「おもしろいわね。ローラータオルが窓のそばにあるといいのにね」

気をつけていたのですが、ふたりのささやき声は、眠っている家庭教師の耳に届いてしまいました。家庭教師は、半ば目を覚ましました。

「あなたたち、何をひそひそ話しているのですか？　悪い子ね。お眠りなさい！」と、家庭教師は言いました。

眠たい家庭教師には、それでいいでしょうが、四時にぱっちり目を覚まして、寝室の天井に映る裏通りのパノラマを最前列で眺めている幼いふたりには、まったくお話にならないばかげた言いつけでした。

ああ、その魅力といったら、ありませんでした。謎めいた、普段とは違う感じがして、まるで真夜中のようでした。家中の寝室では、みんな、使用人も兄もママも、人形だってその蝋のまぶたをワイヤーで下して、寝ています。起きているのには、子ども部屋の掟をやぶっているという魅力もありました。起きているのは悪いことで、夜中に話をするのは、決まりを破ることでした。それでも、裏通りで女のひとが起きていて、連れ合いの朝ごはんを用意しているというのに、みんなと一緒に眠ることなどできるわけがありません。自分の部屋の天井にそれが映し出されて、その家庭のなかに入れてもらっているようでしたのに。

「ふたりがけんかしても、見えるわね」と、イーディスがささやきました。

空想の種は尽きることがありませんでした。天井に影が映るくらい窓の近くに来たとき、本当は何をしているのだろうか、窓から離れて映らなくなると、どうしたのだろうか、ふたりはどんな話をしているのだろうか、などと、興奮して想像しているうちに、家庭教師の眠りを妨げてしまいました。

「イーディス、悪い子ですね。フランシス、お母さまに言いつけますよ。あなたが一緒でなかったら、イーディスはひそひそ話したりしませんよ。いますぐ、眠りなさい！」と、家庭教師は言いました。

まるで、スイッチを押せば電気が切れるように、言ったとたんに眠りにつけるような言い方でした。

ふたりは、どれほどベッドから這い出して、窓からじかに裏通りのひとの台所を見たかったことでしょう。けれども、それは問題外でした。そんな反抗的なことをしようとは思いませんでした、少なくとも、最初の朝は。

それは、一度きりでは、終わりませんでした。心躍る神秘的な早朝に目覚めて、ベッドに入ったまま、「女のひとと男のひと」を見て楽しむのが習慣になりました。そう呼んでいたのは、名前がわからないし、早朝の朝ごはんのときに寝室の天井に映るひと、ということ以外は、何も知らなかったからです。

しかし、その子は、ひそかにふたりに愛着を持ち、たえず、ふたりは何の話をしているのだろうかと想像しました。ふたりはきちんとしたご夫婦で、お互いに好き合っている、と思っていました。一度もけんかをしなかったので、その子は、心からほっとしていたものです。

第6章 だまされた話

七歳というのは、成長する上で特別な年ごろなのでしょうか。それとも、ひとの生涯に影響を与え、人格形成にかかわるような興味深い出来事を呼び寄せる年ごろなのでしょうか。いま、振り返ってみると、七歳のころ「その子」にさまざまな出来事が起きたのを思い出せるのです。「本棚つき書き物机」*を見つけたのも、そのころでした。ランカシャー訛りを覚えて、「裏通り」のひとびとを観察するようになったのも、七歳でした。こころに畏れを抱きながら、物問いたげな目で、初めて「死」を見つめたのも七歳なら、うまく表現できないままに、初めて詩で物語を書いたのも、七歳でした。そして、初めて信頼を裏切られるという非道な仕打ちに直面したのも、七歳だったのです。

幸いにも、その子には、何が起こったのかよくわかりませんでした。裏切られたわけをいろいろ考えたのですが、無邪気だったので、自分がもてあそばれ、騙されたことに気付かなかったのです。さらにありがたかったのは、それが、深い傷を残すような残酷なものではなかったことです。その子にとっては、深刻だったものの、わけがわからずがっかりさせられた出来事でした。実のところ、しばらくの間、傷ついたというよりは、おとなの冗談の種にされていたのにも気付いていませんでした。

その子は、赤ん坊が大好きでした。人形を赤ん坊に見立てたことはほとんどなかったのですが、赤ん坊、それも生まれたての赤ん坊を見ると、喜びで夢中になりました。特に、顔が真っ赤で、小さなレースの帽子をかぶって、不釣り合いなぐらい長い産着を着ている生まれたての赤ん坊が好きでした。すその長い産着を着ている赤ん坊を見るのが一番うれしかったのです。赤ん坊の着ているものの丈が短くなっていって、赤や白の小さな靴をはいた足を動かすようになると、その輝きが衰えたように思いました。もう、本当の赤ん坊ではなくなったのです。その子が幼い魂をこがすほど赤ん坊が大好きなのは、乳母が壊れものでも扱うように、丁寧に赤ん坊を扱っているときや、キスをされるといつも口を開けるときや、暖かいフランネルや温かいミルクやすみれのパウダーのよい匂いがするときでした。

スクエアには、赤ん坊が生まれる予定の女のひとが、ひとり、ふたりいましたので、赤ん坊が生まれると、その子は、いつも真っ先に、その知らせを聞きつけたものです。

「ロバーツ夫人に赤ちゃんが生まれたそうよ。もう知っていた?」と、誰かしら小さな子が言います。

すると、その子の胸は、喜びでいっぱいになるのです。人形には一日のお休みをあげました。人形の中身は、いかにもおが屑だと思えたのです。人形は、椅子に座って前をみつめたままで放っておかれました。一方、その持ち主は、ロバーツ邸のまわりを、友達と一緒にうろうろ歩き回って、窓を見上げては、声をひそめて、生まれたばかりの赤ん坊が女の子なのか、男の子なのかを話し合っていました。その子は、女の子をひいきにしているようでした。女の子の方が、長い産着を着ていられる期間が長いと思ったからです。

そして、髪の毛をきれいにカールしてもらい、ワンピースに洗い立ての襟かざりを付けてもらって、ロバーツ邸を訪問する日がやってきます。つま先立って、慎重に呼び鈴を鳴らし、胸をどきどきさせながら、メイドが出てくるのを待つのです。メイドが出てくると、できるだけ丁寧に言います。

「ママから、よろしくお伝えくださいとのことです。ロバーツ夫人のお加減はいかがでいらっしゃいますか。お差し支えなければ、赤ちゃんを見せていただけますでしょうか」

そして、運が良ければ、たいていは良かったのですが、その子は二階に案内されて、光をさえぎった部屋に通されます。そこには厳粛ななかに美しい静けさが満ちており、その子は、良い子でいたいという気持ちになりました。おそらく、ロバーツ夫人は、実際はそれほど美しいひとではなかったのでしょうが、なんだか天使のように見えました。手を差し出して、やさしく声をかけてくれました。

「いらっしゃい、お嬢ちゃん。赤ちゃんを見にいらしたの？」

その子は、精一杯、礼儀正しく返事をします。

「はい、もし、よろしければ、ロバーツ夫人。お差し支えないようでしたら、お願いしてごらん、とママが申しました。お邪魔にならないように、すぐに、失礼させていただきますので」

「あなたのママによろしく。わたしは、とても順調で、赤ちゃんは男の子ですって伝えてくださいね。乳母が赤ちゃんを見せてくれますよ」

ああ、乳母の膝の上にいる可愛いらしい赤ん坊のそばに立って、うやうやしく見下ろす喜びといったら！　その子の幼いこころにあふれていたのは、敬愛の念と畏れの混じった崇拝の気持ちでした。それは、ロバーツ夫人への敬愛、光をさえぎった部屋の神秘的で荘厳な教会のような雰囲気への畏れ、生まれたての赤ん坊については何でも知っている乳母への敬意、生まれたばかりで、王さまのように見える生まれたての赤ん坊への敬愛、そして、「赤ん坊」への純粋で深い崇拝の気持ちだったのです。

以前、こころのなかの思いをどうしても言葉にできなかった経験がありましたが、このときも、子どもにははっきりと形にできないものの、自分を深く揺り動かしている感情が確かにあったことを、わたしはいまだによく覚えているのです。その子は、小さな子どもで、その子を愛しているひとたちにとっても子どもだったので、いつも、子どもとして扱われていましたし、その年齢よりおとなびていたわけでもありません。それにもかかわらず、その子が、光にさえぎられた部屋の雰囲気にこころを動かされ畏れをいだいたことを、わたしは、はっきりと記憶しています。後に、同じように、ブラインドを下ろして光を遮った別の部屋で、謎めいた静寂、しかももっと恐ろしく、もっと冷たい静寂の雰囲気に包まれてこころを動かされ畏れをいだきました。そこでは、ひとびとが、人生の始まりではなく、終わりを迎えた「何か」を見下ろしながら、涙を流して佇んでいました。

そのときは、あまりに幼すぎて自覚していませんでしたが、いずれの部屋でも、光を遮った静寂さのなかで、その子はひとりの人間として、「謎」と「答えのない問い」に向かい合い、黙ってうやうやしく立ち尽くしていたのです。同じように、誰もが黙って立ち尽くしてきました。たった七歳でしたが、その子は、世界中のひとびとに劣らず、こころのなかではわかっていたのです。

乳母が親切なひとでしたら、赤ん坊の足を見せてもらえたし、キスをさせてもらえることもありました。なんて小さな足なのでしょう、ピンク色でやわらかそうで、指をまるめて、もぞもぞしています。

「ちっちゃいわねえ」と、その子は、両手を組みあわせて言いました。「とてもきれいな子だわ。わたしの赤ちゃんだったらいいのに！」

大人になって、偏見を持たずに考えてみると、しぶしぶながらも、生まれたての赤ん坊は美しくはないと認めざるをえません。痛々しいほどしわしわで、嘆かわしいほど赤く、老人のように顔をしかめています。髪の毛もなければ、鼻もぺちゃんこで、個性もありません。ただし、ロバーツ夫人の場合のように、赤ん坊に神の恵みと恩寵を見出すひともいます。（これは、自然からのすばらしいお恵みです。この不思議なやさしい瞬間に赤ん坊を授けられたことに、この世のすべての女のひとは、跪いて、感謝をささげるのです。）

けれども、その子は、生まれたばかりの赤ん坊は絶対に美しいと、本気で信じていました。たとえ、そんなことはないと、慎重に、やんわりと、遠回しに言うひとがいたとしても、おそらく、どうしても納得できなかったでしょう。それは、宇宙の根源をゆるがすようなことだったのです。

生まれたばかりの赤ん坊を、乳母が抱かせてくれました。その子はとても注意深く、充分やさしい配慮をするので、誰でも信用してくれたのです。双子でも抱かせてもらえたことでしょう。低い椅子に座って、白い産着に包まれてかすかに身じろぎしている生まれたばかりの赤ん坊を抱いていると、未熟ながら母親になりたいという願いがわいてきました。巣で初めて卵を抱く小さな母鳥のように、本能で温めようとして、小さな胸は温かくなっていました。幼かったので自分ではわかりませんでしたが、本当にそうだったのです。

ある美しい夏の夕べ、お茶*のあとで（子ども部屋の朝食は八時、昼食は午後一時、お茶は午後六時でした）、その子はスクエアのまわりをゆっくりと歩いていました。連れは、「一番の仲良し」の少女でした。誰でも、一番好きな人形、一番好きな服、一番の仲良しを持っているものです。その子の一番の仲良しは、きれいな茶色のビロードのような瞳の、とても繊細で内気な少女でした。名前はアニーで、ふたりの心はひとつでした。

歩いていると、少し離れたところに黒い服を着た品のよい年配の女のひとがいて、腕に何かを抱いていました。白いもので、長い布がぶら下がっていました。ゆっくり行ったり来たりしながら、散歩しているようです。

「赤ちゃんを抱いている女のひとがいるわ」と、その子は、驚いて言いました。「生まれたばかりの赤ちゃんみたいだわ」

「生まれたばかりの赤ちゃんよ。スクエアのひとじゃないわね。誰かしら」と、アニーは言いました。

知らないひとだったので、ふたりには誰だかわかりませんでした。静かに、行ったり来たりしながら、生まれたばかりの赤ん坊と散歩していたのです。

ぜひとも、近づいてみなければなりません。ふたりは、女のひとを横目で物欲しそうに見やり、お互いの目を見ると、同じ考えを持っていることがわかりました。

「話しかけたら、不作法と思われるかしら？」と、囁くような声で、その子は聞きました。

「ええ、知らないひとだからねえ」と、小さな「一番の仲良し」は言いました。「とても不作法だと思われるかもしれないわね」

「そうかしら？」女のひとの方を心配そうに見ながら、「親切そうに見えるけど」と、その子は言いました。

「通りすぎてみましょう」と、一番の仲良しは言いました。そこで、ふたりは、ゆっくりと、女のひとのそばを通りすぎながら、生まれ立ての赤ん坊をうやうやしく眺めました。

赤ん坊を抱いた年配の女のひとは、悪いひとには見えませんでした。実際のところ、愛想よく見えましたし、二度目に通りすぎたときには、ふたりにほほえんでくれました。とても勇気づけられたので、歩みをゆるめると、一番の仲良しが、心の友を肘でそっと「つつき」ました。

「頼んでみましょうよ」と、言いました。「あなたが言って」

「いやよ。あなたが言って」

「だめよ」

「わたしもだめ」

「お願い。本物の生まれたての子よ」

「あなたこそ、お願い。あのひと、いいひとみたいよ」

ふたりは、すぐそばに来ていました。ちょうどそのときに、女のひとがまた勇気づけるようにほほえんでくれたので、その子は、その前で立ち止まりました。

「失礼ですが、生まれたばかりの赤ちゃんですか?」と、その子は尋ねました。

自分の大胆さに顔が真っ赤になるのがわかりました。こころから哀願しているような目をしていたに違いありません。女のひとは、もう一度、ほほえんでくれました。

「ええ」と、女のひとは答えました。「赤ちゃんを見たいのですか?」

「ええ、お願いします」と、ふたりは同時に声を合わせました。「わたしたち、赤ちゃんが大好きなの」

赤ん坊の顔は、白いレースのベールでおおわれていました。女のひとがふたりの方にかがみこんで、ベールを持ち上げ、その下に隠れていたうっとりするようなものを見せてくれました。

「ほら」と、女のひとは言いました。

ふたりは喜びのあまり息をつまらせてから、一緒に声をあげました。

「まあ、なんてきれいな赤ちゃんなの！」本当は、髪の毛もなければ、目鼻立ちもこれといったところがなく、顔色のさえない、他の赤ん坊と全く同じような赤ん坊だったのですが。

「生まれてすぐの子なの？」ふたりは尋ねました。「生まれてから、どれぐらいなの？」まだ天国の空気を吸っていると言ってもいいぐらい生まれたてなのだと聞いて、ふたりのこころは喜びでいっぱいになりました。

おそらくは、月極めで雇われた優秀な乳母だったのでしょうが、この年配のひとがしたことを思い起こしてみると、あの冗談好きな公園のお巡りさんの同類であるとみなさざるをえません。軽い気持ちで、ベンチの背もたれのすき間から芝生の上に落ちたら牢屋に連れて行くと言って、幼いころその子の血を凍らせたあのお巡りさんです。

この女のひとも、小さな子の無邪気さを、おもしろいと思ったのでしょう。「一番の仲良し」が、崇めるようなビロードの瞳で信じきってしっかりと見ていたのに、「その子」が興奮と喜びで燃えるような丸い顔をして聞いていたのに、どうして、その女のひとが、平然とあんな喜劇を演じられたのか、たやすく説明できそうにありません。

「そんなに赤ちゃんが好きなの?」と、女のひとが尋ねました。

「世界中で一番好きです」

「お人形よりも?」

「ずっと、ずっと、好きよ」と、その子が叫びました。

「でも、お人形は泣きませんよ」と、その見知らぬひとが言いました。

「わたしに赤ちゃんがいたら、一生懸命世話をするから、泣かせたりしないわ」と、その子は、言い張りました。

「自分の赤ちゃんがほしいのですか?」

丸い顔は、真っ赤になったに違いありません。

「赤ちゃんが持てるのだったら、何をあげてもいいわ」と、自分の持ち物に限りがあるのを忘れて気前よく言いました。

見知らぬひとは、仲良しとその子の間に入って、ゆっくりと歩いてくれました。そうすると、赤ん坊と繋がりが持てるように思えました。

「よかったら、この赤ちゃんをさしあげましょうか?」と、女のひとは大層まじめな顔で尋ねました。

「くださるって、わたしに?」息が止まりました。「まさか、そんなことできないわ」

「きちんと世話をしてくれるのでしたら、さしあげられると思いますよ」

「ああ、ああ、」有頂天になりながらも信じられないので、「でも、この子のママが許してくれないわ!」と、言いました。

「許してくれると思いますよ」と、女のひとは考えながら落ち着いて言いました。「この子のママには、赤ちゃんがいっぱいいるのですよ」

その子は、息をのみました。生まれたての赤ちゃんがいっぱいいるですって? 叫びまわりたくなるぐらいすばらしい申し出でしたが、信じられないように思いました。その子は、その見知らぬ女のひとをひそかに疑いの目で見てしまい、不作法なことをしたと気がとがめました。他のことならなんでも信じることができたでしょうが、これだけは無理でした。

「ああ」と、ため息をつきました。「あなた、あなたは、わたしを、からかっているのね」

「いいえ」と、この節操のない年配のひとは言いました。「そんなことはありません。大勢いると、とってもやっかいなものなのですよ」と、まるで、ノミのことを話しているように言いました。「この赤ちゃんをさしあげたら、どんなことをしてあげますか?」

このぞくぞくするような申し出に、その子は、我を忘れてしまいました。

「毎朝、からだを洗ってあげるわ」自分がこの天の恵みにふさわしいことをわかってもらおうとして、言葉をつまらせながら、言いました。「小さなお風呂に温かいお湯を入れて、大きな柔らかいスポンジにウィンザー石鹸*をつけて、洗ってあげて…それから、からだ中にパウダーをはたいて…服を着せたり、脱がせたりしてあげて…それから寝かしつけたり、部屋のなかを歩かせたり…膝にのせてぴょんぴょんさせたり…ミルクをあげたりするわ」

「たくさん、ミルクがいりますよ」冗談で始めた罪な行いに浸りきって、満足そうに、よこしまな年配のひとは言いました。

「牛乳配達のおじさんからもらえるように、ママに頼んでみます。きっと、許してくれるから、欲しがるだけいっぱいミルクがあげられるし、添い寝をしてあげられるし、ガラガラも買ってあげるし、それに…」

「赤ちゃんのお世話の仕方を知っているのね」と、上品な罪人は言いました。「あなたに赤ちゃんをさしあげます」

「でも、この子のママは、この子がいなくてもいいの？」と、カモにされた幼いひとは、こわごわ尋ねました。「それで本当にいいの？」

「いなくてもいいのですよ。もちろん、今夜は連れて帰って、あなたが欲しがっていることや、わたしがお約束したことを話さないといけません。でも、明日の夕方には、この子はあなたのものですよ」

「子どもの世紀」*が始まって以来、幼いひとたちは、簡単には騙されないという意味で、以前よりは自分を守れるようになってきています。ただし、英国の子ども、なかでも、この時代の英国の子ども部屋で育てられた子どもは、この「謀略家の月極め乳母」を信じてしまうくらい、世慣れていなかったのです。当時、大人のひとに対して子どもが密かに抱いていた尊敬と信頼は、非常に強く、子どもはそれに圧倒的に支配されていました。大人のひとは、それぐらい、知識、威厳、力のある存在だったのです。大人が、「不作法な女の子ですね」と言ったり、「生意気な子どもだ」と言ったりするだけで、地の底にのめりこむほど子どもを落ち込ませることができました。ベッドに追いやったり、余分の課題を与えたり、食事を与えなかったりできる全能の神のようでした。大人のひとが、それも「大人の女のひと」や紳士が「作り話をする」などとほのめかすだけでも、聖像を破壊するようなことだったのです。ですから、生まれたての赤ん坊をまかされている上品な年配のひとの誠実さを疑うなどということは、神を冒涜するよりもっと悪いことでした。仲良しのふたりは、女のひとが赤ん坊を家に連れて帰るために、スクエアを去っていくまで、そのそばを離れませんでした。女のひとが帰るころには、双方の間でいろいろ細かい取決めができていました。まるで、天国そのものが開かれたようでした。

翌日の夕方、七時十五分きっかりに、ふたりは、とある街角で、生まれたばかりの赤ん坊と衣類の包みを持ってくる年配のひとと会うことになりました。赤ん坊と包みは、丁重に、新しい持ち主に手渡されるのです。

赤ん坊をもらうのは、その子の方でしたが、喜びと優しい気持ちに満たされて、「一番の仲良し」もこの幸せな大事業の協力者になることがふたりのあいだで了解済みでした。

ふたりは、次の日、どのようにすごしたのでしょうか。どうやって、授業を受けたのでしょうか。地理や文法や九九の表に集中できるはずはありませんでした。その子の頭はくらくらして、生まれたての赤ん坊が目の前を漂っていきました。座っていた木製の椅子は、王座のように思えました。

一瞬、現実に引き戻されることもありました。年配のひととの出会いに有頂天になって興奮しながらママのところに行くと、その女のひとが本気かどうか、疑いの目で見られたのです。

「あなたねえ」ママは、喜びで輝いている小さな顔にほほえみながら言いました。「そのひと、本気じゃないわ。ただの冗談ですよ」

「まあ、違うわ」と、その子は言い張りました。「とてもまじめだったのよ、ママ。本当よ。ちっとも笑ってなんかいなかったわ。とてもすてきな女のひとだし、赤ちゃんは、生まれたてのきれいな子だったの。それに、からかっているのですかって、聞いたら、『違います』って。その赤ちゃんのママはその子がいなくてもいいのって尋ねたら、赤ちゃんは、たくさんいるから、いなくてもいいのよって言ったわ。とても、親切な女のひとなの」

ママも家庭教師も納得していないようでしたが、その子は興奮して有頂天になっていましたので、それほど、がっかりせずにすみました。少なくとも、運命を決する約束の時間が過ぎるまでは大丈夫でした。その時間がくる前に、その子と仲良しは、指定された通りの角に着いていました。

「ここは、ちょっと、品のない通りね」と、ふたりは言い合いました。「裏通りにくるように言うなんて、おかしいわね。あの赤ちゃんがここに住んでいるはずがないし、あの女のひともそうよ。どうして、スクエアに連れてこなかったのかしら」

そこは、まぎれもなく、裏通りでした。子ども部屋の窓から見える家並みがある裏通りの続きにあたるようでした。あの赤ん坊が、この界隈に住んでいるなんて、考えられませんでした。あたりには、工場で働くひとたちの家が建っていました。家のなかのものめごとを、暖炉の火かき棒を振りかざして片付けるような乱暴な人たちの住むところだったのです。

ふたりの子どもは、興奮を抑えて小声で話しながら、行ったり来たりしました。女のひとがこの通りを指定したのは、スクエアに近いからだろう、あのひとは、ここからはそう遠くないクレッセント広場あたりに住んでいるのだろう、赤ちゃんと衣類の包みを一緒に運ぶのはやっかいなので、この角なら、スクエアより近いからだろう、などと話しました。

ふたりは、信じきって、行ったり来たりしました。一瞬たりとも、角が見えないところに行く気になれませんでした。ぶらぶらするのも、三メートル以内に留めていました。まるで、かごにいれられたリスのように、行ったり戻ったりしました。

十分ごとに、どちらが勇気を奮い起こして、通りすがりのひとに時間を聞くかの相談をしました。通りすがりのひとは、みんな裏通りのひとでした。中には、時間を知らないひともいましたが、とうとうふたりは七時十五分が過ぎてしまったことを知りました。

「赤ちゃんが眠っていたのよ」と、ひとりが言いました。「赤ちゃんが起きるのを待って、帽子とマントを着せないといけなかったのよ」

それで、ふたりはまた行ったり来たりしました。

「ママは、あの女のひとは本気じゃないって言ったの」と、その子は言いました。「でも、本気だったよね、そうでしょ、アニー」

「ええ、そうよ」と、アニーは言いました。「話しているとき、ちらっとも笑ったりしなかったわ」

「角にある家は、他のより、ちょっぴりすてきだわ」その子は、言ってみました。「家のなかはとてもすてきかもしれないわね。ここに住んでいるのかしら。そうだったら、ドアをノックして、わたしたち、ここにいますって、教えてあげたらいいわね」

けれども、その家に住んでいるとは思えませんでした。あの赤ん坊と一緒にどこか別のところに住んでいるはずです。

何時間も歩いて、何か月も話をして、何年もあれこれ考えていたように思えました。そのとき、教会の時計の音がぼーんぼーんと規則正しく鳴り始めたので、ふたりはびっくりしました。

「あれは、聖フィリップ教会の鐘よ」と、その子は叫びました。「何時を打っているのかしら？」

ふたりは、立ち止まって、数をかぞえました。

「一、二、三、四、五、六、七、八」

ふたりの仲良しは、あっけにとられて、顔を見合わせました。

「あのひとは、来ないのかしら」と、ふたりは同時に叫びました。

「でも…でも、来るって言ったのに」その子は、必死に望みをかけながら言いました。「来なかったら、作り話になってしまうわ」

「そうよ」一番の仲良しも言いました。「作り話だったことになるわ」

そんな風に考えるのは破廉恥なので、とてもできないし、失礼だと思えました。到底、考えられないことだったので、気を取り直して、また、行ったり来たりし始めました。ことによると、ふたりが何か、時間か、角っこか、通りを間違えたのかもしれません。ちゃんとした年配のひとの立派な申し出が間違いのはずはないのです。

ふたりは、互いに慰め合って、元気を出そうとしました。しゃべって、歩いて、見張っていましたが、とうとう聖フィリップ教会の時計が八時半を打ちました。ふたりの寝る時間は、本当は、八時でした。半時間も余計に外で過ごしてしまったのです。これ以上、外にいることはできません。ふたりは、運も尽き果てて、待ち合わせの約束をしていた角で立ち止まり、互いの目を見合わせました。

「来なかったわ」まだ騙されたことに気づかないまま、ふたりは言いました。

「来るって言ったのに」と、その子は繰り返しました。

「きっと、角っこを間違えたのよ」一番の仲良しは言いました。

「きっとそうね」と、その子は、惨めな気持ちで答えました。「それでなければ、赤ちゃんのママが手放せなかったのよ。本当に、きれいな赤ちゃんだったもの…そう、手放せなかったのよ」

「それで、女のひとは、ここに来て、わたしたちにそう言えなかったのね」と、一番の仲良しは言いました。「いつかまた、スクエアで会えるかもしれないわ」

「たぶんね」と、悲しそうにその子は言いました。「とても遅くなったから、もう外にはいられないわ。おうちに帰りましょう」

ふたりは、悲しくなって家に帰りましたが、たいして賢くなって帰ったわけではありませんでした。上品な年配のひとが、母性愛あふれた小さなふたりの無邪気なこころをからかって、楽しんだことに気付かなかったのです。

ふたりは、毎晩、スクエアを歩いては、きょろきょろしていましたが、二度と、あの生まれたての赤ん坊にも、赤ん坊を抱いた内心でせせら笑っていた年配の女のひとにも会いませんでした。

これほど強く信じて疑わず、これほど完璧に騙されるのは、俗世の塵にまみれていない、天国の扉のすぐ近くにいるひとだけでしょう。

第7章 本棚つき書き物机

それは、どうして「セクレテール」（本棚つき書き物机）とよばれていたのでしょうか。なにかわけがあったのでしょうけれど、その子は知りませんでした。見たところ、大きな旧式のマホガニーの本棚のようでした。大きな引き出しがついていて、出っ張った台のようになっており、その下は戸棚になっていました。七歳か八歳になるまで、その子はこの書き物机を「発見」していませんでした。もちろん、そこにあるのは知っていましたが、その値打ちに気付いていなかったのです。何列も並んでいる本を眺めては、ため息をついたものでした。というのも、「大人の本」ばかりだとわかっていたので、おもしろいものはないと思っていたのです。

本はどれもしっかりした装丁で、堅苦しい感じがしました。その中に物語が潜んでいるなんて、誰も疑いもしなかったでしょう。少なくとも、捜査の素人であるその子には思いもよりませんでした。何巻もの「百科事典」と称する本の列、何巻もの分厚い『ブラックウッズ・マガジン』*の列、詩人の本が一列、さえない装丁の雑文集が一列、見るからに醜い茶色の本が二列、並んでいました。その茶色の本は、ちょっと見たところ数学の本のようでしたが、もちろん、そんなはずはありませんでした。どんなに血迷ったとしても、数学の本を何十冊も買うという見苦しい蛮行に走るなど、とうてい考えられなかったからです。

その子はときどき、どうしようもない餓えた目で本を眺めたものでした。本棚が何段もあって、どの棚にも本がいっぱい詰まっているのに、本に飢えた子には何の役にも立たないなんて、あまりにひどすぎると思ったのです。当時、その子は本に飢えていました。本に対して、狼のように貪欲だったのですが、誰にもそれを気付いてもらえず、その刺すような苦しみをわかってもらえませんでした。その子が求めていたのは「ためになる」本でなかったことは、はっきりと述べておかなければなりません。当時その子は、知らない間に教養を身につけていたのですが、それは、生まれてこのかた、ずっとこの狂犬病のようなものにかかっていたおかげでした。三歳のときからすでに「物語」を追い求め始めて、それが生涯続くことになったのです。もっと早くから始まっていたのかもしれませんが、はっきりと記憶に残っているのは、しみのついた聖書を通してヘロデ王に出会った三歳のときです。

その当時、まだ「子どもの世紀」は始まっていませんでした。子どもには知性の萌芽が備わっていて、それを育み守ることが聡明なおとなの喜びであり義務である、という考え方はされていなかったのです。道徳と礼儀作法は熱心に教え込まれました。手や顔を洗いたがらない性根を直すために、必死の努力が払われました。「静かにしなさい」と命じるのは、由緒ある伝統でした。どの子も、寝間着姿で跪いて、毎朝、毎晩お祈りを唱えていました。子ども部屋で唄われていたあの訓戒を最初に創ったのが誰なのか、知りたいものです。

話しかけられるまで、話してはいけません
呼ばれるまで、来てはいけません
ドアを開けたら、閉めなさい
そして、言われたとおりにしなさい*

韻律は完璧とは言えないかもしれませんが、大人の気持ちを見事に表していました。

ごく普通の子どもは、自分の子ども部屋や、いとこや友だちの子ども部屋で起こることを受け入れていました。バーボウルド夫人*やエッジワース嬢*の書いた物語や、『ピーター・

パーリー年鑑』*に載っていた冒険の物語は、いくらか読んでいたのです。信心深いおばから、面倒な病気を患って幼くして死んだ子どもたちの実にひどい生涯を綴った小さなぞっとするような本を贈られることもありました。そのなかで病気の子どもは、親や近親者に道徳的な助言や教えを際限なく授けることで長患いの物語に活気を添えていました。その様子は、「言った通りにして」と親たちに哀願しているようで、最後には聖句を唱えながら死んでいきます。「その子」はこうした本が嫌いで、本のなかの子どもたちをなんとなく信用できなかったため、ひそかに鋭い良心の痛みを覚え、自分を悪い子だと思いました。こんなに不信心で冷淡だと、きっと地獄に送られて火と硫黄の責め苦を受けるかもしれないと思ったのですが、気持ちを変えることはできませんでした。その子は、普通の子どもではなかったのでしょう。実際、どうしようもありませんでした。罰を受けるに値しないときでさえ、かわいそうに、その子はたっぷりと罰せられていました。かつて、賢いけれどいやになるほどずけずけものをいう現実的な医者が言ったように、その子は脳に「想像力」という腫瘍をもって生まれてきたのです。

そのころ、小さな女の子は、高価な本に囲まれてはいませんでした。本は、誕生日かクリスマスの贈り物で、何度も何度も繰り返し読まれ、他の子に貸してあげるのは大変な好意の証だったのです。

その子の「物語」好きは高じて、悪い行為とみなされるところまできていました。「本を貸していただけませんか?」新しく知り合ったひとには、いつも最後にそう尋ねました。

用事を言いつけられて二階や階下に行く途中で何か読むものを見つけると、どうしても誘惑に負けてしまい、我を忘れて階段のどこかに座り込んで、ページの中からその内容をむさぼるように読み取らずにはいられませんでした。「あの子は、また本を読んでいるわ」という、非難めいたいらいらした声をよく聞いたものです。その声を聞くと、とても恐ろしくなり、心臓がどきどきして、自分はなんて悪い子で、怠け者で、考えが足らず、言うことをきかない子だったのかと気付いて、やましい気持ちになりました。

アルコールやアヘンの中毒に侵されているようなものでした。物語中毒だったのです。そのせいで、その子は不作法な態度をとってしまうのですが、不作法な子どもになるのはいやでした。その子は、充分良い躾を受けた子どもだったのです。けれども、よその家の子ども部屋や居間を訪れて友だちと遊ぶとき、テーブルの上に本が置かれていたら、どうしても目を留めずにはいられませんでした。人目を引く真紅の、あるいは紫色の、あるいは緑色の美しい本が、金箔を使ったまばゆいばかりの豪華な模様で飾られ、背表紙に金文字で魅惑的な書名が入っている様子を思い描いてください。見る者の血が湧き立たないはずがないと、わかっていただけるでしょう。

その子がそうした本を手に取ることを、まわりのひとが理解して、思う存分読むのを許してくれたらよかったのにと思います。（その子はいつも大急ぎで本を読みました。落ち着いて読むことなどできなかったのです。）けれども、他のひとが一緒に話したり遊んだりしたいと思っているときに、本を読みたがるのは不作法でした。ですから、他のひとの目を盗んで、はらはらしながら、ほんの一瞬、ページの角をめくって、五、六の単語をむさぼり読むしかなかったのです。まるで拷問でした。それほど苦しんでいたのに、「遊びにきたのに本を読む」不作法な女の子だと友だちの間でよく噂になってしまうのは、自分の宿命だとわかっていました。

その子は「ためになる」本を全く読みたがりませんでしたが、大きくなって無知なひとにも思慮のないひとにもならなかったので、同じような子どもを持って心配している親御さんがいたとしたら、すこしは慰めになることでしょう。その子は、物語を求めていました。ロマンスから新聞に掲載された逸話に至るまで、どんな物語でもよかったのです。その子は、何でもむさぼり読みました。自分の思考力や知性がひとよりも早熟であるとは、思っていませんでした。まるぽちゃの足や腕のことを考えなかったのと同じように、自分の思考力のことも考えなかったのです。英国の東風のせいで、足や腕がよく赤くなり、ひりひりしたので、むしろその方を気にしていました。自分に知性があるなどとは、思いもよらなかったのです。学校に通ったのは、女の子はみんな行っていたからですし、勉強したのは、そうすれば午前中は十二時に、午後は四時に、自由になれたからでした。読み方は習わなくてもわかっていましたし、綴り字は簡単そのものでした。地理は好きでしたが、文法は退屈でした。算数はいやでたまりませんでした。ローマとギリシャの歴史や、ジョージ王朝までのイギリスの歴史は大好きでした。歴史には、その子が求めていた物語があったからです。神々や女神たち、伝説や戦争、ドルイド僧や古代ブリトン人*——青い化粧をほどこして、森で礼拝を行い、二輪戦車に乗った華麗なローマ人と棍棒や槍を振り回して戦います——これらの歴史は、ひたすら物語に飢えていたその子を満たしてくれました。貧しくて、まだ野蛮であったブリトン人が、自分を捕えた敵の立派な都市を歩いているとき、驚いて悲しげに「これほど立派なものを持っていながら、わたしの貧しい国を征服して取り上げてしまうのか」と言うところでは、こころを打たれました。ボアディケア女王*は、どこか野生的で美しい威厳のある人物でした。クヌート王*が海辺で海に退くように命令したさまは劇的でした。森をさまよって、牛飼いの小屋でパンを焦がしてしまったアルフレッド大王*は、悲劇であり、喜劇でした。王たる者が、その正体に気付いていない女のひとに叱られて、立ちつくしていたからです。ヘンリー八世、エリザベスと血のメアリ、獅子心王リチャード、リチャード三世、ロンドン塔のかわいそうな小さな王子たち、これらの物語は繰り返し何度でも読むことができました。しかし、ジョージ王朝時代になると、ロマンスは色あせてしまったように思えました。そして、ヴィクトリア女王陛下の御代には、ほとんど興味が持てなかったので、卑劣な反逆罪を犯しているようで気が咎めました。「石炭と木綿の御代*なんて、どうでもいいわ。おもしろくないし、何にも起こらないもの」と、その子は言いました。ランプリエールの『古典百科事典』*は、いつでも手に取りたくなる宝物でした。机のなかの、手に取りやすい端のほうに入れておいて、ペンや鉛筆を探そうと机の蓋を開けて頭を突っ込んだついでに、神や女神が罰を受けて何かに変身させられる伝説や、誰かから逃れようとして何かに変身したりする伝説の断片を、ほんの数行だけでもかすめとるのです。

子ども時代が過去のものとなってから、満たされることのなかった飢えを思い出して、自分の子どもには食べものを与えるのと同じように本を与えました。その結果、日々のパンと同じように文学がいつも手の届くところにあると、子どもたちは自分の自由意思で、「ためになる」本を選びました。これは、特筆すべきことです。子どもたちが一度も本に飢えたことがなかったからなのか、ためになる本が今日ではおもしろくできているのか、それとも、子どもたちが生まれつき母親より知的であったのか、理由をあれこれ考えるのは興味深いことでした。

さて、その子が「本棚つき書き物机」のなかに宝の山を発見したのは、言葉に表せないほど憂うつな日でした。英国の工業都市で雨の日を過ごしたことのないひとには、雨の日がどれほど憂うつなのか絶対にわからない、というのがわたしの持論です。当時、その子はシードリーには住んでいませんでした。記憶のなかで、「エデンの裏庭」ではいつも太陽の光がバラやリンゴの花に降り注いでいたように、イズリントン・スクエアにはいつも雨が降っていて、石畳やスレート屋根は濡れて光っていました。天気の判断をするときは、空を見ませんでした。汚れていても美しいウールのような白い雲のあいだから、ところどころに深い青い色が見えるときもありましたが、空はたいてい灰色だったのです。屋根のスレートを見て天気を判断するのが習慣になっていました。窓辺に寄って、外を見ると、たくさんのスレートが見えたのです。

「スレートが濡れているわ」という声は、多くの楽しい計画をあきらめるように命じる恐ろしい宣告でした。どこかに連れて行ってもらって何かおもしろいことをする予定だった日は、いつも雨になりました。

宝の山を発見したのは、どこもかしこも雨に濡れている日でした。その子は、子ども部屋の窓辺に行って、濡れた裏庭——自分の家の裏庭と近所の裏庭——の敷石道を見下ろしていました。（子ども部屋は三階で、家の裏側にありました。）マンチェスターの街の裏庭は、決して美しくも活気もありませんが、敷石が黒っぽく濡れているときや、いつも薄汚れたしっくい塀が湿気でさらに汚くなり、雨が塀の笠にぴしゃぴしゃとあたっているときは、見る者の心を挫くようなありさまになります。スクエアの家々の裏庭と、「裏通り」と呼ばれる小さな家々の裏庭とは、長い敷石の通路で隔てられていました。子ども部屋から小さな家の屋根や煙突を見下ろすと、雨に濡れた陰鬱なスレートが一面に広がっていました。元気が出るような光景ではなかったのです。

居間からの眺めも、気を引き立ててはくれず、さらに視界も限られていました。居間は一階にあり、子ども部屋と同じように裏側でしたので、濡れた敷石しか見えませんでした。ためしに眺めてみたのですが、あきらめて立ち去りました。客間は、砂利を敷いた広くて四角い広場に面していて、広場を取り囲む家が見えましたが、家はまるで煤で汚れた顔のようで、その窓はうつろな濡れた目のように見え、じっとこちらを見ている気がして、どこにいるよりも気が滅入ったものでした。そこも試してみましたが、落ち込んでしまって、二階へ上がりました。客間の真上の部屋には、「本棚つき書き物机」がありました。その部屋の窓から外を眺めてがっかりして振り返ると、よそよそしい感じの何段もの本が目に留まったのです。

その部屋の窓辺には、椅子が置かれていました。その前に跪いて、座るところに肘を置き、両手に顎をのせて、雲を眺めるのがその子の習慣でした。

というのも、その子は幼いころからずっと、空に奇妙な親近感を持っていて、雲を見上げると仲間のように感じられたからです。雲が青空にふわふわと美しく浮かんでいると、そこをすばらしい国の一部だと想像して、走ったり登ったりする空想にふけりました。どんよりとした鈍色の空間しか見えないときには、空に向かってささやき声で話しかけ、諭したり、諌めたり、お願いしたものです。その日もそうしました。

「ねえ」と、ささやきました。「見せて、ちょっとでいいから青空を見せて。お願いだから。その気になったらできるでしょう。見せてくれてもいいのに。わたしが空だったら、見せてあげるわ。青空をほんのひとかけと、お日さまの光をちょっぴり——青空の島だけでも見せて、お願い、見せて」

けれども、聞いてはもらえませんでした。青空はちらりとも見えず、雨はしとしと降り続き、スレートはますます濡れていきました。死にそうになるほど、うっとうしくなったのです。

「子ども部屋のソファ」も「緑の肘掛け椅子」も「人形」も、いのちを無くしてしまったようでした。人形は、子ども部屋の自分の椅子に座って、ガラスの目で宙を見つめていました。人形以外の何ものでもありませんでした。スコットランド女王メアリも、エヴァンジェリン*も、アステカの王族も、はるかかなたに行ってしまいました。四次元の世界に行ってしまったのです。人形は、おが屑の詰め物で、鼻は丸く一塗りした蝋、腕は緑の子ヤギ革で、足はだらりとぶらさがり、足の指は内側に曲がって、まぬけなかつらを被っていました。どうしてこんなもので「ふりをする」ことができたのでしょう。それに、スレートはうんざりするほど濡れているのです。その子は椅子の前に跪いた姿勢から起き上がると、部屋をぶらつき、「書き物机」の方にいって、本を見上げました。

「読める本があったら、いいのになあ」と、情けなそうに言いました。「わたしに読める本が、書き物机にあったらいいのに。でも、分厚いおとなの本ばっかりだわ」

何巻もの『ブラックウッズ・マガジン』には、いつも、特にいらいらさせられました。装丁に少し赤い色が使われていて、楽しそうに見えたからです。でも、『ブラックウッズ・マガジン』だなんて、何て書名でしょう。物語が、そこに入っている望みはまったくありません。当時は、装丁が華やかならば期待が持てましたし、書名で内容がわかったのです。けれども、その子は退屈で、退屈で、しかたがありませんでした。何かしないと、たまらなくなったのです。

しばらく見つめてから、椅子を取りに窓辺に行きました。英国製のマホガニーの椅子は立派なつくりだったので、重たかったにちがいありません。引きずったり、引っ張ったりしながら書き物机のところに運び、上に乗ると、そこから机の引き出しの台によじ登りました。そこは、床からはかなりの高さがあるように見えました。座ると、短い脚は床に届かず机からぶらんと垂れ下がったので、気を付けないと転がり落ちてしまうのだとわかりました。それでも、どうにかこうにかして、書棚のガラス戸を一枚、開けることができたので、慎重に移動して、もう一枚も開けました。それから、本を調べ始めました。楽しそうな装丁のものが数冊、わずか数冊だけあったので、真っ先に取り出しました。それは、「贈答用装飾本」*とかそのうちの一冊は、淡い青色と金色の、魅力的な装丁の本でした。それは、「詞華集」とか「花の贈り物」といった類のものでした。開いてみると、詩やさし絵が入っていました。詩は、女のひとの瞳や、ひとのこころの嘆きをうたったもので、美しく印刷されていました。「大理石のひたい」「雪のような胸」「ルビーの唇」について述べられていましたが、どういうわけか、そうした魅力は、行間をあてもなくさまよっているようで、ひとつにまとまらず、興味ひかれる人物に作り上げられていないし、物語も読み取れませんでした。その子は、熱に浮かされたようにページを繰って、「物語」を探しましたが、それらしきものは見つかりませんでした。さし絵も本当らしく見えなかったのです。なめらかな肩をしたすばらしい女のひとの版画で、肩にひらひらと翻るスカーフを、西風が荒々しくつかみ去ろうとしていました。女のひとはみんな、大きな目をして、額が高く、眉毛は極端に丸い弧で描かれ、長い巻き毛でした。その詩を書いた紳士は、女のひとを賛美するために、「リュートを奏でたい」という、燃えるような思いを口にしていました。絵の下には、洗礼名が記されていましたが、みんなバイロン風の、レオノーラ、ズーレイカ、ハイディー、イオーネ、イレーネ*といった名前でした。それはきわめて当を得ていて、その子には納得がいきました。ジェーンとかサラとかメアリ・アンと呼ばれるなんて、想像できなかったからです。そんな名前で呼ばれるようなひとびとには見えませんでした。けれども、物語のなかの人物にも見えなかったのです。

その子は、その女のひとたちが大嫌いでした。欺瞞に満ちた見せかけにすぎないことに気付いていたので、そのひとたちを見ていると、嫌悪と怒りでいっぱいになったのです。

その子は、ある特定のことに対して、声には出さないものの、奇妙で、抑えられない怒りにかられることがありました。物語を求めているのに、うまく見つからなかったときもそうでした。青と金の本を元の場所にぐいと押し込みながら、顔が赤く、熱くなるのを感じたのです。

「いやなやつ」とつぶやきました。「本当に、本当に、いやなやつねえ。読み物みたいに見えるのに、そうじゃないのだから」

その「贈答用装飾本」を部屋中蹴っ飛ばして、踏みつけてやりたいところでしたが、それはママの本でした。次に並んでいたきれいな装丁の本も、似たようなもので、「ブレシントン伯爵夫人*」とか、「ノートン令夫人」とか、「Ｌ・Ｅ・Ｌ」が出てきました。最初のふたりの夫人は、ユードラ*やイレーネと同じように思えたので、興味を引かなかったのですが、なぜか、Ｌ・Ｅ・Ｌのところで手が止まりました。若い女性をＬ・Ｅ・Ｌと呼ぶのは奇妙でしたが、絵に惹かれるところがあったのです。ほっそりとした小柄の若い女性が白いモスリンの服を着て、バックルのついた太いベルトをつけ、柔らかで夢見るような美しい表情を小さな顔に浮かべていました。その女のひとは本当にいるひとのようで、見ていると何となく悲しい気持ちになりました。なぜそう感じたのかはその子にはわかりませんでしたが、後になって、そのひとがアリス・ベンボルトのように物語のような生涯を送ったひとで、アリスと同じように、

「石のしたに、眠る」

と知ったときは、興奮でぞくぞくしたものです。

その本を棚に戻したあとのことでした。『ブラックウッズ・マガジン』を一巻、取り出そうという気になったのです。

どれほどの切羽詰まった思いで、その一巻を取り出したことでしょう。どうしても、何

か読むものが必要だったのに違いありません。子どもらしいその欲求がどれほど激しいものだったのか、誰も知りませんでした。体に良くないほど「砂糖菓子」を欲しがる以外に、満たされない欲求がその子にあったなんて、まわりにいるひとには思いもよらないことだったのです。その子を愛し、世話をしていた親切で優しいひとたちは、小さな男の子や女の子には『ピーター・パーリー年鑑』があれば十分だと思っていたのです。

それも当然でした。それは当時発行されていた子どもの本で、多くの子どもはそれを読んで育っていたのです。「その子」は、知的なことに熱中する子どもには見えませんでした。丸々と太った、頬っぺたの赤い女の子で、元気よく遊び、旺盛な食欲でオートミール粥*やロースト・マトン*やライス・プディング*を食べたのです。

それでも、幼くて未熟で、成長の過程にある子どもが、時にはわけもわからず、永久に満たされることのない飢えのために激しい怒りの虜になって、その渇望のあまり体が熱くなり、求め続ける頭のなかを満足させないと治まらなかったのだろうと、私には想像できるのです。あるいは、これは単に想像力あふれるこころが生み出した妄想なのかもしれません。

『ブラックウッズ』は、分厚くて重い本でした。その子は膝に乗せて開いてみました。すると、開いたところに物語があったのです。

それが物語である、とわかったのは、短い行がたくさんあったからでした。それは会話でした。その子は、「話をすること」と名付けていました。どの行もいっぱい詰めて印刷されていたら、物語の見込みはありませんでしたが、短い文章と、ところどころに空白があると、それは「話をすること」なので、つまりは物語だったのです。

その物語は、住む人のいない荒野に、使われていないほとんど忘れられた井戸があって、男のひと（はっきりと思い出せないので、それほどおもしろい人物ではなかったのでしょう）が、誰かに邪魔だと思われて、殺され、井戸に投げ込まれたというものでした。どういうわけか、その物語で覚えているのはそれだけです。興味をもったのは、その男のひとではなく、死体そのものでした。わたしの印象では、その物語は特に魅力的というわけではなかったのですが、それでも、それは物語でした。その分厚い本に物語が入っているのなら、他のものにも入っているはずです。その子は探検家気分で、分厚い本が並んでいる棚を満足そうに眺めました。丸々、二列もあったのです。

他の巻を取り出して開いてみると、うれしいことに、「話をすること」が出てきました。すべての巻に物語が載っていたのです。なかには、毎月、連載されているものもありました。「ある医者の日記」*や「年に一万ポンド」*といった長いものもありました。ちらっと読んでわかったのですが、後者は、ティトルバット・ティットマウスという名前のひとの物語でした。それに、美しいケイト・オーブリーと、高潔なのに不運な家族や、レディ・セシリアなども登場します。ああ、なんという喜びだったでしょう。

　その子の頬は、どんどん紅潮しました。そして速く、猛烈な勢いで読みました。机に腰を下ろし、脚をぶらぶらさせて、落ちる危険があるのも忘れていました。その子はまるで「天国」の止まり木に止まる鳥になって、羽が生えたようでした。落ちるはずがなかったのです。本でいっぱいの書き物机から、誰も落ちるはずはありませんでした。どの本にも物語が入っているかもしれないのですから。

　まもなく、机にすっかり上がって、膝をつきました。そうすれば、宝物と差向いになって、上の棚にも手が届きます。わくわくしながら『ブラックウッズ』とは違う本を降ろしました。そのなかにも宝物が入っているのではないかという、狂おしいほどの期待でいっぱいでした。興奮しやすいたちでしたので、本を開くときには手が震えました。息が早くなり、胸に奇妙な感じがしたことを、わたしは終生忘れないでしょう。詩のいっぱい詰まった本がありました。そして、なんとまあ、その詩もまた、物語だったのです！　目をぎらぎらさせている「老水夫*」や、「聖アグネス祭の前夜*」や、マーミオン*というスコットランドの男のひとの物語もあれば、「拝火教徒*」や、「エデンの門のペリ*」や、「ベールをかぶった預言者*」や、「海賊*」や、ドン・ジュアン*という名前の若者についてのすばらしい長編詩もありました。奇妙な時代遅れの英語で書かれた戯曲の入った、非常に頑丈なつくりの本もありました。戯曲も物語でした。「オセロ」*や「ヴェニスの商人」や「ヴェローナの二紳士」や「ロミオとジュリエット」と呼ばれる人々の物語や、その他たくさんの物語があったのです。その子は、喜びで息が詰まりました。すべてを読み終えるには、何か月もかかるでしょう。

本を読み終わってしまうのは、とても悲しいことでした。

「何か読むものがあったらいいのに」その子は、よく言ったものです。

「昨日持っていたあの本はどうしたの?」

「読んでしまったの」少しおどおどしながら答えたものでした。次のようなことを言われるのがわかっていたからです。

「それじゃ、きちんと読んだはずはないわ。そんなに短い間に読んでしまえるはずがないでしょう。飛ばし読みしたのね。もう一度、読みなさい」

新しいものに飢えているのに、誰がもう一度同じものを読みたがるでしょうか。

本棚の一番上の列は望み薄のように見えたので、そこの本に触ったらこの幸福が台無しにならないかと、心配になりました。

大変古めかしくて、いかにも数学の本のように見えました。灰色がかった見苦しい厚紙で装丁されていて、背表紙は茶色でした。

その子は思い切って書名を読みました。それらは全集のようでした。最初に目に留まったのは、ぼろぼろになった本でした。

「パースの美しい乙女」と読めました。「ウェイヴァリー・ノベルズ*」の文字も。「ノベルズ」とは、物語のことです。「パースの美しい乙女」。棚からひったくるように取り出して、机の上に座り込み、もう一度、脚をぶらぶらさせました。「パースの美しい乙女」。そして、残りの本もすべて、同じような物語だったのです。ああ、いつまでも、読み続けていられるではありませんか。

スレートは、まだ濡れていたでしょうか。砂利を敷いた広場は、まだ水浸しだったでしょうか。敷石道は、まだ光っていたでしょうか。おが屑を詰めただけのあの人形は、まだ自分の椅子に座って、前を見つめていたでしょうか。

そんなことは、もう何もわかりませんでした。脚をだらりとさせて、小さな顔を火照らせ、美しい乙女とパースへ飛んで行きました。どれぐらい時間がたってから大きな呼び鈴が鳴ったのか、わかりませんでした。聞こえなかったのです。子ども部屋の女中が入ってきて、その子を現実に引き戻すまで、何も聞こえませんでした。

「悪い子ですね、フランシスお嬢さま。お茶の呼び鈴が鳴ったのに、お母さまの書き物机に座って、本を読んでいるなんて」

その子は気を取り直して、机から這い降りました。そして階下に行ってお茶の席に着きました。厚切りのバターつきパンは、幼い子どもにふさわしいものでした。けれどもその子は、背の茶色い灰色の本を脇に抱えていたのです。

家庭教師は冷たい目で、厳めしく不愉快そうにその子を見やりました。

「本を持ってきたのですね」と、そのひとは言いました。「置きなさい。食卓で読むのは許されません。とても不作法ですよ」

第8章 パーティー

クリスマス休暇は、盛大なお祭りの季節でした。それは「終業式」から始まります。「終業式」は、その季節の到来を告げるすばらしい行事でした。

「あと二週間で、終業式よ。あなたのところはいつなの？」通っている学校が違うと、女の子はお互いに聞き合います。

「終業式」は、学期が終わるうれしい日であり、また、うっとりするような休暇の始まる日でもありました。学校を経営している先生たちがパーティーを開いて、きちんとお祝いをしてくれました。

それは、一年中ずっと楽しみにしていた華やかで社交的な行事でしたが、子どもたちが

解放されて大騒ぎするだけの場ではありませんでした。実際には、主催者にとって実利的な面で大きな意味を持っていました。ケーキがたっぷり出て、お酒（といってもニーガス*とレモネードだけです）は飲み放題でしたが、単なる浮かれ騒ぎではなかったのです。

　学校にいる「若い紳士淑女」だけではなく、そのママやパパも招待されました。このお楽しみの立役者は、ママとパパだったのです。パパが来ないときはありましたが、ママは命にかかわる病気に罹ってでもいない限り、欠席したりはしませんでした。それほど大変な理由がない限り、ママは必ず出席したのです。パパは、もっとつまらない理由でも来ないことがありました。

　卒業して人生経験を重ねてからでないと、そのパーティーがどんなにすばらしいものかを伝えられないでしょう。苦労を経なければ、形容詞をうまく使いこなせないのです。

　学校全体が、魔法にかけられたように美しく荘厳な雰囲気になって、同じ館だとは思えなくなり、勉強とは何の関係もないようなところになりました。近づいてくる休暇一色になったのです。カーペットがはがされ、家具は別のところへ移されて、邪魔になる場合は見えないところに片付けられました。ヒイラギがつるされて、絵の額のまわりにも飾られました。ピンクや白の紙でできたバラも飾られ、模様替えされた客間の天井の真ん中から、立派なヤドリギが堂々と吊るされていました。この部屋の壁沿いに、ママやパパが座りました。パパは、父親としての義務感から、あるいは家庭の規律を重んじて、ひょっこりあらわれることがあったのです。ママは、みんな一番すばらしいドレスで盛装していました。浮ついたところのない、黒かグレーか紫か茶色の、絹やサテンのドレスです。たいてい帽子をかぶっていましたが、それもすてきでした。わたしの印象では、当時、英国のママは、二十歳でも五十歳でも同じような装いをしていて、華やぎや若さは帽子で表していました。黒いレースと紫やえんじ色のリボンではなく、あえて白いレースとピンクやブルーのリボンを付けたのです。その子には、ママはみんな同じ年齢に見えましたが、年配のひとを敬うのと同じように、どのママも敬っていました。「終業式」では、ママは堂々とした一団を結成していたのです。

「パーティーでは何を着るの？」お祭りの前の数週間、小さな女の子はみんな他の子に尋ねたものです。

女の子が身にまとったのは、白かピンクか青か藤色の、とりわけ丈の短いドレスに、とりわけ美しい靴下に、とりわけ新しい靴に、とりわけすばらしいサッシュでした。髪の毛も、この上なくすてきに「結って」もらいました。縮らせている子やカールしている子、リボンを付けている子や丸い櫛をさしている子がいました。「その子」は、いくつものカールにして、目に入らないように丸い櫛をさしました。

男の子は、イートン・ジャケット*を着て、しみひとつない幅広のカラーをつけ、美しい青と赤の蝶ネクタイをしていました。真っ直ぐな髪の毛の男の子は、美容師に華やかにカールしてもらうのが流行でした。すばらしく輝くばかりのお祭りらしい装いに、最後の仕上げをしたのです。

ピンクや青や白のドレスやサッシュを身に着けると、女の子はいっそう有頂天になりました。上靴や小さな白いキッドの革手袋（当時、ボタンはひとつだけでした）に大喜びし、小さなロケットやネックレスにうきうきしました。しかし、男の子はカラーや新しいジャケットを喜んだとは思えませんし、夕食の部屋に入ってオレンジやティプシーケーキ*を手渡されるまでは、カールした髪の毛が気になったことでしょう。

けれども、夕方に行われる大切な行事が終わるまで、お楽しみはお預けだったのです。それは、その子には気の重い催しでした。自分の出番が終わるまでは、「終業式」が始まった気にはなれなかったのです。ひどく嫌っていて、部屋の真ん中に進み出て、この上なく丁寧なお辞儀をし、とっておきの帽子をかぶったママがぐるりと取り囲んでいるなかで立ったまま「詩を暗唱する」のは、気分のよいものではありませんでした。その子の出来栄えが、特にずば抜けてよかったとは思えません。暗唱が終わり、最後のお辞儀をして、そそくさと退場すると、いつも心の底からほっとしました。ピアノの演奏で「小曲」の最後の和音を叩いたときや、歌のお披露目で最後の一節に辿りついたときも、同じように安堵の気持ちを覚えました。生徒がひとりずつ出てきて、似たような演奏をし、たどたどしい暗唱が数多く披露されたことを考えると、パパの出席が多くなかったのも当然でした。けれども、ママの方は、ひとりたりともひるむことなく出席しました。

　こうしたすべてが終わると、クリスマス休暇が始まるのです。短いドレスとサッシュの女の子は、イートン・ジャケットとしみひとつない幅広のカラーの男の子と、カドリールや輪になって踊るダンスをしました。教室にはクリスマス・ツリーがあり、その枝の上やツリーの下には褒美が置いてありました。立派に努力したおかげで学業が優秀だった者や、善い行いをした者に与えられるのです。食堂には、サンドイッチやケーキやオレンジやクラッカー*がありました。クラッカーには、感動的な文言や愛情にみちた言葉が書かれた紙が入っていました。クラッカーが破裂すると、みんな飛び上がりました。大胆にも、その文言を交換する子もいました。キバナノクリンザクラのワイン*がふんだんにふるまわれ、レモンの小片が浮かんでいるニーガスもありました。実際のところ、社交界という渦のなかに巻き込まれて、目がまわりそうでした。パーティーが日常茶飯事になっているにしても、おとなのひとが地面に足をつけて落ち着いて歩けるのは不思議でなりませんでした。「終業式」は、めくるめく、光り輝くようなできごとだったのです。

しかも、それは、ほんの始まりにすぎませんでした。

三週間にわたる休暇中ずっと、他にも光り輝くような楽しみが待っていました。「終業式」ではないというだけで、同じくらい光り輝いていたのです。ママが贅沢をできる男の子や女の子の家では、クリスマス・パーティーが催されました。この休暇のあいだは、すべて、クリスマス・パーティーと呼ばれていました。こうしたお祭り騒ぎのあいだ中、その子は、妙に憂うつな気持ちがしてなりませんでした。その意味を全く理解していませんでしたが、人間にどうしてもついてまわるものなので、書き留めておく価値はあるでしょう。

その子の友だちや、兄妹の友だちから、「ご出席いただけますか」という案内が届くたびに、熱狂的な騒ぎが巻き起こりました。みんなが一斉にわくわくし始めるのです。パーティーをおとなしく待ってなどいられませんでした。パーティーに行くと思うだけで浮かれて、歩くかわりに踊りまわることになります。ポルカとゲームや、ニーガスとティプシーケーキを期待したからでもなければ、白いドレスやサッシュや靴を身に着けられると思ったからでもありません。それは、「パーティー」のせいでした。恐らく、飛ぶことを覚えたばかりの雛鳥や、初めて池に飛び込むアヒルの雛や、時を告げることができると知った雄鶏の雛なら、同じように高揚した気持ちや喜びを感じたことでしょう。それが、パーティーだったのです。

そういう行事のある夕方に繰り広げられる子ども部屋の光景は、すさまじいものでした。お風呂に入ってから、最後の仕上げにネックレスの留め金がパチンと留まるまで、どれほど、身支度に熱中したことでしょう。妹とあちこち踊りまわったり、急にはねまわったりしたものです。髪の毛をカールしてもらっているあいだも、じっとしてはいられませんでした。乳母や家庭教師は、気の毒なことに、何度もお行儀よくしなさいとがめたり、さとしたり、頼んだりしなければならず、ときには、ママに訴えるしかありませんでした。ママは子ども部屋の秩序を取り戻すために言葉をかけにやってくるのですが、ドレスやサッシュが散らかって娘たちが狂喜乱舞しているところへ足を踏み入れると、無邪気な大騒ぎに圧倒されて、言葉はかけたものの、厳しい調子にはなりませんでした。

「さあ、みんな、静かにして、着替えさせてもらいなさい。パーティーに間に合いませんよ」

この最後の言葉を聞くと、数秒間は秩序が回復されるのですが、長くは続きませんでした。騒ぎたいという衝動を抑えきれなかったのです。

こうした子ども部屋の光景は、今も脳裏に浮かびます。明るい暖炉で火が踊り、数えきれない小さな衣類があたり一面に散らかって、神聖なパーティー用のドレスは、まるで祭壇に祭るように少し離れた場所に置いてありました。その上には、サッシュが載っています。三人の子どもはじっとしていられなくて、それぞれの着替えの途中の恰好で走りまわっています。その後を乳母が追いかけ、ボタンをはめて靴をはかせようとしていました。鏡を見ると、「パーティーに行く顔」が映っており、興奮して美しく輝いていました。大きな瞳はきらきら光り、丸い頬は真紅か真っ赤としか言いようのない色になっています。子ども部屋で繰り広げられていたのは、こんな光景だったのです。

とうとうネックレスの留め金がパチンと留められ、小さな白い手袋のボタンもはめられると、小さなショールにその輝かしい姿を包んで、一分後には、通りに出てゆっくりとパーティーに向かいました。

そして、戸口の上がり段に立つと、玄関の扉が開いて、中のきらびやかな光景が現われます。数知れないモスリンやターラタン*のドレスやイートン・ジャケットが、うっとりしながら階段を上がったり下がったりしています。誰か案内してくれるひとが現われるまで恥ずかしそうにもじもじしている子もいました。

今日、英国の工業都市においてさえ、若いひとをもてなすのに、その当時ほど豪華でたっぷりしたご馳走は出さないでしょう。当時は、アイスに、果物に、サラダだけといった程度ではありませんでした。そんなものとは違っていたのです。その子は、旺盛な食欲の持ち主でしたが、「もっと召し上がれ」と勧められても、ひるむことがよくありました。ひとは、満腹するとそれ以上食べたくなくなるものですが、そうした人生の皮肉とも言える悲しく痛ましい真実が、一度ならず、そっと知らぬ間に、その子に大きな憂うつの影を落としたのです。当時、その子は、そんな隠れた憂うつのわけに気付いていなかったので、ケーキの食べ過ぎぐらいに思っていました。

最初は、お茶でした。パーティーの参加者全員が、長いテーブルにつきました。バターたっぷりのマフィンやクランペット*やサリーラン*、ジャムやジェリーやマーマレード、干しブドウ入りのケーキ、エビや牛肉の壺焼き*、薄いバター付きパンやトースト、紅茶にコーヒーにビスケットが出て、食べきれなくてもおかまいなしに、すべて食べるように勧められるのです。

「お嬢ちゃん、もうひとつ、マフィンを召し上がれ」と、その場にいたママが熱心に気前よくすすめます。「あら、まあ、もっと、お食べなさいな。もう一つだけどう？　いちごジャムも、もう少しいかが？　十分、食べていないじゃないの。ジェーン」とメイドを呼んで、「フランシス嬢に、マフィンとイチゴジャムを取ってあげて」その声は、いつもとても愛想がいいので、みんなが見ている前で、「いいえ、結構です、ジョーンズ夫人」と断るのは難しいことでした。それで、また食べるはめになるのです。しまいには、神さまの特別のお助けでもない限り、ぞっとする結果が待っていることになります。それから、お茶が終わると、ヒイラギやヤドリギで飾られた客間に移ります。そこでは、パーティー・ドレスやイートン・ジャケットを着た子どもたちが、はじめは、お互いを避けるようにして、数人のグループで上品に固まっているのですが、誰かおとなのひとが乗り出して、カドリール*を踊らせたり、「スリッパ隠し*」や「老兵*」などのゲームをさせたりすると、その後は、自分たちで楽しみ始めるようになります。みんなは、まだ因習にしばられてはいませんでした。最初の気まずさがなくなると、イートン・ジャケットは、ためらうことなく、フロアを横切って、自分の好みの白いドレスのもとに行きます。

「ぼくと、ワルツを踊っていただけませんか?」と、尋ねます。

すると、白いドレスは「はい」あるいは、「ジェミー・ドーソンと約束をしています」と、答えます。答えが後者の場合は、イートン・ジャケットは機嫌よく立ち去って、他のひとを誘うのです。

ポルカとショッティーシュ*をたくさん踊りまわりました。とても人気のあるダンスで、

カドリールよりも楽しかったのです。身体が熱くなるまで踊り、イートン・ジャケットは熱くなった額にハンカチを当てずにはいられませんでした。この熱をさまし、消耗した体力を回復させるために、リボンのついたパーティー用の帽子をつけたメイドが、レモネードやニーガス、オレンジや小さなケーキをお盆にのせて運んで来ました。パーティーに来ているひとは、かすみだけでは生きていけませんし、夕食は、十一時近くまで始まらないのです。オレンジは、食べやすいように半分か四分の一に切ってあり、ニーガスは、きらきら光る鉢に入っていて玉しゃくしがついていました。

そして、ダンスが再開され、さらにゲームが行われ、お祭り騒ぎはいやが上にも盛り上がっていきます。白いドレスは、イートン・ジャケットとぐるぐる回りながら踊り、ヤドリギの下にくると遠慮なく抱き合いました。おとなはそれを見て、ひそひそ声であれこれ言い、ときには、大笑いをします。踊りながらおとなのそばを通り過ぎるとき、「エミーはダンスが上手ね」とか、「マリアンって、なんて、きれいなのでしょう」とか、「ハンサムだね、ジャック・レズリーは」などということばが耳に入ります。通りかかったのが、もしエミーやマリアンやジャックだったら、顔を赤く染めて聞こえなかったふりをしました。

その子が前に述べたあの憂うつに取りつかれたのは、こうしたドレスやサッシュがぐるぐる回っていて、ダンス音楽の陽気な調べやおしゃべりや笑い声が聞こえる真只中でした。奇妙な感じにとらわれ、何となく落ち着かない嫌な気分になったのです。

その子は、ダンスが大好きでした。興奮しやすく、ダンスの動きや音楽やリズムのすべてに気分が高揚し、疲れを知りませんでした。ほかの白いドレスやイートン・ジャケットと一緒になって、どちらが上手にダンスを踊れるか、進んで競争をしました。それはとてもわくわくすることだったのです。頬が真っ赤になり、心臓がどきどきするまで踊りましたが、誰かおとなが止めるまで、決してやめようとしませんでした。

踊るのをやめて、笑ったり、息を切らしたりしながら、小さな脇腹に手をあてて立ち、音楽や話し声や笑い声に包まれて、万華鏡のような渦を眺めているとき、何度も「これが、パーティーなの？」と、自分に問いかけていることに気が付きました。

あれほど興奮して待ち望んでいた楽しみが本当になっているのよ、わかるでしょうと、その子の中にある何かが言い聞かせているようでした。

「これが、本当に、パーティーなの？」と、こころのなかでつぶやいたものです。それから、本当にそうだと自分を納得させるために、「ええ、これが、パーティーよ。わたしは、パーティーに来ているわ。パーティー・ドレスを着ているし、みんな踊っているわ。これがパーティーよ」と、言い聞かせるのです。

それでも、サッシュが楽しげにひらひらと漂うそばに立って、じっと見つめていると、自分が納得していないし、満足もしていないことに気付いて、落ち着かない気持ちになりました。こころのなかで、こんな声がしたのです。

「ええ、みんなここにいるわ。本当のことのように見えるけど、なんだか、本当のパーティーだとは思えないのよ」

ひとは、生涯、このように思うものです。誰もが踊り、誰もが音楽を聞き、時にはサッシュとネックレスを身につけて、白いドレスの子がそばでくるくる回っているのを眺めます。けれども、本当にパーティーに行ったひとはいたのでしょうか。

第9章 結婚式

「おとなの若い女のひと」は、とてもすてきでした。ひだ飾りがいくつもついた丈の長いドレスを着て、教会へは、花を飾ったチュールや小さな羽飾りのついたビロードのボンネットをかぶって出かけ、指輪をはめ、鎖のついた時計を持っていました。離れたところからじっと見つめて、わくわくしたものです。そういう目のくらむようなすばらしいひとに自分がなれるとは思えませんでした。おとなの女のひとは、舞踏会に行くのです。舞踏会とはどんなものか誰も知らなかったのですが、並はずれて壮大で晴れがましいパーティーのようなものだと想像していました。舞踏会では、燕尾服のボタン穴に珍しい花をさしたおとなの紳士が、優美で軽やかなドレスを身にまとって花の冠をつけブーケを持っ

た若い淑女と踊るのです。まばゆく輝くような豪華なひとたちは、お互いに話もします。何を話しているのかわかりませんでしたが、その会話は、活気があって、洗練されていて、文法や地理や算数のようにこのうえなく知性豊かなもので、気高い心情と才気あふれた当意即妙のやりとりが宝石のように散りばめられているに違いない、と思っていました。学業や道徳や礼儀作法の勉強に一生懸命打ち込まないと、将来そうした社交界に入りたいと願うことさえおこがましい、と考えていたのです。

その子が幼いころ教育を受けた学校を経営していたのは、ふたりの若い女のひとでした。しかし、その若さに気付くような非礼な生徒は、学校にはひとりもいませんでした。ふたりは、教育や、権威や、膨大な知識や、気品のある豊かな経験を体現していたので、そんなふたりを威厳のない若いひとと結びつけて考えることは誰にもできなかったのです。ひとりはおそらく二十三歳くらい、もうひとりは二十四、五歳で、帽子はかぶらず、巻き毛でした。ママがみんな同じ年齢に見えたように、このふたりの若い女の先生も、円熟した年齢に見えました。ある日のこと、女生徒の間で、この威厳あるふたりが何歳かについてまじめな議論がかわされたのです。それが一方の女の先生の耳に入りました。

ふくよかで、きらきらした目のへーべ*のような小柄なひとで、おびただしい数のきれいな黒い巻き毛をしていました。当時は、巻き毛の時代だったのです。

「それで、わたしを何歳だと思っているのですか？」と、生徒のひとりに尋ねました。そして、テーブルの向こうから、おもしろがっているような目で、生徒を眺めました。その様子を見ていたその子は、ふいに、かすかにですが、もしかしたら自分たちのママよりも若いのかもしれないという気がしました。尋ねられた生徒は、「何歳かですって？」と、言いました。「えーと、そうですね、よくわかりませんが、四十歳くらいだと思います」

先生の友だちやその仲間は、本当に若そうに見えましたが、それは興味深いけれどもありえないことだという気がしていたものです。ローマ皇帝や、ヨーロッパの国境や、リチャード一世が統治を始めた年や、人称代名詞についてのリンドレー・マレー*の考えや、ウイリアム征服王が「やってきた」結果どうなったのかについて、本当は若い女のひとが、休憩時間に話したりするものでしょうか。一緒にお茶をしているときに、突然、「英国を統一した最初の王さまは誰ですか」とか、「マックルズフィールド*では、何が有名ですか」とか、「ウラル山脈はどこにありますか」と、聞いたりするでしょうか。

マフィンや薄いバターつきパンを食べる合間に、答えるのに細心の注意が必要な質問をされたり、くどくど聞かれたりするなんて、人間には耐えられそうにないと思いました。といって、それ以外に、どんな話ができたというのでしょうか。教養のない軽率な話をすることなど、ありえませんでした。

ある日、二着のピンクの絹のドレスを見せてもらったとき、そうでもないかもしれないという考えが、ちらっと想像力豊かなその子の心をよぎりました。見せてくれたのは、ふたりの先生の妹で、ドレスは、そのまじめな先生たちが舞踏会に着ていくものでした。

ふたりの先生は、妻子をかかえて落ちぶれた紳士の長女と次女でした。父親は、若いころ、古くからの地所と財産を相続することになっていましたが、運命の悪戯によって、相続権を無くし、結局、スクエアに住むことになって、娘たちが若い紳士淑女のための学校を経営していたのです。しかし、運命の悪戯にあわなかった親戚もいました。ふたりの先生の従妹にあたる若い淑女は、美しい小さなボンネットをかぶり、四輪馬車に乗って訪ねてきましたが、とても華やかに見えました。

「グランサム屋敷から来た四輪馬車が、ハットリー家の前に止まっているよ」と、子どもから子どもへと伝わります。「行ってそばを通り過ぎましょうよ。乗っているのは、イライザ嬢だわ。ほら、一番きれいなひとよ。ラベンダー色の絹のドレスを着て、レースのパラソルを持っているわ」

グランサム屋敷のすばらしい催しは、伝説になっていました。おそらく、すべては幼い子どもの想像の産物だったのでしょうが、うわさは常にそこらあたりを漂っていました。舞踏会に出かけ、美しいボンネットを持っている従妹がいることを、先生の妹たちは自慢にしていたのでしょう。しかし、二着のピンクの絹のドレスがグランサムのにぎやかな行事の準備であることは、疑いようのない事実でした。

その子の「一番の仲良し」は、ふたりの先生の大勢いる妹（「その名はレギオン」*といったところです）のうちのひとりでした。姉さんとジェイニーが美しいピンクのドレスを着てグランサムのパーティーに行くというわくわくする秘密を、最初にその子に打ち明けてくれたのは、その一番の仲良しでした。

「ドレスは、予備の客用寝室のベッドの上に置いてあるのよ」と、「一番の仲良し」は言いました。「パーティーは今夜だから、すっかり、用意が整っているの。あなたが寝室でドレスを見るのを、姉さんが許してくれるといいのだけれど」

四十歳と思われていた小柄な女のひとは、いつも「姉さん」と呼ばれていました。九人家族の最年長だったのです。妹が頼むと、寛大にも、パーティーの華であるドレスを見てもよいと言ってくれました。

こうしてその子は、予備の客用寝室へ連れて行ってもらったのです。それは、決してささいな出来事ではありませんでした。ベッドの上に置かれた二着のピンクの絹のドレスは、まるで、さなぎの状態から羽を広げて飛び立とうとしている二匹の光り輝く蝶のようでした。ドレスには、かわいらしいスカラップの形に縁取られた小さなひだ飾りが無数についており、袖は短いパフ・スリーブで、襟ぐりは深く、小さなバラの蕾を散らしたチュールの飾り襟がついていました。その子は頬を染めて、ただただ、うっとりと見とれました。姉さんは、こんなドレスに身を包み、一緒にワルツを踊っているおとなの紳士を見上げて、きっぱりした調子で、「五十七から十五を引くと、いくつ残りますか？」などと言うのでしょうか。

その子は、それはありえないと思いました。しかし、とても大胆なおとなの紳士が、「すてきなお姉さま、ぼくは勉強を怠けてきたのですが、もし、あなたが五十七をわたしにくださって、ぼくが十五を引くのをお許し願えれば、計算するように努めさせていただきます」と言うようなことが絶対にないかどうかは、知るよしもありませんでした。

その子が生まれてはじめて見た結婚式での二組の主役が、姉さんとジェイニーであったらよかったのですが、花嫁は、ふたりの従妹であるグランサム屋敷の若い淑女でした。

結婚式が近づいて、教室でそのうわさがささやかれるようになると、みんなは興味をかきたてられて興奮しました。期待が高まり、「終業式」よりもわくわくしたのです。お祭りであると同時に壮大な感じもしました。結婚式がどんなものなのかについて、さまざまな意見が数多く出てきました。誰も結婚式に出たことはなかったのですが、どういうわけか、ほぼ全員がなんらかの詳しい情報を提供できたのです。

この話題についてささやき合うのを完全に止めさせることは、先生にもできませんでした。信頼できる筋の秘密の情報によると、聖なる契約の最大の呼び物は、まばゆく輝く軽やかな白いドレスを着て、オレンジの花の冠と白いベールをつけ、すばらしいブーケを持って、おとなの紳士に付き添われるおとなの若い女のひとでした。おとなの紳士については、特に話すことはなかったのです。「花嫁さんはきれいですか」と、誰もが尋ねますが、男のひとがきれいかどうかを尋ねるひとはいません。言うならば、男のひとはまるで実体がないようで、たとえ、あっさり片付けられなかったとしても、なんとなく漠然とした不信感をもって見られているようでした。

生徒はみんな、花嫁はどんなドレスを着るのか、ベールが何でできているのか、ブーケにどんな花が使われるのかを知っていましたが、おとなの紳士の衣装については、誰も興味を持ちませんでした。

その子は謎に包まれている紳士に興味を持ちましたが、結婚式では紳士はまるで完璧を避けてわざと残しておく瑕のようにみなされているのに気が付いていました。その子が紳士に興味をもったのは、「物語」を読んでいたからです。本人に会ったことはありませんでしたが、物語に登場するアーネスト・マルトラヴァーズ[*]やクウェンティン・ダーワード[*]やレーヴンズウッド屋敷の主人[*]を思い出して、ぼんやりとした姿を思い浮かべることはできました。ふたりの姉妹が同時に結婚するので、結婚式は二組同時にあげられることになっていました。ということは、ふたりのおとなの紳士もいたわけで、そのうちのひとりは、とてもハンサムで黒い瞳をした鼻筋の通ったひとでしたが、花嫁の父親から祝福が得られず、親の強い反対を押し切って強引に結婚へとつき進んだというウワサをちらっと聞くと、こころがかきたてられました。そのひとは、きちんとした裕福なおとなの紳士とはみなされなかったのです。これにはレーヴンズウッド屋敷の主人を思わせるものがありました。

「ふたりは、お互いに強く愛し合っているのかしら？」と、この多感な子は、遠慮がちに尋ねました。

けれども、それについての麗しいロマンチックな話は誰も知らないようでしたので、その子は、鼻筋の通った黒い瞳のひとを「本棚つき書き物机」の本に出てきたいろんな主人公の不運や性質と結びつけました。そして、そのひとがベールとオレンジの花の冠をつけた花嫁をいままさに祭壇へ導こうとしており、その後、末長く幸せに暮らすのだと思うと、わくわくしたのです。

結婚式が行われたのは、なんとすばらしい朝だったことでしょう。授業はありませんでした。ふたりの若い先生は、花嫁の付き添い役をすることになっていました。このふたりも、ベールや花の冠をつけるのです。行儀の良い数人の少女も、教会に行くことになっていたので、一番良いドレスを着て、高まる期待に酔いしれながら連れ立って出かけました。

太陽は、光り輝いていました。何もかもが光り輝いているようでした。辻馬車や乗合馬車も、陽気にがらがらと音を立て、通り過ぎるひとも、いつもよりきびきびと歩いているようでした。そして実際、誰もかれも、何もかもが、どこか落ち着きのない様子で、結婚式に向かっているような雰囲気がありました。もちろん、誰もが結婚式のことを知っていて、興味を持っていたに違いありません。その証拠に、通りすがりのひとびとは、開かれた教会の扉の方を必ずちらっと見ましたし、ちょっとみすぼらしい様子のひとが数人、入口あたりでぶらぶらしていて、その数は増え続け、とうとう人垣ができました。

その子と仲間たちも、同じように待っていました。経験がなかったので、おどおどして、大胆に踏み出す勇気がなかったのはもちろんですが、四輪馬車が到着してすべてのひとが降りるのを見る前に教会に入ってしまおうとは、誰も思わなかったのです。「パロッター」と呼ばれる正服を着た役員に敬意を払いながら立っていました。そのひとの役目は、日曜日にひとびとを信者席に案内することと、幼い男の子が頻繁にくしゃみをしたり物を落としたりしたときに怒った顔や困った顔をすることでした。

「パロッターが、なかに入れてくれないでしょうね」と、誰かが言いました。「思い切ってお願いしてみる?」

しかし、花嫁の一行が到着するまでは、何もする気にはなれませんでした。もうやってこないのではないか、と思われました。何時間も何時間も、通りで待っているように思われたのです。その間、馬車がやってきたという知らせを何度も聞かされては、その度に大騒ぎになって、それが誤報だったとわかり、動揺したものでした。

「来たわよ、来たわよ」と、誰かが叫びます。「ほら、通りの角を四輪馬車が曲がってくるわ。見えるでしょう」すると、誰もが活気づいて、見やすい場所にいるかどうか心配になってもぞもぞ身動きし、脈拍が早くなり、心臓がどきどきするのですが、結局、馬車はどうやら辻馬車だったとわかるのでした。時間が早く過ぎるようにと、落ち着きなく行ったり来たりしました。ひとりかふたりの大胆な子が、教会に近づいてなかを覗き込みましたが、「パロッター」が近寄ってくるのを見て、あわてて引き下がりました。その子はというと、緊張と興奮に十六時間もさらされたように思えた後に、土壇場になってクウェンティンレーヴンズウッドマルトラヴァーズが永久に花嫁の家族から追放されて、結婚式はとりやめになったのではないか、というおそろしい心配にひそかにとらわれました。

けれどもついに、ついに、あの浮かれ騒ぐような陽気な結婚式の鐘の音が大きく鳴り始めました。大急ぎで楽しそうな音を出そうとして、競争したり、互いにぶつかりあったりしているような音色です。

結婚式には、奇妙なほど、ひとを酔わせるところがありました。もう一度パーティーが開かれたようなものでしたが、パーティーよりも、ずっと、すばらしかったのです。その子は、鐘楼を見上げて、その背後の青空を見ました。なんてすばらしい青空なのでしょう。小さな白い雲は、なんてやわらかそうでふわふわしているのでしょう。なんて美しい一日なのでしょう。「結婚式に陽の照る花嫁は幸先がよい」と言われていますが、そのとおり太陽が輝いていました。四輪馬車が着いて、まわりの群衆は好奇心にかられて動きました。けれども、その子に見えたのは、白い霧のようなものや、花や、色鮮やかに着飾った年配の貴婦人や、しみのようなおとなの紳士だけでした。太陽は輝き、鐘が鳴り、教会はひとであふれていました。まさに、結婚式に太陽が照っている花嫁は幸せでした。でも、花嫁はみんな幸せなのです。太陽は、いつも花嫁の上に輝いているのです。結婚とは、なんて不思議で、楽しく、有頂天にさせてくれる行事なのでしょう。

どうやって教会のなかへ案内されたのか、引っ張っていかれたのか、押し込まれたのか、全然覚えていません。その子より実際的で行動力のある女の子が、うまくやってくれたのでしょう。いつの間にか、大聖堂のうす暗がりのなか、高いところにある信徒席に落ち着いていました。教会は大聖堂で、その子に深い感銘を与えました。敬虔な気持ちになって、お祈りを唱えなくてもいいのだろうかと思ったのです。興奮していたので、冷静になれず、細かいところをしっかり見ることはできませんでした。その子は、とても感激しやすい上に、結婚式を見るのが初めてだったからです。白い霧のようなものや、ひらひらしたベールと花は、祭壇のあたりにひとまとまりになっていて、牧師が、花嫁とおとなの紳士を長々と叱っているように見えました。牧師は、ふたりを「愛しいものたちよ*」と呼んでいましたが、厳しい戒めを与えているようでした。その子はなんとなく、今のうちに警告しておかないとふたりが良くない結末を迎えるという意見を、牧師が持っているような気がしました。特にクウェンティンレーヴンズウッドマルトラヴァーズには、悪い結末になってほしくないと思いました。深くこころを動かされていたので、他のひとびとのなかから、鼻筋の通った男のひとを見つけ出せるほどだったのです。結婚するということはあまりにも厳粛で、すこしの間、こころが沈んでしまいそうになりました。しかし、牧師がやさしくなって、ふたりを解放し、彼らが聖具室の方へ立ち去ると、その子は明るさを取り戻しました。それから、見物人がざわざわしはじめて、すぐにせわしなく動き出し、その子も誘導され、あるいは引っ張って行かれ、あるいは押し出されて、太陽の光のなかに出ると、喜びの鐘の音が再び鳴り響くのを聞いたのです。

外は、ざわめいていました。見物人の数は増えていて、近寄らないようにお巡りさんが押し戻していました。一列に並んだ四輪馬車は、ひらひらするドレスとベールをまとったひとや、色鮮やかなビロードとサテンをまとった年配の貴婦人や、しみのようなおとなの紳士が乗り込むたびに、ひとつひとつ扉が閉まって走り去って行きました。その子は、すべてを夢のなかの出来事のように見つめていました。鐘の音は、競うようにがらんがらんと鳴り響き、太陽は、一層光り輝いていました。このすばらしい出来事とは何の関係もない、まだ子どもの「その子」には、自分もいつかこんなすばらしい結婚をするなんて、予想のできない途方もないことでした。ウエストミンスター寺院で戴冠式をするようなもので、到底考えられないことだったのです。こうした栄光は、おとなのひとたちだけのものでした。でも、それは、すばらしい、本当にすばらしいものでした。

結婚したふたりの若い淑女は、白いサテンと花冠とベールで正装した姿で、それぞれ夫となったおとなの紳士に手を貸してもらって四輪馬車に乗り、紳士も一緒に乗り込みました。みんなが走り去って、騒々しい鐘の音が静まり、群衆が四方に散って行ったあとで、目ざとい子が、とてもおもしろいことを言いました。

「四輪馬車が通り過ぎるとき、なかが見えたのよ。グランサム嬢が、男のひとの肩に頭をもたせかけていたわ」と、打ち明けたのです。

「どっちのひとだったの?」と、その子は尋ねました。きっと、クウェンティンレーヴンズウッドマルトラヴァーズの方だと思ったのです。

そして、答えはその通りでした。

第10章 奇妙なもの

子どものころや学校の教室を振り返ってみると、他の子とは違う子どもがいたことを、ありありと思い出せます。他の子とはどこか違って、容姿の美しさやたくましさ、賢さや見た目の悪さ、あるいは障がいを持っていることで目立っていました。おそらく、どこの教室にも、器量がよい子や、目や髪の毛の美しい子、習ったことを驚くほど速く覚える子、とりわけすてきな服を着て幸せそうにしている子もいれば、鈍い子や、品がなさそうに見える子、どういうわけか実際に誰よりも品がない子、物おじせずに大胆な態度をとるので先生に「ひいき」されているのではないかと疑われている子、気の毒なことに身体が醜く、まわりに不快感を与えて、その残酷な運命に抗うことのできない子もいるものです。

その子は、これらのタイプの子をすべて知っていました。淑女ぶっているつもりはありませんでしたが、「品のない」子には内心で強烈な嫌悪を抱き、苛立ちを感じました。たまたま、そのうちのひとりはおもしろい子で、もうひとりはとても気立てのよい子だったので、そういう子に反感を持つのはつらいことでした。なんとか慣れようとしたのですが、「品のなさ」にいつも邪魔されました。気立てのよい子はばかげて見え、おもしろい子はいやらしくて節操がないように見えたのです。年下の子どものなかに、興味をひきそうにないのに気になる男の子がいました。賢い子でも、きれいな子でも、愛想のよい子でもありませんでした。不快感を与える子どもではなかったのですが、謎めいた不運さのようなものがあって、他の子と違っているような気がしました。いま振り返ってみますと、実際は内気で穏やかな子だったのだと思います。おとなであればとてもやさしい気持ちでその男の子を見つめたことでしょう。その子は、その男の子と親しくはありませんでしたが、なんとなく親切にしたいと感じていました。

「あの子は、とてもひ弱な子なのよ」とまわりのひとが言っていたので、その子は好奇心をそそられたのです。自分はひ弱ではなく、家族や親せきにもひ弱なひとはいませんでした。家族みんなが元気よく精力旺盛だったので、「ひ弱」であるのは、謎めいて哀れを誘いました。

その男の子の様子は、奇妙で不自然でした。きゃしゃで、存在感が乏しく、髪の毛は薄い色で、目は灰色でした。丸々と太って真っ赤な頬をした子どものなかにいると、違いが際立っており、頬や唇はピンクやバラ色ではなく青みがかった紫色をしていたのです。明らかに普通の色とは違って、赤色ではなく、ときにはすみれ色に見えることもありました。「アルフィーの唇の色、おかしいわね」と、みんなでよく言い合ったものです。「変だと思わない？　青い色をしているわ。それに、頬も青い色よ」

すると、誰かが、訳知り顔で、相手よりよく知っているのを自慢そうに言うのです。

「心臓の病気なのよ。ジェイニー先生がおっしゃっているのを聞いたの。突然死んでしまうこともあるそうよ」

そこで、突然死んだひとの話を知っている子がその話をすると、畏敬の念がみんなのあいだに広がりました。「死」のことを話したときは、いつもそうなるのでした。自分たちのなかの誰かが死ぬなんて、絶対にありえないことでした。もちろん、とても年老いたひとや、突発的に猩紅熱にかかったひとは死んでしまいますが、それは自分たちの生きている世界とは違うどこか遠くの別世界の出来事だと思っていました。子ども部屋や、スクエアや、足し算を間違ったりヘンリー八世*がアン・ブリンと結婚した年を思い出せなかったりする教室には、あまりにそぐわないことだったのです。

平凡で物静かな青い唇の男の子が死ぬかもしれない、それも、突然死んでしまうかもしれないと思うと、「その子」は不思議な気持ちになりました。それで一度、その男の子に新しい石筆をあげたことがありました。理由は言いませんでしたが、おそらく、自分でもはっきりしていなかったのでしょう。男の子がこちらを見ていないときに、つい探るように見つめてしまって、地理の勉強を忘れていることがよくありました。

ある朝、興奮した様子で、聞いたらびっくりするようなニュースを知っている、と言わんばかりに、その子のところにやって来たのは、「品のない」子のひとりだったに違いありません。

「アルフィー・バーンズのこと、聞いた?」と、声をかけてきたのです。

「いいえ、どうかしたの?」と、その子は問い返しました。

「死んでしまったの」と、知らせを持ってきた子は答えました。「昨日、学校に来ていなかったでしょう、今朝、死んだの」

こうして、「奇妙なもの」は、教室のなかにやってきたのです。信じられなかったのですが、長椅子や机や、使い古した本の間に、インク壺や石筆と同じぐらい現実味を帯びてやってきました。小さなありふれた顔立ちの、生気のない髪の毛をしたアルフィー・バーンズのところにやってきたのです。それでもまだ、ありえないことのように思えました。

それはアルフィー・バーンズのところにやってきたのですが、他の誰のところへも来るはずはありませんでした。アルフィーは、他の子と「違って」いたに違いありません。「ひ弱な」子でしたし、顔色も異様でした。アルフィーは、いずれにしても、いまでは「違って」しまったのですが、それでもありえないことのように思えたのです。年長の子は、詳しいことを知りたくてたまらない気持ちになりました。みんなは、アルフィーがどのように死んだのか、何か言い残したのかどうかを知りたがりました。回想録*に出てくる男の子や女の子は、必ず「臨終の言葉」を述べましたが、それは、聖書からの言葉や教訓を与えようとする言葉でした。例えば、次のような言葉です。

「お父さま」と、ジェイムズは、発作に苦しみながら言います。「もっと善いひとになるように努めてください。そうすれば、天国でお会いできますから」

「トーマス」と、メアリ・アンは弱々しく言います。「お母さまのおっしゃることをよく聞き、安息日学校*の先生の言われることを守りなさい」

「ウィリアム・ヘンリーおじさま、どうか、乱暴な言葉を使わないでください」と、幼いジェーンが言うと、母親は額から、死汗を拭いました。「わたくしは、もうすぐ、天国にまいります。おじさまにも来ていただきたいの」

こうしたことを思い出しながら、アルフィーの「臨終の言葉」はどうだったのか、思い巡らせました。臨終の言葉を残さずに死ぬなんて、ありえないように思われたのです。邪悪なひとは、必ず、神を冒瀆する言葉を発したり、慈悲を求めて叫んだり、病気になる前は善い人間でなかったことに激しく後悔しながら身もだえて、恐ろしい苦しみのうちに息絶えました。アルフィーは、目立たない、取るに足らないような男の子でした。いたずらをする悪い子ではなかったのですが、ひとに良い影響を与えるようなところはなく、誰かをたしなめ、教え諭すようなこともありませんでした。ですから、アルフィーが亡くなったという現実を受け入れて、「奇妙なもの」がどのようにアルフィーを訪れたのかを想像するのは、容易なことではなかったのです。

誰にも詳しいことはわかりませんでした。何もわからなかったのです。アルフィーが死んで、両親は泣いただろうと想像できましたし、埋葬されるだろうということも知っていました。あらゆる角度から何度も何度も話し合いましたが、わかったのはそれだけでした。

誰もアルフィーの家に行ったことがなく、両親と会ったこともありませんでした。両親は、ひっそり暮らしている商人で、スクエアの住人ではなかったのです。学校側でわかっていたのは、兄弟も姉妹もなく、単調な生活を送っていただろうというぐらいでした。特定の友だちもいないし、誰かを家に招待して一緒に遊ぶことも、お茶の時間を過ごすこともなかったようでした。

正統とされる信仰によると――そして、学校ほど無邪気に正統なことが言えるところは他にないのですが――アルフィーは天国に行って、天使になったのです。

これは、その子には大きすぎてとらえきれない問題でしたので、何日もの間、その子のこころを占めていました。どうして誰かおとなのひとに話さなかったのか不思議に思いますが、おそらくは、英国の子どもの習慣で、自分の意見や感情を表に出すのを控えていたのでしょう。自分は、とても小さくて、おとなはとても大きいから、お互いの考え方を本当には理解できないのではないかと内心考えていたので、そのせいもあったかもしれません。死や天国や天使についてすべてを知っているひとには、その子の考えは、もちろん、愚かで、つまらないと思われたでしょう。不敬だとすら思われたかもしれません。その子は、何も尋ねませんでしたが、なんとなく悲しい思いがして、説明のつかない気持にとらわれました。

天国は、法律も国境もないところでした。いったん、そこに入りさえすれば、何でもでき、何もかもがありました。「大きな白い御座*」があり、純金の通りや「さまざまな宝石」でできた壁がありました。主に覚えていたのは、めのうや縞めのう、赤めのう、かんらん石、緑柱石、ひすいでした。不思議な名前だったので、どんな石だろうと思ったものです。そして、「赤い獣に乗っている」女がいて、「その獣は神を汚すかずかずの名でおおわれ、また、それに七つの頭と十の角」がありました。その女は天国にいるのに「聖徒の血に酔いしれている」のでした。また、竜や獣がおり、長老や青白い馬がいて、金の燭台と金の鉢がありました。獣は、前にも後ろにも一面に目がついていて、それぞれ六つの翼があり、馬は、火の色と青玉色と硫黄の色の胸当てをつけて、頭はししの頭のようで、口から火と煙を吐いていました。これは、すべて、「ヨハネの黙示録」に書かれているので、本当のことでした。天国とはこのようなところで、アルフィー・バーンズは、そこへ行ってしまいました。教室や、インク壺と習字手本の世界から、いなくなってしまったのです。足し算を間違えて、いやな臭いのするぼろ切れやスポンジで石板をきれいにすることや、屋根の上のスレートを見て、雨が降っているかどうかや遊べるかどうかを気にすることも、もうありません。そして突然、アルフィーは天使になって翼を持ったというのです。翼は、アルフィーを訪れた「奇妙なもの」と同じように、ありえないものに思われました。あの小さい顔や青い唇や、いつもぶかぶかの服を着ていた小さなきゃしゃな体に、翼がはえていると考えるのは難しかったのです。

「でも、アルフィーは、まったく違うかもしれないわ」と、その子は、それだけが慰めであるかのように、しつように自分に言い聞かせました。「あの子は、まったく違っていて、白いローブを着ているかもしれないわ」

ゆったりとした丈の長い白いナイト・ガウンのような、ひだのある服をまとったアルフィーの姿を想像しようとしました。とにかく、それは「まったく違う」ものでした。興味深いのは、七歳で思ったことは、七十歳になってもそう思うということです。七歳のころよりもはっきりわかったことがあるでしょうか。そのころよりどれだけ多くのことを知ったというのでしょう。何もありはしないのです。ただ、なんであろうと、どこであろうと、「まったく違う」ことだけは、わかるものです。

幼いころから現在まで、地理や天文学について多くのことを学びました。青空は空間にすぎず、雲は水蒸気だと知りました。けれども、もっとはっきりとわかったのは、私たちには何か「まったく違う」ものがどうしても、どうあっても必要で、それを求めて大声をあげ、懇願するのだ、ということです。

誰かが、おそらくはあの実際的な少女、グランサム家の結婚式でぼんやりしていた「その子」を教会に押し込んでくれた行動力のある少女だったのでしょうが、二、三人の代表者を立ててアルフィーの家に行って、対面させてもらえないか頼んでみようと言い出しました。

「その子」は、畏敬の念に打たれました。天使になったアルフィーの抜け殻と対面したいと強く思ったのです。「魂は天国に行った、その肉体は、塵にすぎない」と、いつも聞かされてきました。どういうわけか、ただの塵になったかわいそうな小さな身体を見たかったのです。

「行かない方がいいかもしれないわ」と、その子はおずおずと言いました。「おうちの方が会わせたくないかもしれないから」

しかし、その子は連れて行かれました。他の子も一緒でしたが、誰も行くのを嫌がっているようには見えませんでした。あとで思い出してみると、その子は、いつもどこかに連れて行ってもらっていました。強い子ではなかったのですが、強い感情に襲われても静かにしていられるという誰も知らない力がありましたし、何かをしなくてはならない時には密かに着実に目的を遂行できる長所を持っていました。おそらく、何も考えていないように見えて、実はたくさんのことを考えていたのが、その子の強みだったのです。それは、道徳的な、あるいは、知的な性質というよりは、天が惜しみなく与えてくれた恵みだったのでしょう。行動力のある子が先導して、その子はアルフィーの家に連れて行ってもらいました。その家について後々まで覚えていたのは、薄暗く、表側にあった小さな物寂しい客間だけで、その他は玄関も階段も何も覚えていないようです。その小さな陰気な部屋とそこにあったものは奇妙なほどよく覚えているので、実際にそうだったのでしょう。

そこは、薄暗く、小さくて飾りがなく、この上なく物寂しい見栄えのしない部屋でした。

少なくとも、その子の目にはそう映りました。といっても、細かいところまで見たのは、壁際に置かれた馬の毛で編んだ堅い織物に覆われた長椅子だけでした。その長椅子の上に、白いシーツで覆われたものが横たわっていました。それこそ、みんなが会いにやってきたものでした。その部屋や長椅子や色彩のない薄暗い全体の雰囲気は、生気のない髪の毛をし、体に合っていない服を着て、穏やかで魅力の乏しい小さな青白い顔をした飾り気のないアルフィーそのもののように思われました。案内してくれたひとが、白いシーツをめくると、その子は、はじめて、「奇妙なもの」を見たのです。そして、恐ろしく惨めで陰鬱な気持ちになりました。

「奇妙なもの」が訪れても、かわいそうな男の子は、美しくなってはいませんでした。背がとても伸びたように見えました。型押しの醜いスカラップ模様の縁飾りのついた、ぞっとするような青みがかった白いフランネルの服をまとっていました。その時代遅れの恐ろしい服装と合わせるように、奇妙なモスリンのナイトキャップをかぶっていたのです。ひだをとった堅いフリルが、かわいそうな小さな動かない青白い顔のまわりを醜いさまで縁取っていました。その顔は、奇妙な青色のせいで前よりもくすんで見えて、唇は、ほとんどすみれ色でした。瞼は完全には閉じられていなかったので、生気のない灰色の瞳がかすかに見えました。

その子は、立ったまま、恐ろしそうに見下ろしていました。どんな光景を予想していたかはわかりませんでしたが、もの哀しく、胸がどきどきしました。怖かったのではありません。その「奇妙なもの」と対面したときは、思っていたほどには、怖くはなかったのですが、ことばにできないほどの畏敬の念を伴ったもの哀しさに打たれたのでした。また、どうして泣きださないのかしらとも思いました。「奇妙なもの」を見たら、きっと涙が出てくるだろうと想像していたのです。涙が出ないのは、自分にやさしい心がないからだろうかと思いました。よく知らない小さな男の子、思い出すのは心臓病で青い唇をしていたというだけの男の子を見て、実際に激しく泣き出したりはできないものです。

「あの子は、天使になったの」と、その子はこころのなかで言い続けました。「天国へいってしまったの」

その家に連れて行ってくれた女の子が、アルフィーに触るようにとささやきました。その女の子も触りましたし、他の子も触わりました。これは儀式の一部になっているようでした。その子は、尻込みしました。恐ろしいことだと感じたのです。それでも、他の何よりも冷たく、他の冷たさとは全く違う、「死のように冷たい」と言われている奇妙な冷たさのことはいろいろと耳に入っていましたので、それがどんなものか知りたいと願う恐ろしい気持ちもありました。それに、「奇妙なもの」が残して行ったものに触ったら、その夢をみることはないでしょう。小さな部屋や、馬毛の長椅子や、モスリンのフリルのついた帽子をかぶって瞼をちゃんと閉じていないそのかわいそうな醜い小さなものを夢に見るなんて、考えるだけで耐えられませんでした。

　その子は、手を伸ばして、にこりともしない頰に触れました。

「死のように冷たい！」しかし、想像していたほど冷たくはありませんでした。氷のような冷たさではなく、雪のようでもなく、他のどんなものとも違う冷たさでした。それは、穏やかな冷たさで、二度とふたたび暖かくならないだろうという気がしました。そこを離れて、物寂しい小部屋を出たとき、その子の記憶に残ったのは、その穏やかな冷たさと、本物の「奇妙なもの」を見た自分に対する驚きでした。

「かわいそうなアルフィー」と、行動力のある少女は言いました。「とても気の毒に思うわ、でも、いままでよりもずっと幸せになったのよ」「気の毒に思う」というのが、大方の子の感想でした。気の毒に思わないのは思いやりのないことだったでしょう。さらに、アルフィーが天国に行ったことが、一番強調されていました。こうした感想はどちらも、議論の余地のないほど正しいものとみなされていたので、その間に矛盾のあることに気付くものはいませんでした。おかしなことですが、その子自身も気付いていなかったと思います。

宗教上の公理は、すべて疑わずに受け入れるのが、当時のならわしでした。その子は、「奇妙なもの」にまつわる謎で頭がいっぱいになって、いくらじっくり考えても何も得られないとわかっているのに、他のことが考えられなくなるほどでした。

確かに、その子は、「奇妙なもの」を見ましたし、他の子も見ました。その硬直した様子を見下ろして、温かい手で、その冷たさに触れました。「奇妙なもの」は、みんなの中にやってきて、これといって特徴もなく他の子と同じように遊んだり計算を間違ったりするアルフィー・バーンズを訪れたのです。それでも、みんなはそれが自分たちのところにやってくるはずがないと知っていました。口に出しては言いませんでしたが、そう確信していたので、誰も怖がっていなかったのです。

それほど長い時間をあけずに、それがまたやってきたのは、おそらく「その子」にとってよかったのでしょう。どれぐらい経っていたのかはわかりませんが、二度目にやってきた時には、別の顔をしていて、ぞっとするようなものでなく、胸打たれるようなものだったのです。醜く物寂しい部屋の陰鬱な様子をいつまでも覚えているよりは、その方がずっとよかったことでしょう。誰にとってもよかったし、生き生きしたこころを持っている子どもには、ずっとよかったのです。

学校には、幼児のクラスがあって、アルファベットを覚えたり、幼稚園でするゲームで遊んだりしていました。幼児だけの部屋があり、担任の先生もいました。なかにはとてもかわいい子もいて、「年長者」には、お気に入りの子やかわいがっている子がいました。年長の子は、ずっとおとなだという気分で自分たちのことを「年長者」と呼んでいたのです。

みんなのお気に入りの小さな女の子がいました。かわいくてよく笑う子でした。三歳で、金茶色の瞳をし、小さな丸い顔には、小さな栗色の巻き毛が揺れていました。陽気な子で、えくぼがあり、金茶の瞳は大きくて愛らしく、まつ毛は長くてカールしていました。女の子が大勢いる学校では、お気に入りはとてもかわいがられるものです。この子は寵愛を受けていました。崇拝者たちは、そのかわいらしさや、ちょっとしたおもしろい仕草や、まつ毛や巻き毛や瞳を飽きることなく褒めたたえました。本当にかわいらしい子で、名前は、セリーナでした。

「あの子を見て！」幼稚園のゲームが行われていると、誰もが叫んだものです。「まあ、なんてかわいらしいのでしょう、ちっちゃな肘を膝にのせて、かがんで頬杖をついて、人夫が休憩しているまねをしているのね。ずっと目を開けて笑っているわ。目をつぶっていられないのよ」

このゲームが行われたのは、金曜日の午後で、セリーナは、このうえなくかわいらしくて美しかったのです。後になって思い出したのですが、その日の午前中は少し元気がなくて、いつものセリーナらしくありませんでした。しかし午後には、輝くばかりのバラ色の頬をして、陽気な瞳は、星のようにきらきらしていました。

「かわいい子よねえ」と、女の子たちは言いました。「いたずらっ子だわ。見て、まつ毛の下から盗み見しているわ」

月曜日の朝、「その子」が学校に行くと、ドアを開けてくれたのは、先生の年長の妹でした。その目には、衝撃を受けたようなおかしな様子が浮かんでいました。

「誰かに聞いた？」と、声を張り上げて聞いてきました。「もう、誰かに聞いた？」

「聞いたって、何を？」その表情を見て驚いて、その子はためらいながら尋ねました。

「セリーナが死んだの！あのかわいい小さなセリーナが！」

「奇妙なもの」が、また、やってきたのでした。

このときは、とうてい信じられませんでした。本当に起こったことだと思えなかったのです。

「小さなセリーナが！」と、その子はあえぎながら言いました。「そ、そんなはずはないわ！　誰に聞いたの？　金曜日に「干し草作り」のゲーム*をして、盗み見ばかりしていたのよ。目を閉じることができなかったわ。それを見て大笑いしたじゃない！　セリーナ！」

「本当なのよ」という答えが返ってきました。「赤い頬をしていたけど、あのとき病気だったの。午前中は元気がないように見えたってジェイニーが言っていたわ。その前の日くらいから、いつものセリーナではなかったらしいのよ。今朝、六時に亡くなって、お手伝いが知らせにきたの。かわいそうに、泣いていたわ」

それは、本当に、「奇妙なこと」でした！

教室では、子どもたちは驚いて互いに顔を見合わせました。まさに、びっくり仰天したのです。誰かが入ってくるたびに、同じように、「セリーナが？」と言って、「セリーナ！」と叫び声をあげました。とても信じられなかったのです。みんなは口々に、干し草作りのゲームをしているとき、どんなに楽しげだったか、頬がどんなにバラ色だったか、どれほどいたずらっぽく笑っていたかを語り合いました。とてもかわいい子でみんなに愛されていたと、何度も繰り返し語り続けたのです。品のない子どもたちでさえ、当惑して考え込んだ様子で戸惑いながら、いぶかしげに「セリーナが？　セリーナ！」と叫んでいました。

「その子」は、自分がその言葉を一日中つぶやいているのに気が付きました。アルフィーが連れて行かれた時は、心臓病であることをみんなが知っていたけれど、それでも途方もない出来事のように思えました。なぜなら、「奇妙なこと」は、自分たちのようなひととは関係のないもので、どこか遠くにいる、自分たちとは違うひとにだけ起こるという気がしていたからです。しかし、セリーナは連れて行かれてはならない、と思いました。その理由は、セリーナ自身にありました。かわいらしくて、快活で、えくぼのある生き生きしたセリーナが、恐ろしいこととどんな関わりがあったというのでしょうか。とても不自然でした。

「セリーナが？　セリーナ！」

アルフィーに会いに行ったように、セリーナに会いにその家に連れて行ってくれたのは、ビロードのような瞳をした「一番の仲良し」とその妹でした。その家を訪れたのは初めてでした。子どもたちは教室の外で会うことはほとんどなく、セリーナも、みんなに姿を見せるのは、乳母に連れられて学校の玄関にあらわれてからお勉強をするあいだだけだったのです。

セリーナの家の場合も、その子が後々まで覚えていたのはひとつの部屋だけで、その光景は、人生という画廊にかかる一幅の絵となっていまも残っています。

大きな部屋ではありませんでした。おそらく子ども部屋の寝室だったのでしょう。寝台はありませんでしたが、真ん中に子ども用の小さなベッドが置かれ、白い布で美しく覆われていました。

部屋の中のものはすべて白い色でした。純白の布で覆われ、白いものが下がっていて、白い花で飾られていました。ほとんどが、とても小さくてはかなげな白いバラの蕾でした。

まるで雪でできた小さな礼拝堂のようで、息をするのもそっとしなくてはいけないような気がしました。

そして、小さなベッドの雪のように白い掛け布のひだの下に、バラの蕾の花びらにキスされているように、もうひとつの小さな白いものが横たわっていました。

セリーナが？　セリーナ！

ああ、小さなかわいい子！「奇妙なもの」が訪れたあとでも、なんてかわいくて、無邪気で、静かなのでしょう。セリーナを傷つけることなどできるはずはないのです。変わったところはなく、それどころか、もっとかわいくなったようでした。手にも、枕の上にもバラの蕾がありました。頬の上にかかりそうなまつ毛は長く、不思議なことですが、じっとしたまま、かすかにほほえんでいたのです。白い部屋のなかで、白い花に囲まれて、その美しい子が眠っているのを、涙ながらに見下ろしていると、少しも怖くはありませんでした。

その子は、なんとなく、よかったと思いました。セリーナを「気の毒」だと思っていないことが自分でもわかったからです。ただ思いつめた目で、愛情をこめて、何度も何度も、

繰り返し見つめました。立ち去りたくはありませんでした。「奇妙なもの」がやってきたあとも、白い部屋のなかで花に囲まれて、柔らかな白いものになってそんな風にほほえんでいられるのなら、それはそんなに怖いものではなかったのです。まるで小さな秘密をかかえているような、とてもかわいらしいほほえみでした。

「キスしてもいいでしょうか?」と、その子は、低い声で、おずおずと尋ねました。

「ええ、いいですよ」という答えが返ってきました。

その子は、セリーナの上に屈み込んで、かつてはえくぼがこぼれていたふっくらした頬にキスしました。その冷たさは、花のように穏やかな冷たさでした。

その後、愛情のこもった子どもらしい低いささやき声で話し合いながら、立ち去りました。なんてかわいい子だったのだろう、みんなに愛されていたと、繰り返し言い合いました。その子は、ゲームのときセリーナがみんなを笑わせてくれたことを思い出しました。セリーナはじっとしていることが出来ず、目を閉じていられなかったのでした。でも、いま、いまは、セリーナは、じっとしていて、そのかわいい瞳をずっと閉じていられるのです。

「奇妙なもの」が、そうさせたのでした。

第11章 「ママ」と初めての創作

その子の世界を左右していたのはママでした。ママは、親切で飾り気のない小柄な英国のレディで、純真で温和なタイプのやさしいひとでした。ママはどこをとっても気持ちのよいやさしくて思いやりのあるレディそのものだと、その子ははっきりと感じていました。もちろん、口に出すどころか、考える必要もないことでしたが、それはまぎれもない事実で、おかげで人生が楽しいものになりました。ママがレディでなかったら、その子の暮らしもみじめだったでしょう。ママたちのなかには、すてきとは言えないひともいました。帽子にやたらとリボンをつけたり、遠くからでも目立ちすぎたりするママや、声があまり穏やかでなかったり、みんなに控えめにやさしくほほえんだり言葉をかけたりしない

ママもいたのです。そんなママと出会ったあとで、その子は、自分のママが自分のもので、自分がママの子どもであることを、いつも感謝したものです。

ママが小さな女の子だったころのお話を聞くのは、大好きでした。

「小さかったころ、パトリクロフト*に住んでいたのよ――」とママが話し始めると、全く違う別世界のすてきなお話が、次から次へと繋がっていくのでした。

ママは「ロマンチック」ではありませんでした。その子はなんとなく、もしママの回想録が書かれたら、恐れを抱かせるようなひとではなく、やさしいひとに描かれるだろうという気がしていました。ママには、ひとを非難するようなところはありませんでした。『虚栄の市』に出てくるアミーリア・セドリー*に少し似ていましたが、アミーリアほどめそめそすることはなく愚かでもなかったのです。客間には、小さな水彩画が二枚掛かっていました。エイミー・ロブサートとジーニー・ディーンズ*を理想的に描いた肖像画でした。ふたりとも、淡いピンク色のかわいらしい顔で、茶色の巻き毛に大きくて穏やかな青い瞳をしていて、とてもよく似ていました。「その子」はその絵が大好きだったのですが、それはママがある日、「結婚する前に、わたしに似ていると思ってかわいそうなパパが買ってきたものなの。そのころ、わたしはジーニー・ディーンズの絵のように髪を結っていたのよ」と、言ったからでした。

これを聞くと、ふたりに後光がさしたように見えました。ママと結婚する前に、ふたりがママに似ていて、ママのような巻き毛をしているからという理由で、若い情熱にかられ、愛情をこめてこの二枚の絵を購入する「かわいそうなパパ」の姿を思い浮かべると、その子はとてもうれしくなり、ふたりの肖像画を愛さずにはいられなかったのです。

ママは、賢いひとだったでしょうか。そうではなかったと思います。しかし、その子はその問いを自分にしたことはありませんでした。そんな問いをするのは、神聖なものを汚すような、愛情のない行いでした。「ママ」がママでいてくれさえすれば、それで充分だったのです。天使は賢いか、などと自問するひとはいないでしょう。また、ママが何歳かと考えたりもしませんでした。ママはただママにふさわしい歳だったのです。ママは、生涯、無邪気でまじめで若い少女のようなひとでありながら、既婚婦人らしい落ち着きも持っていました。弁の立つひとでも、おしゃべりなひとでもありませんでしたが、そばにいてくれるだけで大丈夫だと思える、すばらしいひとでした。頭痛をやわらげ、のどの痛みをがまんできるようにし、嵐の海のような子ども部屋を穏やかにしずめてくれ、悪いことや不当なことをされたときの心の痛みを取り除いてくれたのです。この小柄でやさしくて純真で世俗的なところのないママがいてくれさえすれば、どんな試練にも立ち向かえたに違いありません。

ママはやさしい女らしいひとで、読んでいる作品も女らしいものだと、その子は気付いていました。若いときのママは、「ためになる」作品を読んでおり、ミス・マーティノー*や、エリス夫人とその『英国の娘たち』*を高く評価していました。「贈答用装飾本」に載っている詩を読み、ワッツ博士*の美しい詩はすべて知っていました。バーボウルド夫人*を崇拝しており、『アナ・リー、娘、妻、そして母』*を褒めたたえたのです。

「でも、物語の読みすぎはいけませんよ」と、ママは母親としてのつとめを果たそうとして、穏やかながらもきっぱりと、その子によく言って聞かせました。「『ためになる』ものを読まないといけません」

「『ためになる』って、どういうこと、ママ?」と、その子は聞いたものです。

ああ、やさしいレディのママ。ママには、ぼんやりしたところがあったのではないかと思います。この質問をすると、必ず、ママの青い目のなかに表われるものがあったのですが、それがぼんやりしたところだとは、当時その子は気付いていませんでした。ママの答えはいつも同じでした。

「そうねえ、歴史とかよ。歴史はいつもためになるのですよ」

その子は、どうしてとりわけ歴史なのだろうと思ったものでした。心に良い刺激を与えてくれるものとして文法や地理や算数を勧められることはなく、いつも歴史でした。ママは、『ピノックの英国』や『ピノックのローマ』*や『何とかいう人のギリシア』をすべて知っていました。ママのなかには、「ためにならない」物語を好む気持ちも潜んでいたのではないでしょうか。折々に話してもらったなかに、驚くほどはっきりと細かいところまでその子が覚えているおもしろい話が三つ、四つあったのです。それは、『スコットランドの首長たち』*、『大修道院の子どもたち』*、『父親のいないファニー』*、『オトラントの城』*、『ユードルフォの謎』*でした。ふとしたはずみに、そのなかの出来事を話してもらったとき、その子の想像力に火がついてしまい、いつかこの豊かな宝物のような本の幸せな持ち主になりたいと強く願うようになったのです。何年もたってから、一作ずつ出会いましたが、その時には、どういうわけか、そのすばらしさは消えてしまっていました。不可解にも姿を消した遠縁の女性が、廃墟になった修道院の回廊をさまよっていた話の悲しげで不気味な魅力は失われていましたし、厚いカーテンの陰に隠された、身の毛のよだつような殺人の犠牲者にも少しも感銘を受けず、それがただの蝋人形だとわかったときにもそれほどショックを受けませんでした。『ユードルフォ』に登場する迫害された美しいエミリーには、「自分の気持ちを次のような詩で表しました」と描写される箇所が繰り返しあって、実際、うんざりしたものでした。ロマンチックで「ためになる」ところがないので、いささかためらい気味にママがこれらの物語の断片を語ってくれたときには、ぞくぞくして想像力がかきたてられて、なんておもしろかったことでしょう。

ママの純粋でやさしいこころは、本当に美しいものでした。子どものこころと同じように単純で、あらゆるものに思いやりがあり、寛大な親切心にあふれていました。穏やかな日光のようなママのもとで子どもが育っていけたのは、すばらしいことでした。もしそこにやさしさがなかったら、その光はあまりに強すぎたでしょう。不親切やわがままは、卑劣なだけでなく下品であって、「裏通り」に生まれなかったひとは、hを発音せず*に話したり、方言を話したりするのを自然に避けるのと同じように、不親切やわがままな行いをしないものだと、学ぶこともできなかったでしょう。

誰からも「高貴な身分に伴う義務*」について聞いたことがありませんでしたし、「高貴な身分」についても全く聞いたことはありませんでした。けれども、穏やかな慎み深い家庭では、男の子と女の子は「紳士と淑女」でなければならないとわかっていました。そのためには、犯してはいけない罪がいくつかあったのですが、それを犯さないようにするのはなかなか大変でした。つまるところ、「紳士」と「淑女」という言葉には、ある種の古風な威厳がそれなりに備わっていると英国人は考えていたのです。言葉そのものは、通俗化して安っぽくなってしまい、粉飾や虚飾で塗り固められ、多くのいかがわしいことを意味するようになったので、流行遅れとして無くしてしまう方が趣味がよいと思われるようになってしまいました。しかしかつては、やさしい素朴なこころの持ち主にとって、とても正しくて立派なものを意味していたのです。その子の時代には、「紳士と淑女」は、この意味で使われていましたし、少なくとも、その子はそう信じていました。

過去を思い出してみても、ママがよい道徳、よい行儀、よい好みについてお説教をしたという記憶はありません。ママが長々とお説教するなんて似つかわしくありませんでした。おそらく、ママはいつでも親切で寛大で、その上、すべてのものにやさしかったからでしょう。みすぼらしくていやがられるような迷い犬や迷い猫が持ち込まれても、熱心に頼まれると保護していました。下品なとげとげしい言葉や、意地の悪い妬み深い言葉を言ったことがありませんでしたし、無慈悲な思いをこころに抱いたこともなかったでしょう。そのため、たとえ言葉にされなくとも、ママの信条は、次のようなものだと思いながら、その子は成長したのです。

「親切にするのですよ。ひとには思いやりを忘れないように。お年寄りを敬い、使用人には礼儀正しくふるまい、貧しいひとにはよくしてあげなさい。決して無礼を働いたり、不作法なことをしたりしてはいけません。いつも小さなレディであるのを忘れないでね」

それはとても単純で、自分でできる範囲のことばかりでした。そして、そのすべての基調となっているのは、ただひとつ、「親切にしなさい、親切にね」ということだったのです。

子ども部屋には、みんなが幼いころからずっと朝な夕なに必ず唱えていた、無邪気ですべての幸せを願うお祈りがありました。子ども時代が遥か遠いものになっても、穏やかで温かい思い出を呼び覚ましてくれるので、ずっと唱え続けていた者もいたでしょう。少なくともその内のひとりは、何年も経って世界が広がり、信仰を持つことが容易ではなくなってからも、それを唱えると奇妙な哀しい喜びを感じました。お祈りの言葉が、信頼に満ちた心地よいものだったからです。

それは、間違いなくママのおかげでした。ママは、完璧で単純な信仰を持ち、幸福を願うお祈りをするときには、どんなに貧しい者も幼い者も、だれひとり省くようなことはしませんでした。

その子はおとなになってからよくそのお祈りのことを考えて、そのお祈りがすべての幸せを願っていることに感動を覚えたものです。

それは、主の祈りから始まりました。まず、最初の言葉である「天にましますわれらの父よ」が敬虔に唱えられました。すべての祈りをゆっくり唱えれば唱えるほど、敬虔であるとみなされていました。お祈りを「早口で唱える子」は、「悪い子」でした。疲れていたり、うわの空になっていたりして、自分が「早口で唱えて」いるのに気付くと、とても怖くなりました。もう一度、初めに戻って、とびきり慎重にやり直したものです。

世界中すべてを余すことなく祝福するお祈りが、この後に続きました。

「パパとママに神さまの祝福がありますように」と愛情をこめて始まり、「おじいさまとおばあさまにも」と続きますが、その子が初めてそのお祈りを覚えたときには、祖父は亡くなっていたので「おばあさま」としか言えませんでした。祖父は「天国に行って」しまったので、お祈りの必要はなかったのです。天国では、みんな幸せで、神さまが見守ってくださるので、子ども部屋の小さな白いベッドのそばで小さな白い寝巻きを着た子が朝な夕なにお願いしなくともよいのです。「わたしのきょうだいみんなに神さまの祝福がありますように」と愛情をこめて続き、「おじさま、おばさま、いとこたち」と続きます。それから、誰かをもらしたり、忘れたりしないように「どうか、すべてのわたしの親戚や友だちに神さまの祝福がありますように」と言ってから、思いやりの気持ちをほとばしらせて「どうか、あらゆるひとに神さまの祝福がありますように」と唱えます。最後は、やや控えめに、ずいぶん厚かましいお願いだと思いながら、「そして、わたしをよい子にしてください、イエス・キリストの御名によりて、アーメン」と締めくくるのです。

このお祈りがかなえられるのは、「イエス・キリストの御名によりて」でなければ無理だと、幼いながらもわかっていました。というのも、猩紅熱で亡くなったあの「回想録」に出てくる少女と、自分がどれほどかけ離れてしまったのか、よくわかっていたからです。

そのあと、三つの大事なお祈りを唱えておしまいになります。それは、子どもの暮らしに必要なすべてのものを与えてもらえるお祈りで、友だちのことをもう一度お願いし、そして天国の門まで連れて行ってください、というお祈りでした。

子ども部屋の言い方では、そのお祈りは、いつも「やさしいイエスさま*」と呼ばれていました。

「あなた、『やさしいイエスさま』を唱えたの?」と、白い寝巻き姿の子がほかの子にきびしく問いただすことがありました。「ほんの少しのあいだしか、ひざまずいていなかったでしょう。唱えたと言うなら、きっと、早口だったに違いないわ」

それは、こんなお祈りでした。

「イエスさま、やさしい羊飼いよ、お聞きください
　今夜、あなたの子羊をお守りください
暗闇のあいだ、わたしのそばにいてください
　朝の光がさすまで、無事でいられますように」

ガス灯が消されたあとも、このお祈りがあらゆるものを安全に守ってくれるように思いました。

「暗闇のあいだ、わたしのそばにいてください」

奇妙な真っ暗闇のなかでは、部屋のすみから、ベッドの下から、あるいは煙突から何かが出てきそうで、物音がすると、頭からふとんをかぶって、胸をどきどきさせて耳を澄ましながら、横になっているほかありませんでした。でも、「やさしいイエスさま」がいてくださって、朝日がさすまで守っていてくださったら、何も怖がる必要はないのです。そして、次のような感謝に満ちた文句が続きます。

「今日一日、あなたの御手でお導きいただきました
お守りくださってありがとうございます
暖かい住まいと衣服と食べものを与えてくださいました
わたしの夕べの祈りをお聞きください」

そして、最後には、哀れな小さな罪びとに慈悲を願い、友だちの幸せをもう一度祈り、やさしいイエスさまと天国に住んで、守られながら、幸せに暮らすことになります。

「わたしの罪をすべてお許しください
愛する友をご祝福ください

わたしが死んだら、天にお召しください
　そこであなたと幸せに暮らせますように
　イエス・キリストの御名によりて　　アーメン」

とても思いやりのあるやさしいこころにあふれたお祈りで、この世のあらゆるものへの愛と信頼に満ちていました。その信頼は、成長というまばゆい光のもとでは、色あせていき、あらゆるものが、あまりにも現実的になってしまったり、あいまいになってしまったりするかもしれませんが、子ども時代を通じて、朝な夕なにこれほど信頼と思いやりに満ちたお祈りを唱えるのは、無垢な人生の、いや、どんな人生になるとしても、よい第一歩であったに違いありません。

七歳のときに起きた重要な出来事のひとつは、「初めての創作」です。それを書いたのは、夏の日曜日の夕方でした。快晴のたそがれどきで、教会の鐘が鳴っていました。その子は、居間のテーブルの前に座っていたのです。当時、テーブルは、物を置くのに使われていました。その子は、なぐり書きをするのが好きで、よく帳面の余白に角ばったmという字を連続して書き、それを何行も何行も書いてページを埋め尽くしていました。そうすると、おとなのひとがすばやく楽々と書いている気分が味わえたのです。飛ぶように自由にペンを走らせている感じがとても気に入っていて深い感動を与えました。夏のたそがれは日が長く、なかでも日曜日の夕べは、いつもその子に深い感動を与えました。なぜかはわかりませんでしたが、とても静かで、家のなかはしんとしており、人形と遊んだり走り回ったりする子もいませんでした。別に普通の遊びが禁じられたり、きびしく言われたりしたわけではないのですが、何となく日曜日にしてはいけないことがあるように感じていたのです。

実際、日曜日は、いつもよりすてきな日でした。朝食のあと、教会に行くために念入りにおめかしをしました。その子とふたりの妹は、しみひとつないきれいなドレスと帽子を身に着け、つやつやの巻き毛で、ママと家庭教師とふたりの兄と教会へ歩いて行きました。兄の身に着けていたイートンカラーも、しみひとつなく非の打ちどころのないものでした。

お説教はたいてい長いものでしたが、話されている内容を理解しようと一生懸命努力しました。こころがあちこちにさまよって、ふと気付くと架空のお好みの場面を想像しているので、その子は自分のそういう性質がいやでした。こうした罪深い世俗的な空想をやめて、ジェイムズ・ジョーンズ牧師の説教をきちんと聞くように自分を戒めようとしても、我慢できずに批判の気持ちを抱くという罪を犯してしまうのです。それは幼い女の子にあるまじきことでした。その当時、文学における理想の少女像は、回想録に語られているような痛ましい小さな子だったのです。回想録では、その苦しみがこと細かに描かれ、まわりにいるすべてのひとの模範となり、特に、道徳的には優等生とは言えない子どもたちのお手本となる様子が詳しく描かれていました。猩紅熱で幼くして亡くなった非の打ちどころのない少女は、その行いの一途さで、天国に行ってもきっとかなりの騒ぎを巻き起こしたことでしょう。その子は、非常に高い理想を持っていました。お手本になることができて、回想録にふさわしい少女になれたなら、それ以上にありがたいことはありませんでした。しかし、謙虚にも、また、悲しいことに、そのような大志をもっても無駄だとわかっていたのです。それは、少し考えれば明らかでした。回想録に登場する少女は、「お説教を聞かない」という卑しい罪を犯すはずはありません。一言も聞き漏らさず、帰り道で連れの者にもう一度お説教をして、宗教的な熱意を引き起こそうとするのです。教会にいる間は牧師のことしか考えませんし、聖書以外のものは決して読まず、そばにいるひとに親切に聖書の一章をもう一度唱えてあげるという癖がありました。誰かが悪いことをすると、必ず言うべき聖句を知っていて、罪を犯した者をその場で改心させました。りんごを盗もうとする少年に、厳かに「汝、盗むなかれ」と言うと、その少年は二度とそんなことをしようとは思わなくなりました。砂糖の塊を盗って罪にふけっているトミーに、「神よ、汝は、わたしを見ておられる」と言うと、トミーはただちにそれを壺に返し（塊は、かなり、小さくなっていたことでしょう）、生涯、二度とふたたび砂糖壺を見ませんでした。

その子は、自分にはそうしたことはできない、自分の性質には世俗的で致命的な欠点があると思いました。おそらく、それはその子が「ロマンチック」だったからでしょう。「ロマンチック」な少女の回想録は、書かれたためしがないのです。ロマンチックだからこそ、猩紅熱にかからず、回想録も書かれなかったのかどうか、聞いてみたことはありませんでした。けれども、その子が人形と行ったドラマチックな演技の数々を回想録の少女が聞いたら、こんな風に言うのではないかと、密かに惨めな心配をすることもありました。

「それは、帆船ではありませんよ、ただの肘掛け椅子です。銀のリュートを弾いているのではありません、たった一ペニーのブリキの笛を鳴らしているだけです。あなたは、紳士ではありません、女の子です。それに、あなたは、本当ではないことを言っています。みんな嘘です。嘘つきは地獄へ行くのですよ」

そのことを考えると、わぁーと泣き出したくなるので、できるだけ考えないようにしました。これは、ずるい無責任な性質というのか、あるいは、理性的な思慮分別のあらわれだったのかもしれません。その子は、「人形」なしには生きていけませんでした。自分がお手本になれないのは悲しかったのですが、自分の劣っているところや良い性質に欠けているところと共存しながら、できるだけあたりさわりのないように心掛けていました。

そして、どういうわけか、その子は日曜日が好きでした。もし、ママが違うひとだったら、日曜日は大嫌いだったかもしれませんが、ママがいてくれたおかげで、日曜日には穏やかなお祭りのような雰囲気がありました。当時は、まったく気付かなかったのですが、超俗的な静けさと、穏やかで世俗的な楽しみが兼ね備わって、日曜日はすばらしい魅力のある日になっていたのです。学校に行かなくともよかったし、勉強もありませんでした。大混乱に陥っていた子ども部屋も整とんされており、家中がきれいで静かでした。しみひとつない一番良いドレスを着て、食事には、いつもおいしいプディングが出ました。（ライス・プディングやブレッド・プディング*ではなくて、いつもとは違う珍しいものでした。）食事のあとしばらくは、客間で過ごしました。時にはママが、その子とふたりの妹に、炉辺の絨毯の上で仰向けに寝て「十五分きっかり」背中を伸ばしたままでいなさい、と言うことがありました。ママは、「姿勢」を重要視する時代のひとだったのです。

ママは、「背中にとてもいいのですよ」と、言っていました。「まっすぐになるの。若いレディが姿勢をしゃんとするのはとても大切なの。エマおばさんやわたしが少女だったころは、背骨矯正板を使ったものですよ」

その子は、この儀式を楽しみました。柔らかい絨毯の上に丸々と太ったからだを伸ばして、ちょっとした冗談のような感覚で、背骨矯正板が使われていたころの話を聞くのが楽しかったのです。寄宿学校には、上品でこの上なく行いの正しい女の先生がおられて、生徒に非常に厳しく背骨矯正板の使用を強要していたそうです。よく「あごを前に突き出す」ので、矯正するためのカラーを付けさせられた少女の話もありました。そのカラーは、何か尖ったものがあごの下に付いている有名なもので、若いレディがあごを「突き出す」と、すばやく気付かせてくれるのでした。当時に比べると学者や母親の用いる方法が改善されて、背骨矯正板や異端審問を思わせるような器具は決して強制されないとわかると、良い気分でした。絨毯の上に寝たまま、時折、暖炉の上に掛かっているオルモル製の時計[*]に目をやって、十五分経ったかどうかを見るのが、ますます楽しくなりました。

その後、スクエアのまわりをお行儀よくゆっくりとぶらつき、「一番の仲良し」とその姉妹や、時によると他の女の子たちに会いました。みんな一番良いドレスを着て、一番良い帽子をかぶり、心地よい会話をしたものです。

四時ごろには戻って、客間でその日の行事が始まります。みんなが椅子に座り、オレンジをもらうと、ママか家庭教師が本を読んでくれるのを聞きながら、ゆっくりと時間をかけて、礼儀正しくうれしそうにそれを平らげました。

「先週の日曜日は、どこまで読んだかしら?」と、読み手がページをめくりながら尋ねます。

その子は、いつも、どこまでだったか覚えていました。こうした日曜の午後が楽しかったからです。このうっとりするひとときに読んでもらったのは、『子ども天使』[*]、『チャニング家の人びと』[*]、『ハリバートン夫人の悩み』[*]、『パルミラからの手紙』[*]、『ローマからの手紙』[*]、それに、エルサレムの包囲を劇的に活写している『ナオミ』[*]というこころ奪われる作品や、その他数々の「日曜日の本」[*]でした。

そうなのです、日曜日は特別な日で、思っただけでうれしくなりました。ママよりもはるかに才気あふれた女性でも、これほど楽しく輝かしい思い出を作ってはくれなかったでしょう。ママは、思いやりがあってやさしいというすばらしい才能があったので、つまらない日を子どもに過ごさせたりはしなかったのです。

年少の子どもたちは、夕方は教会に行きませんでした。ママは、「眠くなってしまうかもしれませんから」と言いましたが、これも、とても思慮深く先見の明のあるママの性質の一例です。

それで教会には行かなかったので、その子は静かな家で夕方のひとときを過ごしましたが、その時間も大好きでした。

「初めての創作」の形式や長所は記憶に残っていませんが、その作品を創ったときの気持ちは、非常にはっきりと覚えています。作品自体は、それが第一作であったというだけで、取るに足らないものでした。

日曜日の整然とした居間の様子が目に浮かびます。緑の肘掛け椅子は、嵐の大波と勇敢に戦ったことなどないかのような落ち着いたたたずまいを見せており、テーブルにはテーブル掛けがきちんとまっすぐに掛かっていました。その子は、テーブルのそばに座り、目の前には、ペンとインクと使い古しの練習帳があって、背後の窓は開いていました。

ペンとインクと練習帳は、走り書きをするためでした。その子は走り書きが楽しかったのです。けれども、まわりはとても静かで、開いた窓から聞こえてくる教会の鐘の音はとても穏やかでしたので、テーブルに寄りかかって座り、片手を頰に当てて、じっと耳を傾けていました。夏のたそがれに鳴り響く鐘の音には、なぜ、ひとの心に強く訴えかけるものがあるのでしょう。「その子」には、まったくわかりませんでしたが、とても静かで幸せだと感じていました。何か新しいことを言ったり、やったりしてみたい、感じていることや心地よさや、自分でもよくわからないものを、どうにかして表現してみたい、という気持ちになっていきました。

振り返ると肩越しに、裏通りの屋根の上に空が見えました。とても美しい夕方でした。青く澄んで、ところどころに薄もやのような白い雲がかかっていました。日曜日の夕方の光景です。

それを眺めたあと、もう一度、ゆっくりと練習帳に向かいました。特に何かをしようとしたのではなく、手にペンを持っていたので、走り書きの楽しさを思い出したのです。そのとき、楽しいけれどもおかしな、とてつもなく大胆な考えがひらめきました。あまりに向こう見ずなものだったので、ちょっと、ほほえんでしまいました。

「もしかして、詩が書けるかしら。やってみようかな」と、その子は言ったのです。

そんな大胆不敵なことをしようとしているなんて、誰にも知られる必要はありませんでした。やってみるだけでも楽しいのです。部屋の中には、あの緑の肘掛け椅子のほかは誰もいませんでした。肘掛け椅子は裏切ることはできませんし、もし裏切ることができたとしても、そうはしなかったでしょう。本当にすてきな昔なじみだったからです。椅子は、時には、荒っぽくて騒々しい過去の冒険を忘れてしまって、祖母が座ったときにやさしくその肘掛けを差し出すためにだけ存在しているように見えることがありました。大海原の海賊についても聞いたこともなさそうに見えたのです。

詩は、短い行を連ねて、行末に同じような音を持つ単語をおいて、韻を踏む*ものでした。

影になっている*緑の花壇に

慎み深くすみれが咲いている
茎を曲げて、花はそのこうべをたれ
見られないよう隠れるかのように

突撃しろ、*チェスター、突撃しろ！　行け、スタンリー、行け！
それが、マーミオンの最後の言葉

信じてほしい、*たとえこの愛すべき若さと色香のすべてが
今日やさしく眺めているそのすべてが
明日には過ぎ行き、腕のなかで消えてしまうとも
妖精の夢のようにはかなく

小さな働きものの蜜蜂*は
明るい時間を利用して
一日中　蜜を集めている
咲いている花から花へと

こうしたものが詩で、さらに続けていくことができました。「Bed, Head, Led, Shed—

Charms, Arms, Carms」いいえ、Carmsという言葉はありません。そうCalmsでした。Calmsは本当にある単語です。そこから、展望が開けました。まるでゲームをしているように、わくわくしてきたのです。綴りが違っていても、韻を踏む単語もあるようでした。まだ、教会の鐘の音は鳴り続けていました。その柔らかな音色は、ひとをもの思いに誘っているようでした。

何の詩がいいかしら。あの鐘の音はなんてすてきなのかしら。ああ、鐘の詩を書いてみたらどうかしら。Bells, Shells, Tells, Sells, ——Ring, Sing, Fling, Wing。

そして、その子は教会の鐘についての「一編の詩」を書いたのです。その詩は、記録としては一切残っていませんが、それが「初めての創作」でした。第二作を書いたのは、それからどのくらいたってからだったのか、はっきりとは覚えていません。どうも、猛然と生涯の仕事となる道へと突き進んでいったわけではなかったようです。

そのころは、時間を計算することができなかったのでしょう。ひと月先は、まるで未来でした。六週間の休暇のあいだに、どんなに有頂天になることが起きても不思議ではありませんでした。「来年」何かが起こると聞いたとしても、実感がなく興味が持てませんでした。「次の世紀」と言われたのと同じくらい漠然としていたのです。

とはいえ、再び詩が湧き出してきたのは、その子が九歳か十歳のころの、ある日曜日の夕方だったと思います。そのころには、「本棚つき書き物机」の本をたくさん読んでいて、おとな向きに出版されている雑誌にも、読むものがいっぱいあるのに気付いていました。「パンチ」誌*にはおもしろい記事がたくさん載っているのを知っていましたし、チャールズ・ディケンズ*という名前の作家にも関心を持っていました。おそらく、ディケンズを知り、「パンチ」誌を見つけたことで、「その子」のロマンチシズムに新しいおもむきが加わったのでしょう。ただし、ユーモアのセンスを身につけても、「人形」の冒険の真剣さが鈍ることは最後までありませんでした。「人形」を軽く扱ったり、からかったりしたら、その魅力はなくなってしまったことでしょう。「人形」は、「実在」するものだったのです。

次作になる詩を書いた日曜日の夕方は、暗くて嵐が吹き荒れていました。冬の夕べだったのです。外では、雨が降り、風がうなっていました。妹たちはベッドで眠っており、他の家族は使用人ひとりを残してみんな教会に出かけ、その子は客間で座っていました。

目の前には、また、ペンとインクが置かれていました。何かしたいというだけで、ほかにこれといって理由はなかったのですが、きっかけになったのは、また戸外の音だったのです。教会の鐘は鳴っていませんでした。とっくの昔に鳴りやんでいて、みんなが無事に教会に着いたと思われるころ、冬の嵐が始まったのです。その子のこころを動かしたのは、今度は風の音でした。本当に独りぼっちだったので、かん高い音を立てて風が家のまわりを吹き荒れると、いっそう不気味に聞こえました。ときには、風は悲しげな泣き声のようになって、はるか遠くのほうに消えて行きました。その音には特に以前からいつもこころを揺さぶられてきました。幼いころ、子ども部屋の寝室で眠れずにいると、嵐の夜の暗闇のなかで迷子になった幼な子が独りぼっちでさまよいながら、誰かに見つけてほしいと泣き続けているさまを想像して、胸がはりさけたものです。

その日曜日の夜も、風の音を聞きながら憂うつになりました。燃えさかる石炭の明るい炎がたてる陽気な音も、その気分を抑えることができませんでした。とてもさびしくなって、ママと家庭教師に教会から帰ってきてほしくなり、雨のなか、どうやって帰ってくるのだろうと思いました。風がそんなふうに音を立てると、さびしい気持ちになってきました。

そして、気分を紛らせようと、唐突に二作目となる「一編の詩」を書き始めたのです。それは、とても悲痛な調子で始まる詩でした。その夜以後、その不滅の詩を完全な形で見ることは二度とありませんでしたが、第一連には、とても美しくて忘れがたい情趣がありました。「書き物机」の本のおかげで、その子は、呪われた運命の犠牲者である気高いひとびとの心情を記録して不滅のものとした数々の暗い詩に親しんでいました。運命の犠牲者は、苦しみのどん底にあるときにも、たいていのもの、とりわけ、あくまでも冷酷に輝き続ける太陽や、無情にも光り続ける星や、どれほど痛烈に咎めても咎め足りないほど非情な青い空に対して、強いさげすみの念を吐露した詩を、何行も書くことができたのです。その高邁な精神は、「うつろな世間」から孤立する原因になりました。いつも「独りきり」だったのです。独りきり。それは良い思いつきでした。詩のタイトルは、「独りきり」にしましょう。そこには、風の音も入れなければいけません。その瞬間にも、かん高い音を立てて風がひどく吹いていたのです。こうして、魂を揺り動かす詩ができました。

独りきり

独り、独りきり、風は金切り声を上げる、「独りきり！」と
　そして、わたしの独りぼっちの哀しみをあざ笑う
「独り、独りきり！」木々もうめき声をあげているよう
　「汝に明るい明日はない」と

あたりに木はなかったのですが、それは取るに足りないことでした。哀しみもなかったのですが、それもまた、重要ではありませんでした。けれども、明日に明るい見通しがないという暗示は、無意識のうちに現実味を帯びていました。次の日は月曜日で、また学校に行かなければならず、それは決してきらきら輝くような展望ではなかったのです。その

子は、学校をそれほど好きではありませんでした。

　しかし、詩の第一連には、本当に感動しました。このときまで、その子は自分のしたことで感銘を受けたことは一度もなかったと思います。「初めての創作」には全く感動しませんでした。詩を書くことに没頭できるとわかっただけでした。しかし、この詩の調子には、こころを打たれました。「調子」に感動したのです。とても高尚で、まるでおとなのもののようで、「書き物机」の本のなかから出てきたようでした。バイロン卿を思わせるところがありました。バイロン卿がレディについて書いたものと、書き出しが少し似ているようでした。慎重に行動しなければ、レディが彼に対する望みのない恋に陥って悲惨な結末を迎えることになるかもしれないが、彼は高潔な人物なので、慎重にふるまってレディがそうならないように気を配っている、とほのめかすような詩です。その子は、そんなバイロン卿を非常に思いやりのあるひとと考えており、それらが詩で表現されるととても美しいと思っていました。しかし、その子の詩には、レディは出てこないのです。実際、レディについて考えもしなかったのは怠慢でした。風にかん高い声を浴びせられた苦悩のひとは、紳士だと想像していたのですから。おそらく、グランサム嬢のパパに受け入れてもらえなかったときのクウェンティンレーヴンズウッドマルトラヴァーズの気持ちは、この詩のようなものだったのでしょう。「書き物机」の本のなかでは、こうした状況にある紳士は、必ず、木々やもろもろのものが自分をあざけっていると感じていました。しかし、その紳士にも「明るい明日」があったのを思い出すのは楽しいことでした。教会から馬車で家に戻るあいだ、グランサム嬢が紳士の肩に顔を寄せていたのですから。

それは、本当に美しい詩でした。少なくとも、冒頭のところは、そう言えると思いました。その子は座ったまま、その詩をうやうやしく眺めたのです。

そのあとに起こったことやその結果は、祝福してもよいのではないだろうかと、その後ずっと思っています。おそらく「パンチ」誌や、おとなの雑誌で読んだ機知にとんだ文句や、ディケンズという名の紳士の作風などが、その子の魂を救ったのでしょう。もし第二連も第一連と同じように悲痛な詩を書いて、同じような心情でつらい結末に至る詩を完成させていたとしたら、その後もこうしたことを繰り返して、悲痛な調子が成長の過程に反映されてしまい、その子の性格にいささか陰うつな、あるいは、少なくともとても明るいとは言えない影響を与えていたかもしれないのです。

実際に起こったのは、次のようなことでした。その子は、とてもロマンチックだったのですが、健康で明るい子で、第一連を崇拝するあまり、次の連を書くのは不可能だとわかりました。何度も何度もやってみましたが、書けなかったのです。その子は憂うつそうに顔をしかめて、風のうなる音に耳を傾けました。「海賊」のことや、悲惨な結末にならないようにバイロン卿が「気を配った」レディに思いを馳せました。グランサム嬢のパパが態度を軟化させる前のクウェンティンレーヴンズウッドマルトラヴァーズの苦悩を思い描こうと努力したのです。けれども、駄目でした。ますます陽気になって、ついには、気が付くとくすくす笑って書くのを止めているのでした。というのも、そこに座って一生懸命「何か悲しいことを考えている」自分が、ふいに、なんだかおかしいと気付いたのです。

そして、その詩をちょっとおもしろいものにしてみようと思いついたのでした。

「パンチ」誌やおとなの雑誌に載っていたユーモアのある詩が、無意識のうちに頭の中で結びついて、「その子」を導いてくれたのでしょう。残りの何連もの詩を、あっという間に、それも大いに楽しんで書き上げました。書いているあいだ、とてもよく笑いました。素朴で古びたアイデアを使っただけだったのですが、その子にはこの上なくおもしろいと思えたのです。はじめの風と木に嘲られ、かん高い音をたてられた紳士を、独身だったために家事にまつわる多くの浮き沈みや不愉快なことにさらされる未婚の紳士へと作り変えました。実際、そのひとは非常に不運な紳士のようで、第一連で風が「うめき声をあげた」のは、本当は別の紳士に向かってであったのですが、そのひとに向かっているようになってしまいました。

最後の連を書き終えると、急に我を忘れて低いくすくす笑いにふけりました。全部を仕上げてみると、その詩を尊重したり賞賛したりしようとはまったく思いませんでした。詩は感銘を与えてはくれず、ただ笑わせてくれたのです。

その詩が、実際に本当におもしろかったのかどうかはわかりません。その年ごろはよく笑うものです。その詩について覚えているのは、それに関連して興味深い出来事があったことと、自分以外のひとを笑わせたことだけなのです。

ちょうど詩を書き終えたころ、ママが教会から帰ってきました。玄関のベルが聞こえると、その子は書いていた練習帳をテーブルから取り上げました。詩を書こうとしていたことを「兄たち」に知られたくなかったのです。もし兄たちに知られたら、その子にとって人生はいやなものになってしまうからです。

しかし、「ママ」は違いました。ママはいつもいろんなことを聞くのが好きでしたので、もしかしたら、詩でママを笑わせることができるかもしれないのです。ママを笑わせるのは、いつも楽しいことでした。

そこで、脇に練習帳を抱えて、作詞の興奮で顔を紅潮させ、高揚した気分のままで、二階に上がって行きました。

ママは化粧台の前に立って、すてきな小さな黒いボンネットを取っているところでした。「かわいそうなパパ」を若くして亡くして以来ずっと、ママは黒いもの以外身に着けなかったのです。*

その子が脇に練習帳を抱えて近づいて行くと、ママはほほえみながら振り向きました。

「あら、どうしたの?」と、ママは言いました。「何を抱えているの?」

「詩を持ってきたの」と、その子は言いました。「ママに読んであげて、ママがそれをおもしろいと思うかどうかを知りたいのよ」

その子は、それを書いたのが自分だと言うのを忘れました。詩のことで頭がいっぱいでしたし、ママに早く読んであげたかったので、詩が自作だと言う必要はないと思ったのです。詩を書いたばかりでからだがほてっていたために、当然、すべてわかってもらっていると思いました。

その子がとても興奮して笑っているように見えたので、ママも笑いました。

「どんな詩なの?」と、ママは尋ねました。

「読んでみるから聞いてほしいの」と、その子は言いました。そして読み始めました。「『独りきり』という詩なの」

その子は、憂うつな連から読み始めて、精一杯上手に読みました。ママは、最初ちょっととまどっているようでしたが、第二連になるとほほえみはじめ、第三連では上品な笑い声をあげ、第四連にくると「なんておもしろいの!」と叫び、第五連と第六連でますます笑って、すべての連が読み終えられるころには、笑いを抑えられなくなっていました。その子も喜びに頬を染めて、一緒に笑っていました。

「おもしろいと思う?」と、その子が尋ねました。

「おもしろいわ!」と、ママは叫びました。「とてもおもしろかったわ。どこで見つけたの? 雑誌から書き写したの?」

そのとき、詩を書いたのが誰かをママが知らなかったことに気付いて、その子はなんだか恥ずかしくなりました。

「どこで見つけたの?」と、ママは繰り返し尋ねました。

その子は、ふいに、思いがけず気まずい状況に陥っていることに気が付きました。隠していたことを打ち明けなければならなくなったような感じでした。

真っ赤になって、ママの方をおどおどしたように見ながら、申し訳なさそうに答えました。

「わたし、どこからも写していないの」その子はためらいました。「ママはわかっていると思っていたの。わたし、自分で書いたのよ」

ママの顔色が変わりました。あやうく、ボンネットを床に落としそうになるぐらい、驚いたのです。

「あなたが！」と、ママは叫びました。あまりにも急激な成長にびっくり仰天して、ちょっと怖がっているようでした。「あなたが書いたの？　本気で言っているの？　まあ、信じられないわ」

「でも、わたしが書いたのよ、ママ」と、思いがけないうっとりするような成功に、うれしくてにっこり笑いながら、その子は言いました。「本当にわたしが書いたの。自分で書いたのよ。ひとりで客間に座っていたの。とても寂しかったから、何かしたいと思っていたら、風がすごい音を立ててたの。それで書き始めて、最初は哀しい詩にしたのね。そうしたら、続けられなくなって、それでおもしろい詩にしようと思ったのよ。ほら、練習帳にあるでしょう、書き間違いやなんかも全部。詩を書くと、いつも、間違いをするでしょう」

いとしいママは、詩を書いたことがありませんでした。後でわかったことですが、「かわいそうなパパ」は、結婚する前にそうしたことをやっていたそうです。でも、ママは一度

も書いたことがなかったのです。ほかの子どもたちには、エマおばさんの子どもにもキャロラインおばさんやチャールズおじさんの子どもにも、そうした兆候は全く見られませんでした。もちろん、スクエアの子どもたちも詩は書きませんでした。ママはすこし不安になったのでしょう。それが本当に健全なことなのかどうか、密かに疑いの念を持ったのかもしれません。とんでもないほど賢い子だと思ったのではないでしょうか。というのも、当時、とても賢い子どもは、「脳がやられて」命に係わることがあるという暗い話が、よく聞かれたからです。それでも、内心どんなに驚いていたとしても、ママが喜びと信じられないような賞賛の気持ちでいっぱいなのは、明らかでした。練習帳にざっと目を通して、顔を上げたママは、驚きとうれしさで頬が紅潮していたのです。

「まあ、ほんとうにびっくりしたわ。こんなこと、思いもよりませんでしたよ。なんて、ああ、なんて賢いの！」とママは言いました。

そして、自分の成功に圧倒され有頂天になっているその子を抱きしめて、キスしました。ママの目はなぜかとても奇妙に輝いていたので、その子は喜びながらも、ほんの一瞬、喉が締め付けられたように感じました。

これは、ふたりとも女性だったからだと思います。なんだか奇妙な感情にとらわれて、手放しで喜ぶことができなかったのです。

第12章「イーディス・サマヴィル」と生のカブ

詩を書くおもしろさを知り、ママに楽しんでもらえたのがわかって興奮して有頂天になったのち、その子が詩にそれ以上の関心を持たなかったのは、いま振り返ってみると興味深いことです。友だちや親戚のあいだでちょっとした評判になったはずですが、その子が聞いたのは、その詩を読んで聞かされた紳士が「いいね」と言ったという程度でした。自分からは詳しいことを尋ねませんでしたし、教えてももらえませんでした。まわりにいるおとなのひとは、思慮深かったと言えます。その子は、自意識過剰な内気な子どもではなかったので、絶えず褒めてもらう必要はありませんでした。きわめて健康的で明るい子で、気楽に元気よく毎日を送っていました。もしママがあの「一編の詩」をばかげたもの

と考えて、まったく笑ってくれなかったとしたら、きっと失望していたことでしょう。けれども、ママは大笑いして喜んでくれたので、願いはすべてかなえられたのでした。それ以上褒めてもらったら、かえってその子にはよくなかったかもしれません。ちょっとした気持ちが口をついて出てきたような詩を、大層に扱ったり重視したりしていたら、その子のためにはならなかったでしょう。きっとママがそう判断したのだと思います。その子にまったく自覚がないのを、おそらくママは喜んでいたでしょう。

それにしても、初めての試みでがっかりせずにすんだのは、幸運であったと言えます。がっかりしていたら、それ以上何も作らなかったでしょうから、子どものころに知らず知らずのうちに創作のトレーニングをすることもなかったはずです。そのトレーニングがあってこそ、後年、まっとうな生計の手段を得ることができたのです。

実際のところ、もう詩は書かなくなったものの、「人形」と演じたドラマのわくわくする場面を、石板*や使い古しの出納簿に書き留めるようになりました。そうした場面を書き留めるのは、非常にわくわくすることでした。特に尖った石筆を使ったとき、書き留めたものは、非常に美しく見えたのです。しかし、一枚の石板の上に一つの場面をすべて書き入れるのは無理でした。いつもおさまりきらずに、やっかいなことになったのです。一番わくわくする山場になって、どうしてもそれ以上一行も書き込めなくなってしまい、場面の途中や文章の途中でよく石筆が石板の枠にぶつかってしまいました。こんなふうに途切れてしまうので、雰囲気もスリルもぶちこわしでした。

「マーマデューク卿は、誇り高く顔を背けた。マックスウェルトン家の高慢な血がたぎって頬を染めていた。エセルバータの鼓動が激しくなった。雪のように白い手を差し伸べて、『ああ、マーマデューク！』と叫んだ。『ああ、マーマデューク、耐えられませんわ』そして、涙に」

木の枠のところに来ると、それ以上は書けなかったのです。エセルバータが涙にかきくれたのかどうかがわからないのは、マーマデューク・マックスウェルトン卿はもちろんのこと、誰にとっても悩ましいことでした。

それに、スポンジですべてふき取って、きれいになった石板の上に続きを書いても、だいなしでした。誰でも全部を一度に読んで、どうなったかを知りたいものです。使い古しの肉屋の出納簿の方が、余白がもっとあるだけまだましでした。もちろん残りあと数ページにならないと料理人は「使用済」にしてくれませんでしたし、それも、油でべとべとになったので手放したのでした。ときには、既に記入してある項目の間に書き込まざるを得なくなって、次のようなことになるのです。エセルバータは「屈強な男が泣いているのを見てぎょっとすると、かがみこんで、その白い手を恋人の広い肩に置いて言いました。『マーマデューク、何をそれほど悲しんでおられるの？ 話して、いとしいひと、教えて！』マーマデューク卿は苦悩に満ちた目を向けて、魂を絞り出すような声で、『エセルバータ、愛するひとよ、ああ、なんて、』玉ねぎ一ペニー。羊の肩肉十シリング」

古い習字手本も同じようにひどい状態でしたが、なかには数ページ何も書いていないものもありました。ただし、マックスウェルトン家の末裔がどれほど情熱に駆られてエセルバータにその思いのたけをぶつけるかわかっていたので、「マーマデューク卿がエセルバータのすみれ色の瞳を見つめて、そっとため息をつきながら、突然打ち明けたあふれる胸の内」が、「足るを知るは富にまさる」「正直は最良の策」「転石苔を生ぜず」だなんて、マーマデューク卿のせりふにふさわしいとはその子には思えませんでしたが、マーマデューク卿はよくそんなことを言うはめに陥ってしまったのです。そう、紙を手に入れるのは、本当にとても難しいことでした。世の中には紙が大量にあって、有効に書けるページがたくさん残っていて、世の慣わしのためにいやいやながらもページを埋めているひとが大勢います。おとなになってそれがわかってくると、その子があれほど真剣に紙を必要としていたときに十分な紙が手に入らなかったのは、悲しいことだと思います。

けれども、その子はできる限り紙を集めて、それを生き生きとした創作で埋めつくしました。ただ、書いたものをうまく隠しておく用心は必要でした。どういうわけか「男の子たち」はその子の性向に気付くと、やたらに勢いづいて、その子をだしにして絶妙のジョークを言って楽しんだのです。

「おい、この子は三巻ものの小説を書いているぞ。ヒロインの金髪は地面に届くんだ。名前はレディ・アドルファシーナだってさ」

意地の悪い男の子たちではなかったのですが、「ロマンチック」な女の子はよくからかわれるものなのです。その子の原稿を見つけたふりをしたり、まわりにひとがいると、その一部分を読み上げるふりをしたりしました。

男の子には面白い冗談だったのですが、からかわれる方のその子は楽しめませんでした。内面が敏感でとても誇り高いその子は、本当のところ、からかわれるのをひどく嫌っていたのです。子どもっぽい率直なところはありましたが、絶対に秘密にしていたことがいくつかあって、そのひとつが物語を書くことでした。物語を書くのが大好きだったのですが、少女がそんなことをするのはとんでもないことではないかと、ひそかに恐れていたのです。もちろん、子どもに本当の物語が書けるはずはありませんし、楽しみのためとはいえ、物語を書いているふりをするのは愚かで思い上がったことだったかもしれません。

というわけで、その子は自分の書いたものを誰にも見せようとはしませんでした。見せるぐらいならこの世から消えた方がましだったでしょう。それに、愚かなことであったとしても、誰も傷つけはしなかったのです。

男の子にからかわれると、からだ中がかっかとしたものでした。ほかに誰も聞いていないときでもかっかしたので、よそのひとの前でからかわれようものなら、頭のてっぺんから首筋まで真っ赤になりました。燃えるような怒りにかられることがよくありましたが、それを初めて自覚したのは二歳のときでした。「動かしがたい事実」にあらがうのは無駄だとはっきりとわかったので、おとなしくしていることにしたのです。男の子たちは、「動かしがたい事実」でした。「殺し」でもしないかぎり、男の子を止めることはできないのです。ほんの一瞬、衝動的にそれが当然だと思ったとしても、自分の兄を殺すことはできません。たとえ相手を罵ったり地団駄を踏んだりしても、よけいにからかわれるだけですし、泣きだしたりしたら笑われて、女の子はこれだから、と言われてしまいます。ですから、怒っている様子を見せずに、激しい怒りを小さなからだにおさめておく方がよかったのです。その子はまだ幼かったので、神智学でいう「高度な無頓着*」の境地には至らず、怒りの感情にとらわれずにはいられませんでした。「人形」と「物語」の世界でひとりにしておいてもらえたら穏やかな子どもでしたが、そのからだにおさめきれないほどの激しい怒りを秘めることもあったのです。決して怒りっぽくはありませんでしたし、ひとからはそうは見えなかったのですが、殺意を抱くほどの怒りを覚えたことは一度ならずありました。とても自尊心が高かったので、「ひとに知られる」のが嫌だったのです。そのため、紙切れはいつも隠しておいて、ひとに見られないように、こっそり書き込んでいました。

ママは知っていましたが、そのことについて少しも問い詰めたりはしませんでした。本当にすばらしいママだったのです。その子が紙に書きつけていた物語は、「ファミリー・ヘラルド」*や「ヤング・レディズ・ハーフペニー・ジャーナル」*のページを彩っていた魅力ある物語のまねごとのような作品であったのを、ママは間違いなく知っていたはずですが、寛大だったので干渉したりしませんでした。『ピノックの英国』を読む妨げになったり、その子が自意識の強い高慢な態度を見せるようになったりするとは思わなかったからでしょう。

わたしの記憶では、その子の書いた物語は、「ヤング・レディズ・ハーフペニー」に多分に影響されていました。ヒロインは、こうした女性誌の読み物につきもののお決まりの魅力を備えていたのです。その魅力を綿密に調べて、一つたりとも欠かしませんでした。「セシールは金髪です」というような漠然としたぞんざいな書き方はしなかったのです。ヒロインが「持っている」魅力を、事細かに、優雅な表現で述べました。「彼女のつややかな金色の巻き毛は豊かで、ほっそりした腰よりずっと下の方までふさふさとした巻き毛が滝のように流れ落ちていました。鼻筋は通っていて上品そのもの、すみれ色の瞳は大きくて澄んでおり、眉毛は細い三日月型で、まつげはふっくらとしたバラ色の頬にかかるほど長く、唇はキューピッドの弓のようで、象牙色の額には空色の血管が浮き出し、ピンク色の耳は海の貝がらの形をしており、喉は雪のように白く、肩は大理石のようで、腰は両手ではさめるほど細くて、腕は柔らかくて色白で、手は雪のように白くほっそりしてくぼみがあり、そして世界で一番小さな足をしていました。薄くて白い衣をまとい、細い腰には真珠と金の帯を締め、豊かなふさふさした金髪にはマツユキ草の花冠をつけていました」

ヒロインとは、つまらないものや日常茶飯事のように簡単にすませてはいけないものでした。ヒーローも同じです。マーマデューク・マックスウェルトン卿について述べるには、石板が二枚あっても足りないくらいでした。それでも「マックスウェルトン家の血筋の者にみられる貴族の雰囲気」を十分描くことはできなかったのです。

それは、うっとりするほど楽しいことでした。その子は、特に髪の毛や目や鼻の描写に夢中になりました。たいてい鼻には満足がいかなかったものの、一旦、石筆を手にすると、「ノミで彫る」ように描けて、「優美に形作る」ことができるのです。「血統正しい貴族の繊細な輪郭」を描いたり、「誇り高いわし鼻の曲線」にしたり、「なまめかしい傾斜」をつけたり、ギリシャ風やローマ風の鼻にもできました。髪の毛については、「とうとうと流れるような」髪や、「ゆたかな」、「ふさふさとした巻き毛の」、「冠のような」、「たなびくような」髪にすることができるので、本当に気持ちが良かったのです。肉屋や八百屋の出納簿の世界から出ると、目の大きさに限度がありますが、使い古した出納簿のなかでは、制限はまったくありませんでした。

はっきりと覚えているのですが、イーディス・サマヴィルの髪の毛は金茶色でした。「膝まで掛かる長くて濃くてたっぷりした巻き毛」の重さについては述べませんでしたが、考えてみると、生身の人間にはとても耐えられない重さだったでしょう。過去の幻影のなかから、その子が思い描いた豊かな髪のイメージを引き出してみると、いまの私は冷淡でおもしろみのない感想を抱いてしまいます。イーディス・サマヴィルは、髪のせいで、地面から起き上がれなかったことでしょう。「大きくて穏やかなスミレ色」の瞳には、同じように長くてたっぷりした「ふさ飾りのようなまつげ」がその影を落としていました。こうした長所があったにも関わらず、過酷な冒険をしたり、さまざまな激しい感情を抱いたりするのをやめられなかったので、抜けた毛を補うための「毛生え薬」は、絶対に手放せなかったことでしょう。

イーディス・サマヴィルは、習字手本のなかで生まれたのではなく、また、石板の上に書き留められたのでもありませんでした。イーディスは、語りから生まれたのです。

始まりは、学校の「午後の刺繍」の時間でした。週に二、三回、女子生徒は手芸をすることになっていました。刺繍や鉤針編みやレース編みをしたり、部屋ばきやクッションをつくって毛糸やビーズでピンク色の抱き犬や青いチューリップやパピルスの籠に入れられたモーセを刺繍したりするのです。これは楽しいひとときで、先生のしつけの手綱もゆるやかでした。誰かが朗読をすることもありましたが、そうでないときには、小声でおしゃべりをするのが許されていました。

子どもたちは、お互いによく言い合ったものです。

「ねえ、何かお話をしてくれない?」

こう聞かれると、「その子」は一度ならず物語を語ったものでした。しかし、ある日の午後、隣に座っていた女の子から同じことを聞かれたとき、その子はよい返事ができませんでした。

「何もお話を思いつかないわ」と、その子は答えました。

「あら、お願い」と、隣に座っているケイトという子が頼みました。「やってみてよ。何か思い出せるかもしれないから」

「できないわ」と、その子は言いました。「一番良く知っているお話が、頭のなかから消えてしまったみたいなの」

「じゃあ、古いのでもいいわ」と、ケイトが催促します。「なんでもいいのよ。たくさんお話は知っているでしょう」

その子はすばらしい透かし模様の刺繍に取り掛かっていました。丸い穴がいっぱい空いている図柄で、穴のまわりをステッチでかがるには、細心の注意が必要でした。少しためらったのち、糸を取り出しやすいように首のまわりにかけていた撚り糸の束から、一回分の木綿糸を取り出しました。

「古い話はしたくないわ」と、その子が言いました。「そうだわ、いいことがある。わたしがお話を作ってみるの」

「お話を作るですって！」と、ケイトは興奮して言いました。「できるの？」

「できるのよ」と、その子はちょっとばつが悪そうに言いました。「誰にも言わないでね。時々ひとりでお話を作っているの。自分の楽しみのためにね。石板に書いているんだけれど、一枚には、とても書ききれないの」

「お話を書いているですって！」と、ケイトは疑わしげな、けれども尊敬している目でその子をじっと見つめながら、押し殺したようなささやき声で言いました。

「ええ、とても簡単よ」と、その子はささやき返しました。

「じゃあ」と、ケイトはあえぐように言いました。「じゃあ、あなたって作家なのね、チャールズ・ディケンズみたいな」

「違うわ」と、その子はちょっとむっとして言いました。何だか、とんでもない、大げさな感じがしたのです。「作家じゃないわ、作家は別のものよ。わたしは、ただお話を作るだけ。ちっとも難しくないの」

「今までに読んだものから作るの？」と、ケイトが尋ねます。

「それじゃ、おもしろくないわ。考え出すのよ」

ケイトは、その子をまじまじと見つめました。信じられないという気持ちと尊敬の念と激しい好奇心が入り混じった表情でした。その子の方へにじり寄ってきました。

「いま、お話を作って、わたしに話してちょうだい。小さな声なら誰にも聞こえないわ」と、ケイトは言いました。

こうして、「イーディス・サマヴィル」の第一章が始まったのです。聞き手を魅了したのは、思う存分長く豊かに描かれた金茶色の髪の毛だったのでしょうか、言葉を惜しまずに描き出された顔立ちや顔色だったのでしょうか、スミレ色の瞳の深い色合いや大きさだったのでしょうか。ケイトが魔法にかかったようにとりこになったと言えば十分でしょう。ケイトはますます近寄ってきて、語り手の言葉に息をのんで聞き入りました。その元気そうな小さな顔は、出来事が起こるたびにますます生き生きとするのでした。鈎針編みが疎かになり、編み方を間違えてしまいました。何かの理由で中断されても、原因が取り除かれると、すぐに興奮した様子でその子にすり寄って来て、言いました。

「ああ、続けて、続けて。もっと聞かせて、もっと聞かせてちょうだい」

その子も興奮してくるのでした。石板の枠に妨げられることはありませんでしたし、うっとりと聞いてくれるひとがいるのは励みになりました。その日の午後いっぱい「イーディス・サマヴィル」の話を語り続けて、教室を出たあとも、ついてきたケイトに帰り道で語り、とうとう玄関の前で立ったまま語りました。別れるとき、話はまだ終わっていませんでした。半日で終わるような話ではなかったのです。続きは次の機会にということになりました。続きはあらゆる時間に、あらゆる場所で語られたのです。ケイトはどんな機会でも捉えて、ほんのわずかなときも逃しませんでした。

ハットリー先生が教室に入ってくるまでの数分間や、思いがけない用事で先生が教室を留守にした数分間や、階段を下りているときや、お手洗いのなかや、昼食やお茶のためにその子が家に帰って玄関の呼び鈴を押してから戸が開くのを待つあいだに、「待っているあいだ、ちょっとでいいから『イーディス・サマヴィル』の話をして」と、よく頼まれたものです。「午後の刺繍」の時間だけではなく、午前も午後も、いつ何時でも、お話に費やされました。

しばらくのあいだ、物語のことは完全に秘密にしていました。その子は、物語を人形と演じて楽しんでいたときと同じように、誰かに聞かれるのを恐れていたのです。誰かが近寄ってくると、声をとても低く落とすか、話すのを止めました。「どうしてそんなおかしなことをするの?」と、ケイトはよく言ったものです。「わたしなら気にしないのに。すばらしいお話だから」そして、どういうわけか、すばらしいお話が語られていることに別の子が気付き、お願いの仲介役をケイトが務めました。

「リジーがね、自分も聞いてもいいか知りたがっているのよ」と尋ねられると、その子はしばらくためらってから承諾しましたので、リジーが聞き手に加わり、しばらくして、ひとり、ふたりと仲間が加わりました。三、四人の少女が、イーディス・サマヴィルの喜びと悲しみに夢中になっていることもよくありました。

この集まりは何週間も続きました。ヒロインの幼年時代から始まり、寄宿学校時代や、男性や女性の友人との冒険へと続いたのです。悪者の少女も登場しましたが、その邪悪さは顔に出ていました。髪は烏の濡れ羽色、肌はオリーブ色で、十二歳のころに寄宿学校ですてきな金髪の少女たちについて嘘をついたときから、その邪悪の道を歩み始めたのです。非情にも二枚舌を使って、悪魔のような陰謀をたくらみ、そのせいでイーディス・サマヴィルは何も悪いことをしていないのに罰としてベッドに追いやられました。しかし、少女の悪事はいつも露見してしまい、面目をなくし恥ずかしい思いをして、屈辱と狼狽のあまり取り乱し、あげくに自分がベッドに追いやられて、何ページもの課題を余計に与えられるのでした。それでも懲りずに、また繰り返すのです。普通の寄宿学校なら、退学させて、警官のつきそいのもとに家に送り返したでしょうが、この学校は彼女なしでは成り立ちませんでした。イーディス・サマヴィルも輝く機会をなくし、その人生は単調でおもしろみのない無益なものとなったでしょう。何者も、大きな黒い瞳をした悪者の少女の情熱をくじくことはできませんでした。学校を卒業すると、セシル・キャスルトンという紫色の瞳に柔らかな髪の男性が、サマヴィル館に忽然と姿を見せます。背が高くすらりとしていて、優雅な物腰で、つやつや光る細い口ひげをはやしていました。すると、あの悪者の少女は、様子を見ては真剣に新しい企みをめぐらし始めますが、それらはすべて暴かれて、金髪のひとびとが喜ぶことになるのです。セシル・キャスルトンの肌はオリーブ色ではなく、髪も烏の濡れ羽色ではありませんでした。ただ黒いだけで、柔らかくてウェーブがかかっていて、瞳は紫色だったので、悪者にならずにすみました。紫の瞳をしたひとは悪者であるはずがないのです。悪者の少女は、当然ながら、彼にすっかり夢中になって、イーディス・サマヴィルから引き離そうとするのですが、もちろん、それは無駄なことでした。彼女の所業を語ろうとすれば何日もかかり、教室でそれを聞いていたものは、驚きで息を飲み真っ青になったものでした。しかしセシル・キャスルトンは、イーディス・サマヴィルとともに激しい苦しみを味わったあとで、いつも悪者の少女のたくらみに気付くのです。たくらみに気付かずにはいられなかったでしょう。まるで、自分の悪事に必ず気付かれるように、悪者の少女が一生懸命気を付けていたのではないかと思われるくらいでした。陰で耳をそば立てているときは、誰かが見つけそうなところに落し物をしたり、夜遅くまで起きていて、自分のついた嘘や誰に嘘をつくつもりかを日記に記したり、さらに、叔母に宛てた手紙に、自分の企んでいる不幸や仲たがいがうまくいけばいい気味だと、はっきりと書いたりするのです。こうした手紙を間違った封筒に入れてしまうこともありました。それも、イーディス・サマヴィルの親友から来たお茶の招待状への返事の封筒に入れてしまうのです。こうしたうかつなところも、その性格と同じように顔色のせいだったのかもしれませんが、物語にスリルと興奮を与えていたのは確かです。

聞き手はとりこになってしまいました。夢中になっているその表情を目の当たりにして、歓びや恐怖の叫び声を聴くのは、物語を作り始めたばかりのその子にとって大いに励みになりましたが、おそらく、おとなの物語作家にとってもとても嬉しい大成功だったことでしょう。

もちろん、学校の空き時間に語られる物語にはよく邪魔が入りました。

「みなさん、おしゃべりをやめなさい」と、ハットリー先生に言われたり、玄関の前に着いてしまったり、誰かが割り込んできたりすると、物語は中断されました。もう一度語り始めるときには、決まり文句がありました。

「それでね、イーディスが幅の広い古いオーク材の階段から軽やかに漂うように降りて来ると、セシル・キャスルトンが下で待っていました」

いつも「それでね」で、再開されたのです。「それでね」と言うと、その前の出来事とつながるように思えました。そのため、その子が少しでも話を止めようものなら、まるでその子を自分の物のように思って、いつも隣に座って話を引き出していたケイトが、我慢ができなくなったように少し興奮気味にひじでその子の脇を突いたものです。

「それでね」と、ケイトが促します。「それでね、それで、ああ、続けてちょうだい」

他の子も身を乗り出して、その子がまた話を始めるまで「それで、それで」と促すのでした。イーディス・サマヴィルの話が完結すると、同じくらい魅力のある別のロマンスが始まりました。

その話も同じくらい長くて、何週間も続き、それが完結すると、また次の話が始まり、次から次へと語られるのです。いくつ話を語ったのかわかりませんが、聞き手のメンバーが入れ替わっても、ケイトはいつもその子の隣に座っていました。他に二、三人の聞き手がいて、それ以上に増えることはありませんでした。「物語の聞き手たち」は、やや排他的で、自分たちだけで固まっていたかったのです。

　ケイトのすばらしい閃きのおかげで、このお話会に食べ物が加わりました。その子は、青リンゴが大好きでした。それも青くて酸っぱく、まだ人間が食べるには向かないほど早い時期にだけリンゴ売りの屋台で買えるものでないと、駄目でした。熟した真っ赤なリンゴにはそそられませんでしたが、申し分なく青くて、噛むたびにしゃりっと音がして酸っぱい果汁があふれだすリンゴには夢中だったのです。それを知っていたケイトは、機転をきかせて、ある日の午後、小さなポケットをふくらませてやってきました。

「いいもの、持ってきたわ」と、ケイトはささやきました。

「なあに？」

「『イーディス・サマヴィル』の話をしてくれているあいだに食べるの。青リンゴよ」

　その思いつきは大成功で、場の雰囲気を大いに盛り上げたので、習慣になりました。聞き手は代わる代わる青リンゴを持ってくるようになったのです。青いグーズベリーも試してみました。まもなくケイトは、別のことを思いつきました。

　ある日の午後、ケイトはささやきました。「下の階にいって小さな水差しを持ってこられたら、それに水を入れて、服の下に隠して持って上がってくるわ。そうしたらベンチの下に隠しておいて誰も見ていないときに水が飲めるわよ」

　こうした行いは、それほど奔放には見えないかもしれませんが、教室に水差しを持ち込むのは禁止されていたので、水が飲みたいときは、まず行儀よく階下に降りなければなりませんでした。ですから、自分たちの水差しを隠し持ってこっそり水を飲むという思いつきは大胆で、みんなが酔いしれたのです。

こんなことを思いつくのは、ケイトだけでした。ケイトは、進取の気性に富んだ元気いっぱいの少女だったのです。学校当局からは、ときどき、やや批判的に「おてんば娘」と呼ばれていました。

「おてんば娘」は、水差しを持って上がってくるという芸当をやり遂げました。スカートのひだの下に何にも隠していませんという顔をして入ってくるケイトを見るのは、とてもスリルがありました。慎重に歩きながら、くすくす笑いをこらえるような様子で、聞き手の方に近づいてきました。

「持ってきたの？」と、その子がささやきました。

「ええ、服の下よ。ベンチの下に置くわね」

水差しをベンチの下に置いて、目立たないように水を飲みました。青リンゴを食べては、水差しから少しずつ飲むのです。誰も特に喉が渇いていたわけではありませんでした。階下に行けばたっぷり水が飲めたのですが、それは密輸された水ではなく、また、酸っぱいリンゴと「イーディス・サマヴィル」と一緒に味わうことはできなかったのです。

この行為には、愉快な反乱や放蕩のようなところがありました。教室版バッカス祭*のようなもので、イーディス・サマヴィルの冒険に足りなかった放埓さを与えてくれたのです。その子は大いに楽しみました。青リンゴで口のなかをいっぱいにして、ベンチの下の水差しの水でこっそりと喉に流し込むのは、危険な冒険に近いものでした。その子は、危険ぎりぎりのことをするのが大好きだったのです。青リンゴが出回らなくなってしまうと、誰かが、生のカブをもってきました。たぶん、またケイトだったのでしょう。本当に機転の利く子でした。何人かの子はカブが好きだったようです。その子は好きではなかったのですが、それがもたらす贅沢で危険な感じが気に入っていました。その場の雰囲気をとても楽しんでいたので、生のカブの味を我慢したのです。カブがきらいなことや、固くて変なものだと思ったことや、飲み込むのに大量の水が必要だったことは、宴会仲間に言いませんでした。大きくかぶりつき、本当はとてもまずいのだとは頑なに認めようとしなかったのです。それを認めてしまったら、雰囲気を、そして幻想を壊してしまったでしょう。その子は、幻想が大好きでした。本当に、大切に思っていたのです。そして、その子は物語を語り続け、聞き手はその言葉に耳を傾け、命にかかわるほど消化しにくいカブで栄養をとりました。それでも、誰も「イーディス・サマヴィル」のせいで死ぬことも、生のカブのせいで死ぬこともありませんでした。

第13章 クリストファー・コロンブス

その子は、何週間にも渡って、「次回に続く」物語を語り続け、まるで「聞き手たち」の専属になったようでした。その子のそばで話を聞くとき、みんなはそれぞれ決まった席に座りました。ケイトが一番近くに座りましたが、実際のところ、彼女がこのお楽しみ会を取り仕切っていたのです。ケイトは、いわば、イーディス・サマヴィルの生みの親のようなもので、彼女がいなければイーディス・サマヴィルは存在しなかったでしょう。どうやら、聞き手の座る席を決めていたのはケイトで、この集まりに加わりたい子はケイトに頼み込んでいたようです。ケイトは性急なところがあって、時間を無駄にするのが嫌いでした。たまたま、ある午後の集まりに来られなかった聞き手が、次に来た時に、「昨日はどん

な話をしたの？　ほら、わたし、そこを聞けなかったでしょう」と、教えてほしそうに尋ねると、ケイトはそちらの方を向いて、ちょっといらいらしながら大急ぎで主な出来事のさわりを話してやりました。

「ああ、マルコムが来たのよ」と、ケイトは話し出します。「それで、バイオレットは白いドレスを着て、ベルトのところにブルーベルの花をさしていたのね。マルコムはゴッドフリーに嫉妬していて、バイオレットにかっとなって、ふたりは仲たがいして、マルコムは永遠に行ってしまうの。で、バイオレットはボートで湖に漕ぎ出すと、嵐がくるのね、で、マルコムはすっかり行ってしまったのではなくて、湖のほとりをさまよっていて、湖に飛び込んで彼女を救うの、そしたらバイオレットの金髪はずぶぬれで、それにブルーベルがからまっていて、それでね」ケイトは「その子」の方を向いて、「それでね、さあ、続けて」と、促すのです。

そうして独演会が始まると、先ほどはかっとなっていたマルコムが、苦悩し、後悔する様子が語られました。マルコムは、ずぶぬれになった白いドレスと金髪とブルーベルの花のそばにだらんと下がっている小さな白い手を握りしめ、草の上に膝をついて、すみれ色の瞳を開いてもう一度自分を見つめてくれるようにと懇願するのです。

その瞳は、必ず開くのでした。悔い改めた恋人たちは必ず許され、軽率だった恋人たちは和解し、邪悪な者は必ず罰せられ、腹を立てていた親戚、特に裕福な叔父や父親は、必ず態度を軟化させ、決まってちょうど良い時にちょうど良い遺産を遺してくれるのです。聞き手は、あまり長いあいだこころを悩ませることはなく、また、鉤針編みの針を涙ですっかり錆びさせてしまうこともありませんでした。その子は、力強い語り手でしたが、情け深くもあったのです。金髪の描写に言葉を惜しまなかったように、他のところでもふんだんに言葉を使いました。こうした早い時期から、その子は、向こう見ずなくらいの気前よさとやさしい穏やかさで語る傾向がありました。その子がとても弱い子だったのか、それとも、とても意志の強い子だったのか、未だに判断がつきかねています。弱いというのは、単に売り子の目に映るように現実的にコベント・ガーデンを見るのが耐えられなかったからです。意志が強いというのは、生のカブの味を無視してまでも自己流の味付けをずっと貫く勇気を持っていたからです。結局のところ、そうするには、決意と目的意識が必要だったのでしょう。人生においては、心地よい状況でも生のカブの味がついてしまうことがよくありますし、太陽の光を浴びた桃ではないという事実に目をつぶるには、しばしば、確固たる意志と機転が必要となるのです。

その子が、抜け目のない、実行力のある、事務的に有能な子どもだったら、自分の幼い能力に何らかの市場価値を見出して、それを利用していたかもしれません。条件を提示し、取決めをして、教室のなかでさまざまな特典を得ていたことでしょう。しかし、そうした能力はありませんでした。その子は、ただ物語を語り、他の子は聞くだけだったのです。もし、聞き手のなかに商才のある抜け目のない子がいて、その子をこっそり貸し出す計画を思いついたとしたら、その子の知らない内に易々と実行されていたでしょう。その子は、幼いころから愚かなほどひとを疑わなかったし、物語を語ることに関してはいつも期待を裏切らなかったのです。しかし、私の知る限り、商売っ気のある「聞き手」はいませんでした。

あるとき、思いもかけず、ほとんど使っていない練習帳が手に入りました。その子は、そこに初めて物語を結末まで書きました。以前は、石板や肉屋の出納簿に、物語のいくつかの場面を綴るだけだったのです。サー・マーマデューク・マックスウェルトンとその仲間の物語は決して完結しませんでした。けれども、まっさらの練習帳に書いた物語は、最後までこぎつけたのです。その題名は「フランク・エルズワース、または独身男のボタン」*でした。ボタンとはなんの関わりもない物語でしたが、主人公は独身の男性でした。年齢は二十二歳で、真っ黒の髪をしており、それまで何年にもわたってありとあらゆる経験をしたせいで頑なになっていて、どんなことがあろうとも決して結婚はしないと決めていました。物語は、その決意を自分の家政婦に述べるところから始まります。家政婦は、主人を家族のように敬愛する典型的な使用人でした。この尊敬すべき女性はほほえむと、悲しそうなふりをして首を振りました。すると、察しのよい読者には、イーディス・サマヴィルのような女性が次のページに現れるのだとわかるのです。輝くような空色の大きな瞳と、背を覆い隠すような豊かな淡い金色の巻き毛が、男性の断固とした決意をも揺るがせ、何ページにも渡ってぶざまに弱みをさらしたのちに、彼は彼女の足元にひれ伏すのですが、その様子はたわいないと言うしかありませんでした。私の印象では、その物語には知性というものが全く含まれていませんでした。その子が目差していたのは知性ではなかったのです。その子は、ただ、物語を語っていたのです。その子は、ただ、語りたいことを語っていただけでした。物語の副題を「または独身男のボタン」とつけたのも、なんとなく含みのある感じを気に入っていたのと、音の響きがすきだったからです。

その子は、この物語をママに読んであげました。ママは「とてもすてきなお話ね」と言って、多少はおもしろがっているように見えました。おそらく、結局のところ、ママは賢明だったのです。ママはその子のやる気をなくさせたり、物語を書くのは愚かでうぬぼれたことだと思わせたりはしませんでしたが、ほどほどに褒める程度だったので、それほど重要なことではなく、きわめて当たり前の無邪気な子どもらしい成長の一過程だと思わせてくれたのです。物語を書くのは、自慢するようなことではなくて、自分なりの幼いやり方で楽しむものにすぎませんでした。

まっさらの練習帳を手に入れるたびに、別の物語を書き始めましたが、どれも最後まで書けませんでした。新しい物語を思いついては書き始めてしまい、それまでに書いていたものを棚上げにしてしまったからです。自慢に思っていた「セレスト、または運命の紡ぎ車」というとても長いお話は、十二歳のときの記念すべき作品でしたが、完結することなく、その子が故国を離れてかの新しい国に向かうときに、他のお話とともに火にくべられてしまいました。

その子は、物語を結末まで書けないのを気にしていました。幼いころ、自分が日曜学校の回想録にはふさわしくないのを残念に思っていましたが、その思いは成長するにつれて、しだいに、欠点があまりありませんようにという漠然とした願いに変わっていきました。それで、これほど多くの物語を書いているのに、どれ一つとして完結させられないのは、好ましくない性質のあらわれではないかと心配になったのです。

「物語を完結させなくては」と、激しい後悔の念にかられて思ったものです。「やりとげられないことを始めるのはいけないわ」と、自分をとても厳しく責め立てました。

「ずっとこんなことを続けて、ひとつも完結させられないのかしら」と思って、自分はいつでもやり始められるけれども最後までやり通せない性質ではないかという気がして、憂うつになりました。

その子に刺激されて、聞き手の何人かが使い古しの練習帳に物語を書き始めました。それらはみな「イーディス・サマヴィル」の亜流で、その子が読んでみると、ときどき批判めいたものがその小さなこころに浮かびましたが、それを口に出さないよう自分を厳しく抑えました。たとえこころのなかだけだとしても、自分のようなものが批判をするのは、よく言われる「悪い性質」の表れではないかと恐れていたのです。内心、「悪い性質」を持たないよう強く願っていました。

「わたしはうぬぼれているのよ」と、自分に言い聞かせました。「だから、みんなが書いたのは、わたしのものと比べて良くないと思ってしまうのよ。うぬぼれは悪いだけでなく卑しくて、おまけにばかげているわ」

聞き手のひとりが、大事なところで、主人公の男性が「百合のような白い小さな手を差し出した」と、描写したところがありました。その子は、どこか異様な感じがして不快に思いましたが、それについて批判がましいことを言う気にはなれませんでした。

もし、それらの原稿が今日まで残っていたら、調べて見るとおもしろいと思います。なぜ、ある子どもは生涯を通して物語を書き続け、他の子どもは二度と書かないのか、その理由の一端が見つかるかもしれません。その子の語ったロマンスはどれも、疑いなくむやみにロマンチックで、途方もなくセンチメンタルでした。そのこころの目には、物語のなかの出来事が、いつでも、色刷りの絵のようにはっきりと強く映っていたのを覚えています。聞き手は笑い、時には泣いて、いつでも話に夢中になりました。けれども、偏りのない目で冷静に批評するとしたら、その物語は、つまらないがらくたとして片付けられる代物だったと思います。まるで、くつわも手綱もはずされた馬のように暴走し、始めから終りまで制御不能のありさまだったのです。

しかし、物語は、その子のほかには誰の目にも触れませんでした。ママでさえ、「フランク・エルズワース」を読んで聞かせてもらったにすぎません。残りの物語は、その子の人生で最初の一大事が起こるまで、習字手本や帳簿に走り書きされて、誰にも見られず、ひそかに書き溜められていきました。

その一大事とは、その子にとって人生の色合いをすっかり変えてしまうほどの大事件でした。ほかでもなく、英国を離れて米国で新しい生活を始めることになったのです。

その前に起こった出来事が最終的に旅立ちの原因となったのですが、それは愉快なものではありませんでした。その子は幼かったので詳しいことは聞かされませんでしたが、すべての始まりは、大きな物語のようなもので、その子の想像力をかきたてました。何年ものあいだ、多かれ少なかれ、すべてのひとの暮らしに「アメリカの戦争*」が影を落としているようだと、その子は思っていました。どこよりも綿織物製造業の中心地にいましたので、その影響をより強く感じていたのでしょう。ランカシャーは、綿工場のたくさんある州でした。そのなかでマンチェスターは、「木綿」を神としてあがめる「主祭壇」のようなところでした。マンチェスターには、いたるところに、「綿業王」として知られる金持ちが住んでいました。バベルの塔のように高い工場の煙突から吐き出される煙は、何十キロにもわたって空を汚し、裏通りには織工として働く男女が住み、すすで汚れた子どもたちはいたるところで群れをなして遊び、法律で許される年齢*になるやいなや工場で働き始めるのです。すすで汚れた巨大な町のひとびとの生活は、すべて綿業を中心に成り立っていました。労働者階級は綿業のおかげで食べものを得て、中産階級はそのおかげで職に就き、資産家はそのおかげで贅沢をしていたのです。極貧のひとびとは、工場の鐘で朝四時に起こされ、巨大な煙突が黒い煙をもくもくと出している建物にぞくぞくと入って行きました。社会的にそこそこの地位にある家族の父親は、大手の問屋の会計課やさまざまな部署で仕事をしました。金持ちの男たちも綿花に関わって、買ったり、売ったり、投機をしたり、お金をもうけたり失くしたりして、綿花、綿花、綿花で暮らしていたのです。

あるころから「アメリカの戦争が終わらなかったら、綿花が入ってこなくなって、製造業者はどうしていいかわからなくなるだろう」と、言われ始めました。

けれどもそれは、数か月もすれば問題は解決して、北部と南部はまた一体化するとみんなが信じていた最初のころのことでした。戦争が続くなどという恐ろしいことを考える悲観論者は誰もいなかったのです。

しかし、しばらくすると、別のことが言われるようになりました。

「綿花が不足し始めた。工場のいくつかは操業を停止しなければならないだろうと言うひとさえいる」

工場が一つ閉鎖されると、何十、何百という工員が飢えることになります。それでも、アメリカの戦争は続きました。

少したって、「綿花がないので、ジャクソンの工場は操業を停止した」という知らせが入りました。

次に、こんな知らせが入りました。

「ブライトの工場も操業停止になった。工員はすべて解雇された。ジョーンズも停止するようだし、パーキンズはあと二週間しかもたないらしい。どちらも大手の工場だから、何百というひとが仕事にあぶれるぞ。ブラウンソンも破産した。綿花がなくて契約を遂行できなかったんだ。すごい金持ち連中だって大変なんだから、まあああのところは、破産するだろうよ！」

こうした知らせをもってくるのは、たいてい、兄たちでした。それでも米国の戦争は続き、さまざまな戦いや、勝利と敗北や、戦死者や負傷者や、耳慣れない名前の町の包囲や、軍隊による南部制圧や、大農園の略奪や、マグノリアの木に囲まれた邸宅が荒らされたり放火されたりしたという噂が、その子の耳に入りました。正確に言うと、南部の邸宅が破壊されたと聞いたとき、その子はただちにマグノリアの木のある邸宅を思い浮かべたのです。その子にとって、南部とは、『アンクル・トムの小屋』の国でした。大農園とは、広大な地所で、アンクル・トムやクロエおばさんやイライザ*のような黒人が群れをなし、リグリーやセント・クレアのようなひとが運営しているところだったのです。その邸宅には、マグノリアの木立が影を落とす、よく茂ったブドウのつるに覆われたベランダがあって、白いドレスを着て長い金茶色の巻き毛のエヴァが軽やかに飛び回っているのです。

その子は、何のための戦争なのか全くわかっていませんでしたが、南部に同情せずにはいられませんでした。そこにはマグノリアの木が茂っていて、白いドレスを着たひとがブドウのつるに覆われたベランダに座っているからです。それに、バラの花も咲き乱れていました。バラの花がたくさん咲いている場所が大好きだったのです。アンクル・トムやクロエおばさんやイライザたちが奴隷の身分から解放されることと関係があるのだとわかったときには、状況が緊迫しているのを感じました。かわいそうな奴隷が解放されるのを願わずにはいられませんでした。物語を読むとそう思わずにはいられないのです。『アンクル・トムの小屋』を読んでいるあいだは、ずっと泣き続けました。彼らには自由がなく、妻子と別れて別のところへ売られ、鞭打たれたり、猟犬に追われたりするからです。けれども、大農園で彼らが群れをなして黒人訛りで唄ったり、話したりするのは、その物語のなかでも絵のように美しく、愛すべき名場面でした。大農園が破壊され、ブドウのつるに覆われたベランダが消えてなくなり、マグノリアも花を咲かせず、パナマ帽や純白のリネンを身にまとった農園主に影を落とすこともなくなるのだと思うと、耐えられませんでした。その子は農園主にたいへんな愛着をもっていて、リグリー一家以外は、みんな優雅で絵のように美しいひとびとだと信じていたのです。

けれども戦争のせいで、農園主たちは、大農園で綿花を栽培するかたわらベランダに座って氷のうえにそそいだジューレップ酒*をストローですすっているわけにはいかなくなってしまったようでした。

工場は次から次へと閉鎖され、何千人もの工員が職を失い、「綿花飢饉*」が起こりました。金持ちは没落し、貧しいひとびとは飢え、取引はなくなってしまったのです。問屋は大規模なところも小規模なところも大なり小なり直接影響を受け始めました。マンチェスターの繁栄はすべて綿花によっていましたので、綿花がなくなると、お金が入らなくなったのです。

誰もが「アメリカの戦争さえ終わってくれたら」と、言ったものでした。

飢えに苦しむ工員の話は、アメリカから伝わってきた話と同じくらい恐ろしい様相を呈してきました。新聞では、戦争についての記事と並んで、いわゆる「ランカシャーの窮乏*」が報じられました。あちこちのこころやさしいひとびとによって、困窮者を援助する基金が設立されました。「無料食堂*」が設けられ、目が落ちくぼみ飢えに苦しむ何百人もの男女や子どもがその戸口に押し寄せているという痛ましい話が伝えられました。

「アメリカの戦争が終わってくれさえすりゃ、腹すかすこともねえのに」と、工員たちは言い合っていました。

苦しんでいたのは工員たちだけではなく、月日がたつにつれ、あらゆる階層のひとたちも巻き込まれていったのです。

幼い女の子や男の子のあいだでも、こんな風に言うようになりました。

「今年の夏はウェールズに行けないの。パパがそんな余裕はないって言うのよ。家族が大勢いるからとてもお金がかかるの。アメリカの戦争のせいで貧しくなったって、パパは思っているみたい」

あるいは、こんなことを言う子もいました。

「ブレイク家は、クリスマス・パーティをしないんだって。ブレイクさんはアメリカの戦争で損をしたんだよ」

さらに、もっと恐ろしいことも語られました。

「ヘイウッドさんが破産したそうよ。アメリカの戦争のせいで、事業がだめになって、問屋を閉めないといけないらしいわ」

ママでさえ、悩んだり心配そうな様子を見せたりするようになりました。工場も問屋も持ってはいませんでしたが、それなりの問題や損失を抱えていたのです。気の毒なことに、ママは穏やかで誠実なレディだったので、きびしくあさましい無情な世の中を渡るにはまったく不向きでした。かわいそうなパパはすでに亡くなり、三人の娘の世話をし、息子たちの身を立ててやらねばならないので、なんとか事務的に、また、実際的になろうと努めてはいました。その子は、時折、ママが鏡台の前で震える手で小さな黒いボンネットを取って、「かわいそうなパパ」がエイミー・ロブサートやジーニー・ディーンズのようだと思った青い目に涙を浮かべているのを見かけたことがありました。

「ママ、何か心配事があるの？」と、その子は尋ねました。

「ええ、あるのよ」と、ママは震えながら答えたものです。「心配事が山ほどあるの。わたしはあまり良い実業家じゃないようだから、うまくいかないことばかりなの。かわいそうなパパがいて助言してくれたらねえ」と言って、低いすまなそうな声をつまらせるのでした。

「ママ、元気を出して」と、その子も声を震わせて言ったものです。「しばらくしたら、みんなうまくいくわ」

「まあ、そんなことを言って」と、疲れ果てたママは声をあげて言いました。「アメリカのこのひどい戦争が終わらない限り、何もかもうまくいくはずはないのよ」

社会的な事件の記録なら、この時期についてもっと多くの事柄について記すでしょうが、これは、その子のこころに影響を与えた主な出来事だけを綴ったものなのです。

とうとう、戦争が終わるときがやってきました。そして、飢えと心配でやつれた大勢の工員が、むせび泣きながら熱狂的な叫び声を上げて、最初の綿花の梱《こり》を歓迎したという感動的な話が伝わってきました。貧しいやせこけた男の話もありました。おそらくは大勢の子どもの父親で、子どもたちがパンを求めて泣いているあいだどうすることもできず意気消沈して火のない暖炉のそばに座っていたのでしょう。涙で頬を濡らしながら帽子を取り、声を張り上げて頌栄*を唱えると、ひとりふたりとそれに加わり、ついには群衆が一体となって大合唱にふくれあがったというのです。

「すべての恵みの源である、神をたたえよ、
すべての造られし者よ、この地上で神をたたえよ、
汝ら、天使よ、天上で神をたたえよ、
父と子と聖霊をたたえよ」

この話を聞いて、その子は胸を詰まらせました。それほど大変だったのだろう、想像もできないような悲しいことが裏通りの小さな家では起こっていたのだろう、と感じたからです。

大事件が起こったのは、その話を聞いた後でした。ある朝、部屋に入っていくと、ママとふたりの兄が、外国の消印のある手紙について、いつになく興奮した様子で話し合っていました。

「唐突すぎるわ！」と、ママはかなり動揺したような声で言いました。

「おもしろそうじゃないか」と、兄のひとりが言いました。「ぼくはそうしたいよ！」

「英国を離れるなんて、決心がつかないと思うわ」と、ママは狼

狽して言いました。「とても遠いところなのよ」

その子は、ひとりひとりの顔を見回しました。

「遠いところって何?」と、尋ねました。「何の話をしているの、ママ」

ママはその子を見つめましたが、そのやさしい顔にはおびえた表情が浮かんでいました。

「アメリカよ」と、ママは言いました。「アメリカ!」

「アメリカですって!」と、その子は目を丸くして叫びました。「アメリカがどうかしたの?」

「アメリカに行くのさ」と、その子をよくからかう下の兄が叫びました。「ぼくたちみんなでね! おもしろそうじゃないか!」

「そんなに軽率に言うものではありませんよ」と、ママが言いました。「アメリカにいるジョンおじさんから手紙をもらったの。みんなでアメリカに来たらいい、と言ってきたのよ。兄さんたちに、就職口を見つけてくれるらしいの」

「まあ!」と、その子はあえぎながら言いました。「アメリカ! 本当に、本当に、行くかもしれないの? ああ、ママ」そして、急に有頂天になって叫びました。「そうしましょうよ、そうしましょうよ」

信じられないくらい楽しいことのように思えました。アメリカに行けるなんて！　アンクル・トムの小屋の国へ！　大農園やマグノリアが見られるでしょう！　クロエおばさんやトプシーに世話をしてもらえるなんて！　緑の肘掛け椅子ではない船に乗って、本物の大西洋を渡って、長い航海をするなんて！

　その子の毎日のくらしで実際に起きる出来事は、とてもありふれたもので、行動範囲も限られており、エデンの裏庭からスクエアまで、そしてスクエアから一番近い穏やかな海辺の町まで行くのが、もっとも日常を離れた放浪の旅だったのです。海辺の町には、埠頭と海水浴用の移動更衣車と宿屋があって、お茶に小エビがつきました。スクエアの住民はあまり旅をしませんでした。「一番の仲良し」はスコットランドで夏を過ごしたことがあったので、その異国の地での滞在についてあれこれ詳しく聞いてみると、サー・ウォルター・スコットの物語の趣を味わえるような気がしました。一番の仲良しは、「ロッホ」*のそばに座って、ひとびとがゲール語を話すのを聞いたのですが、ゲール語で話されると意見の交換がうまくいかないと思ったそうです。その子は以

前、アメリカからやって来たという小さな女の子を見たことがありました。その女の子に話しかけて、アメリカでの暮らしはどんなものなのか、また、アメリカはどんなところなのか、大西洋を渡るのはどんなふうだったのか、知りたいと切に願いました。アメリカについて何でも知りたい、かいつまんではっきりと具体的に話して欲しいと願っていたのです。しかし、その小さな女の子は、まだ五歳で、それにあまり賢い子ではなかったので、自分が外国で生まれたことやアメリカが外国であってとてもおもしろい国なのだというのを、よくわかっていないようでした。それでも、その子は、敬意を払ってあこがれの目で女の子を見つめ、遠くから眺めながら、とても興味をそそる存在であるのを本人がわかっていないことに驚いたものでした。

それがいま、自分自身が、アメリカへ行く可能性がわずかでもあるかもしれないのです。「ああ、ママ、お願いだから行きましょうよ、お願いだから」と、その後、何日も繰り返し、言い続けました。

兄たちも、その可能性を考えて有頂天になりました。アメリカは、彼らにとって、あらゆる種類の危険な冒険を意味したのです。うきうきしては、そのことばかり話すようになり、しだいに、キャプテン・メイン・リードやフェニモア・クーパーの主人公の世界にいるような感じになってきました。兄たちは、しばしば、『鹿殺し』や『モヒカン族の最後』

に言及しては、「ニューヨークからやってきた知人」から集めたおもしろい情報を持ち帰りました。その子に強い印象を残したのは、ブロードウェイと呼ばれているすばらしい大通りの様子でした。ブロードウェイは少なくとも幅八百メートルはあって、その通りにある建物、特にA・T・スチュアート社*の建物の前では、バッキンガム宮殿やウィンザー城も形無しだと思ったのです。そんな風に思ったのは「ニューヨークからやってきた知人」からの情報を聞いたからでした。

本当に、楽しくてわくわくする時間でした。アメリカに行く見込みについてママやおじやおばが話し合っているのを聞くと、畏れと喜びが入り混じった気持ちになったり、周りにいる男の子や女の子に、「ねえ、わたしたちアメリカに行くかもしれないのよ」と言って、すごいことを暴露しているのだと感じたりしました。一生分のスリルを味わったと言えるくらいでした。

そして、とうとう、ママと「おばやおじや親戚一同や友人たち」は、決断を下したのです。本当にアメリカに行くのだ、すべてを売り払って、大西洋を渡るのだと思いながら、家族のみんなはベッドに入りました。新しい世界がのしかかるように大きく迫ってくるようでした。その子は、興奮のさなかにあって、ちょっと奇妙な感じに襲われ、眠れずに、暗闇を見つめながら、緑の肘掛け椅子と子ども部屋のソファは誰の手に渡るのだろうと考えました。

そして、さらに大きな興奮が待っていたのです。やるべきことは何千とあり、ひとを酔わせるような目新しい空気があたりに漂っていました。誰もが、とても愛情深く、親切でした。家が処分されるあいだ、いとこの家に滞在したのですが、そこはとても楽しくてにぎやかで、愉快に過ごすことができました。一軒の家にふたつの家族があふれんばかりに詰め込まれると、この上ない浮かれ騒ぎが起こったのです。ほとんど一晩中笑い声が絶えず、一日中使いの者や訪問客が出入りし、買い物をしたり、物を処分したり、友人に会ったり、さよならを言ったりして、そのあいだ中ずっと、冒険の楽しさや期待感、高揚感や愉快な気持ちを味わいました。

これらすべては、リバプールへのわくわくする旅で最高潮に達しました。鉄道のふたつの車両は、付き添ってきたいとこやおばであふれ返っていました。リバプールで一泊したのですが、ベッドのなかで話すことが山ほどあって、ほとんど眠ることができませんでした。もうすぐ朝だと思うと、わくわくする一方で、朝が来るのが耐えられないほど先のよ

うにも思えたのです。

　とうとうその時がやって来ると、旅行かばんやトランクを船へと送り出し、いとこたちを辻馬車に押し込んで、オレンジやレモンやあらゆる種類の医薬品や物資の最後の包みを持って、身震いするほど楽しそうな波止場の群衆にまじりました。大きな船を見ると、常軌を逸するほど有頂天になって群れをなして船に乗り込み、探検したり、叫び声をあげたり、発見したり、道連れとなる乗客のグループをちらりと見たり、おもしろそうなひとに目をつけたりしました。そして興奮が絶頂に達するころ、運命を決する鐘が鳴ると、その子は胸が妙にどきんとして、指先まで電気が走るような不思議なスリルを感じたのです。

　あらゆることがあまりにも一時に起こってしまって、なんだか急に悲しくなりました。その子は、確かに、アメリカに行きたかったのです。けれども、誰もが目に涙をいっぱいためているようでしたし、互いの手をしっかりと取り合って激しく握手したり、抱き合ったりしていました。まわりにいるグループのひとびともみんなこころをかき乱された様子で、おばたちは泣きながらママを抱きしめ、いとこたちもふいに目に涙をいっぱいためて、抱擁して別れを告げるのでした。

「さようなら、さようなら」誰もが「さようなら。幸せを祈っていますよ。ああ、行ってしまうなんて信じられない。寂しくなるわ」と、言いました。

その子は、気も狂わんばかりに熱烈な別れのキスをし、また、キスをされました。その当時、ひとびとは、まだ、毎夏米国から英国へ航海してはいませんでした。米国に渡るのは、別世界に行くようなものだったのです。その世界と英国のごく質素な家庭とは、永遠という越えがたい深い淵に隔てられているように思えました。

「ああ、さようなら、さようなら」と、その子は懸命に叫びました。「みんな一緒に行けたらいいのに!」

その一行のなかに、仲の良い年長のいとこがいました。とても善いひとで、幼いころから知っていました。信頼できるすてきな男のひとだったので、その子は、飼っていた子犬をそのいとこに託しました。一緒に連れて行けるかどうかわからなかったからです。最後に握手したのはそのひとでした。彼は、やや緊張した様子で深くこころを動かされているようでした。

「さようなら」と、そのいとこは言いました。「アメリカが気に入るといいね」

「さようなら」その子は涙を浮かべて、そのひとを見ながら言いました。「フローラにや

さしくしてくれるわね」

「もちろん、フローラにやさしくするよ」と、いとこは答えました。

そして、少しのあいだ、その子を見つめると、その子がまだ幼い少女なのでキスしてもいいと判断したようで、涙に濡れた頬に愛情をこめてキスをしてから、努めて決然とした様子を見せながら立ち去りました。船がゆっくりと岸を離れ始めると、そのいとこは、おばや他のいとことともに波止場に立って、みんなと一緒にハンカチを振ってくれました。

その子は、デッキの手すりにもたれ、涙をぽろぽろ流しながら、息をひそめて、独り言を言いました。

「あら！　あら！　これから、わたし、本当にアメリカへ行くのよ」

第14章 木の精の日々

そこには、目新しくて不思議なほど美しいものがたくさんあって、言葉では十分に言い表せないくらいでした。言葉は、いつも十分とはいえないのですが、それに代わるものがないので使っているだけなのです。ひとびとが奴隷のようにあくせく働かされている英国のあの巨大で陰気な製造業の町と、テネシーの山や森とのあいだには、大きな隔たりがありました。単に距離の問題だけではなかったのです。テネシーでは、森ははてしなく深く、山は濃い緑で覆われ、マツや月桂樹が生い茂っています。木々のあいだでは野生のブドウのつると緋色のツリガネ型の花をつけるカズラが風に揺れ、ウルシやサッサフラスの枝にからまり、さまざまな木々の枝を伝い上ったり、枝に巻きついたり、そこから垂れ下がっ

たりしていました。

　それまで工場の煙突の影で暮らしていたので、空を見上げると、大きな柔らかな白い雲やふわふわ浮かぶ島のような雲は、煙突から出る煙のせいで、いつも少し黄ばんでいるように見えましたし、公園でヒナギクやキンポウゲを摘むと、いつも黒いしみが点々とついていました。それは、止むことなくいつのまにか舞い降りてくる「すす」のせいでした。このような暮らしをしていたので、木の精*と出会えるところに連れて来られ、木の精の日々が送れるようになって、どれほど有頂天になったことでしょう。

「エデンの裏庭」での歳月が過ぎ去ってから、その子は、絶え間なく降り注ぐ「すす」の雨にすっかり慣れてしまい、そういうものだと受け入れていました。「すす」は、顔の上にも落ちてくるので、愛するひとや親しいひとの頬や鼻についたときは拭き取ってあげたり、ただの知り合いの場合はついた場所をそっと教えてあげたりするのが礼儀のようになっていました。帽子のリボンにしみがついたり、一番良いドレスを台無しにしたりするので、誰でも前もってよく調べてから、物に触ったり、もたれたりしたものです。実際、すすが降ってくるのにすっかり慣れてしまっていたので、それに腹を立てるようなことはまずありませんでしたし、降ってこないところで暮らしているひとがいることも忘れているくらいでした。けれども、その子は、早朝に降ったまだ誰にも踏まれていない純白の雪の上に、すぐにもっと細かい黒い雪が舞い落ちてしみをつけてしまうのを見て、いつも悲しいと感じていました。冬には、子ども部屋で、わくわくする実験が行われました。カップ一杯のミルクに子ども部屋の赤砂糖を入れて甘くしたものを、窓敷居の外に出しておき、凍ってアイスクリームになるのをどきどきしながら待つのです。雪が降って、ミルクと砂糖が手に入ったときは、いつも行われました。しかし、マンチェスターの冬は、めったにそれほど寒くはならなかったので、砂糖入りのミルクは凍りませんでした。凍ったとしてもアイスクリームにはなりませんでしたし、どう見ても、青白いスキムミルクと赤砂糖の混ざったものにすぎなかったのです。まれにカップの表面に薄い氷が張ると、大喜びでむさぼるように食べたものですが、たいていは、ひどく水っぽい状態のままで、おまけに細かいすすの粉で覆われていました。がっかりしながらカップを取り込み、スプーンですすを取り除き、凍っていさえすればアイスクリームなのだから、ご馳走だと思うように努力はするのですが、どうしても煙の臭いが鼻についてしまいました。その臭いは、アイスクリームを食べるふりをする妨げになるので、実に厄介なものでした。ほんとうに、くすぶったようなひどい臭いがしたのです。子ども時代はずっと、程度の差こそあれ何もかもくすぶったような煙の臭いがしていました。その子は、田舎に強い愛着を抱いていました。大庭園や庭を持っていたり、田舎風の小さな家に住んでいたり、森や荒野を歩いたり、「青い丘」に登ったりする登場人物が出てくる物語が大好きでした。ブルーベルやスイカズラ、イトシャジンや野バラのことを考えると夢中になりました。スクエアにもそうした花が咲いているという「ふり」をしたものです。これを書いていて、あるわくわくするような出来事を思い出しました。非常に示唆に富む好例なので、書き留めておく価値はあるでしょう。

空き家になっている大邸宅のなかの一軒か二軒には、かつて裏側に広大な庭園がありました。おそらくはどの邸宅にもあったのでしょう。何年も放置されて、工場の煙突の煙のせいで灰をかぶった砂漠のようになっていましたが、その何も生えそうにないところにも雑草があちこちで生い茂っていました。高い煉瓦塀がそのまわりを囲っていたのに、あらゆる種類のごみが堆積して、雑草だらけの不毛の地は一層ひどいありさまで、すっかり荒廃した姿をさらしていました。入口の扉にはたいてい鍵がかかっていましたし、外から中を覗き込むこともできなかったのですが、それが、その子を魅了しました。謎めいた物語を連想させてくれたからです。中に入れなくても、高い塀や一度も開けられたことのない小さな緑色の扉で隠された、ありとあらゆるすばらしいものを想像することができました。扉が開けば中に入れるのにと思ったものです。

何年ものあいだ、庭に入れなかったのですが、とうとう、大邸宅が取り壊されて、もっと小さな家に建て替えられるといううわさが伝わってきました。そしてスクエアに住む子どもたちのあいだで、こんなことがささやかれるようになりました。なぜか「従者の館」と呼ばれていた大邸宅の裏庭を取り囲む高い塀にある小さな緑色の扉が開かれて、大胆な子が中に入ってまた出てきたというのです。

そして、ついに、そのときがやってきました。その子も、中に入ったのです。魔法のかかったような扉をくぐり抜け、謎めいた庭の中に立って、まわりを見回したのです。

もし、庭をありのままに見ていたら、おそらく回れ右をして逃げ出していたでしょう。しかし、その子は庭をありのままには見ませんでした。まさに「神の恵み」でしょう、その子は「庭」を見たのです。少なくとも、かつてはそこも「庭」でした。まわりを高い煉瓦塀に囲まれ、小さな扉は長いあいだ閉ざされたままでしたが、かつてはそのなかに花や木々がありました。ずっと昔のことですが、本当に花が咲き、緑の木々が影を落としていたのです。その子は、かつてスクエアは、白鳥が浮かびユリの花咲く美しい人工の湖であったという物語を、すばらしい宝物のように大切にしていました。

その子は、「ふり」をして、夢の世界をさまよっていたのです。「ふり」をすることで、すべては変わりました。土やごみの山は、花の小山になり、ごわごわしたギシギシは、幅の広い葉っぱを持つユリになり、硬い地面から懸命に生えている貧弱な緑色の草にはかわいらしい名前がつきました。少なくとも緑の植物だったので、それだけで、その子は大切に思いました。草は、かつては「庭」であったところに、本当の花が咲いているように生えていたからです。幼いころからずっと、その子は、踏みつけられた公園の草や汚れたヒナギクやキンポウゲのような、生えているものに不思議な親近感を持っていました。それらは、すべての喜びのみなもとでした。小さな木の精のように、草や花を恋しく思いながら、煉瓦やモルタルや煙のなかで暮らしてきたのです。スクエアでは、本物の木や花や、よく茂った緑のシダや草を愛でる楽しみは手に入りそうにありませんでした。

その子は、渾身の力をこめて「ふり」をしながら、ゆっくりと歩き回りました。かがみこんで、真近で草を見て、そっとさわったのです。みすぼらしいものでしたが、ところどころで生い茂って、醜い不毛な地面をごわごわした質素な緑の葉で覆っていました。それは、その子の目にはなんだかとても美しいものに映りました。草が生えていてくれて、うれしかったのです。

「これが、バラやパンジーやユリやスミレだったらどうかしら」と、独り言を言いました。「とても美しいでしょうね」

そして、その時、その子の「守護天使」である愛すべき「物語」が、そのやさしく美しい手を差し伸べたのです。ギシギシやアザミのなかに立っているその子を、年長のひとが見ていたら、きっと、その子どもらしい顔が明るく輝くのを見たに違いありません。

「あなたはバラよ」と、その子は言いました。「あなたはスミレね。そしてユリよね。それから、ヒヤシンスに、タンポポに、スノードロップだわ。そうなのよ」

その子は、小山のところに来て、その上に立っていました。そばにある塀とその子のあいだには、広くて深い溝のようなものがありましたが、何のためにあるのかわからず、知りようもありませんでした。小山は、おそらく、掘り出されて積み上げられた土やごみでできていたのでしょう。草はその小山の上だけではなく、溝のなかまで茂っており、見苦しい溝の内側を這うように降りて、半分埋め尽くしていました。この溝を見て、その子はうれしくなりました。

「これは、お城の『堀』よ」と言いました。「これは『堀』で、ここはお城の庭園なの」

「堀」の思いつきに、その子は夢中になりました。これを「堀」と考えれば、どんなことでもできるのです。その子は、周りに建物を建てながら、歩き回りました。

「ここには、あずまやがあるわ」と、こういうときにだけ使うとても低い声で言いました。「バラでおおわれたあずまやなの。木がいっぱいあるの。幹が太くて、枝の広がったとても大きな木がね。オークやブナやクリの木があって、道の両側から大きな枝を広げているの。並木道があるのよ。緑のアーチでおおわれているの。お花が何列も何列も植わっているわ、サクラソウやスミレの花よ」その子はいつも言葉を惜しみませんでした。「ブルーベルや、緑の草の繁みや、エメラルド色のビロードのような苔や、あちこちにシダもあるわ。噴水や岩屋もあるし、そこらじゅうに、花の絨毯があるのよ」

イーディス・サマヴィルの髪の毛のときのように、言葉があふれ出てきました。

長いあいだ枯れ果てていた「庭」、忘れられ、訪れるひとのいなかったかわいそうな「庭」が、ある日突然、半世紀も前のもっとも繁栄した時代でさえもこれほど花が咲いたことはなかったくらい、ふたたび花盛りになったのを、「庭」は知っていたでしょうか。

「庭」が知っていたとしたら、そして何か不思議なすばらしい努力と感動に突き動かされて、自然の女神の最後の一押しで生き返り、神秘的で驚くべき姿を現したのだとしたら、とてもすてきなことです。そうでなかったら、そこに一輪の花が咲いていたでしょうか。

それはとても小さな花で、田舎育ちのひとなら、わざわざかがみこんで摘み取ったりしないような、ありふれたものでした。しかし、その子はすばらしいと思いました。今まで見たことのない花だったのです。

小山の草の上にかがみこんで、あなたたちは花なのよ、と話しかけているときに、地面の近くに小さな赤いしみのようなものが見えました。

しみとしか見えないようなものだったので、とうてい花だとは思えなくて、自分の目が信じられませんでした。

「お花だわ！」その子は息をのみました。「小さな赤いお花！」と言って、草のなかに膝をついて、満足げに眺めました。「本物のお花よ、咲いているわ！」

何の花か知りませんでしたが、まるで、聖なるものであるかのように持ち上げました。スクエアで暮らし、雨に濡れるスレートを眺めていた小さな木の精にしか、その気持ちはわからなかったでしょう。近くに寄ってじっと眺めているうちに、田園風景を描いた詩のなかに出てくる、地面の近くに咲く小さな赤い花の名前を思い出しました。正しい名前かどうかわからなかったのですが、それは問題ではありませんでした。ただ、その名前が大好きだったので、本当の名前だったらいいなと思ったのです。

「これは紅ハコべよ」と、その子は言いました。「紅ハコべだわ、それに違いないわ」声の届くところで探検していた他の子どもたちに、興奮して呼びかけました。

「こちらに来てごらんなさい！　こちらに来て、見てごらんなさい。いいものを見つけたの。紅ハコべよ、野原に咲いているような紅ハコべを見つけたの」

緑の草が生えているだけでも驚くほど神秘的で、紅ハコべなど見つけられそうもない暮らしから、木の精になったような日々に、その子は入って行ったのです。大陸に着いて二週間の旅が始まりました。セント・ローレンス河の両岸を眺め、カナダの森のなかを旅して、海のような湖の岸に沿って言葉では表せないほどの夢心地でさまよい、英語を話すひとが住んでいるのにどこか異国風の新しい町で短い休息を取り、ついに、風変りな小さな村に着いて旅は終わったのです。舗装されていない通りに沿って木造の家が立ち並び、白く塗られた家もあれば、丸太でできた家もありました。木がいたる所にあり、森や丘に囲まれて、外の世界から隔てられたような村でした。

その村で、その子は、まさに「物語」のなかで暮らしたのです。運命に追われて、何千キロも旅し、召使もいない丸太小屋に住む物静かな英国人といえば、それだけで「物語」そのものでした。家の一部は丸太でできていて、それがその子を魅了しました。まるでフェニモア・クーパーの世界のようでしたが、インディアン*はいませんでした。その子は言葉にできないほど、インディアンにあこがれをいだいていたのです。ある時点までインディアンはいたはずですし、森には何人かは残っているに違いありません。そうだといいなと思って、その子は確かめようとしました。白い木造の家の家主は、インディアンのことを尋ねられて当惑したに違いありません。そのひとたちにとって、インディアンはわくわくするものではなかったからです。その話から、ときおり、ひとりかふたりのインディアンが姿を見せることがあるのはわかりましたが、彼らは血に飢えていることもなく、威厳もありませんでした。森のなかにウィグワムを建てていませんでしたし、モカシン靴を履くこともなく、ウォンパムも付けていませんでした。「白人の言葉は、ホワイト・イーグルのこころを暖めてくれる*」と、言ったりもしなかったのです。

「たいてえ、うめえ食いものをもらいに来んのさ」と、白い家の家主はその子に言いました。「食いものや、かみタバコや、刻みタバコや、少しの酒やウイスキーが目当てなのさ。インジャンは嘘つきで泥棒だよ。インジャンだからな。インジャンに用はねえよ」

フェニモア・クーパーの物語とは、ずいぶん違っていました。けれども、その子は、質問に答えてくれたひとが、ちゃんとした原住民に会うチャンスがなかったのだと思うことにしました。フェニモア・クーパーのインディアンの方が、たとえ戦化粧をして白人の頭の皮を剥ぐようなひとたちであっても、その子は好きでした。でも、どちらかというと、頭の皮を剥ごうとして白人を追いかけるけれども目的を達成できないインディアンの方がよかったのです。その子は、土地のひと、それも生粋の方言を話すひとと会話をするのが楽しみでした。かつてランカシャー訛りで話すのを覚えたように、テネシー東部とノース・カロライナ州の方言と、黒人の方言を覚えました。自分の英国風のアクセントが変だと思われているのを知ると、矯正してアメリカ英語を話すように努めました。アメリカ英語をおもしろいと思い、好きになったのです。それもまた、「物語」の一部なのでした。英国にいたときに楽しく聞いたアメリカの物語に出てきた表現を、日常会話で自分も使えるのはうれしいことでした。その子が「と思うんだけど」や「じゃーない」*などとしゃべるのを、おばやいとこやスクエアに住んでいるひとが聞いたらどう思うだろう、ショックをうけるだろうか、それとも、おもしろがるだろうかと、よく考えたものでした。

スクエアの雨に濡れて光るスレートや、薄汚れた雲や、降ってくるすすは、何千キロも離れた遠くに行ってしまいました。そうした日々が、現実にあったとはとても思えず、まるで、夢を見ていたように感じたのです。その子は、木の精になりきっていたので、暮らしが大きく変わったことも不思議に思わなかったのでした。まるでずっと前から、頭上に澄んだ青空が広がっていて、まわりに森が何百キロもあり、どの方角をみても丘があって、遠くの紫色の山の向こうに太陽が沈むとき空が壮麗な美しい色に染まるのを見て暮してきたように思えたのです。日の出とともに起きて、外に出てこの上なく新鮮な空気を吸い、土と木の葉の匂いをかぎながら、背が高くて大きな葉をつけている露に濡れたトウモロコシの緑のあいだをさまよい歩きます。トウモロコシ畑が家の裏手からクリの木のほうへ傾斜しているので、クリの木の手前にある横木を渡した柵を乗り越えて、丘のほうへ行き、丘を登り、林のなかへゆっくりと歩いて行って色々なものを摘み、小さな野生動物のように空気の匂いを嗅ぎ、新鮮なマツやスギやさわやかな湿った土の匂いと背の高い「セージ草」のつんとした芳香を吸いこみます。立ったままこれらの匂いをすべて吸い込むと、全身がその匂いや新鮮な香りに包まれます。顔を上げて、高い澄んだ空やマツの木のてっぺんが少し揺れているのを見上げて静寂にひたりきっていると、その静けさを破るような小さな音が聞こえてきます。それは、小鳥がたがいに問いかけたり答えたり、時にすねたように交し合う愛らしいさえずりや、リスが急にあげるかん高くて短い鳴き声や、木のてっぺんよりはるかに上でかーかーと鳴くカラスのけだるいような愛すべき声や、地面の近くでぶーんぶーんというハチの心地よい羽音なのです。奇妙に聞こえるかもしれませんが、こうしたすべてのことをしたり、感じたり、見たり、聞いたりするのは、どういうわけか、初めてではありませんでした。ここでは、よそ者ではなかったのです。かつてスクエアで空を見上げて低く垂れこめたくすんだ雲に向かって話しかけ、答えてくれるようにと懇願していたとき、その子はよそ者でした。幼かったのでなぜかはわかりませんでしたが、以前は本当に生きているとは言えなかった、やっといま生き始めたのだ、と感じたのです。確かに、煙とすすに汚れたサハラ砂漠のような不毛の地に生えていた貧弱な緑の草は、その子に感動を与え、なんとなく何かを訴えているようでしたし、ごみのなかで奇跡的に咲いていた紅ハコベを見つけたとき、その子は喜びの声を上げました。しかし、まるで壮大な贈り物のようにあらゆる自然の恵みがどっと眼前に現れたとき、ずっと以前からそれをよく知っていたように思えたのです。放浪生活をしていた幼いころずっと待ち望んでいた、いつかは必ず帰ることのできる生まれ故郷のようでした。自然に包まれてうっとりしているときはいつも、なんとなく自分はその一部である、木々や暖かい風や匂いや音や草の一部であると感じました。そのころははっきりとはわかりませんでしたが、そう感じたのは、はるか昔、その子が、牧神か木の精だったから、あるいは、風に揺れる木の枝か葉っぱだったからなのです。それは、神性にふさわしい美を麗しい地上のものに見出した、麗しい異教の神々がいたころの話です。なんらかの不思議な力が、その子をスクエアに生まれ変わらせたのでした。

このころ、その子がそれまで続けていた「ふり」をしなくなったことは書き留めておく価値があるでしょう。「ふり」をする必要はありませんでした。本物が十分あったからです。「人形」遊びは、少し前から徐々にやらなくなっていきました。人形に対して、純粋に母親のようになろうとして、一時期ちょっと試みたのですが、失敗に終わったのです。本物の温もりのある赤ちゃんがとても愛らしかったので、蝋でできたものを相手にするのは、自分に対する侮辱のように思えたのです。その子は森に住んで、石板や紙に物語を書きました。しかしその「物語」は、それまでと調子が変わりました。マーマデューク・マックスウェルトン卿はそれほど卓越した人物ではなくなり、イーディス・サマヴィルの髪の毛はページの上でそれほど気前よく言葉を費やして描かれなくなったのです。髪の毛や目の描写に、それほどの満足を覚えなくなり、また、その必要も感じなくなりました。感情表現に取り組みはじめたのです。感情に興味を持つようになると、森や秋の色づいた葉がさらに感情を呼び覚まし、その子自身が森の一部であるように、森や色づいた葉が感情の一部であるように思えました。スクエアにいたころは想像していただけでしたが、森では実際に感じるようになったのです。

その村の雰囲気を十分に味わってから、家族とともに別の場所に移りました。新しい家は最初の家からそれほど離れておらず、村というよりは町と呼べるような大きなところから数キロ圏内にありましたが、前よりもさらに樹木の多いところでした。今度は、小さな白い家で、丸太で出来てはいなかったのですが、その子は残念に思いませんでした。フェニモア・クーパーの目線でものを見るのを卒業していたので、インディアンやクマにあこがれることはなかったのです。もはやアメリカは異国ではなくなり、幼いころとは全く違うものの見方をするようになりました。

当時、家は丘の麓ではなく、丘の上にありました。それほど高い丘ではなくて、小さな家はその丘の頂上に絶妙なバランスで建っており、まるで、洪水が引いた後に、そこに残されたようでした。

「ノアの箱舟は、こんなふうにアララト山*の上に残されたのね」と、その子は言いました。「ここを、アララト山、ノアの箱舟と呼びましょうよ。手紙の住所にそう書いたら、とても風変りだと思われるでしょうから」そこで、その家は「アララト山、ノアの箱舟」と呼ばれるようになり、手紙にその住所が書かれているのを見ると、本当に風変りでした。

家は、円筒型の箱のような建物でしたが、当時としては、そこはすてきなところでした。ノアの箱舟のポーチに立って、下生えや森や斜面や丘や、その向こうに見える三連に重なる山並みを見渡したものです。一番遠くに見えるのは、アレゲーニー山脈*でした。その子が本当の意味で「木の精の日々」を送ったのは、この場所だったのです。近所にはひとが住んでおらず、森があるだけで、村もなく、町は歩いて行かねばならない者には遠すぎたので、たまにしか行けませんでした。こころを乱すようなものは何もなかったのです。

そして、山々はいつも静かにそびえ、見守ってくれているようでした。山は暮らしの一部になりました。早朝にその子がポーチに出てくると、山は深い紫色で、穏やかに澄んだ姿がくっきりとよく見えました。朝日は左手の丘の向こうから昇るところでした。丘には三、四本のマツの木があって、軽やかな枝と細い真っ直ぐな幹が、ピンク色、真珠色、琥珀色、青色、淡い黄緑色、淡い黄色に染まった空を背景に浮かびあがりました。空は刻一刻と明るさを増して、ついに一番高いマツの木の上に、さっと金色の光があふれ出る様子は、壮観でした。日中は太陽の光と熱で生じるもやのなかで山々は薄い青色になり、日没にはスミレ色に変わって、ところどころ濃いバラ色に染まりました。その子は、山々を人間のように思い始めました。機嫌がよく変わり、表情が次々と変わる巨大な人間でした。いろんな時刻に、また、太陽と空の様子が変わるたびに、山々を眺め、どのように違って見えるのか見てみようとしました。山々にはいろいろな表情があったのです。いつも何かを語りかけているというよりは、何かを考えているようでしたが、その子にはそれが何なのかわかりませんでした。わかったらうれしかったでしょう。その子は、山々にも本能的に強い親近感を抱いていました。自分が空にくっきりと浮かぶスミレ色の稜線や窪みや曲線の一部であるような気がしたのです。山々の一部でもある気がしたのでした。外に出て雪をかぶっている山々を最初に見たときには、朝の光をうけてほんのりピンク色に染まった幾重にも連なる白い雲のように見えて、思わず歓声をあげそうになりました。

山々だけではありません。その子の周りを取り囲むあらゆるものも、同じ世界に属していました。その子は、ぶらぶら歩いて探検するようになり、あちこちさまよいながら、何かを見つけてはそちらの方へと一歩一歩進んでいったので、とうとう、まるで戸外で暮らしているようになりました。

家から百メートルほどのところに、小さな茂みがあり、そこから先は林になっていました。ブラックベリーや灌木のこんもり茂った下ばえがあって、その中央に、サッサフラスやウルシやハナミズキやマツの若木やヒマラヤスギが生えていました。細いけれどいっぱい枝を広げた木々が身を寄せ合うように立っており、野生のブドウのつるが幾重にも絡み合って、屋根のように木々を覆っていました。

この場所を見つけると、その子は、その真ん中に入って行って、木の葉に包まれたり、まわりでつるが揺れたり巻きひげが髪の毛にからみついたりするのを感じたくてたまらなくなりました。けれども、野バラや下ばえがびっしりと生えているので、そのときはなかに入って行けませんでした。しばらくは、それはかなわぬ望みだったのです。

それがかなったのは、偶然のできごとがきっかけでした。休暇で滞在していた兄の友人が、一時間もせっせと刈り込めばこの場所はすばらしいところになると提案して、雄々しくも、その考えを実行に移してくれたのでした。

それから二年ものあいだ、その子はそこで暮らし、そこを「あずまや」と呼びました。「あずまや」の壁は、枝と藪と美しい野バラの茂みで、天井は密生したブドウのつるの重みを雄々しく支える大枝で、絨毯は草と松葉と苔でできていました。ブラックベリーと野バラのあいだを刈り込んで作られた狭い通路を進み、入口にまるで歩哨のように立っている二本のサッサフラスのあいだを通ると、中の空気はかすかにひとを酔わせるような匂いがしました。それは、太陽に暖められたマツやヒマラヤスギやブドウの花の香りでした。

夏の日に、草と松葉の上に長々と寝そべって、目を閉じ、小さな鼻孔を大きく広げて、それまで知らなかった甘い香りをゆっくりと吸いこむと、少し酔ったようになりました。自分では酔っているとは知らず、ただ、この上なく幸せで、不思議で穏やかな喜びで高揚しているだけだと思っていました。人生で何よりもすばらしい喜びで、パーティーに出ているような興奮した気分でした。

何度もその場所に行って、そこで長い時間を過ごし、草の上に寝そべって、物語を書いたり、少し縫物をしたり、めったにないことでしたが、本が手に入ったときはそれを読んだり、目を開けたまま、あるいは閉じて、重要な問題についてじっくり考えたりしました。とても静かにしていたので、小さな生き物はその子に慣れて、まったく怖がらなくなりました。すぐそばの低い枝に小鳥が止まって、枝を揺らしたり、独り言を言うようにさえずったり、ときどき羽根をつつきながらその場所の感想を言ったりする様子を、寝転んだり座ったりして眺めるのが、その子の楽しみになりました。小鳥を驚かせないように、何があっても動かないようにしました。小鳥が言っていることを、よく想像したものです。「なんとまあ！　すてきなところだなあ！　暑い日中、飛び回っていたから、ここはさわやかで涼しくていいなあ。それに誰の目にもつかないところだ。どうしてロージィービークは、ここに巣をつくってと言わなかったのかな。あの歩き回る大きな歌わない生き物もいないし」

おそらく、そこで、その小鳥は丸くて輝く黒い目を、その子にとめ、飛び立とうとするようにちょっと落ち着きなく身動きしますが、その子が動かないのを見ると、少し考えて、次のように言ったのではないかと、その子は思いました。

「何だろう？　あの大きな生き物のように見えるけど、動かないし、音も立てないし、それに親しそうな目をしているな」

そして、その小鳥が冒険好きだったら、勇気をふりしぼって、さらに近くの小枝にぴょんと飛んで来て、物問いたげに頭と首をすばやく小刻みに動かしながら、その子が何ものなのか確かめようとします。それから、たぶん、飛んで行ってしまいます。

しかし、その小鳥はいつも家族を連れて戻って来て、懸命にその子の説明をしたり、その子が誰も傷つけはしないと話したりしているようでした。その子は、小鳥の多くがもう一度やって来たという確信を持っていました。小鳥を識別できると思っていたのです。鳥たちはすっかり慣れてしまい、その子のことをちっとも気にしなくなって、まるで家族の一員であるかのように、その前で喧嘩をしては仲直りし、親戚についての悪口を言ったり、子ど

もたちの悪い癖を嘆いたり、音階の練習をしたりしました。

リスもその子を嫌いませんでしたし、ウサギは時々やってきては見つめ、トンボやカブトムシは気にも留めませんでした。

「わたしのことを小動物の一種だと思っているのだわ」と、その子は考えて楽しみました。「別の種類のリスやツグミやカブトムシや、見たことのない新種のウサギだと思っているのよ。角のないとても小さな牛とでも思っているかもしれないわ。わたしを人間だと思っていないのね。それに、みんなを好きなのがわかっているのよ」

言葉では尽くせないような朝を何度かそこで過ごしました。空気や、香りや、虫や鳥のたてる音や、ブドウのつるが枝とからみあってつくりだす黄金色に輝く緑の木陰や、木の葉の淡い影や、かすかな葉ずれの音や、その音でますますきわだつ静けさとその奥深さが、その子のこころに穏やかなすばらしい恍惚感を呼び覚ましたのです。それは、この世の生き物が本来持つとは思えないような感情でした。その子はいつもひとりで目を閉じ、奇妙なうっとりした空想にひたりながら、黄金色に輝く緑の木陰で身じろぎもせず横たわっていたのです。

「何だか、わたし、からだから抜け出してしまったみたい」と、その子は思ったものです。「あまりにすばらしいから、わたしの魂が、小鳥のように飛び去ろうとしているのよ。からだから抜け出して、自由になろうとしているわ。でも、魂は体に細いひもでつながれているの。飛んでいきたいから、羽ばたきしたり、ひもを引っ張ったりしているの」

ひもを引きちぎろうとしながら、体からどれくらいの高さのところに魂が浮かんでいるのか、くっきりとしたイメージを描くことすらできました。空中で浮かんでいるハチドリのような動きで、胸から一メートルほどの高さで魂が浮かんでいる様子を空想したのです。それ以上高くは飛べませんでした。魂をつなぐ細いひもは、その長さしかなかったのです。その子は、ますますじっとして、空中に浮かんでいる小さな魂に意識を集中して、ひもをちぎろうとしたものです。

「もしひもをちぎることができたら、飛んで行ってしまうわ」と、その子は思いました。「どこに行くのかわからないけれど。そうしたら、きっと死んでしまうわね。夜になってもわたしが帰らなかったら、みんなが『あずまや』へ探しに来て、ここに横たわっているわたしを見つけるの。みんなは恐ろしいことだと思って、わたしをあわれむでしょう。わたしが死んだのは、幸せすぎて、魂がひもをちぎったからだとは、誰にもわからないでしょうね」

幼いころの超自然的な体験はすべて病的だと言われていますが、もしそうだとしたら、この恍惚感は、ただの気分で片付けるにはやっかいなものだったので、いだいてはならないものだったのでしょう。けれども、それはうっとりするような喜びでした。非常に繊細で奇妙なものだったので、誰にも言わずに秘密にしていました。

来る日も来る日も森をさまよっているうちに、その子は森の動植物にすっかり詳しくなりました。たいてい、いつも花を摘みました。小さな家は摘んできた花であふれるほどでした。あちらこちらと散策するあいだに、両手は花でいっぱいになりました。知らない花をいつも探し回っていたので、すぐに、どの花がどこの地面で咲くのか、乾いたところか、湿ったところか、日蔭か日向か、正確にわかるようになったのです。ほとんどいつもひとりきりでしたが、よく知っている花と一緒にいると、決して独りぼっちではありませんでした。ごく自然に、花に話しかけたり、かがみこんでやさしい声をかけたり、キスしたり、友人や愛するものを見るようにその子を見上げる様子がかわいいと褒めたりしました。小さな青いスミレは、いつも子どもっぽい顔をあげて、こう言っているように思えました。

「キスして！　そんな風に行ってしまわないでよ。キスしてちょうだい」そんなことをその子は想像していたのです。

このスミレに出会ったのも、こうしたすばらしい日々のなかでした。スミレは春が来ると最初に咲く花のひとつです。雨がたくさん降って、飽き飽きしていると、やがて小止みになることがあります。それは一時的なものにすぎず、晴れたり曇ったり、気まぐれで不安定な天気が続きます。けれども、小止みになると、その子は外に飛び出して行きました。地面も草もシダも木も茂みも、みんな濡れていて、いい匂いがしました。湿気は気にならなかったのです。丈夫な子どもで、木綿のワンピースを着ていました。たいてい、帽子は被りませんでした。帽子は必要がなかったし、邪魔になったのです。その子は、小さな羊や牛のようにさまよい、香りや色に導かれるままに歩きました。灌木や下ばえのなかに分け入ると、通り抜けるときにそれが揺れて雨粒がかかりました。それまで花のことをよく知りませんでしたし、知り合いもまだいなかったので、摘んだ花の本当の名前はわかりませんでした。けれども、花の姿や咲く場所や咲きかたを、自分の家族のことのように知っていました。一番初めに咲く小さな花は、繊細できゃしゃで、群生して咲き、茎の細い淡い色の忘れな草のように見えました。その子は、そのいかにも自由気ままに咲いている様子が大好きでした。その花が咲くとまもなく、湿った草原一面がスミレで青くなるのですが、それは春と夏を通してその子が何よりも大好きな花でした。この小さな花が咲き始めると、その子はわれを忘れたようになりました。数日雨が続いたあとに、太陽が穏やかに暖かく輝き始め、新芽が土を押しのけ、木の枝や幹から突き出し、ブルーバードがさえずりはじめ、スミレがいっせいに地面から湧き出て、あたり一面が青紫色に染まると、その子は、ちょっと気がおかしくなるのでした。それは、神々しい狂気とでもいえるものでした。自分が肉体を持った存在であることを忘れて森を這いずり回り、何もかも忘れてしまうのです。スミレとその蕾や、葉や、湿った甘いさわやかな匂いのことしかわからなくなりました。濡れた草のうえでもかまわずに跪きました。雨が降ってきても、よほどのどしゃぶりでもないかぎり、家には帰りませんでした。両手いっぱいにひんやりと湿った葉や花を持って、丘の斜面に広がる森のなかを進みながら、柔らかくて細かいさわやかな雨粒を頬に感じるのは、喜びそのものでした。

スミレが咲くと、ハナミズキや野生のスモモも花を咲かせます。枝ごと折って、白い花でできた豪華な旗のように肩に乗せて歩くのです。それから、モモやリンゴの花が咲き、小道を歩いたり、森のなかに道を新しくつけたりするたびに、足元の両側に新しい花が咲いていているのを見つけました。暖かくなるにつれて、花の色合いも暖かいものになっていきます。そうなると、早朝は花を探して回り、日中の暑いさなかには「あずまや」で過ごし、夕方になるとまた森に出かけ、夜はポーチで空を見上げれば、濃紺の広大な空に無数の宝石がまたたき、月はいつも形や出てくるところを変えて、真珠の小船のようにすばらしく神秘的な海を渡っていくのです。

その子は、いつもポーチの階段に座り、膝にひじをついて、両手にあごを乗せ、顔を上げて、静けさのなかでいつまでもじっと見つめていました。空を見上げると、いつも、エデンの裏庭で草の上に仰向けに寝転んだときに感じていた思いがよみがえってくるのでした。空はとても高くて、とうてい届きそうにありませんが、これもひとつの世界でした。自分は木や草やそれらが属する世界の一部であるように、あの空の世界の一部でもあるのでしょうか。確信はありませんでしたが、どこかにつながりがあるようでした。どういうわけか、その子はあらゆるものの一部だったのです。どうしてかはわかりませんが、その子は、暗くて広大な紺碧の空にある無数の星のひとつ、おそらく、一番小さな星の一点だったのです。両手の上にあごを乗せて座り、見つめて、見つめて、あまりにもじっと強く見つめていたので、大地が無くなって、はるか遠くに行ってしまったような気がしました。上空に引き上げられるこの奇妙で圧倒されるような感覚は、自分には理解できない、人の理解を超えたものだということが、その子にはわかっていました。

一年中どの季節も、一日中どの時刻も、すばらしくて、美しかったのです。冬には雪が降り、空気は澄んで張りつめ、実際にきらめくようで、山々にはバラ色とスミレ色の影がさして、夕焼けは奇妙なほど赤く輝き、緋色や深い紅色や淡い黄色を伴って、紫色の雲のへりを染めました。硬くなった雪の上を踏むとぱりぱりと音がしました。マツの緑が雪の白に映えてエメラルド色に見え、落葉して裸になった梢は空を背景に灰色や黒になって、空の青さをいっそう引き立てていました。小さな茶色のウサギが出てきて用心深くぴょんと跳んでは止まり、鼻を震わせて匂いを嗅ぎ、大きな目と敏感な耳でわずかな音も察知して、大慌てで姿を消しました。ウサギを眺めるのは楽しかったのですが、言葉をかわすほど親しくはなれませんでした。夏になると「あずまや」にやってきて、その子をのぞき見するのですが、冬には、その子の気配を聞きつけると、いつも電光石火の速さで姿を消してしまいました。それでも、自分のことをウサギが知っていてくれたら、逃げなくても良いと気付いてくれたはずです。マンチェスターの鳥肉店でウサギが後足を縛られて吊るされているのを見るたびに気の毒に思っていたのです。体がだらんと下がり、目はどんよりとして、とても哀れに見えました。

春には、あらゆるものが生まれ、神秘的できらめくような若い命が誕生しました。スミレやハナミズキの花が咲き、毎日新しい命が生まれるのです。夏には、「あずまや」が緑になり、バラが咲き、ミツバチが飛び交い、空気は暖かく、かぐわしい匂いがしました。秋には、それまで知らなかった新しいことが起きて、その子はまた、酔ったようになってしまったのです。

米国での初めての秋は、驚きに満ちたものでした。毎日毎日、息をのむような信じられないことが続きました。マンチェスターでは、公園の木々の葉は、雨に降られてびしょぬれになり、茶色に変わって生気なく散り、命がつきてしまいました。詩や想像力豊かな散文でも「秋の朽ち葉色」としか表現されませんでした。

けれども、ここでは、驚くべきことが起こりました。日中は暑く、夜は涼しい日が数日続くと、不思議なことに「あずまや」の緑が金色を帯びてきたのです。一番美しいサッサフラスの下で横になって上を見ると、葉に何か変化が起こっていました。まだ生き生きしていて、揺れ動いてさらさらと音をたてていましたが、淡い黄色に変わりはじめていたのです。ところどころで葉脈がバラ色になっているのもわかりました。何枚か集めて、じっくり観察してみました。葉っぱは、まるで花弁のようでした。日中は暑く、夜は涼しい日がさらに続くと、別の色があらわれました。カエデは黄色と赤にかわり、ハナミズキは深紅色になり、ウルシは血のように赤くなり、クリの木とポプラは、淡い金色になったのです。地を這う野バラは、まるで絵筆で色を塗ったようでした。周りで毎日起こっていることを見ると、その子は自分の目が信じられませんでした。すばらしい夢を見ているのではないか、あるいは、自分の感覚が誇張されているのではないかと思ったのです。

その子は、これみよがしに高いところで紅葉している美しい小枝を見上げて、「手に取ってみたら、本当は、それほど赤くないはずよ」と、言ったものでした。

そこで、つま先立って懸命に手を伸ばし、あえぎながら顔を紅潮させて、首尾よく小枝を手に取ってみると、その葉っぱは、見上げたときと同じように鮮やかな色をしていました。

花を集めたように、木の葉も集めるようになりました。燃えるように赤くなった葉をいっぱいつけた枝を腕に抱えて歩き回ったのです。ウルシとカエデの葉で冠をつくって頭に載せ、小さなベルトに枝の束をさして、その豪勢な姿で森を歩き回っていると、誇らしくなって、歌い出したくなりました。以前と同じように、知らないうちに酔ったようになっていたのです。古代の酒神バッカスの巫女が、ブドウの葉の冠をかぶり、採れたばかりのブドウの果汁に酔って千鳥足になったように、その子もすばらしい不思議な歓喜にあふれるあまり、少しよろめくような感じになりましたが、自分では気がついていませんでした。よくぶらぶら歩き回った森の小道にくぼみがありましたが、そこからの眺めは、その子にいつも強い影響を与えました。

圧倒されるようなものではなく、穏やかで夢みるような眺めでした。小道は、林と美しい自然のままの土地のあいだを通って、樹木で覆われた高地へと続いています。小道の小さなくぼみに立って眺めると、前方の美しいゆるやかな起伏の高地と、両側の林と、背後の山とで、世界が閉ざされているようでした。

秋の紅葉であたりが燃えるように輝くころ、小春日和の午後に、苔に覆われた大きな丸太に腰掛けて、青空を背景にすっくと立つ木が緋色や深紅色や金色の葉をいっぱいつけている様子や、ほのかで霊妙なかすみがかかってその色合いが和らぐのを夢見心地で眺めているうちに、その子はまた、この世のものではない奇妙な空想にふけるのです。

「青空にすき間が開くかもしれないわ」と、そっと独り言を言ったものでした。「こうして座っているあいだにも、開くかもしれないわね。そうしたら、天から誰かが降りてきて、木の上に漂うかもしれないわ。最初はかすかな白い霧のようにみえるでしょうね。青空のすき間がそのまま開いていたら、わたしにも見えるかもしれないわ」

そんなとき、あたりは静まり返っていました。あまりに静かですばらしかったので、ふと気が付くと、座ったまま息を止めて待っていたものです。

このくぼみがあった森の小道には、いろいろな思い出があります。たくさんの花が咲き、マツの木のてっぺんでは、ハトが低い声でそっとやさしく恋の悩みを告げていました。その子は立ち止まって、くーくーと鳴く声に耳を傾けて、それを愛しく思い、雌のハトのような気持になって一緒に嘆きの声をあげたものでした。なぜそうしたのかわかりませんし、疑問にも思いませんでした。

秋の雨の降る日にも何度となくそこへ行って、枝を腕に抱えて立ち、錦のように彩られた丘の木々に霧雨がベールをかけていくのを見守りました。軽やかに落ちてくる雨粒が、紅い葉の冠をつけた頭から湿った足の先へとやさしく撫でていきましたが、まったく気にならず、うれしくて楽しいと感じていました。自分も草と一緒に大地から生まれ出たように思っていましたし、ひんやりとしたさわやかな雨が大好きだったので、こうした森の日々を送る若い木の精に、濡れた草や雨が害をなすはずがなかったのです。

この道をいくたび通ったことでしょうか。ときには速く走り、ときにはこっそり静かに歩き、ときには道からはずれて森に飛び込みました。そしてまた走っては、止まって耳を傾け、木を見上げ、茂みや藪を覗き込んだものです。

このころ、その子は「鳥追い」に熱中していました。鳥は大好きでしたが、鳥のことは何も知りませんでした。スクエアには、森に住む鳥はいなかったのです。煙突やといに巣をかけるきまじめな小さなスズメしかいませんでした。スズメは、送水管の陰で大家族を養い、濡れたスレート屋根の上で飛び方を教えました。雪が降っているときは特に、パン屑をやると喜んでくれたので、子ども部屋の住人はスズメを贔屓にしていました。けれども、春になると震える声で短くさえずり、あちこちの枝や柵の角でひっきりなしにうたうブルーバードはいませんでした。黒いビロードのような模様ととさかのある緋色の鳥もいなかったし、迷子のカナリアのような黄色い鳥も、おしゃべりなカケスも、森中の鳥の歌をまねるマネシツグミもいませんでした。ツグミやミソサザイも、妙に人間らしくこつこつ叩いたりとんとんつついたりするキツツキもいなかったのです。

花の実際の名前を教えてくれるひとが誰もいなかったように、鳥の本当の名前を教えてくれるひともいませんでした。アララト山のふもとに住む黒人に尋ねてみましたが、満足のいく答えが返ってこなかったので、あきらめたのです。

「シンシイおばさん、こんなふうに鳴く小鳥の名前はなあに？」鳥の鳴き声をまねて、尋ねました。「小さくて青い色をしているの」

「そりゃ、ブルーバードだよ」という答えは、出だしから物足りないように思いました。

「じゃあ、鮮やかな赤い色をした鳥で、黒い模様やとさかのある鳥は？」

「そりゃ、レッドバードだよ」と、答えはますますあやしくなりました。

「青いとか赤いとかはわかっているのよ。名前はないの？」と、その子は言ったものです。けれども、他の名前はありませんでした。色の特徴がない鳥には、名前がまったくないようでした。それで、その子は鳥の様子を記憶するようになり、鳴き声や色や姿形をそらで覚えました。こうして、鳥追いが始まったのです。

聞いたことのない鳴き声やさえずりが耳に入ると、追いかけて鳥を見つけ、さえずったり歌ったりするのを観察しました。とてもおもしろくて、何キロも追いかけたものです。

時には、鳥が近くにやってきて姿を見せずに歌を歌うのは、森の中でその子を連れまわして楽しむためではないかという気がしました。まず、近くの木で歌い始め、それから飛び去って、その子が追いかけてくるまで隠れているのです。いつも、鳥の姿を見つけるまで追いかけました。けれども、鳥は、見事に身をかわすすべを持っていて、丘を越え、谷を越え、藪や茂みのなかを連れまわしたあげく、逃げていってしまうこともありました。

胸が黄色くて変わった鳴き声の鳥がいて、何日も追いかけました。ついにその鳥を見つけると、その後はとても親しくなりました。それから、独りでは生きられないか細いかわいそうな鳥がいて、いつも二羽で一緒にいました。その鳥は、ずっと答えのわからない謎のような鳥でしたが、どういうわけか、一番好きでした。謎というのは、自分以外に誰も見たことがない鳥だったので、説明しても誰も知らない鳥だったからです。

それは、小さな鳥でした。頭に黒いビロードの帽子をかぶった小さくてふわふわした丸みのある鳥で、初めて姿を見せたとき、ポーチの手すりに止まって、哀れを誘う細い声で鳴きながら待っていました。つがいに呼びかけ、来てくれるのを待っているのだとわかりました。雄の庇護と愛のもとでしか生きられない、おどおどした小鳥だったからです。雄の方も小さな生き物にすぎないのですが、丸くて澄んだ臆病そうな雌の目には、広い世界のすべてから守ってくれる頼れる存在として映っているのがわかりました。訴えるようにつがいを呼ぶ短くて低い悲しげな声は、哀れなほど信頼に満ちていたのです。

その子は、木の階段に座ったまま、雌を怖がらせないようにじっとしていました。

「かわいそうな小鳥さん」と、つぶやきました。「そんなに悲しそうにしないで。すぐ来てくれるわよ」

そうして、実際に雄がやってくると、雌は愛情をこめて大喜びして、二羽で一緒に飛んで行ったので、その子は本当に安心しました。

その短くて哀れな鳴き声には、どこか惹かれるものがあって、その後、まれに鳴き声を聞くと、必ずあとを追っていきました。鳴き声には、なにか悲しい謎や物語があるように思われて、知りたいと願わずにはいられませんでした。鳴き声を聞くたびに走って探しまわり、鳥が止まっている木の下に立って見上げながら、こころのなかでずっと持ち続けている質問をしました。何て言っているの？　何が欲しかったの？　何を悲しんでいるの？けれども、答はありませんでした。小鳥は、いつ見ても、大きな枝や小枝の上で身をかがめて、辛抱強くつがいを呼んでいました。その鳥のことを「哀れを誘う小さな鳥」と名付けましたが、その子にとって、それ以外の名前はありませんでした。

こうした「木の精」の日々は、十代のはじめの数年でした。青春時代のはじめだったのです。そして、その子は、恋をしていました。朝や、昼や、夜に恋をして、春や、夏や、冬に恋をして、木の葉や、根っこや、木々に、雨や、露や、太陽に、木陰や、香りや、風に恋をして、小さな生き物すべてに恋をして、生きる喜びや、未知のものや、命そのものに恋をしました。全世界と恋に落ちたのでした。

第15章
「目的は報酬です」

その子はいつも、ひそかにクリストファー・コロンブスに感謝していました。あのままスクエアとその周辺で暮らしていたら、木の精として過ごした日々は、まったく異なったものになっていたでしょう。都会に住んでいてお金に事欠くと、習慣や境遇が変わってしまい、服装や家がみすぼらしくなって、不安になったりいらだちを感じたりするものです。際限なく、憂うつになったり、みじめに感じたり、気力がなえたり、ささいなことで屈辱を感じたりします。けれども、外国の山や森に囲まれたところでは、ひとびとから切り離され、自由になり、お金がないことさえ目新しい経験になるのです。小さな白い家に住み、身の回りのことは自分でし、木綿の服を着て、足手まといになる帽子や手袋やパラソルに

わずらわされず、森のなかで鳥を追いかけるのは、目新しい経験です。そういう暮らしは、自由でもあったのです。しかし、木の精の日々を送ったのは神話の時代ではなかったので、お金に事欠くというのは深刻な事態でした。詳しく述べる必要はないでしょうが、アララト山の頂上では、お金が足りないことが、身にしみてこたえました。残念なことに、いつも「あずまや」にいるわけにはいかず、家に帰って食事をし、寝なければなりません。世俗的で、面倒だけれども、避けられないことでした。木綿の服は傷むし、洗濯もしなければなりません。兄たちの稼ぎは、豊かで気楽な暮らしができるほど十分ではありませんでした。そのため、物珍しさはあったものの、どちらかというと、つらい暮らしになったのです。

「わたしたちは、落ちぶれた紳士と淑女なのよ」と、その子はいつも思っていました。「中世のお城の廃墟に住んでいて、暇を出されても出て行かずにお給料なしで働いてくれる従僕がいるはずよ。でも、そんな風ではないわね」実際、そんな風ではありませんでした。

現実はまったく違っていたので、葉っぱや花を集めながら、眉間にしわを寄せて考え込んでしまったり、イーディスかママとお金の問題について話し合ったりしたものです。家族のなかで、現実的なのは、イーディスでした。

「何かできることがあればいいのに！」と、その子は考え込みながら言いました。

しかし、まだ若く何の経験もないアララト山の頂上の住人にできることは、ほとんどありませんでした。

そのうち、事態はだんだん切羽詰ってきて、その子は、ますますそれについて考えるようになりました。

「わたしにできることがあればいいのになあ」今度は、そう言いました。収入を得る手段を考え出せないものか、例えば、何かを教えたり、習得したり、作ったりできないか、イーディスと長い時間話し合うようになりました。けれども、実行できそうなものはありませんでした。

壁と垂木の仕上げがすんでいない風変りな小部屋があって、雨が降ったり寒かったりして「あずまや」に行けないときには、そこの窓辺のテーブルで、その子は物語を書いていました。暖炉がなかったので、暖を取るために、ショールにくるまって座っていたものです。飼っていた子ネコは、いつもその子のあとをついてまわり、その子が座るとテーブルの上に飛び乗って、曲げた左腕のなかで丸くなりました。名前はドーラで、まだ子どもの小さなネコでした。はっきりとした性格をしており、文学の創作の手助けをしているのをちゃんとわかっていました。また、ショールだけでは足りない暖かさを補ってもくれました。イーディスは、よくこの階上の粗末な小部屋にやってきて、その子と話をしたものです。

その子は、しだいに、物語をイーディスに読み聞かせるのが習慣になりました。会話やいくつかの場面や章のさわりから始め、あの「聞き手たち」のときのように聞き手の反応に励まされて、書いたものをすべて読み聞かせるようになったのです。

イーディスは、楽しい聞き手でした。感情豊かな子で、すぐ涙をこぼし、笑い出すと止まりませんでした。同時に、ただの子どもではなくて、妙に鋭いところがありました。

ふたりは一緒に座って、物語について語り合ったものです。一番好きな物語や、そうでもないものについて話し合いました。イーディスに読み聞かせているとき、その子は、自分の作品を信頼できる批評家にゆだねているような奇妙な気持ちになりました。経験があるから、あるいは訓練を受けているから信頼できるのではなく、必ず心からの気持ちや感動を表わしてくれるから、そしていつも趣味がとても良かったから、信頼できたのです。けれども、ふたりとも、その物語がもっと多くの読者に読まれる機会があるとは、夢にも思いませんでした。出版する価値があるなど、その子には思いもよらないことでした。そんな考えは、あまりにずうずうしくて、ばかげたことに思えたのです。物語が兄たちの目に触れないように、細心の注意を払っていました。兄たちは物語のことを言うときには、情け容赦なく嘲笑ったのです。「フランシスの恋物語」は、常にからかいの的になりました。決して意地悪くからかったのではなく、荒っぽいウイットに富んだからかい方でした。

けれども、もちろん、若い英国人気質にとっては、それまでずっとからかったり威張ったりする相手だった少女が「いちゃいちゃする恋人たち」の気持ちをこっそりと何ページにもわたってロマンチックに描いているなんて、考えるだけでばかばかしいことだったのです。兄たちは、その子が好きでしたから、たいてい気持ちよく上機嫌で接してくれましたが、物語のことは「たわごと」だと考えていました。それでも、その子は、左腕に子ネコを抱いて物語を書き続け、イーディスに読んでやっていたのです。途方もなく大胆な考えがひらめいたのは、いくつかの雑誌の「寄稿者への回答」欄がきっかけでした。それは、次のようなものだったのです。

「うるわしのエレイン*へ——あなたの物語には長所はありますが、当欄にはあまり向いていません。また、用紙の両面には書かないように」

「クリスタベル*へ——返送用切手が同封されていないので、不採用の原稿を返却できません」

「アソールのブレア*へ——あなたの詩「騎士のしるし」を採用します。またの寄稿をお待ちしています」

これらは、「ゴーディズ・レディズ・ブック*」や「ピーターソンズ・マガジン*」などの最終ページに掲載されていました。その子の暮らし向きでは、定期購読者*になるのは無理でしたが、ときおり、一、二冊が手元に回ってくることがあったのです。それらの雑誌は当時、その地方でよく読まれていました。

ある日、寄稿者への興味深い回答を読んでいるときに、ふと、考えがひらめきました。ぼんやり考えていると、それが形になって、目の前に現われてきたのです。あまりに大胆すぎる考えに、初めはすこし顔を赤らめました。頭の外へ追いやろうとしましたが、しばらくたって、まるで遠く離れたところから、じっくりとそのことを考えているような自分に気が付いたのです。

「雑誌に物語を掲載すると、いくらくらいお金がもらえるものかしら」と、その子は考えにふけりながらイーディスに言いました。

もちろん、イーディスも知りませんでしたし、いくら払われるのか考えたこともありませんでした。

「たくさんもらえるのかしら」と、その子は続けました。「どんなひとが書いているのかしら」どこにでもいる普通のひとに、雑誌に掲載されて報酬が支払われる価値のあるものが書けるとは思えませんでした。計り知れない才能や教養や訓練や、とてつもない威厳が必要だと思っていたのです。

そう考えたのは、掲載されている物語のすべてをすばらしいと思ったからではありません。自分に見抜けない長所があるに違いないと思ったからでした。さもなければ、掲載されなかったはずです。

「時々、すごくよくできているとは言えないものもあるわ」と、その子は言いました。

「そうね」と、大胆にもイーディスは答えました。「お姉さんの物語の半分もおもしろくないものもたくさんあったわ」

「あら！」と、その子は自分がおどおどしているのに気付きながら叫びました。「あなたはわたしの妹だから、そう思うのよ」

「違うわ」と、額にお得意のしわを寄せながらイーディスは断固として言いました。「妹かどうかは関係ないのよ。お姉さんの物語には、すばらしいものがあるわ」

その子は、顔を赤らめました。すぐ過剰に赤くなるたちだったのです。「雑誌社のひともそう思ってくれるかしら」

「雑誌社のひとのことは何もわからないけれど、そのひとたちもそう思うに決まっているわ」と、イーディスは言いました。

「そんなことないわ」と、その子はふいに意気消沈して、言いました。「もちろん、そうは思わないでしょう」

しかし、その後も、回答をもらった寄稿者のことが、ついつい頭に浮かんでくるのでした。森のなかをぶらぶらしているときも、「あずまや」の草の上に寝転んでいるときも、気が付くとあれこれ考えていました。どうやって物語を雑誌社に送ったのかしら。郵便で、それとも速達運送便で送ったのかしら。郵便で送ったら、何枚切手がいるのかしら。どうしたらそれがわかるのかしら。十分な額の切手を貼るのは大事なことでした。こんな「回答」を覚えていたからです。「三月ウサギ*へ――送料の足りない原稿を受け取ることはできません」きちんとした送料を払うことは、絶対に必要だったのです。

それから、用紙のことがありました。権威ある存在の承認を得るためには、何か特別な用紙が必要なようでした。一度ならず、次のような指示を読んだことがあったのです。「優雅な妖精リリアン*へ――並のフールスキャップ*版の用紙に、はっきりした字で書いてください」

その子は、まだたった十五歳*で、「スクエア」と「あずまや」でしか過ごしたことはありませんでした。視野は狭く、実用的なことにも精通していなかったのです。「並のフールスキャップ」とは面識がありませんでした。特上のフールスキャップを求められたとしても、そのまますんなりと受け入れたことでしょう。

雑誌に物語を送る件について、恐る恐るながらも、しだいに興味が増してくるのを感じていました。それが頭から離れなかったのです。何かが起きて、これもお金の足りないせいだと思うたびに、まるで魅入られたようにそのことをあれこれ考えてしまうのでした。「何とかしなければいけないわ」と、必死に考えました。「こんな状態ではやっていけないわ。誰かが何とかしないといけないのよ」

三人姉妹は、ときどき、憂うつそうに話し合いました。三人とも、誰かが何かをしないといけないという意見で一致していました。兄たちは最善を尽くしてくれているのですが、運に恵まれないようでした。

「何とかしなければいけないわ」と、その子は繰り返し言い続けました。

「そうよね」と、イーディスは答えました。「でも、何をしたらいいのかしら、それに、誰がするの?」

物語が採用されて掲載されたひとにも、最初に送ったときがあったはずです。その物語が良いものかどうかは、送ってみないとわからなかったでしょう。それを知るためには、並のフールスキャップ版の用紙の片面に、はっきりした字で書いて、必要なだけの切手が貼ってあるかどうかを先に確かめてから、その原稿を送るしかないのです。その勇気があったなら、そして返信用切手を同封していれば、少なくとも、読む価値のあるものかどうかを知ることができるのです。

その子の頭のなかは、こうした考えでいっぱいでした。

もし読む価値があったら、もし恐れ多くも「権威ある存在」がそう思ってくれたら、もし郵送料が十分で、字も読みやすく、並のフールスキャップ版の用紙の両面を読まずにすんで、投稿者に怒り狂うこともなかったら、もし雑誌に掲載する物語を必要としていたら、そして、もし機嫌がよかったら、物語を採用して買ってくれるかもしれないのです。

「聞き手たち」が、その子の物語をあれほど気に入ってくれたのだから、イーディスとエドウィーナが気に入ってくれたのだから、「ゴーディズ・レディズ・ブック」で読んだのと同じくらいおもしろいとイーディスが思ってくれたのだから、もしかしたら、恐れ多くも編集者が読んでくれて、買うほどではなくとも「長所がある」と言ってくれるのではないでしょうか。そう言ってもらえるのなら、「レディズ・ブック」などの物語をせっせと研究して、成功の秘訣を学び、ついには、それに匹敵するものが書けるようになるかもしれないのです。

その子は、とても控えめな子どもでした。物語を作って語り聞かせるのは、自分の一部のようなものでしたし、そうせずにはいられなかったからで、それ以外の気持ちを抱いたことはありませんでした。時が経つにつれて、「人形」と劇を演じていた自分はロマンチックだったのではないかと心配するようになり、内心では、書いている物語もロマンチックなのではないかと恐れていました。「聞き手たち」とイーディスとエドウィーナ以外のひとが、自分の物語を聞いたり読んだりしたがるとは、思いもしませんでした。兄たちが物笑いの種にしたことも、その子をますます内気にしましたし、いろいろ考え合わせて、自分の性癖は秘密にしておいた方がよいと思っていたのです。実際に生活が困窮しなければ、物語に望みを託すという向こう見ずなことをしようとは思わなかったでしょう。けれども、その当時、ノアの箱舟では、日用品にも事欠くありさまでした。落ちぶれはてた紳士と淑女にも、なくてはならないものがありますが、それさえも不足していたのです。

悩んだ末のある日、その子は、むき出しの壁と垂木の部屋で、イーディスと子ネコのほかには誰もいないことに気付きました。そこで、思い切って勇気をふりしぼったのです。

「イーディス、考えていることがあるのよ」と、切り出しました。

イーディスは興味をひかれて、その子を見つめました。イーディスは愛らしい少女で、十三歳という年のわりにはすばらしい友人でした。

「なあに?」と、イーディスは尋ねました。

「どうかしら、わたしの物語を雑誌社に送って、採用してくれるかどうか試してみるのは、ばかげたことだと思う?」

イーディスは、一瞬、言葉を失ったにちがいありません。ふたりとも、英国の質実な子ども部屋で、非常に因習的に育てられた英国の子どもでした。そうした暮らしからは、大胆さや進取の気性は育ちません。米国人の目から見れば、ふたりの物の見方は信じられないほど幼く見えたでしょう。米国の子どもだったら、もっと冷静で、権威に対してむやみに敬意を払いはしなかったでしょう。

「どうかしら」と、その子は言いました。「ばかげたことだと思う?」

イーディスは気を取り直しました。そのときのイーディスの小さな顔は、今でもはっきりと目に浮かびます。ふさふさした金色の巻き毛で、表情豊かな額にちょっとしわを寄せるくせのある、きれいな少女でした。まだ動揺していましたが、勇気をふるって答えたのです。

「いいえ」と、イーディスは答えました。「ばかげているとは思わないわ!」

もしもイーディスがばかげていると答えていたら、この件は、そこでお終いになっていたでしょう。けれども、お終いにはならなかったので、その子は、また息をつくことができました。この件をじっくり考えて、もう少し具体的に検討してみてもよいと感じたのです。少なくとも、それについて内密に話し合うことはできるでしょう。

「これまで、考えに考えてきたのよ」と、その子は言いました。「たとえ、掲載されるほど出来がよくなくても、やってみるだけなら害はないわ。返送されてくるだけですもの。そうすれば、わたしにも結果がわかるし。そんなことをやってみてもいいと思う?」

「わたしがあなたなら、やってみるわ」と、イーディスが言いました。

「わたし、」と、その子はためらいながら言いました。「やってみようかと思うの」

イーディスは、興奮してきました。

「ああ、すばらしいことだと思うわ！　どの物語を送るの？」と、イーディスは尋ねました。

「新しいものを書かないといけないわ。送ってもよさそうなものは用意できていないの。できるだけうまく、慎重に書いてみるつもりよ。三年前、スクエアに住んでいたときに書き始めた物語があるの。完成できなくて、いくつかの場面を使い古しの出納簿に書いただけだったけれど、どんなお話かは覚えているわ。このあいだ、その書きさしが残っている帳面を見つけたの。なかなかいいお話だと思うのよ。それを完成させられるかもしれないわ、たぶんね」そこで、その子はその物語を語り始め、語りに熱中していきました。イーディスも、とても魅惑的な物語だと思ってくれたので、それを完成させて送ってみることに決めたのです。

「でも、ひとつ大事なことがあるの」と、その子は言いました。「何があっても兄さんたちには黙っているわ。すごく笑うでしょうし、送り返されてきたら、物笑いの種になるでしょう。十分な切手を同封すれば送り返してくれるから、返送用の切手を入れておくつもりなの。返送用切手を同封しておかないと、物語が気に入ってもらえなかったとき、わざわざ手紙を書いて知らせてくれるとは思えないもの。切手が同封されていれば原稿は返却する、とよく雑誌に載っているでしょう。そんな風にすれば、確実に結果がわかるわ。でも、兄さんたちに知られないように受け取らないといけないの」

「そのとおりだわ」と、イーディスが言いました。「返送されてきたら、すごくからかうでしょうね。でも、どうするの？　いまは兄さんたちの収入しかお金がないのよ。それでも足りないくらいでしょう」

「よく考えないといけないわね」と、その子は言いました。「工夫するのよ。いっぱい頭を働かせないとね。でも、まずは物語を書かなければ」

「切手がたくさんいるかしら？」と、表情豊かな額にしわを寄せて、心配そうにイーディスが尋ねました。

「ええ、たくさんいるでしょうね」と、その子は答えました。「それに、フールスキャップ版の用紙も買わないといけないわ、並のフールスキャップよ。とにかく、兄さんたちの前では一言ももらさないと約束してね」

ふたりが、うっかりひと前でしゃべらなかったのは、奇跡のようでした。それほどわくわくするような秘密だったのです。物語を書いているあいだ、それ以外のことは考えられず、話すことといえば、それればかりでした。その子はよく、頰を燃えるように真っ赤にして、子ネコを脇にかかえて垂木のあるミューズの神殿から階下に降りてきたものです。熱中しておもしろくなればなるほど、頰がますます赤くなるのでした。

「まあ、なんて赤い頰をしているの」と、ママは言ったものです。「頭は痛くないの？」

頭は痛くありませんでした。その子がすばらしく丈夫な子どもでなかったら、頭も痛くなったことでしょう。

「とても速く書いていたときは、すぐにわかるわ」と、イーディスは言ったものです。「頰が燃えるように赤くなるのですもの」

もちろん、ママにはまもなく打ち明けました。ママがどう思ったのかは何とも言えませんが、ママはいつものように魅力的で、元気づけてくれました。

「やってみて悪いことはないわ」と、ママは言いました。「あなたはまだ若いのに、とてもおもしろい物語を書いていると思いますよ。編集者の誰かが気に入ってくれるかもしれないわね。それに、いくらかでもお金を払ってもらえたら、もちろん、とても助かります」

「でも、兄さんたちには、絶対に知られてはいけないの」と、その子は言いました。「採用されたら話すけど、採用されずに、兄さんたちに見つかりでもしたら、死んだほうがましよ」

こうして、物語は書き続けられました。垂木の下で朗読されると、イーディスは、その話を大いに楽しみました。そのあいだ、子ネコはその子の左腕のなかで丸くなり、まわりの雰囲気や興奮はまったく気にしていないようでした。作品が書き進められるにつれ、ふたりの策略家は話し合い、計画を練り、頭を働かせました。

第一の問題は、どうやって並のフールスキャップ版の用紙を手に入れて、美しいはっきりした字で原稿を書き写すかでした。次の問題は、どうやって送り先の編集者の住所を調べるかでした。その次は、どうやって宛先を書くかで、その次は、運命の小包を送り、運悪く不採用となった場合に返送してもらうには、何枚くらいの切手が必要なのかを調べることでした。

すべてのことを秘密裡に、それもとびきり注意深く実行しなければなりませんでした。町への往復には歩いて二、三時間かかるので、町へ行くわけを聞いていなかったら、兄たちは変に思うでしょう。兄たちは町に行くひとをいつも見ていたのです。ですから、家族の誰も、兄たちに知られずに町に行くことはできませんでした。町へ行って本屋に入り、必要な住所を見つけてくれる外部のひとを見つけなければなりません。兄たちのことがなかったら、すべてはもっと簡単に済んだことでしょう。

けれども、物語が完成するまでに、近くの農場に住んでいる知り合いが、住所と切手のことを調べてくれたのです。ただ、手紙秤がなくて、小包の重さは推測するしかなかったので、切手の情報は、あまり確実なものではありませんでした。

この難局において、その子が現実的な考え方をしたことは、強く印象に残っています。常日頃のぼんやりしたロマンチックな考え方とはあまりに落差が大きすぎて、小気味よいほどでした。

「ちゃんとした用紙を使わないといけないわ」と、その子は主張しました。「編集者が変に思うようなものを送ってしまったら、はじめからわたしのことを愚か者と思うでしょうから。読みやすいように、はっきりしたわかりやすい字で、片面に書かないといけないのよ。もし困らせるようなことをしたら、ご機嫌を損ねてしまい、わたしは嫌われて、わたしの物語も嫌われるかもしれないでしょう。それから、原稿につける手紙にも十分気をつけないといけないわ。もちろん編集者のところには同じような手紙がどっさり届いているでしょうから、読むのにあきあきしているはずよ。だから、ごく短い手紙にしなければ。手紙をつけずに送ってもいいのだけれど、気に入らなければ送り返してほしいのだとわかってもらう必要があるから、切手に注意を向けてもらいたいし、それに、物語を掲載してもらうのは、ただの楽しみのためではなくて、お金のためだということをわかってもらわないとね」

「どうやってそれを知らせるの？」と、イーディスは少し不安になって尋ねました。お金が欲しいと編集者に説明するのは、ぞっとするほどぶしつけなことに思えたのです。

その子も、同じように感じていました。仕事の見返りとして金銭を受け取りたいと書くのは、浅ましくて下品なことではないか、あまりに大胆すぎて、受け取った編集者がひどいショックを受けて、自分のことを恥知らずだと嫌悪するのではないか、と感じたのです。全体から見ても、そこが一番厄介なところでした。けれども、しかたがなかったのです。聖句にあるように「手をすきにかけてから」*は、後戻りはできませんでした。必要に駆られてではなく、楽しみのために物語を掲載したがっている裕福な者だと編集者に思われてはならなかったのです。

「よく考えないといけないわ」と、その子は真剣に言いました。「もちろん、編集者を怒らせたくはないけれど、はっきりとそのことを言わなくては！」

その子がこころのなかで思い浮かべていた編集者の態度や性癖や権力を、ふさわしい強烈な色で描くことができたら、とても興味深い絵になったでしょう。それは、尊敬と限りない畏敬の念から生まれたものでした。テネシー東部の山に住むまったく取るに足りない少女と、フィラデルフィアやニューヨークの立派な職場の一室にいる編集者とのあいだには、想像もつかないほどの越えがたい溝があったのです。編集者は、原稿を拒絶して書き手を地の底に突き落とし、木っ端微塵にすることもできれば、原稿を採用して目のくらむような至福の絶頂へと引き上げることもできる力を、運命の女神から授かっていたのです。印を結び半眼になって恍惚とした表情を浮かべて座っている仏陀でさえ、それほど驚異的な究極の存在ではありませんでした。その子にとって編集者は、まったく異なった超人類のようだったのです。普通の人間の感情や情熱に動かされることなど、ありえないように思えました。狂犬病に罹っている怒り狂ったウシやトラでもないのに、どうしてその子が編集者をそんなにひどく恐れたのか、説明するのは容易ではありません。切手が足りなかったり、句読点に誤りがあったり、並のフールスキャップ版の用紙の両面にまぎらわしい字で書いてあったりしたために、激怒する編集者の姿がありありと目に浮かんできて、寝ても覚めても頭から離れませんでした。辛辣なコメントをつけて原稿を送り返すかもしれないし、全く送り返さずに切手を手元に置いておくかもしれませんが、書き手が「メデアとペルシャの変わることのない法律*」に反したのですから、編集者の行ないとしては完全に正しいことだと思われました。このような存在には、平身低頭して近づかなければならないのです。

かわいそうな心配性の少女でした。垂木の部屋で、腕に子ネコをかかえて、頬を燃えるように赤く染めながら熱中して書きなぐっている姿を、いま思い出してみると、ちょっと胸を打たれます。けれども、物語を書き写す用紙とそれを送る切手を買うお金を得ないと、編集者に送る手紙を書くことはできませんでした。兄たちに頼らずにどうやってお金を手に入れればよいのでしょう。垂木の部屋で子ネコに見守られながら、何時間も話し合って、計画を練りました。どうすればいいのでしょうか。

「自分たちで、お金がもうけられたらいいのにね」と、その子が悲しげに言いました。

「でも、無理よ」と、イーディスが言いました。「やってみたでしょう」

「ええ」と、その子は言いました。「刺繍は欲しいひとがいない、音楽のレッスンをするには若すぎると思われる、ヒヨコはかえらないし、かえっても開嘴病《かいしびょう》で死んだし、その上、めんどりが卵を抱くようにとそばについているのも、穴から抜け出した鶏を小屋に戻そうと全速力で庭じゅうを追いたてるのも厄介だったわ。ガチョウの卵のときも、さんざん苦労したのに、一羽しかかえらなかったし、それもメスでなくてオスだったのよ。おまけにそのオスの上に板が倒れてきて、死んでしまったわ」

ふたりとも、苦い思いをかみしめて、くすくす笑いました。家禽を育てるのは、とてもつらくて、はらはらする経験だったのです。

「何か売るものがないかしら」と、その子は続けました。

「何もないわ」と、イーディスが言いました。

その子の頭には、悲しい物語が浮かびました。

「ひとが気に入ってくれる物語を本当は書けるのに、それを売ってお金が手に入ったら快適な暮らしができるのに、用紙や切手が買えないというだけで、わたしにそんな幸運があるのを一生知らなかったとしたら、ものすごく悲しいことだわ」

それではあまりに悲しすぎます。ふたりは、座ったまま、憂うつそうに顔を見合わせました。希望を見出せず落ち込んだ気分になって、まもなく会話も途切れたので、その子は、しかたなく森のなかの小道にあるくぼみへと出かけて行って、長いあいだ、葉の色が変りつつある木々を眺めながら、マツの木のてっぺんでハトが悲しそうな嘆きの声をあげているのを、奇妙な気持で聞いていました。

そのとき紅葉が始まっていたので、あるひらめきのおかげで難問を解決できたのは、それからまもなくだったに違いありません。そのきっかけとなった情報を誰から聞いたのか、詳しいことを覚えている者はいませんでした。あれこれ考えあわせてみると、エドウィーナだったように思います。ある日、書き物をしている部屋にエドウィーナが唐突にやってきて、座りながら、特に何ということもなく言ったのです。

「シンシィおばさんのところの女の子ふたりがね、昨日、市場で野生のブドウを売って、一ドル手に入れたのよ。丘の上の森のなかで摘んだらしいわ」

「どの丘?」とその子は尋ねました。

「家の近くの丘よ。窓から見えるでしょう。たくさんあるそうよ」

「ほんとうに?」と、その子は言いました。

「一キロ、いくらになるかしら」と、イーディスは言いました。

「知らないわ」と、エドウィーナは言いました。「でも、一ドル分を売ったのよ。もっと集めるつもりだって言っていたわ」

「イーディス」と、その子は叫びました。「イーディス!」すばらしい考えが浮かんだのです。頬が熱くなるのを感じました。

「どうかしら」と、その子は言いました。「わたしたちも行って、すこし、いいえ、たくさん集めたらどうかしら。そして、その女の子たちに市場で売ってきてもらって、お礼に売り上げのなかからいくらか渡したらどうかしら。切手と用紙を買うお金ができるかもしれないわ」

それは、神の啓示のようでした。まるで、神さまからチャンスを与えてもらったようだったのです。イーディスとエドウィーナは手を叩きました。野生のブドウが売れたのなら、また、売れるはずです。森にいっぱいあるのなら、摘まない手はありません。何グラムでも何キロでもバケツ何杯でも、いくらでも必要なだけ摘めばいいのです。

たちまち、みんなは興奮してうれしそうに早口でしゃべり始めました。なんて楽しいことでしょう。ブドウを摘むのも、おもしろそうです。ジプシー*の生活をするみたいです。本当にブドウがたくさんあったら、切手代以上のお金になるかもしれません。

「スクエアに住んでいなくてよかったわ」と、その子が言いました。「バック・シドニー通りへブドウ摘みには行けないものね」

ふいに豊かになった感じがして、希望が出てきました。もしも、ブドウをいっぱい見つけて、それが売れて、編集者の機嫌がよかったら、ひょっとして何かが起こるかもしれないのです。

「もし、この物語を買ってもらえたら」と、その子は言いました。「他の物語も書けるし、それをまた買ってくれるかもしれないわね。物語はいつでもつくれるもの。それこそが、わたしのやるべきことだったとしたら、不思議だと思わない？　ほら、わたしたち、『なんとかしなければならない』と、ずっと言い続けていたわね。ああ、イーディス、すてきだと思わない？」

「もちろん、すてきだと思うわ」と、イーディスは答えました。

その子はため息をつくと、「すばらしすぎて、本当とは思えないわ。」と言いました。「だけど、ぜひ野生のブドウを摘みには行きましょうよ」

こうして、ブドウ摘みに出かけたのです。

細かいところを手配してくれたのは、イーディスでした。ムラート*の少女たちに会いに行き、話をつけてくれたのです。少女たちは、ブドウを売る計画をとても気に入ってくれました。ブドウの木のありそうな場所へ案内してくれて、ブドウを摘む手伝いもしてくれることになったのです。まるではらはらどきどきする冒険に出かけるような気がしてきました。

ブドウ摘みが、ただの休日のお楽しみとして計画されたものだったとしても、じゅうぶん愉快なことだったでしょう。みんなは、これ以上ないほど興奮しながら、意気揚々と収穫に出かけました。めいめいがブリキのバケツを持って、木綿の服を着て、日よけ帽か実用的な麦わら帽子をかぶりました。日差しは強いけれど、光り輝くような一日でした。木々は黄金色に染まり、空気も黄金色に輝き、遠くの方も黄金色に光っていました。一山当てようともくろむ相場師たちは、礼儀作法をかなぐり捨てて、まるで野生動物のように、ブドウを求めて黄色に染まりはじめた暖かい森を駆けまわったのです。笑い合い、離ればなれになるとお互いに叫び合いました。下ばえのあいだ

を突き進み、野バラの茂みをかきわけ、大きな丸太をよじ登って乗り越え、ヘビが出てきたと思い込んで金切り声をあげ、ブドウの木を見つけるとうれしくて叫び、バケツをブドウでいっぱいにして、満腹になるまでブドウを食べ、ロープのようなブドウのつるにぶら下がってからだをゆらゆらさせたりしました。

その子はいままでになく、酔いしれました。ときどき、少しぶらついて、暖かくて黄金色に輝く場所に立ち、若木や茂みに取り囲まれて、ただ空気を吸い、日当たりのよいところに実っているインディアン・ピーチ*になった気分で、うっとりしました。夏の日差しとは違う秋の日差しを受けて、その頬は輝いていました。なんという夢のような一日だったことでしょう。もしも、もしも、もしも！「もしも」は、とてもすてきな、恵み深い言葉です。贅沢な気持ちになれる言葉なのです。誰もが、必ずしもこころから確信を持って「わたしは王国を持っていて、相当の財産があるので、黄金の宮殿を建てます」と言えるとはかぎりません。でも、「もしも、王国と相当の財産を持っていたら、わたしは黄金の宮殿を建てます」と言うことは、誰にでもできるのです。黄金の宮殿は美しくそびえ、廷臣たちの声が聞こえてきそうです。「もしも」が与えてくれるのは幻ですが、実体よりもずっと豊かなものなのです。

その日、野生のブドウを探しながら、その子は自分の宮殿を建て、必要なものを備え付け、そのなかに住みました。若すぎて考えもはっきりしていなかったので、無邪気な小さな宮殿でしたが、光や愛や美の宮殿でした。そこには、若い宮殿にしかない信念や夢が、非現実的なぼんやりとした姿で、いっぱい詰まっていたのです。

日の落ちるころ、一行はブリキのバケツのふちまでブドウでいっぱいにし、新鮮なブドウの葉で覆いをして、家路に着きました。

「こんだけあれば、二、三ドルにはなるよ」と、案内人のひとりが言いました。「こないだ、あたいとセルフィーンで集めたときにゃ、こんなにたくさんなかったよ」

「これで、ブドウが売れたら、用紙と郵便切手が買えるわね」家に帰り着くと、イーディスとその子は言いました。

残念なことに、総額いくらで売れたのかは思い出せません。けれども、切手と用紙を買って全部の費用を払っても、まだいくらか残るくらいのお金が得られたのでした。この投機は、金銭面では大成功を収めました。

念には念を入れて、並のフールスキャップ版の用紙が選ばれました。見たとたんに編集者が怒り出さないように、慎重が上にも慎重を重ねて、適切な大きさと色合いのものを選んだのです。書き写すときには、一文字一文字を大きくて丸みのある文字で、はっきりと書きました。編集者が白内障に悩まされていたとしても、奥まった神殿のような私室のはしの方からでも読めたことでしょう。それから、この大事業に添える手紙を書いたのです。内容について思案を重ね、あれこれ見当をつけ、何度も話し合いました。「編集者は、わたしのことを知りたいとは思わないでしょうね」と、その子は言いました。「わたしのことを知らないし、関心もないし、わずらわされたくもないでしょう。採用しない場合は、原稿を返送してもらえるように切手を同封したとだけ書くつもりよ。それと、お金のことは言っておかないとね。ねえ、イーディス、書く価値のある物語なら、読む価値があるはずだし、印刷されて読む価値がある物語なら、お金を払う価値があるはずよ。もし掲載される価値も読む価値もないなら、書く価値もないはずだから、時間を無駄にしないほうがいいと思うわ」この明解で実際的なものの見方が、どこから出てきたのかはわかりません。けれども、この件に関しては、その子はきわめてはっきりしていました。切迫した状況がそうさせたのでした。危機に直面したときは、現実的になれるのでしょう。そうなれるのは、危機に直面したときだけでしたけれど。

熟慮して、何度も書き直し、削除したのちに、次のような簡潔で読み間違えようのない書簡を、返信用の切手とともに原稿の束に同封して、編集者に送りました。

「拝啓

同封した原稿『デズボラ嬢の苦難』が、雑誌掲載にふさわしくないと判断されましたときは、同封致しました返送用の切手をお使いください。わたしの目的は報酬です。

敬具

F・ホジソン」

これが住所以外の全文です。住所は、近隣の町の郵便局止めにしました。イーディスもその子も、締めくくりの文章が大変気に入っていました。とても事務的に聞こえたからです。どんな編集者でも間違えようがないでしょう。もし、気に障ったとしても、それはまったくしかたのないことでした。

「それに、本当のことですものね」と、その子は言いました。「必要に迫られなかったら、編集者に何かを送るなんて、夢にも思わなかったわ。わたしの目的は報酬なのよ」

それから、なんて大胆なことをしたのかと思うと、おかしくなってきて、そのうえ、あの断固とした報酬目当ての文章を書いたのが、ふたりの巻き毛の無邪気な少女だと知ったら、編集者が何と思うだろうと想像すると、たまらなくなって、ふたりは子どもっぽいくすくす笑いが止まりませんでした。

第16章 作家の道へ

よく知っている編集者に物語を送るのはとても簡単なことで、こころが乱れたりはしないものです。その編集者が立派な見識の持ち主で、送られてくる原稿にこめられた願いを理解し、「目的は報酬」であることを落ち着いて受け入れて、じっくり考えてくれるようなひとだとわかっている場合は、特にそうです。けれども、初めての作品を、無防備なまま及び腰で未知の竜が住む洞窟へ送るのは、まったく別のことでした。竜の牙から、そういう無邪気な送り手の血がぽたぽたしたたり落ちているかもしれないのです。

ああ、原稿が目的地に着くまでのあいだ、過ぎていく一刻一刻を数え、そうして過ごしているまさにその時に、もしかしたら編集者が原稿を読んでいるかもしれないと気付いた

ときの、恐ろしいくらいの興奮といったら！　そんなときは誰でも胸がどきどきし、からだが震えるものですが、その子はそれをひとつ残らず十二分に体験しました。それればかりか、いままで誰も経験したことのないくらい激しく胸がどきどきして震えたのです。その子とイーディスは、一緒におののきました。

編集の仕事の習慣や慣例をまったく知らなかったので、何も様子がわからず、それは本当にたまらないことでした。採用を決めるまでに、あるいは、切手を全部べったり貼って送り返すまでに、編集者はどのくらい原稿を手元に置いておくのでしょう。読んだ翌日に返送するのでしょうか、それとも何か月も、あるいは何年も置いておくのでしょうか。自分の物語が採用されたのか不採用だったのかわからないままに、年老いて白髪になってしまうのではないでしょうか。もし採用されたら、すぐに原稿料を送ってもらえるのでしょうか、それとも、長いあいだ待たされるでしょうか。送ってもらえたとして、金額はいくらになるのでしょう。五ドルか、十ドルか、二十ドルか、それとも百ドルでしょうか。百ドルもなんて、ありえるでしょうか。もしも、百ドルだったら、ああ、どれだけたくさんのことができるでしょう、そして、みんなどれほど末永く幸せに暮らすことができるでしょう。

「一週間に、一作は書けるわ」と、その子は言いました。「そうすれば、ひと月に四百ドルになるのよ。ああ、とんでもないわ、イーディス」と、息を切らしながら続けました。「百ドルのはずはないわ！」というのも、物語を書いて一か月で四百ドルも稼げたら、誰も正気ではいられないだろうと思ったのです。

その子は取り乱すのをやめて、できるだけ額を低く見積もって落ち着いたほうがよいと感じました。

「たった一ドル程度だとしましょうか」と、その子は言いました。「それ以上の値打ちはあると思うけど、とてもけちなひとたちかもしれないわ。それに、わたしたちはとてもお金が欲しいし、とても必要に迫られているから、一ドルでもいいから採用してもらって、もっと書かせてもらうしかないわね」

「そんなに安いはずはないわ」と、イーディスは言いました。

「わたしに支払う報酬にしても、ちょっと安いと思うわ」と、その子は言って、少しヒステリックに笑い始めました。「一ドル小説だなんて！」

それから、計算を始めました。計算は大の苦手でした。

「雑誌の購読料は、一年に二ドルだから」と、その子は考えました。「定期購読者が五万人いたら、年に十万ドルになるわ。各号に、そんなにたくさん物語は載っていないわね。それに、雑誌のなかには、購読者が五万人以上のものがあるかもしれないわ。イーディス！」と、ちょっとあえぎながら言いました。「もし、千ドルだったら、どうしましょう！」

　ふたりは、目もくらむような恍惚と失望のあいだを、時計の振り子のように、行ったり来たりしました。

「きっと、送り返してくるわ」と、その子は失望の淵に沈んで言いました。「でなければ、切手を手元に置いたまま、まったく送り返してもこないでしょう。何にもわからないまま、何週間も、何週間も、何週間も、待たされるのよ。あれほど考えて、願いを込めて、苦心したのに、何ひとつ役に立たなかったんだわ」

　そして泣き出してしまいましたが、泣いたことがおかしくて、最後は泣き笑いになるのでした。感情に動かされやすい一方で、自分の大袈裟な言い方を笑うユーモア感覚も持ち合わせていたのです。とてもよく笑いましたし、兄妹をよく笑わせたものでした。ばかばかしいことを言ったり、自分の考えを誇張したりするのが好きで、ついにはそれがグロテスクなほどになって、自分で自分を思い切り笑うはめになってしまうのです。「家族の浮き沈み」も、絶えず冗談の種にして笑い飛ばしたものですが、それでも、少しは役に立ちました。

「わたし、泣くかわりに笑うのよ」と、その子はよく言ったものでした。「笑うのはおもしろいけれど、泣くのはおもしろくないし、それに、ちょっとばかりばかげているでしょう」

その後も、その子は、こうした痛々しい冗談を何度も言いました。そういう日々を何か月も過ごしているように思えて、緊張は耐えがたいものになっていきました。実際には、数週間ほどのことだったのでしょう。

そして、とうとう、何かが送られてきました。それは、返信用切手が一列に貼られた封筒に入った原稿ではなく、一通の手紙でした。

その子とイーディスとママとエドウィーナは、腰を下ろして、どきどきしながら読みました。

けれども、読んでも何のことかわからなかったのです！

手紙は残っていませんが、その手紙がもたらした印象は、記憶に残っています。

経験の少ない四人には、妙に漠然とした内容でした。その手紙は、ありがたいことに、物語を褒めることから始まっていました。気に入られたようだったのです。つまらないとけなしていないのはわかりました。批判といえるのは、名前の略称が形式にのっとっていないという指摘と、原稿が長すぎるとほのめかしている点だけでした。不採用とは言っていないのですが、採用されたのかどうか、イーディスにもその子にもまったく確信が持てませんでした。「報酬」については、何も触れていなかったのです。

「採用されたのかしら」と、その子は言いました。

「採用しないとは言っていないわ」と、イーディスは言いました。

「良い作品だと思っているのは明らかよ」と、ママが言いました。

「何を言いたいのか、はっきりしないわ。きっと、報酬と関係があるのだと思うけれど」

と、最後に、その子は結論を下しました。

　そうだったのかもしれませんし、そうでなかったのかもしれません。おそらく、もっと経験豊かな者なら、その子たちにはわからなかった専門的なことが読み取れたのかもしれません。何度も読み返し、いろいろ考えて、さまざまな解釈を試みました。けれども、導き出せた唯一の結論は、おそらく、編集者の目的は「報酬」の拒否であって、巧妙に励ましたりけなしたりすることで、「報酬」を出さずに作品を手に入れようとしたのではないか、というものでした。

　そこで、少し時間をおいてから、その子は手紙を書いて原稿の返却を求めました。あとになって、この最初の手紙を何度も思い出しては、不思議に思ったものです。結局、手紙の意味はわかりませんでした。経験を重ねた後にわかったのは、あの手紙は、おかしなほど実務的でなかった、ということでした。そして、おそらく「報酬」を出すのを断ると伝えたかったのだろうと思うようになったのです。

それから、原稿は、別の編集者に送られました。

「二、三回は、試してみるつもりよ」と、「著者」はイーディスに言いました。「すぐにはあきらめないけれど、いつまでも続けるつもりはないわ。編集者がいらないというのなら、それほど良い物語ではないのでしょうから」

その物語は、本当は「デズボラ嬢の苦難」*ではなく、それに似たような題名がついていて、十三歳のときにスクエアで構想を練って書き始めたものでした。大事な場面をひとつかふたつ、古い出納簿に書いていたのです。何年も後で、議会図書館の古い雑誌のなかから掘り出して読み返してみると、悪くない出来でしたが、といって際立って良い作品というほどのものでもありませんでした。とても気品のある美しくて育ちの良い英国の若い女性と、頑健で勇敢な男らしい英国士官との恋愛と仲たがいと和解の物語で、士官は彼女と引き離されて苦しみますが、高貴な生まれによる気高さで、立派に耐え抜くのです。意識してはいませんでしたが、明らかに「コーンヒル」*や「テンプル・バー」*や「ロンドン・ソサエティ」*などの雑誌に載っている物語の模倣でした。その子は、それらの雑誌をよく読んでいたのです。登場人物の感情にリアリティがあるのと、その感情自体が好ましいものである点は褒めても良いところでした。プロットは取るに足らないロマンチックなものでしたが、士官は良い人間で紳士でしたし、美しい英国の乙女は行儀が良く、その友人の若い夫婦は気立てがよく思いやりのある人たちでした。物語はドラマチックに進行し、そこそこ説得力もありました。それ以外には、これといった特徴や独創性はありませんでした。

二番目の編集者から返事をもらうのに、何か月も、あるいは何年もかかったでしょうか。おそらくたった数週間だったようですが、一生が何度も過ぎたかと思えるほど、とても長い期間でした。

そして、また手紙が届いたのです。今度も原稿は入っていませんでした。

「拝啓（これを読んで、みんなの意気はあがりました）
あなたの物語『デズボラ嬢の苦難』は、明らかに英国的なので、当誌の原稿閲読者は、アメリカ人によって書かれたものかどうか確信が持てません。住所の宛名は、著者のものではないようです（郵便が兄たちの目に触れないように、よきサマリア人*の友人が名前を貸してくれたのです）。物語が未発表の創作であるかどうか、お知らせいただけますでしょうか。
敬具」

一言一句再現するのは不可能ですが、だいたいこのような内容の手紙でした。

骨の髄まで震えながら、その子は、次の便で返答しました。

「物語は、未発表の創作です。わたしは英国人で、アメリカに来てからまだあまり時がたっていません」

編集者から直ちに返事が来ました。

「決定する前に、物語をもう一編送ってくれませんか」

みんなは、もう気がおかしくなるほど有頂天になりました。ママは、なんてうれしそうにほほえんだことでしょう。文学者ではないふたりの妹たちは、狂喜して踊りまわりました。

「採用されるわ！　採用されるわ！　採用されるのよ！」と叫びながら、踊りまわったのです。

「きっと編集者は、両方とも買ってくれるのよ」と、イーディスは言いました。「ひとつのかわりに、ふたつよ！」

その子は、喜びと興奮に震えながら、意を決したように垂木のある部屋に上がって行きました。編集者は、その子が自分で物語を書いたのを信じなかったのです。もうひとつ書くまで信じてくれないでしょう。見ていてごらんなさい！　自分で書いたのだとわからせてあげるわ！

子ネコは、三日間、その子の腕のなかで丸くなり、際限なく続くペンを走らせる音を子守唄にして眠っているようでした。ネコは何も言いませんでしたが、たぶん、ネコなりの神秘的なやり方で、手助けをしていたのでしょう。その子の頬は、燃えるように熱くなっていきました。まるで、生きるか死ぬかのレースを走っているような気がしたのです。けれども、疲れはしませんでした。気分はこの上なく高揚し、絶好調でした。「物語」が、その子を助けてくれたのです。これまでの生き生きした短い人生においてずっとそばにいて、退屈なことを楽しくし、楽しいことをますますすばらしいものにしてくれた「物語」、やさしい輝く手で世界中のあらゆるものに触れて、その子を決して見捨てなかった最愛の「物語」は、今度もその子を見捨てはしませんでした。影のようにいつもそばを離れずに物事を美しく映し出してくれる「物語」を、その子は、どれほど情熱的に愛したことでしょう。

三日で、新しい物語は完成しました。「デズボラ嬢」よりは短くなりましたが、同じくらい良い作品だとわかっていましたし、同じ筆跡で書かれているのが編集者にもわかるはずです。ただし、英国風の趣は無くして、アメリカの物語に仕上げました。ブドウのおかげで、郵便切手をもう一度買うお金もありました。

それから数日のあいだ、その子は普通に歩くことができず、踊りまわって過ごしました。これまで以上にたくさんの花や葉っぱを集め、鳥を追いかけながら、森のなかをやみくもに走りまわったのです。小道のくぼみにいくと、ときどき、からだのなかから不思議な高揚感が湧き出てきて、足が地面から持ち上げられ、色とりどりに染まった木々のてっぺんを越えて青空のなかへと運ばれていくような気がしました。

その子の物語は、結局は、何かの役に立ったのです。ロマンチックだからといって、笑い飛ばされてしまってよいものではなかったのです。まるで、親切でやさしいのにそれまで軽蔑されてきた友人のすばらしさを証明して、その地位を引き上げたような感じでした。ああ、なんてすてきなことでしょう。すべてがうまくいって、書き続けられるとしたら、もう何も恥じることなく、堂々と好きなだけたくさんの物語を書くことができたら、人生は、なんてすばらしいのでしょう。その子は、若くて情熱的で、何も知らず、何でもすべて信じました。そのすべてを存分に味わい尽くせるように、運命の女神が手はずを整えていてくれたのかもしれません。返事が届いたのは、家族がまた、「浮き沈み」のうちの「沈み」の暮らしを耐え忍んでいたときでした。すべてがどん底にある時期を、そんな風に呼んでいたのです。たくましくて人生を楽しんでいる兄たちでさえ、「なんとかならないだろうか」と、願っているようなときでした。「なんとかならないだろうか」と願うしか希望がないときほど、つらいものはなかったのです。そして、たいていは、なんともならず、状況は悪くなる一方でした。

そんなとき、手紙が届いたのです。その子は、壁の仕上げのすんでいない小さな部屋のテーブルのそばに立ち、ママとイーディスが震えながら見守るなか、震える手で開封しました。

少し弱々しい声で読み上げたのです。

「拝啓

当社は、貴方の二編の物語を採用することに決定いたしましたので、支払を同封します。『エースかクラブか』[*]は十五ドル、『デズボラ嬢の苦難』は二十ドルです。またの投稿をお待ちしています。

敬具」

その子は、なかばあえぎながら、少しヒステリックな笑い声をあげました。「さ、採用されたのよ」と、イーディスのほうに向かって言いました。「三十五ドル送ってくれたわ」

「まあ」と、ママが身震いしながら言いました。「とてもすてきな物語でしたものね。ずっと、そう思っていたわ」

「採用されたのね」と、イーディスが有頂天になってかん高い声で叫びました。「それに、もっと、買ってくれるわ。これから一生ずっと物語を書き続けられるのよ」

ちょうどそのとき、まるであらかじめ決められた劇の一場面のように、兄のひとりが入ってきました。その子と親しい年長の方の兄でした。ロマンチックだと思っていても妹のことを大好きで、ユーモアのセンスが抜群でしたので、物語について機知に富んだ発言をすることがあり、それは聞く値打ちがありました。

「何があったんだい?」と、兄が言いました。「みんな、いったいどうしたの?」

「ポーチに出てちょうだい」と、その子は言いました。

どうして、ふいに恥ずかしさにとらわれたのか、わかりませんでした。ママやイーディスに対しても、そのように感じたのです。

「それで?」ふたりが外に出ると、兄が言いました。

「いましがた、手紙を受け取ったの」と、きまり悪そうにその子は言いました。「編集者からの手紙よ」

「編集者だって!」と、兄は繰り返しました。「どういうことだい?」

「物語をひとつ、送ったのよ」と、その子は続けながら、顔が赤くなるのを感じました。「そうしたら、わたしが書いたのだと信じてくれなくて、手紙がきて、もうひとつ送るように言ってきたの。たぶん、わたしに書けるかどうか確かめたかったのだと思うわ。だから、もうひとつ書いて送ったの。そうしたら、両方とも採用してくれて、三十五ドル送ってきたの」

「三十五ドルだって！」兄は叫んで、その子をじっと見つめました。

「そうなの」と、その子は答えました。「これが小切手よ」

そして、それを兄に差し出しました。

兄は、手に取って眺めると、少年らしくほがらかに、うれしそうに笑い出しました。

「なんてことだ！」と言って、兄はおもしろさ半分、驚き半分といった表情で、その子を見つめました。「それって、一流ってことだよね。すごいや」

「ええ」と、その子は言いました。「そうよ。それに、もっと書いてほしいと言っているの。だから、わたし、もっと書くつもりよ。できるだけたくさん、ものすごくたくさん書くわ」

そうして、その子は、そのとおりにしたのでした。

すでにそのとき、その子は、目に見えない微妙な境界線を越えていたのです。その後、人生そのものが始まりました。そして「子どものこころ」の記憶としてのその子の思い出は、ここで終わるのです。

雑誌掲載第一作（一八六八年）

ハートとダイヤモンド

ザ・セカンド……著／松下宏子……訳

ヴァレリー・ビレイヤーは、ひどく不機嫌だった。あえてそう言うのは、それがめったにないことだったからである。ヴァレリーは、甘やかされた子どもにありがちな、気まぐれで思慮の足りないところはあるものの、普段は、やさしく愛らしい少女だった。その晩、ヴァレリーの機嫌が悪い大きな理由は、文字どおり、百八十センチメートル以上も身長のある、世間ではペンデニス・チャニングズリーという名で通っている青年にあった。ヴァレリーは、カーネヴォン湾の社交界の花形として、初めの数週間をとても楽しく過ごした。何かと面倒を見てくれる友人のジェッティ・ペンリデンとも、「楽しいわね」と、話し合った。けれども、最近ではもう飽きてきて、前の晩、アドルファス・フラタビーが若い弁護士のことを「ただの田舎者」と馬鹿にしたとき、ヴァレリーは非常に嫌な気分になった。どうしてそんなに腹が立ったのか、自分でもわからなかった。ペン・チャニングズリーを好ましく思っていないのは確かで、フラタビー氏が言ったことはまちがいではないのに、それでも、気分がいらいらしたのだ。ヴァレリーは、ジェッティのような目鼻立ちのきりっとした、力強い女性ではなかった。ジェッティなら、価値のあるものとないものを判別して、価値のないものは優雅に、しかも驚くようなやりかたで切り捨てることができただろう。だがヴァレリーは、生まれつきひとに頼りがちで、神経質で、知り合った当初は関心を抱いても、しばらくして目新しさが失われると、もはや刺激を受けるよりは飽きてしまうことの方が多かった。

最初のころは、ペン・チャニングズリーの穏やかでハンサムな顔立ちに魅かれて、ちょっと親しくなりたいと思ったのだが、「音なし川は水深し、賢者は黙して語らず」という諺の意味がよくわかっていなかったので、どことなく冷たいもったいぶった彼の態度に、その気が失せてしまった。好意的な印象は薄れ、よくないことだとわかっていても、嫌悪感すら抱くほどになった。その晩、ホテルの窓辺に座って入江を眺めながら、ヴァレリーは彼のことを考えていた。そして自分の苛立ちの強さに、美しい眉をひそめた。ヴァレリーは、輝くばかりのオーガンディーに身を包んでいた。喉元と腰のまわりに結んだ緋色のリボンは、真っ赤な熱帯の鳥の翼のようにひらひらと舞って、ますます輝いて見えた。短くふわふわした金髪は波打ち、真珠貝のような耳にはダイヤモンドが落ち着きなく震えてきらめき、さらに輝きを添えていた。本当になんて愛らしいのかしら。ジェッティ・ペンリデンは内心そう思うと、手元のスケッチから目を上げて、ほほえんだ。ふたりは、つい先ほどまでペン・チャニングズリーのことを話していた。それでヴァレリーは彼に思いを馳せていたのである。

「ねえ、レリー*、彼のことをどう思う?」と、ジェッティは言った。

レリーはぎくっとすると、ちょっと小細工を弄した。あまりその話題に興味がないそぶりで、美しい瑪瑙のような灰色の瞳を黒いまつげの下に眠たげに隠し、上品にあくびをしたのだ。

「どう思うって?」と、レリーはおうむ返しに言った。「とても背が高いと思うわ、ジェッティ」

「ばかなことを!」と、ジェッティはふいに激しい調子で言った（彼女には高圧的なところがあった）。「わかっているでしょう、彼の態度のことよ」

「あら」と、少し蔑むような調子で、「そうね、あの手のひとにしては、気品がありすぎるくらいだわ」

ジェッティは、ちょっといぶかしげな表情を浮かべた。彼女は率直な物言いをする女性で、否定的な意見も冗談にかこつけておもしろくしてしまえるという独特の才能を持っていた。

「あの手のひとですって!」と、彼女は叫んだ。「あなたは、アメリカ人なの、それとも三つ尾のあるヨーロッパフタオチョウの子孫? もしかして、とてもチャーミングだけど、ただのとんまなガチョウなのかしら。恐れ多くも、共和制の時代に生きていると思っていたけれど、まちがっていたみたいね。私は自分の先祖を恥ずかしく思ったりしないわ。祖母のひとりは貴族の奥方の洗濯婦だったようだけど、奥方の立場よりもはるかにわくわくする職業だと思うわ。ごしごし洗う毎日って、楽しいじゃないの」

ヴァレリーは思わず笑って言った。「ジェッティ、あなたはいつも、そういう変わったひとを気に入るのね」

ジェッティは、描いていた絵をもどかしそうにわきへやって、窓辺にやってくると、尋ねた。「ペン・チャニングズリーは『変わったひと』なの？　その言葉の意味を明確にしてほしいものだわ」

「他の誰とも違う、という意味よ。それに、彼がもとはどんなひとだったのか、ご存じないの？」と、レリーは恥入ったように言った。

「今はどんなひとか知っているから、私にはそれで十分よ。でも、育ちがどうだったかを言っているのなら、あなたにはお気の毒さまと言うしかないわ」

レリーは驚いた顔をした。貴族的な考え方は、親譲りのおかしな欠点だった。「では、誰でもみんな同じだとおっしゃるの？」と、無邪気に尋ねた。

「同じではないわね。チャニングズリーさんとアドルファス・フラタビーさんには、わずかばかりの違いがあるわ。でもそれは、たまたま、頭脳の違いなのよ。それ以外に、『他の誰とも違う』ってどういうことか、教えてちょうだい」

ヴァレリーの真珠のような肌に、かすかな赤みがさした。「私、よくわからないわ」

ミス・ペンリデンは鋭くさえぎって、冷やかに言った。「私にはわかる気がするわ。頭脳の違いなんて、無用の区別立てだと言うひともいるかもしれない。でも私はそうは思わないわ。私にとっては、少なくとも歴然とした違いよ。彼に対してあなたの魅力が役に立たないのは、ちょっと不思議だけれど、だからといってあなたがそんなに気分を害しているのは驚きだわ」これはジェッティの言いすぎだったが、完全無欠ではないので、我慢しきれずに、少し意地悪をしたくなったのである。

ヴァレリーの頰は、今や真っ赤に染まった。「気分を害しているですって！」と、憤慨した。「私がチャニングズリーさんを嫌いなのは、そのせいだと思っているなら…」

「そのとおりよ」と、ジェッティは挑発するようにヴァレリーを遮った。「さらに言うなら、あなたは彼が少し怖いのよ」

ヴァレリーは腹が立ってどうしようもなかった。自分では決して認めたくなかった弱みを、よりによってジェッティに公然と指摘されるなんて。多くのひとがそうであるように、ヴァレリーも、自分に関する不愉快な事実とまともに向き合うのには、強い抵抗があった。そのため、怒りにまかせて、ひどくばかげたことをしでかした。「ペン・チャニングズリーさんなんて、怖くないわ。私がその気になれば、カーネヴォン湾を去るまでに、私にプロポーズするでしょう。ダイヤモンドの指輪を賭けてもいいわよ」と、言ったのだ。なんと愚かな間違いだったことだろう。とは言え、ただ物語を語っているだけの私には関わりのないことだが。

「ねえ、あなた」と、ジェッティは言い返した。「ダイヤモンドの指輪を二つ賭けてもいいけれど、刃物をもてあそべば、指を切ってしまうように、ダイヤモンドを失うどころか、こころも失くしてしまうほど傷つくわよ」

ヴァレリーが美しい金髪の頭を横に振ったので、イヤリングが閃光のようにぴかぴかときらめいた。「私のこころは安全よ。一か月もたたないうちに、それを証明してみせるわ」

「疑わしいものだわ。でも、警告はしたわよ。あなたが痛い目に会ったら、ダイヤモンドはペン・チャニングズリーに渡しなさい。私は欲しくないもの。それではお稽古をするので、ちょっと失礼するわ」陽気に会釈すると、ミス・ペンリデンは階段を駆け下りてグランドピアノのほうへ向かった。

ジェッティは、よく誰とでも活発にちょっとした論争をするので、それが癖のようになっていた。常日頃からヴァレリーもそれに慣れていたので、幻想曲の演奏が終わらないうちに、愚かな賭けのことを忘れてしまった。それから、ベランダに足を踏み出したとき、恐るべきペン・チャニングズリーその人が静かに葉巻をくゆらせているところに出くわしたのだ。ヴァレリーは仰天した。ペンは船遊びに出かけていて、ホテルにいないものと思っていたのだ。ヴァレリーとジェッティは、疲れているからと言って参加しなかった。「話を聞かれたかしら」と、ヴァレリーは思った。「長いあいだここに座っていたのなら、聞かれたに違いない。まるで一週間もここでキャンプをしていたように見えるわ」けれども、ちらりと様子を窺うと、落ち着いた顔をしていたので、ほっとした。その晩、舟遊びの一行が帰ってきてから、薄く透き通った白いモスリンのドレスにハシドイの小花が鈴のように揺れる小枝の飾りをつけて、金髪の妖精のような風情で降りていくと、問題の紳士はとても冷静な様子で挨拶してくれたので、レリーは何も恐れることはないと感じた。ひそかに、「助かったわ」と思ったのだ。

しかし、実のところ、それはまったくのまちがいだった。ペンデニス・チャニングズリー氏は、どんなときでも冷静だったのだ。たとえ、とても楽しい夢が根こそぎ崩れ去ってしまい、痛ましい気持ちになっていても、その淡々とした風情は失われなかった。思いがけない用事で引きとめられて、ホテルに戻ってきたら、船遊びに出かけた一行と合流するには遅すぎたため、本を読んだり葉巻をくゆらせたりしてひとりで過ごしていたところ、頭上の開け放たれた窓からとても愛らしい声が聞こえてきて驚いた。それはたまたま、いつも耳にとりわけ愛らしく聞こえていた声だったので、その場から動けなかった。そのため、自分を待ち受ける運命をあらかじめ知ってしまうはめになったのだ。事態が明らかになると、彼は「よく言ってくれましたね、お嬢さん。でも、ぼくはチェスのゲームが好きなので、経験上知っているのですよ。何より大事なのは最後の詰めだとね」と、つぶやいた。こころの広い青年だったが、神ならぬ身なので、プライドを傷つけられると、それを癒すのは、こころの傷を癒すよりも難しかったのだ。（話は変わるが、昨近では、こころなどというものは存在するのだろうか。）

その晩、ふたりが出会ったとき、レリーが驚いたのも無理はなかった。落ちついた風情で感情を見せないまま、ペンがごく自然に、ジェッティのことばを借りるなら「まるでこの夏中、アポロ・ナンバー・ワン*だったみたいに」、忠実にレリーに付き従ったのだ。多分に罪の意識のせいで、最初はとうてい気楽にふるまえなかった。あの賭けについては真剣に考えていたわけではなく、むしろ自分のデリカシーのなさを恥ずかしく思っていた。再び口にしなければ、ジェッティは忘れてくれるだろうとわかっていた。だから、悔い改めたしるしとして、心やさしいヴァレリーは、過去の悪い行いを償うような優雅な風情で、チャニングズリー氏のアプローチにせいいっぱい応じた。しかし、残念ながら何事も食い違うのが世の常で、観察しているペンにとっては、楽しい冗談や愛らしいふるまいのひとつひとつが「聖書のごとく確かな証拠」にすぎなかった。あわれなヴァレリーは、自分の発した軽率なことばのせいで、簡単には逃れられそうもない込み入った状況に陥ったのだ。

喜びと興奮に満ち溢れた夏の日々は、黄金の翼に乗って飛び去って行った。カーネヴォン・ホテルの滞在客は、来ては去り、また新しい客が来ては去ったが、最初のメンバーのなかの数名は残っていた。そのうち、ジェッティ・ペンリデンとヴァレリーとペンデニス・チャニングズリーは、以前と同じ部屋を使っていた。ヴァレリーの賭けは忘却の彼方に去り、それとともに賭けの対象に対する嫌悪感も消え去った。常にいろいろとやさしく接してくれるので、彼に対して抱いていた畏れの気持ちも克服し、こころから尊敬するようになった。彼がどう思っていたかは、簡単には説明できないだろう。ヴァレリーに対して、とても複雑な気持ちを抱いていたと思われる。滞在客は、たいてい、彼は恋をしていると言った。年配の既婚の婦人や容色の衰えた未婚の婦人は、自身の恋愛沙汰とは無縁なため、このふたりに大いに興味を持って、思い思いの考えを言い合った。ミス・ウォーターフォールとマドモワゼル・シニョンは、「とても奇妙ね。夏中ずっと続いているのに、まだせいぜい気配しか見えないわ」という点で、意見が一致した。そしてミセス・ショディに訴えると、彼女は意味ありげに首を横に振った。ハンサムなペンはそうした噂話のあいだを、頭をまっすぐにあげて悠々と歩き、何も言わなかった。（再び話は変わるが、社交界のひとびとがペンのように口数が少なければ、世のためになることだろう。）ジェッティ・ペンリデンはこの様子を静かに見守っていたが、それはつまり、この事態を好意的に見ているということだった。ジェッティは、ペットの小鳥か、気立てのよい赤ん坊を見るような目でヴァレリーを見ていて、危険なことから守ったり、力づけたり、悪いことをすれば厳しく叱ったり、良い子でいれば褒めたりやさしく抱擁したりした。ペンのことを高く評価していたので、（俗っぽい言葉で言ってもよければ）全力投球でアプローチすることをペンに許していたし、ペンのほうでも、冷静な態度ではあるものの、その特権を当然のように行使した。彼の自信ありげな様子に影響されて、レリーはまるで自分が半ば彼のものであるような気分になり、そのため、真実をすべて承知していたなら表に出さなかったであろう正直な気持ちのひだまで、彼に読みとらせてしまうのだった。

冷静な目で彼女を見守っていたペンは、日ごとに困惑を深めていた。もしそれ以外に魅力がなかったとしても、その上品な美貌を称えずにはいられなかった。しかも、それだけではなかった。誇り高く自信に満ちた人がたいていそうであるように、彼もレリーの素直で臆病そうな様子に引きつけられた。ジェッティについては、機転のきく、やや皮肉っぽい娘の見本のようだと思って、敬服していた。ヴァレリーのはにかんだ愛らしい目と、すがってくる柔らかくて小さな手は、こころの奥底を揺るがしたのだ。

ある晩ペンは、自分の部屋のなかを行ったり来たりしながら、「芝居のはずがない」と言った。「でも、真実だという希望を持ってもいいのだろうか」すると、耳にした言葉が頭の中で鳴り響くのだった。「私のこころは安全よ。一か月もたたないうちに、それを証明してみせるわ」そして、あのおずおずとした愛らしさも、彼の声を聞いたときにだけ現れるのだと思うと、偏見に惑わされた目には喜ばしいものと映らず、偽りのさらなる証拠と思われた。そうして、こころを冷淡にして彼女に会いに階下へ降りて行った。ヴァレリーはひとりで談話室にいた。足のせ台の上に立ち、ツタで覆われた窓の上の、金メッキされた鳥かごのなかで揺れているコンゴウインコに、笑いかけたり、チッチッと言ったりしていた。指にはめた指輪をつついてごらんというように、鳥のほうにきれいな片方の手をあげたとき、ゆったりとした袖がめくれて、くぼみのあるむきだしの腕が、背景の緑に映えて白く光った。ペンが部屋に入った時、「おめあて」のひとりと外を散歩していたジェッティが、通りすがりにヴァレリーに声をかけた。ペンにはそれが意味ありげな警告のように聞こえた。

「気をつけて、レリー。ダイヤモンドを取られてしまうわよ」

「取られたりしないわ」と、レリーは頓着せずにすばやく言い返した。「私のダイヤモンドは、こころと同じように安全よ」

「さらなる証拠だ」と、誤解をしたままペンは思った。こころのなかは苦々しい気持ちでいっぱいだったが、モスリンの服を着た黄色い髪の少女を滅ぼしたいとは思ってもいないように愛想よくほほ笑みながら、歩み寄った。「あなたのこころは安全ですか、ミス・ヴァレリー」と、陽気に尋ねた。

ヴァレリーは台から飛び降りて、腰のベルトにさしたカーネーションに負けないくらい真っ赤になった。「そうだと思いますわ」と、笑顔で言った。「というのも、あなたにとても驚かされたので、私のこころは誰のものでもなく、私のものだと身にしみてわかりましたのよ」

「それでは、何の危険もないのですね。けれども、ミス・ヴァレリー、心臓の鼓動が激しくなるという説は、ぼくにとっては詩的な絵空事だと言ったら、信じますか。ぼくの心臓はこれっぽっちもどきどきしたりしないのです」

「たぶんあなたは、こころをお持ちではないのでしょう、それとも、とても意志がお強いのですわ。ジェッティが言うには、胸がどきどきするのは神経質のせいだそうです(ヴァレリーにとってジェッティは神託を告げる巫女のようなもので、事あるごとに助言を求め、そのことばを引き合いに出した)。私もそうだと思いますわ」

「そうかもしれませんね。あなたのこころを揺り動かすのは、ひとでしょうか、それとも物でしょうか」

レリーは笑って首を横に振ったが、なめらかな頬はさらに赤みを増した。「それはずるいご質問ですわ」と、かわいらしいふくれっつらをしてみせながら言った。「それに、こころについてはあなたのほうがよくご存知のはずよ。私は解剖学を勉強したことはありませんもの」

窓によりかかって彼女を見降ろしながら、ペンはすばやく決心をした。苦々しげに、「もう、終わらせてしまおう」と思ったのだ。「ああ、黄金のりんごの芯がうつろだとは、なんと残念なことだろう」それから、声に出して、「ミス・ヴァレリー、浜辺まで来ていただければ、こころについてあなたが聞いたこともない話を教えてあげましょう」と言った。

ヴァレリーは彼をちらりと見上げると、目を伏せた。彼女の帽子は、そばのテーブルに置かれていた。ペンはそれを取り上げて彼女に渡すと、一緒にホテルから出て行った。彼は黙ったままだった。自制を保つのに、あらんかぎりの力が必要だったからである。こころのなかから永遠に閉め出さねばならないこの瞬間になって、彼女がどれほど大切な存在になっていたかに気付いたのだった。レリーにはペンの沈黙がまるで一時間も続くかと思われたが、とうとう彼はいかめしい調子でゆっくりと話し始めた。「あなたよりもぼくのほうがこころについてよく知っているはずだと仰いましたね。きっとそうなのでしょう。それでも、どれほど女性がこころを軽んじているかを知ったのは、あなたの口からでした」

「どういう意味だろう」愛らしい目には悲しい驚きが満ちていた。かわいそうなレリー！　彼女には意味がわからなかったが、それまでとても幸せな気持ちにしてくれていた輝かしい夢が現実になったわけではないと気づいていた。

「島へのピクニックの日に、あなたとミス・ペンリデンの賭けの話を聞いたのです」と、彼は続けた。「そして、あなたとは相反する目的で、これまであなたのお遊びにお付き合いしてきました。ミス・ヴァレリー、あなたにパンを求めたことはありませんでしたが、こころのなかで求めていたのを、たぶんあなたは知っていたのでしょう。そしてぼくが求める前に、石を与えた*のです。こんなことを言うのはおこがましいとわかっています。『取るに足らぬ者』のこころなど、大した価値はない。それでも、ダイヤモンドよりは、高く評価してもらえるのではないかと思っていたのです。あなたの手を飾るちっぽけな宝石、装飾品として自慢できるダイヤモンドよりは」

ヴァレリーは一言も口を利かずじっとしていた。日が陰ってきたのだろうか。穏やかな波の音は、ざわついた轟きに変わったようだった。ヴァレリーの顔色は、赤く染まったり、青ざめたりした。ぱっと赤くなったかと思うと、次の瞬間には死人のように白くなった。彼女はペンをとても愛するようになっていた。深い信頼を寄せていたのだ。純粋な、少女らしい衝動に駆られて、与えてもらっていると思っていた愛情にふさわしくなれるよう努力した。ペンに対する過去の不当なふるまいの埋め合わせをしようと努めていた。それなのに、これがその結末だった。目は乾いて燃えるようだったが、熱いものが喉にせりあがってきて、息がつまりそうになった。ああ、そのとき、もしペンがヴァレリーの失意の深さに気づいていたら、寛大になれただろうに。感情を抑えられないジェッティがヴァレリーの立場だったら、ペンと堂々とわたりあって、十分もあれば誤解を吹き飛ばしてしまったことだろう。しかしヴァレリーは、死んだほうがましだった。なんてことだろう、ペンに誤解されていたのだ。薄情で嘘つきだと思われていた。彼女にできたのは、何も言わずただ縮こまって傷を隠すことだけだった。自分は信用されていなかった。その悲しみのあまりの大きさに、押しつぶされてしまいそうだった。ペンは、彼女を見て驚いた。その顔に浮かんでいるのは、恥辱の表情などではなかった。いったい何だろうか。ペンは、ヴァレリーへの憐れみ半分、自分の辛辣さに対する後悔半分という奇妙な感情に襲われた。結局、愛してくれているのだろうか。あれは、腹立ちまぎれの軽率な行いにすぎなかったのだろうか。なんて青ざめているのだろう、かわいそうな子。まだほんの小さな娘にすぎないのだ。厳しくしすぎてしまった。

「露が降りてきました」と、ペンはやさしく言った。「戻りませんか」

ヴァレリーは黙ったまま、差し出された腕をとると、夢の中にいるような気持で並んで歩き始めた。

ホテルに着いて、彼と別れると、レリーの頭にあったのは、ただひとつ、誰にも付き添われずに部屋に辿りつくことだった。ジェッティは「アポロ・ナンバー・テン」と乗馬に出かけていて、不在だった。「親愛なるファイヴ・ハンドレッド」*を振り切り、階段を駆け上がって部屋に入ると、鍵をかけた。ひとりになってみると、涙は出てこなかった。涙も出ないほど、ひどくこころを痛めていたのだ。開いた窓のそばに座り、ほてった頬を腕に乗せて、ただ疲れた様子で思いをめぐらせた。考えまいとしても、この三カ月の出来事がつい浮かんできてしまうのだった。愛されている証ではないかという期待を抱かせてくれた、やさしいことばのひとつひとつを、すべて思い出すことができた。ああ、それらのことばは一週間前にはとても大切だったのに、今では何の意味もないのだ。ペンは、なんて親切だったことだろう。なんて礼儀正しく丁重に接してくれたことだろう。姿が見えないときは、自分のことを考えてくれているかしらと思いながら、どれほど現れるのを待ち望んだだろう。声が聞こえたとき、そして敷石に靴音が響いたとき、どれほど胸が高鳴っただろう。椿の花の小枝を彼女の巻き毛にからませて、

「すべては小さな人魚の愛のために、*
そして黄金の髪のきらめきに」

と彼がささやいた夜のことを、ヴァレリーはとてもよく覚えていた。あの魅力的な瞳と、そっと触れてきた指先を思い出すと、今でも鼓動が早まるのを感じて、顔を上げた。けれども、それもほんの一瞬だった。次の瞬間には、また顔を伏せて涙を流さずに嗚咽をもらした。身を切られるような痛みに震えながら、「本気ではなかったのね」と、つぶやいた。「私を愛してはいなかったのだわ。ああ、決して愛してなどいなかったのよ」

夜の帳が降りても、彼女はそのままじっとしていた。とうとう、体がまったく言うことをきか

なくなってしまったようだった。手足は震え、顔は燃えるように熱く、押し寄せてくる奇妙な考えのせいで頭は混乱して痛んだ。ぼんやりと、ジェッティを待っているような気がしていたが、就寝のため彼女が自室に下がる音を耳にすると、呼ぼうとはしなかった。その後は、水のはねるかすかな音にあやされながら、深く寝入ってしまった。

翌朝、ミス・ペンリデンは早起きをした。ペン・チャニングズリーがカーネヴォンを離れると聞いていたので、晩にヴァレリーと散策したという事実と合わせると、好奇心がこの上なく高まっていたのだ。

「レリーがあんなにひっそりと部屋に閉じこもってしまったから、何かあったと思ったのよ、内気なかわいらしいひと」と独り言を言いながら、とても美しく結ったシニョンに最後の仕上げをした。「どんな顔をしているか、手に取るようにわかるわ、よかったこと。もし私が男だったら、彼女と恋に落ちたかもしれないわ。でも、よく考えてみれば、アポロ・ナンバー・ワンのことを考えるジェッティ・ペンリデンでいるほうがいいわね」

五分ほどたってから、ジェッティはレリーの部屋の扉の前に立ち、元気よくノックした。最初は応答がなかったが、やがて、おぼつかない足取りで誰かが近づいてくる気配がして、ドアの鍵が開かれた。しわになったドレスを着て髪を露に濡らしたレリーが、ぼんやりとジェッティの顔を見つめたかと思うと、次の瞬間には静かにカーペットの上に崩れ落ちた。

ジェッティはぎょっとしたが、我を忘れはしなかった。ぐったりとした小さな体をカーペットの上から抱き起こして、ベッドに横たえ、助けを求めて階下へ駆け下りた。最初に出くわしたのはペンデニス・チャニングズリーだった。即座に彼をひきとめた。「レリーの具合がひどく悪いの。医者を呼んできてくださるか、誰か呼びにやってくださらないかしら」

ペンは、自分がただちに呼びに行くと答え、何が起こったかを聞く間も惜しんで、医者を呼びに出かけた。

医者を連れて戻ってくると、ペンは「親愛なるファイヴ・ハンドレッド」に取り囲まれた。ヴァレリーは、紳士たちに崇拝されていたばかりか、ご婦人方にもかわいがられていたのだ。何人かはこころから慕っていたが、社交界の花の恩恵にあずかろうと取り巻きを装う者もいた。

「いったいどうしたのかしら、教えてちょうだい、チャニングズリーさん。命にかかわるものではないでしょうね。私たちが心配していると、そして気の毒に思っていると、レリーに伝えてちょうだい」と、ひとりのご婦人がとうとうとまくしたてたが、意識障害についてどこか間違った考えを抱いている様子だった。

医者は、たいそう努力してその一団から抜け出し、階上へ上がって行った。残された不運なペンは、モスリンの衣装の海の中でもがきながら、十もの質問を一息で答え、コレラや熱病などを恐れるあまりホテルを発とうとする十人ものご婦人を思いとどまらせようとした。

ジェッティ・ペンリデンは、友のベッドのそばに座り、心配そうな様子で、熱っぽいほっそりとした手を握っていた。どうしたのかという顔をした医者に、「風邪をひいたのです。開け放した窓のそばで寝入ってしまって、一晩中そこにいたに違いありませんわ」と答えた。

医者は頷いた。「そのようだね」と言った。「しかも、命を落としかねない。こうした水辺の行楽地は、虚弱な体にはよくないのだ。何週間にもわたる興奮の連続、挙句の果てに極度の寒さだ。かわいそうに」

「危ないのでしょうか」と、ジェッティは震えながら尋ねた。

「そうでないことを祈るよ。だが、かなり重体だ。この子は何を言っているのかね」

レリーは身じろぎしながら、うわごとを言っていた。ジェッティは彼女のほうにかがみこんだ。

レリーは眼を見開いた。「ああ、ペン！」と、彼女は訴えた。「信じてちょうだい、私はずっとあなたを愛していたのよ」

「何を言っているの？」

「ふふん」と、医者は意味ありげに唸った。「この子のこころを楽にしてやるのが一番いい。この手のことは、前にもあったよ」

その後三週間、カーネヴォン・ホテルは活気を失った。階下では、紳士たちが心配して青ざめ、ご婦人方は苛立ちで青ざめた。アポロ・ナンバー・テンとアポロ・ナンバー・トウェルブは、アポロ・ナンバー・ワンを亡きものにしたいと思うことをやめ、互いに同情するあまり、敵意を失って仲良くなった。階上では、ジェッティが、他の誰にもできないような手厚い看護をして、患者をやさしくさすっていた。レリーがうわごとを言っているあいだ、ジェッティは、みずから付き添いを買って出て、その役を誰にも譲らなかった。最初の日に見守っていたとき、レリーの秘密を知って、それを守らなければと決意したのだ。

「かわいそうに」青白い、あどけない顔にキスをしながら、ジェッティは言った。「この事態をなんとかしなければ、神話のヒーローと次に対決するときに私は負けてしまうわ*」

ようやく、その日がやってきた。回復期の美しい患者を伴って談話室に姿を現す、とミス・ジェッティが宣言したのだ。紳士たちは喜びをあらわにし、ご婦人たちはひそかに口をとがらせた。アポロ・ナンバー・ワンは、小さなピンク色のメモを受け取って最初にそのニュースを知り、それに気を良くして勝利を確信した態度をとって、皆の痛烈なねたみの的になった。顔色の悪いレリーは、おとなしい子どものように従順に、支度を整えてくれる友に身をまかせながら、しっかりとして楽しそうに見えるよう努めていたが、とうてい果たせてはいなかった。ジェッティは最後の仕上げに、繊細なレースの衣装を着せつけた。それをまとったレリーは、美しくうなだれた、はかない白い花のような風情だった。

回復を祝うことばを次々と浴びるのは、ヴァレリーにはまだ苦痛だった。ひとびとの祝福がすっかり終わらないうちから、勇気をふるってこの場に現れたことを後悔し始め、不名誉な撤退をしたくなった。早く終わるようにとこころから祈りながら、本職の策士のような如才なさで崇拝者の群れのなかをすりぬけていくジェッティを見守って、気を紛らわせた。「ジェッティは、なんて美しくて才気にあふれているのでしょう」と、レリーは独り言を言った。「彼女のようになれたらいいのに」

「少しお高くとまっているけれど、それでもすてきなひとよ」と言う声が、背後から聞こえてきた。「帰ってきてから、姿を見せないわね。あら、そのひとがやってきたわ。噂をすればなんとやらね」

レリーは、誰の話をしているのだろうと思って、顔を上げた。誰かが、部屋に入ってきた。ひと目見て、レリーは椅子に沈みこみ、興奮で胸が高鳴った。その誰かとは、ペンデニス・チャニングズリーだった。まるでほんの少しのあいだしか離れていなかったように落ち着いた様子で、そばへ歩み寄ってきた。何を言ったらいいのかわからず、レリーは真っ赤になって震えていた。重々しい調子でかけられた挨拶のことばに、どぎまぎしながら恥ずかしそうに答えることしかできなかった。彼はこの前の最後の会話をまったく覚えていないようなそぶりで、それについては一言も言わずに、くつろいだ雰囲気で静かに隣に腰を下ろしたので、レリーは驚いた。彼の態度は心地よくてやさしかったが、レリーは気恥ずかしさを抑えることができず、三十分もたたないうちに興奮ですっかり熱っぽくなった。

しばらくすると、ジェッティが生き生きとした様子で、ほほえみながらやってきた。友のすがるようなまなざしに、ジェッティがどう答えたか、おわかりだろうか。「レリー」と、彼女は陽気に言った。「あなた、チャニングズリーさんに借りがあるのを、忘れてしまったの？　機会があるときに、賭けたものをお渡ししたほうがいいと思うわ」そうして、ふたりの前を通り過ぎると、ピアノの前に座って、若々しい活気に満ちた輝かしい音色を部屋中に響き渡らせた。

レリーはますます真っ赤になった。一見意地悪そうな友のふるまいの意味がわからなかったのだ。しかし、ペンにはわかったようだった。

「ぼくは公正に、賭けの対象を勝ち得たようですね」レリーの座っている椅子のほうにかがみこみながら、彼はささやいた。「ぼくにそれをくださいませんか、レリー」その口調はやさしそうで、皮肉っぽいところはなかった。

「あなたの当然の権利ですわ」と、レリーは声を詰まらせて言った。

「賞として得られるものは、ふたつありましたね」と、彼は穏やかに続けた。「どちらにするか、選んでもいいですか」

レリーは息をのんだ。部屋の中がぐるぐる回るような気がした。ほとんどのひとが退出していて、残っていたのは、機転のきくジェッティと、音楽を楽しんでいたひとりだけだった。鍵盤が打ちつけられる大きな音がして、彼らも立ち去った。レリーは椅子の肘かけに顔を伏せたが、ペンは彼女のほうにかがみこんで、そっと、しかし、しっかりと顔を上げさせた。

「選ばせてもらえるなら」と、彼は言った。「どちらをほしいと言うか、わかりますか。ダイヤモンドではありません。ハートを射止めたと思うからです。いとしいひと、ぼくは『小さな人魚の愛』がほしいのです」

レリーに何が言えただろう。彼女がしたのは、一番簡単なことだった。何も言わなかったのだ。

柔らかな頬を彼の胸に寄せ、華奢な手でしがみついた。ペンは身をかがめて彼女にキスをした。もちろん、この状況に一番ふさわしいと思われることをしたのである。

その後、夜になってふたりに会ったジェッティが事の成り行きを知っても冷静だったので、レリーはとても驚いた。ペンのふるまいを説明すると、「私にはすべてわかっていたの」と、ジェッティは予言者めいた様子で言った。「あなたはダイヤモンドを失うだろうと思っていたわ」

「でも、私はハートを手に入れたわ」と、レリーは恥ずかしそうに言った。「そして、そのほうがよかったのよ」

「そうね」と、ジェッティが同意した。「私もそう思うわ」

読者のみなさん、筆者も同感である。いずれにせよ、少なくともこのゲームでは、ハートが勝利の切り札だったことが証明されたのだ。

訳注

はじめに——

(P1)はじめに……この翻訳では、米国版と同年の一八九三年に刊行された英国版のフレデリック・ウォーン社版を使っているが、「はじめに」には、米国版を訂正・加筆したところがある。加筆されているのは、「わたしがやろうとしているのは」(P2・4行目)以下の五行で、「特定の子どもを描くのではない」ことを強調している。また、主に書き直しされているのは、第四段落の「ふたりの息子」への思いを「写真や巻き毛を見ては、悲しんで」おり、「寂しがるわたしを残していなくなってしまった」"—has left me a sadder woman,"と表現していた箇所である。その後に続く「子ども時代は」以下四行も加筆されている。英国版では、「わたしたち母親」と、より一般化した言い回しになっているといえる。

(P1)「その子」……著者バーネットは、記憶のなかの自分のことを、原文で"the Small Person"(小さなひと)と呼んで、固有名詞的な使い方の三人称を用いて描いている。随所で使われているが、「小さなひと」と訳すると、日本語では、「小人」のような語感を与えてしまうし、「小さな子」とすると、「幼児」の意味になり、十七歳ごろまでの主人公を語るのにはふさわしくない。そこで、内なる自分を「その子」と訳し、前後関係で混乱しないかぎりは、かぎ括弧も省略して翻訳している。

(P2)短編連作……この短編連作は、英国では『私の知っている子どもたち』*Children I Have Known*というタイトルで一八九二年に出版され、米国では『ジョヴァンニともうひとり』*Giovanni and the Other*というタイトルで同年に出版された。英国版の脚注によると、元々は、米国新聞業組合 Syndicate of American Newspapersが出版した「若者部門」Youth's Departmentに掲載されたものである。この短編連作の随所で、バーネットの長男ライオネルと次男ヴィヴィアンがそれぞれ「少年」Boyと「社会主義者」The Socialistという呼び名で言及され、また実際に登場している。英国版には、序と第一部九編、第二部二編という形で計十一編が収録されている。第一部の九編は、実際に会ったことがなく写真と聞き伝えで知った周囲を思い通りに振り回すイタリア人の美しい男の子を描いた「すばらしいシニョール・ベベ」、ローマの墓地管理人の娘に英国の詩人の墓を案内してもらう「墓地管理人の娘」、ローマで出会った美しい物乞いの少年を気に入る「美しいローマの物乞い」、ドイツ皇帝の五人の息子の幸せそうな家族写真とセルビア・スペイン・イタリアの王子について述べた「八人の王子」、一八〇〇年以上前にヴェスヴィオ火山の噴火で亡くなったポンペイの少女の幻影とともに遺跡を回る「昔々生きていた子ども」、ワシントンに住んでいたときに出会った、いつも裸足で踊っている薄汚れた男の子を牧神にみたてる「小さな牧神」、詩人の存在意義に疑問を抱いた次男と語り合う「詩人はなんのために存在するのか」、エドワード・ベラミー（一八五〇-一八九八）のユートピア小説『顧りみれば』（一八八三）を読んで、公平な社会をつくるため「社会主義者」になると宣言した次男との会話を描いた「社会主義者になった少年」、人形のミス・アンナを生きているように扱う七歳の少女バーディーと親しくなる「バーディー」。第二部の「ジョヴァンニともうひとり」は中編と言ってもよいやや長めの作品で、バーネットが実際にリヴィエラのサン・レモで会った、ホテルの前で歌をうたって滞在客にチップをもらう少年ジョヴァンニをモデルにした物語である。息子のレオの喪に服している滞在客の女性が、ジョヴァンニを援助して一流のテノール歌手にするまでと、声を台無しにして失意のうちに亡くなったもうひとりの少年に同情してその母親を励ます様子を描いている。バーネットの長男と次男はそれぞれレオとジェフとして描かれ、ライオネルが亡くなったあとのバーネットの心情を反映した、やや感傷的な物語になっている。最後の一編は、工業化されたロンドンにしだいに飲み込まれそうになるサンザシの木が牧師によって救われる「本当にあったサンザシの木の話」。ヴァージニア・リー・バートン（一九〇九-一九六八）の『ちいさいおうち』（一九四二）をほうふつとさせる物語である。米国版では、「ジョヴァンニともうひとり」が冒頭に置かれており、「鋳掛屋のトム」が新たに追加して収録されている。（参照：Burnett, Frances Hodgson. *Children I Have Known and Giovanni and the Other*. London: James R. Osgood, McIlvaine, & Co.,1892)

（P2）ふたりの息子……バーネットは、一八七三年に結婚、翌年十一月長男ライオネル、一八七六年三月次男ヴィヴィアンが誕生している。一八八五年児童雑誌「セント・ニコラス」に連載され、翌年、単行本として刊行された『小公子』は、バーネットの児童文学作品としては最初の長編で、ベストセラーとなった。主人公は、次男ヴィヴィアンをモデルとして描いた。長男ライオネルは、療養の甲斐なく、肺結核で一八九〇年十二月、パリで亡くなっている。「ふたりの息子」について「はじめに」で言及したとき、すでに、長男を亡くし、一方、セドリックのモデルとして有名になったために困難に遭遇している次男への思いがよぎっていたと考えられる。

第1章 わたしの一番よく知っている子ども——

(P8) おもちゃの動物やノアやセムやハムやヤフェト……「ノアの箱舟」は、旧約聖書の「創世記」(第六～九章)に由来する宗教玩具。ヴィクトリア時代の子ども部屋で、日曜日にも遊ぶことが許されていた模型玩具である。ノアはアダムから十代目の子孫で、神が洪水を起こしてひとびとを絶やしたとき、神の示しによって、箱舟をつくり、家族と一対の動物を乗せて難を逃れた。セムとハムとヤフェトはノアの息子たちである。「ノアの箱舟」の玩具は、ノア一家の人形とさまざまのつがいの動物が、舟に乗っており、舟の屋根を開けて遊ぶことができる。十八世紀からドイツで木製のものができ、以後、欧米の子ども部屋で、人形の家とともに広まっていった。現在でも、幼児の知育玩具として、また、木の温もりを感じる伝統玩具として、販売されている。

ノアの箱舟

(P9) 四柱式ベッド……四隅に柱を立て、天蓋を乗せ、まわりに厚手の布を巡らせたベッド。十五世紀ころから使われているが、領主など上流階級の館などに見られ、樫材でできた重厚なものであった。ヴィクトリア時代になると、新しく財をなした富裕層にも広がり、輸入材のマホガニー製のものも出てきた。父親は、家や家具の金物類を扱う商人であり、郊外で裕福な暮らしをしていたことがうかがえる。父親の死によって、住む地域も変わり、少しずつ、貧しい暮らしを余儀なくされていく。

四柱式ベッド

（P9）マフェット嬢ちゃん……この伝承童謡は、オーピー夫妻の『オックスフォード伝承童謡事典』では、前半の三行は、Little Miss Muffet /Sat on a tuffet, /Eating her curds and whey; となっている。tuffet には、「小さい丘」と「足のせ台」の意味がある。バーネットが記憶していたbuffetは、北英方言で、「低いスツールや椅子代用の厚いクッション」の意があり、マンチェスター周辺では、マフェット、バフェットと韻を踏んで、歌われていたと考えられる。

（P19）シェリーグラス……当時、家庭では、お酒によって五種類のクリスタルグラスを使い分けていたが、そのなかで、一番小さいのが「リキュールグラス」である。両親はシェリーグラスを使い、子どもたちは「子ども用のシェリーグラス」といわれて「リキュールグラス」で乾杯をしたのである。

（P20）お巡りさん……ロバート・ピール卿による一八二九年の「ロンドン警視庁法」（Metropolitan Police Act）以後、法整備が進み、お巡りさんは、町の安全を守ってくれる存在になっていた。当時、子どもの健康法として、散歩が推奨されていたので、都会の子どもは、乳母に連れられて、公園で過ごすことが多かった。中産階層の子どもを読者として刊行された作品に、公園がよく登場するのは、子ども部屋の閉ざされた世界から出て、いろいろの体験のできる安全な場であったからであ

▲シェリーグラス　▲リキュールグラス

ろう。(例・トラヴァース『公園のメリー・ポピンズ』(一九五二)では、公園で一騒動が起こる度にお巡りさんが駆けつけてくる場面がおもしろく描かれている)

(P23)アンクルストラップの靴……脱げないように、足首にひもを回して留める靴。現代では、婦人用のサンダルなどにも見られる。

公園で過ごす乳母と子ども

第2章 小さな花の本と茶色の聖書——

(P27)炉格子……暖炉は、使用人のいる富裕層の屋敷では、各部屋に設置されていた。暖をとる実用的なものであったが、時代とともに、部屋の装飾の一部になっていく。炉格子の多くは、鉄や真鍮製で、暖炉のまわりを囲むように置かれ、火の粉や燃えさしから床や敷物を保護する。低いものが多いが、後に、炉格子の上に網目の透かし模様の入った囲いをつけたものも出ている。子ども部屋では、子どもの危険防止の目的で高い炉格子を使っていた。

炉格子

(P28)『小さな花の本』……未詳。一八五〇年代は、カラー印刷の絵本が制作される草創期で、美しく印刷された花の絵本は、六ペンスもする高価なプレゼントであった。背景が黒地であるという記述から、ジョージ・バクスター(一八〇四-一八六七)の製版法を使っていると考えられる。バクスターがその技術のパテントを売却した(一八四九年)ことで、多数の出版社がカラー印刷をはじめることになった。

(P29)花の精……原文はastral body。アストラル体とは、神智学の用語で、霊魂と肉体との中間にあると仮定される超感覚的な霊気体をいう。ここでは、花が美しい霊気体をもっていると感じたことを言っているので、「花の精」と訳した。バーネットは、当時、注目されていた神智学に惹かれており、本書でも、何箇所か、神智学の直接の影響が読み取れる記述がなされている。（「高度な無頓着」二一七ページ「仏陀」三〇八ページ、など）

（P30）銀のかぎタバコ入れ……かぎタバコとは、細かく粉末化したタバコの葉のことで、指で少量つまみ、鼻孔で吸い込み、鼻粘膜から吸収させて楽しむものである。英国では、十八世紀から十九世紀半ばまで、主に、上流階層でたしなまれたもので、かぎタバコを携帯するための容器も趣向を凝らしたものが制作された。なお、かぎタバコは煙を出さないので、愛好家の需要があり、今日でも販売されている。

（P32）ヘロデ王や幼児大虐殺……ヘロデ王（紀元前三七–四）は、キリスト生誕時のユダヤの王。新約聖書「マタイによる福音書」第一章第一節から第十九節によると、イエスがユダヤ人の王として生まれたと聞いたヘロデ王は、イエスを殺そうとしてベツレヘムとその付近にいる二歳以下の男の子をすべて殺した。イエスはヨセフに連れられてマリアとともにエジプトに逃げて難を逃れた。

第3章　エデンの裏庭——

（P34）シードリー……バーネットの一家は、一八五三年九月に父親エドウィンが亡くなり、一八五四年一月に下の妹エドウィーナが生まれてから、マンチェスター近郊の町ペンドルトンのシードリー・グローブに引っ越し、一年近く暮らした。

（P38）ビール……各家庭で醸造していたビールは、一八三〇年代あたりから大醸造業者が生産するようになり、それを販売する店が飛躍的に増加していた。当時、ビールは健康飲料と考えられており、子どもに飲ませていた。一八八六年になってはじめて、「十三歳以下」には販売が禁じられた。

（P38）ジンジャー・ビール……十八世紀半ばから英国で作られている、水、レモン、ショウガ、砂糖、酵母菌で作るショウガ味の炭酸ジュース。糖分を酵母によって発酵させるので、アルコールが生じる。後に、ノンアルコールのジンジャーエールが流布するようになる。アーサー・ランサムの『ツバメ号とアマゾン号』シリーズ（一九三〇–

一九四七）では、子どもたちがラム酒と称してジンジャー・ビールを飲んでいる場面がある。

（P38）イラクサ・ビール……イラクサの若芽、水、砂糖、ジンジャーパウダー、トースト、酵母菌でつくる十七世紀ころから作られてきたビール。

（P38）エクルズ・ケーキ……英国のマンチェスターの西にあるエクルズEcclesの町で、一七九三年から売られたことに因んでつけられた名前のケーキ。バターと砂糖を溶かしたものに、干しブドウと果物の皮の砂糖漬けやナツメグやオールスパイスなどを加えたものを練り込んで、十センチほどの円形にくり抜いたパイ皮の生地の真ん中にのせ、中央でよりあわせて包み、平たい円形にして焼く。午後のお茶に供される。

（P38）パーキン……ヨークシャーを中心とする英国北部地方で、主に、労働者階層の家庭で作られた濃い茶色の柔らかいケーキで、小麦粉、オートミール、糖蜜、ジンジャーパウダー、ラードなどで作る。大きいトレイに広げて、オーブンで焼き、切り分ける。パーキンをつけで買うことになったこのエピソードは、バーネットの伝記作家の手で絵本になっている。

A Piece of Parkin: a True Story from the Autobiography of Frances Hodgson Burnett. Retold by Anne Thwaite, Illustrated by Glenys Ambrus. London: Deutsch, 1980

（P38）ラズベリー・ドロップ、牛の目玉あめ、ハンバッグ……英国の伝統的なあめ玉で、糖液を高温で煮詰めて作る。長い間、口の中でなめていることのできる硬いタイプのスイーツである。ラズベリー・ドロップは、ラズベリーのフレーバーと色をしたドロップで、口の中が濃いラズベリー色になる。（日本で発売されているサクマ・ドロップも、英国の製法をもとにしており、いろいろな果物の味と色がつけられている。）ペパーミント味の「牛の目玉あめ」(Bulls-eyes) は、白・黒二色の縞模様のあるまん丸のあめ玉で、「鉄砲玉あめ」とも訳される。その形がマスケット銃の弾丸とそっくりに作られているからである。「ハンバッグ」もペパーミント味で、茶と黄褐色の縞模様のあめ玉であるが、形が筒状である。舐めはじめは硬いが中にやわらかなトフィーが入っているので、その変化が楽しめる。

（P39）モンテ・クリスト伯……フランスの文豪アレクサンドル・デュマ（一八〇二―一八七〇）の同名の小説（一八四四―四五）の主人公。小説は、英国では一八四六年に翻訳出版された。日本では『巌窟王』の訳名でも知られる。無実の罪で投獄されたエドモン・ダンテスは、脱獄した後、財宝を見つけて莫大な富を得て、モンテ・クリスト伯爵と名乗ってパリの社交界に現われて自分を陥れた敵に復讐する。バーネットは、『小公女』（一九〇五）の第八章でもモンテ・クリスト伯に言及している。屋根裏部屋で暮らすことになったセーラは、想像力を働かせ、もっとひどいところで暮らしていた人の例として、獄中地下牢にいたモンテ・クリスト伯を思い浮かべる。

（P43）ユージーン・アラム……十八世紀の英国の言語学者（一七〇四－一七五九）で、殺人の共犯者として処刑された。英国の小説家・劇作家・政治家のエドワード・ジョージ・ブルワー＝リットン（一八〇三－一八七三）は、彼を題材にして小説『ユージーン・アラム』（一八三二）を書いた。そのなかでアラムは過去に犯した盗みと殺人の記憶につきまとわれる。

（P43）淑女……英語の「レディ」の訳語。レディは、もとは、貴族の令夫人や令嬢の敬称であり、貴婦人を意味する言葉であったが、一九世紀半ばあたりから、中産階層の女性にも使われるようになっていき、現在では、「ウーマン」（成人女性）と同じような使い方も見られる。「その子」が母親のことを、誇らしげに「レディ」と言うときには、「貴婦人のように気品ある優しい女の人」というニュアンスが残っており、家庭の中心にいて、夫を癒し、子どもを守るいわゆる「家庭の天使」のような存在と考えていたことがわかる。ヴィクトリア時代に初めて成立した「家事労働をしない専業主婦」の姿が、本書の各章で、当時の子どもの眼を通して、活写されている。

（P44）ラウンダバウト・ジャケット……十九世紀に流行した、からだにぴったりした男性用の丈の短いジャケット。男児用にも作られた。別名モンキージャケットともいう。

ラウンダバウト・ジャケット

第4章 物語と人形――

（P48）「叫び泣く～」……新約聖書「マタイによる福音書」第二章第一八節参照。子どものための挿絵入りの「聖書物語」は、英国では十七世紀後半から登場し始めた。聖書からの引用の訳は、一九八三年日本聖書協会発行の版に基づいている。

（P49）乳香と没薬……新約聖書「マタイによる福音書」第二章第十一節で、東方から来た博士が、幼子イエスのもとを訪れてひれ伏して拝み、黄金・乳香・没薬などの贈り物を捧げた。乳香は東アフリカ・南アラビアなどに産するカンラン科ボスウェリア属の樹木の樹脂で、古くから香として利用された。神性の象徴でもある。没薬（ミルラ）は主に東アフリカ・アラビアに産するカンラン科コンミフォラ属の樹木から採集した樹脂で、芳香と苦みがある。香料・医薬・遺体の防腐剤などに用いた。

（P49）羊飼いたちが「非常に恐れ」ると……新約聖書「ルカによる福音書」第二章第九～十節参照。

（P50）「うるわしのアリス・ベンボルト」……実際には、「ベン・ボルト」（一八四三）というタイトルの、米国の詩人・作家で医者でもあったトーマス・ダン・イングリッシュ（一八一九－一九〇二）の詩。旧友ベン・ボルトに呼びかける形で回想が綴られている。後に曲がつけられて、一八四八年に劇で歌われた。一行目の原文はDon't you remember sweet Alice, Ben Bolt (「覚えているだろうか、うるわしのアリスを、ベン・ボルトよ」という意味）で、耳で聞いた幼いバーネットは、「ベン・ボルト」がアリスの名字であると誤解したのであろう。

（P54）星のような目をした人形……木製の人形から、蝋人形が主流になるのは、一八四〇年以降である。割れやすい陶器やビスクの人形と比べ、蝋人形は、頭と首の部分を蝋で覆ってあり、傷つきやすく剥げ落ちやすいものの遊び相手として適切であった。当時、人形遊びは、女の子の玩具として、将来の育児の練習になるとして推奨されていた。しかし、ガラス玉を入れた目には、まだ、黒目のまわりの星がはいっていなかったため、無愛想に睨みつけているような印象を与えるものにとどまっていた。詰め物をした布製の胴の部分に入れてあるレバーをひいて、目を閉じることができた。手頃で可愛い「星のような目をした人形」が登場するのは、本書が執筆された十九世紀末まで待たねばならない。

(P54) デルサルト法……フランス人フランソワ・デルサルト（一八一一─一八七一）の提唱した理論。音楽や演劇における表現力を高めるために、感情が、人間の行動や声、呼吸、身体の動きとどう結びついているかを調査し、表現方法のパターンを示して、指導に応用した。

(P57) 十一月二十四日……バーネットの誕生日。誕生日プレゼントとして新しい人形をもらったのであろう。

(P58) 人形の家……ドールズハウスは、ミニチュアサイズの模型の家で、建物だけでなく、部屋やその内装、家具、調度品、人形も含めたものを言う。長い歴史を持っているが、ヴィクトリア朝の中流階層の家庭では、子ども部屋で女の子が「ごっこ遊び」をする玩具として普及していた。子ども期には、興味を持たなかったバーネットだが、米国の自宅には、豪華な人形の家を持っており、来客の女の子に披露していたという記録がある。そして、一九〇六年には、*Racketty Packetty House*という子ども部屋を舞台にした物語を書いている。新しく豪華な人形の家がプレゼントされたため、祖母から受け継いだ古い人形の家が捨てられそうになり、古い家の人形たちと新しい家の貴婦人たちとの間に争いが起こる物語である。その後も、人形の家は、ルーマー・ゴッデン『人形の家』（一九四七）や、メアリー・ノートン『床下の小人たち』（一九五二）などの創作に大きな役割を果たしていく。

(P58) クリケット……英国では、ラグビーとともに、「紳士のスポーツ」として知られている。十六世紀に発祥し、十八世紀末には、国を代表するスポーツとなった。十一人のチームで戦い、投手が投げたボールを打者が打ち、打ったボールが芝生のフィールドを転がる間に、打者が走って点を重ねていくゲームで、休憩時間をはさみ、終了まで、六、七時間以上かかることも多い。紳士教育をするパブリック・スクールでは、必須科目であり、男の子のあこがれのスポーツであった。

(P59) ゴム製の黒人人形……一八五〇年代から世紀末は人形制作の最盛期であり、豪華で美術的価値の高いビスクドールから洗濯バサミでつくるペグドールまで、子ども部屋にはさまざまの人形が暮らしていた。また、多くの民族人形が植民地から持ち帰られ、子ども部屋の国際化は進んでいた。ここに登場している人形を「ゴム製」と訳したが、原文では、グッタペルカノキ（マレー半島原産）の樹液から開発された天然のプラスチックを使った「黒人人形」で、ゴム製のものより劣るが、それに近い柔軟性を持っていた。「黒人の人形」は、上品で高価な人形とは異なり安価で、乱暴のできる遊び相手となった。世紀末に人気を集めたゴリウォグ（アプトン作の絵本『二つのオランダ人形の冒険』（一八九五）に始まるシリーズの主人公から、キャラクター人形となった）も、子ども部屋でともに冒険をできる仲間であった。

（P61）アンクル・トム、リグリー、トプシー、エヴァ……いずれも米国の作家ハリエット・ビーチャー・ストウ（一八一一―一八九六）の小説『アンクル・トムの小屋』の登場人物。この小説は、はじめ米国で奴隷解放論者の機関紙に連載され、一八五二年三月に単行本として出版され、同年五月には英国でも出版された。非常に大きな反響を呼び、後の南北戦争そして奴隷制度廃止の発端になったとも言われている。二十以上の言語に翻訳され、子ども向けの簡約版も出て、子ども部屋でもとても人気のある作品となった。ケンタッキーの大農園主シェルビーの奴隷アンクル・トムは売りに出され、妻のクロエや子どもたちと生き別れになる。シェルビー夫人の身の回りの世話をしていた奴隷のイライザは、売られそうになった息子を連れて逃亡し、猟犬に追われつつも、オハイオ川に浮かんだ氷の塊の上を渡って逃げ切る。トムは、船中で少女エヴァンジェリン（愛称エヴァ）の命を助け、その父親のセント・クレアに買われる。トプシーはセント・クレアに買われた奴隷の少女で、いたずらでひねくれ者。エヴァは褐色がかった金色の髪をしていて、その名（エヴァンジェルは福音を意味する）の通り天使のように優しく、トムと仲良くなり、トプシーにも愛情を持って接して彼女を改心させる。肺結核にかかったエヴァはしだいにやつれ、父親に奴隷を解放してほしいと頼み、使用人たちに自分の巻毛を渡して天国で会えると言い残して、まもなく亡くなる。セント・クレアも亡くなり、トムは残忍な農園主サイモン・リグリーに売られる。リグリーはトムを激しく鞭打ったり殴ったりして死に至らしめる。第十三章「クリストファー・コロンブス」にも、『アンクル・トムの小屋』とその登場人物への言及がある。

（P63）サー・ウォルター・スコット……スコットランドの詩人・作家（一七七一－一八三二）。歴史小説の祖とも言われ、十九世紀に非常によく読まれた。『ウェイヴァリー』（一八一四）（一三一ページ注参照）、『アイヴァンホー』（一八一九）など、多数の著作がある。おとな向けに書かれたものがほとんどであるが、子どもも読んだり、読み聞かせてもらったりして、子ども部屋でも人気のある作家であった。第七章のほか、第九章「結婚式」にもスコットの作品への言及があり、第十一章「『ママ』と初めての創作」にはスコットの作品のヒロイン名への言及や、詩の引用がある。

（P63）G・P・R・ジェイムズ……英国の作家（一七九九－一八六〇）。ナポレオン戦争に従軍し、スコットに影響を受け、ロマンスや歴史小説を書いた。著作に『リシュリュー』（一八二五）、『黒太子の生涯』（一八三六）、『謎の騎士』（一八四三）などがある。

（P63）ハリソン・エインズワース……英国の歴史小説家（一八〇五－一八八二）。前出のG・P・R・ジェイムズとともにスコットの後継者と目され、非常によく読まれた。馬で公道に出没した追い剝ぎディック・ターピンを題材にした小説『ルックウッド』（一八三四）では、ターピンが愛馬ブラック・ベスを駆ってロンドンからヨークへ逃亡するシーンがある。他に、脱獄の名人を題材にした『ジャック・シェパード』（一八三九）、後出の『ロンドン塔』（一八四〇）など。

（P63）キャプテン・メイン・リード……アイルランド出身の冒険小説家（一八一八－一八八三）。後に米国に移住、対メキシコ戦争に従軍。その後英国に移住して少年向けの小説を書き、迫力ある冒険物語で人気を博した。主な作品に『ライフル・レンジャー』（一八五〇）、『頭皮ハンター』（一八五一）、後出の『戦いに行く道』（一八五七）などがある。

（P63）インディアン……現在では、北米先住民（ネイティブ・アメリカン）と表記されるようになってきている。

（P63）かつらを奪う、ウォンパム、ウィグワム、パプース、トマホーク、モカシン……バーネットの子ども時代の愛読書のなかに、リードとクーパーの作品（後述）があり、そのなかに登場している「インディアン」の習慣（衣食住）をまねて「ひとりごっこ遊び」をやっていた思い出を描いている。

人形の「かつらを奪う」のは、インディアンの戦士が、戦闘の勝利の証として、「頭皮を剝ぐ」ことからきている。敗者の頭皮の一部を髪の毛も残して剝ぎ取り、戦果として持ち帰る習慣は、インディアン固有の蛮習のように受け取られているが、そうではなく、古代ヨーロッパでもなされていた。クーパーの『モヒカン族の最後』(一八二六)などの「皮脚絆物語」シリーズや、リードの作品『頭皮ハンター』(一八五一)に、この習慣が描かれている。

「ワォンパム」は、貝殻で作った円筒形の玉に穴をあけて、数珠つなぎにしたもので、装飾として、また、通貨として使われた。

「ウィグワム」は、北東部から五大湖周辺の部族の住居で、曲げた木の枝を柱にして、樹皮や布を重ねて乗せ、入口にむしろをかける。組立が簡便で移動生活に向いていた。

「パプース」は、赤ん坊や幼児のこと。

「トマホーク」は、インディアンが使う刃先が反った小型の斧で、柄は、木製でできている。入植した白人がもたらしたものを改良して、狩猟や武器だけでなく、日常生活でも使った。

「モカシン」は、シカ皮などのやわらかい革で作ったインディアンの靴。足音をたてずに森のなかなどを行き来でき、また、追跡を逃れるため、足跡を消すのにも都合がよかった。

これらのモチーフは、文学作品に用いられてインディアンの典型的なイメージを形成した。(後出のフェニモア・クーパーの注七一ページ参照)

(P63)『戦いに行く道』……前出のキャプテン・メイン・リードの小説(一八五七)。百章にも及ぶ長編であるが、物語終盤の追跡劇に迫力がある。主人公の婚約者が悪者によってムスタングに縛り付けられ、それが平原を暴走し、主人公が追跡する。先住民が白人を襲う時に使う「戦いに行く道」に付いていた足跡から、婚約者がコマンチ族にさらわれたことがわかり、主人公はコマンチ族の村にしのびこむが、婚約者は自力でコマンチ族の村から馬に乗って脱出し、主人公もそれを馬で追う。コマンチ族の男がヒロインを追いかけてくるが、主人公は彼を倒し、ヒロインを救う。コマンチ族がときの声を上げる様子や、剝いだ頭皮を腰に下げている様子が描かれている。

(P64)『ロンドン塔』……前出のエインズワースの長編歴史小説。息子ギルフォード・ダッドレイの妻でヘンリー七世の曾孫のジェイン・グレ

ジョージ・クルックシャンクの挿絵

イ（一五三七－一五五四）を王座につけようとするノーサンバーランド公の陰謀、メアリの即位、サー・トマス・ワイアットの反乱、ジェインの処刑などを描いた。夏目漱石（一八六七－一九一六）にも影響を与えた作品。エインズワースの歴史小説はしばしば多数の挿絵を伴い、『ロンドン塔』でもジョージ・クルックシャンク（一七九二－一八七八）が四〇枚のエッチングと木版画（木版画は建物の描写）の挿絵を描いて、作品の成功に寄与した。バーネットが見たのも、このクルックシャンクの挿絵であろうと思われる。「オグ、ゴグ、マゴグ」は、ロンドン塔の門を守る三人の巨人の番兵のあだ名。ジットは宮廷に仕える小人。レナードはカトリックの国スペインの大使で、メアリに有利になるようジェインを陥れる策略をめぐらす。クルックシャンクは、首切り役人のモーガーも含めこれらの登場人物の印象的な挿絵を書いている。また、物語ではメアリ女王のお気に入りのコートニー（エドワード四世の曾孫、後のデボンシャー伯爵）がひざまずいてエリザベス王女に求愛しているところをメアリ女王に目撃されるが、その場面のクルックシャンクの挿絵もあり、実際にメアリが悔しげな表情をしている。

（P64）逆賊門……昔、国事犯を送り込んだロンドン塔のテムズ川側の門。エインズワースの『ロンドン塔』でもしばしば言及され、捕えられたジェインが船で逆賊門からロンドン塔に送られて、船から足を下ろす場面を描いたクルックシャンクの挿絵がある。

（P64）サック酒、カナリーワイン……サック酒は、通常、十六～十七世紀にスペインやカナリア諸島から英国に輸入されたアルコール分を増加した強い辛口の白ワインをいう。サック酒のなかでは、カナリア諸島産の白ワインだけは、シェリー酒に似た甘口で、それを好む人も多い。

(P71) フェニモア・クーパー……米国の歴史ロマンス・冒険小説家(一七八九―一八五一)。「皮脚絆物語」と呼ばれる一連の五篇の小説『開拓者たち』(一八二三)、『モヒカン族の最後』(一八二六)、『大草原』(一八二七)、『道を開く者』(一八四〇)、『鹿殺し』(一八四一)で有名。一七四〇年代から一八〇四年のアメリカ開拓地を舞台とし、フレンチ・インディアン戦争やルイジアナ購入などの出来事を背景に、レザーストッキング・鹿殺し・ホークアイなどの異名を持ち文明を憎む白人の猟師ナッティ・バンポーと、北米先住民チンガチグックとの友情を印象的に描いた。いわゆる「高貴な未開人」のイメージを伝える一方で、前出の、頭皮を剝ぐ、トマホーク(で殺す)、ウィグワム、ウォンパムや、足跡をたどる、などのモチーフを使っており、前出のリードの作品などとともに、北米先住民のイメージを読者に強く印象づけた。のちに、ウィグワムに住む森の部族の習慣と、羽飾りをつけティピーに住む平原の部族の習慣が混同されるなど、先住民のイメージの類型化につながっていく(参照:Hirschfelder, Arlene, Paulette Fairbanks Molin and Yvonne Wakim. *American Indian Stereotypes in the World of Children: A Reader and Bibliography 2nd edition.* Lanham. Md: Scarecrow, 1999)。後世の児童文学にも大きな影響を与えており、E・ネズビットの『砂の妖精』(一九〇二)の第十章では、『モヒカン族の最後』を読んでいたシリルが英国にインディアンがいたらいいのにと願ってしまったために、実際に現われたインディアンに頭皮を剝がれそうになる。J・M・バリの『ピーター・パンとウェンディ』(一九一一)に登場するインディアンも頭皮を剝ぐ。アーサー・ランサムの『ひみつの海』(一九三九)第二十章でも、子どもたちが扮する原住民(北米先住民を想起させる)を褒めるときに、本人にも気付かれずに頭皮を剝いでしまえると言及されている。

(P72) ワッツ……ジョージ・フレデリック・ワッツ(一八一七―一九〇四)は、ヴィクトリア時代の画家・彫刻家。ワッツは、画壇に所属することなく、ミケランジェロのダイナミックなエネルギーやロセッティ(ラファエル前派の指導者として知られる)の絵のもつ生命の不確かとはかなさのなかにある神秘的な霊感に影響を受け、独自の表現で作品を発表した。科学と神秘主義の統合を目指していた時代の雰囲気をよく伝えている画家である。「コベント・ガーデン市場」の絵について、英国のワッツ・ギャラリーに問い合わせたところ、その名の絵は実在していない、しかし、書かれている逸話は、ワッツらしい特徴をよく伝えているので、恐らく、バーネットが他の作品と混同しているのではないか、という回答を得た。

(P72) コベント・ガーデン市場……ロンドン中央部の地区に一六七〇年から一九七四年まであった青果・草花卸市場。一六六六年のロンドンの大火のあと、テムズ河の水路を使って品物を運搬できる利点もあって、英国最大の市場として名を馳せた。現在、再開発されて、観光地として賑わっている。

第5章 イズリントン・スクエア――

(P73) イズリントン・スクエア……マンチェスター近郊の町サルフォードの一角にあった。バーネットは一八五五年から一八六四年までここで暮らした。このあたりは再開発されたため、スクエアは現存しない。一九八七年に近くに作られたイズリントン・パークにあるモザイク絵のなかに、バーネットの『秘密の花園』の一場面の絵がある。二〇一二年夏には、『秘密の花園』にちなんだ名前のフェスティバル（町の隠れた名所や活動を紹介する）が開催された。

(P74) ランプ・ポスト……街灯には、ロウソクや油を使っていたが、十八世紀末、都市化の進む都会では、ガスが使われるようになり、暗くなると、街灯に火を灯す職業、点灯夫が出現した。「点灯夫のように走る」というと、素早く走ることを意味するようになり、後に、夜警をかねるなど、仕事としての認知度は高い。後出のマライア・スザンナ・カミンズ『点灯夫』（一八五四）をはじめとして、多くの文学作品に登場している。レオン・ガーフィールド『見習い物語』（一九八二）にも、ロンドンの点灯夫の世界が活写されている。

(P75)「古い街灯」……デンマークの作家ハンス・クリスチャン・アンデルセン（一八〇五－一八七五）の作品の一つで、用済みになった古い街灯が、自分の行く末を案じる短編。英国の出版業者ベントレイの雑誌に掲載され、他の六篇の作品とともに『英国の友人たちへのクリスマスのあいさつ』として一八四七年に英国で出版された。

デンマークでは同年に出版された『新童話集』第二巻第一集に収められた。(参照：鈴木徹郎『ハンス・クリスチャン・アンデルセン―その虚像と実像―』東京書籍 一九七九)

(P76)『点灯夫』……米国の作家マライア・スザンナ・カミンズ(一八二七―一八六六)の作品(一八五四)。十九世紀に非常に人気のあった小説で、ボストンのスラム街の孤児の少女ガートルードが、点灯夫のトルーマンに助けられて勇気をもって生きていく物語。

(P77)「するか」「どごいぐ」「ねえちゃんよ」「おい、そこのあばずれ」……原文は、Wilt tha, Wheer art goin, Sithee lass, Eh! Tha young besom, tha!

(P84)モールスキン帽……「モールスキン」は、もぐらの毛皮のように手触りのよい耐久性に優れた厚手の木綿の布や繊維のことで、ランカシャーの繊維工場で生産された。モールスキン帽とは、浅い縁なし帽で、布が柔らかくよく頭になじみ、長持ちするので、広く愛用され、今日も、紳士帽として発売されている。

(P86)ジョーン・ロウリー　バーネットの最初の単行本『ロウリーんとこの娘っこ』(一八七七)のヒロイン。「スクリブナーズ」誌で連載された後に出版された。炭鉱で働く男勝りの娘ジョーン・ロウリーの物語。炭鉱夫の父親は乱暴者で、炭鉱のエリート技術士デリックを逆恨みしてつけねらうが、密かに彼を慕っていたジョーンは彼を守ろうとし、彼もジョーンに魅かれる。ジョーンは、婚外子を産んだ少女を保護し、事故で坑道に閉じ込められたデリックを助けに行く。最後には彼から求婚され、ふさわしい女性になる時間をもらえたらという条件付きで結婚に同意する。バーネットはこの作品の冒頭で、ジョーンを背の高い堂々とした娘として登場させ、他の若い娘たちと「違う」と描写している。

第6章 だまされた話――

(P92)本棚つき書き物机(セクレテール)……もとはフランス語のセクレテール(secretaire)からきている。十八世紀まで、文字を書くのは、セクレタリー(秘書)の仕事で、上流階層のひとは、署名のみをしていたのが、個人的に手紙を交換したり、実用的な書類を取り交わしたりするようになったため、秘密保持ができて文書の保管もできる鍵つきの机が制作され、新しい家具として登場してきた。それが、さらに発達して、十九世紀半ばから増加してきた雑誌や書籍を収納する機能も持つようになり大型化した（表紙絵参照）。下半分が、引き出し、真ん中の板を開くと書き物机になり、上半分は、ガラス戸のついた本棚になっている。

（P98）お茶……『不思議の国のアリス』（一八六五）の「狂ったお茶の会」と同じ時間である夕方六時がヴィクトリア時代の子ども部屋のお茶（夕食）の時間であった。十九世紀初頭、上流階層の婦人の間で、紅茶を飲む習慣が始まり、一八四〇年代には、中産階層にも広まっていった。お茶は、朝のモーニング・ティー、十一時のティー・ブレイク、ランチのお茶、アフターヌーン・ティー、眠る前のお茶と一日に五回飲んだ。特に、アフターヌーン・ティーが有名になったのは、当時、昼食は軽くすませたため、正餐（夕食）までに、軽食が欲しくなるので、ちょっとしたバターつきパンやケーキなどを用意して、「お茶会」をする習慣ができたことによる。時間は決まっていないが、午後の四時から五時に始まるものが多かった。アフタ一ヌーン・ティーを出した後、台所では、子どもたちの夕食が用意された。子どもの食事メニューは、次のようなもので、簡単にすませていたようである。

八時　朝食　厚切りバターつきパン、新鮮なミルク　半パイント（約0．3リットル）

一時　昼食　肉、パン、野菜、ビール半パイント、プディング（週四回、日曜日には、ライス・プディングやブレッド・プディングとは違った特別のものが供された）

六時　お茶（夕食）厚切りバターつきパン、ミルクとビール　各半パイント

（P104）ウィンザー石鹸……衛生思想の発達と工業化によって、家庭で作られていた石鹸が、商品になったのが十九世紀半ばである。ウィンザー周辺で作られていたレシピをもとに、ヤードリー＆スタッタム社が、ロンドンで開催された第一回万国博覧会（一八五一）に出品し、受賞したため、知名度があがり、世紀末にはイギリス全土で使われたという。茶色の香料入り化粧石鹸で、香料には、ベルガモット、キャラウェー、クローヴなどが使われた。本書の当時、この石鹸を赤ん坊に使うこ

とには、赤ん坊を特に大切に扱うという意味合いが含まれていた。

（P105）子どもの世紀……未詳。バーネットは、"the Children's Century" と記述している。スウェーデンの思想家エレン・ケーが『児童の世紀』を出版したのは、一九〇〇年であるが、本書が出版された一八九三年ころには、来たるべき二〇世紀は、これまでと違って、子どもが尊重されるべきであるという思想が、子どもに関心を持つおとなの間で、広まっていたと考えられる。

第7章　本棚つき書き物机――

（P113）『ブラックウッズ・マガジン』……「ブラックウッズ・マガジン」は、スコットランドの出版者ウィリアム・ブラックウッドが、「エジンバラ・レヴュー」（季刊誌、一八〇二－一九二九）に対抗して始めた月刊誌（一八一七－一九八〇）。最初の半年間は、「エジンバラ・マンスリー・マガジン」、その後一九〇五年までは、「ブラックウッズ・エジンバラ・マガジン」という名称だった。短編小説や連載小説、書評などを掲載し、「マガ」の愛称で親しまれた。バーネットが見たのは、月刊誌を半年分ずつ製本したものだと思われる。製本されたものの表紙と背表紙は深緑色であるが、背表紙のタイトルと巻数の部分の地色だけは赤茶色だった。

（P114）話しかけられるまで、話してはいけません……格言として、現在に伝わっているのは、"Children should be seen and not heard."（「大人に姿を見られるのはかまわないが、声を聞かれてはいけません」の意）である。バーネットが記憶していた文言そのままのものは、文献では見つけることができなかった。オーピー夫妻によると、十七世紀初頭から召使に教えた訓示であったが、十九世紀初頭、後出のマライア・エッジワースが子ども向けに転用したようだと述べられている。左は、オーピーの事典に掲載されているもので、その一行目と三行目は、本文の二行目と三行目と同じである。

Come when you're called,
Do as you're bid,
Shut the door after you,
Never be chid.
　呼ばれるまで、来てはいけません
　いわれた通りに、しなさい

ドアを開けたら、閉めなさい
叱られないようにしないといけません

当時の「子ども」のしつけ教育は厳しく、親や大人の命令は絶対的な力を持っており、子どもは無条件で服従しなければならなかった。（参照：Iona & Peter Opie, ed. *The Oxford Dictionary of Nursery Rhymes*. Oxford University Press, 1997）

（P114）バーボウルド夫人……英国の作家アンナ・レティシア・バーボウルド（一七四三―一八二五）は、父ジョン・エイキンによる教育を受け、文筆の道に入った。牧師と結婚し、養子にした甥に文字を教えるため執筆した『ことばのけいこ――二歳から三歳まで――』（一七七八）は、幼い子どもが楽しく文字を覚える本として、新しい子どもの本の時代を拓いた。また、『子どものための散文による讃美歌集』（一七八一）は、子どもが理解できる言葉で書かれており、ヴィクトリア朝の子ども部屋のロングセラーとなった。その教訓臭を嫌って、チャールズ・ラムやE・ネズビットが酷評したため、文学史上の評価は低いが、幼い子どもの本として広く愛読され、影響力を持っていた。

（P114）エッジワース嬢……英国の作家マライア・エッジワース（一七六七―一八四九）も、父リチャード・ラヴァル・エッジワースの薫陶を受け、教育論などの共著も出版している。父の四回の結婚で誕生した大勢の異母弟妹の教育を引き受け、バーボウルド夫人の『ことばのけいこ』の路線を引き継ぎ、現実にいる子どもたちが理解できる物語を数多く執筆した。『両親の手助け』（一七九六）は、怠けたり、嘘をついたり、盗みを働いたりすることが、どれほど悪徳なのかをわかりやすい物語で語っている。一八〇〇年に刊行された第三版は、六巻になり、何度も版を重ねた。マライアは、弟妹の成長につれて『ラクラント城』（一八〇〇）を初めとする小説も出版している。子ども読者の側に立って、子どもの本を書いた最初期の作家である。ベアトリクス・ポターが、子ども時代にマライアの愛読者であったことはよく知られている。ヴィクトリア朝の子ども部屋において、親や教師が安心して推薦できる本の提供者であった。

（P114）『ピーター・パーリー年鑑』……米国の作家で出版者のサミュエル・グリズウォルド・グッドリッチ（一七九三―一八六〇）のペンネームである「ピーター・パーリー」をタイトルに用いて一八三九年から出版された英国の子ども向け月刊

PETER PARLEY'S ANNUAL.

TO MY YOUNG FRIENDS.

Hurrah! Hurrah! Hurrah! Let the bells of your little hearts ring the old year out and the new year in; while yet Jack Frost, with his cold nippers, wrings every boy's nose, by way of sympathy.

B

「ピーター・パーリー年鑑」1844年版 P.1（最終ページ376P.）

誌「ピーター・パーリーズ・マガジン」の一部をまとめて、「子どもたちへのクリスマスと新年のプレゼント」と副題をつけて、年刊誌として出版したもの。はじめはシムキン・マーシャル社によって発刊され、のちに社名はダートンになった。月刊誌が姿を消してからも一八九二年まで出版された。歴史もの・教訓話・詩・博物学の話などを掲載。グッドリッチとは無関係で、グッドリッチは自身の雑誌「パーリーズ・マガジン」を米国で出版した。英国で「ピーター・パーリー」の名前が使われたのは、パーリーのものはノンフィクションが中心で、空想物語に批判的な親も安心して子どもに読ませられるという定評があったため、それにあやかろうとしたからと考えられる。

(P118) 古代ブリトン人……紀元前五〜三世紀に大陸からブリテン島に渡来したケルト系の民族。紀元四三年以後、ローマに征服され、四〇七年には、アングロ・サクソン人によってローマが撤退する。その間、残されたブリトン人は、伝説の王アーサーなどの活躍によって、一時期、侵略者を押し戻すこともあったが、七世紀には、アングロ・サクソン人による七王国が支配することになり、姿を消す。名前の由来は、ローマ人から「入れ墨を施した者」の意から「ブリタニ」（ブリトン人）と呼ばれたことによる。

(P118) ボアディケア女王……Boadiccaは、現在では、ブーディッカBoudicaと綴られるようになっている。古代ブリトン人のイケニ族の女王（?―紀元六二）。夫プラスタグスの死後、ローマの暴政に抗して反乱を企てた（六〇）が、最後には鎮圧され、服毒自殺を遂げた。ヴィクトリア女王の名のもとになった女王とみなされたことで、一躍、有名になり、絵画や詩などで取り上げられることになった。ローマの歴史書に、「背が高く、黄褐色の髪を腰のあたりまで下げ、多色のチュニカを着て、長い金の首飾りをし、ブローチで止めたマントをまとっていた」と、具体的に描かれていたのも女王のイメージ作りに貢献した。

(P118) クヌート王……（九九五?―一〇三五）デンマーク王スウェイン一世の子。イングランド王（一〇一六―一〇三五）、デンマーク王（一〇一八―一〇三五）、ノルウェー王（一〇二八―一〇三五）を兼ね、スウェーデンの一部を含む大アングロ・スカンジナビア王国を創建した。クヌートは、「自分の権力・偉大さを豪語する人、大言壮語する人」という意味でも使われる。それは、十二世紀の年代史に、海辺に王座を置いた王が、波に向かって、くだけて足や衣服を濡らすな、と命令したという記述から出ている。しかし、それは誤解で、その後に、波がやってきて濡れたとき、王が、「王の権力などむなしいもの、天・地・海を司るのは全能の神のみだ」と言ったというくだりを無視したことから生じたといわれている。

（P118）アルフレッド大王……古代ウェセックスの王（八四九－八九九）。デーン人の侵略から国土を守ったことで知られる。ただ一人「大王」the Greatと呼ばれる英国王である。一八四九年、大王の生誕千年祭が、誕生の地ウォンテイジWantageで、盛大に開催され、記念碑が建てられ、その人気ぶりが伺える。アルフレッド大王は、アセルニー島で困窮生活を送ったが、その中から多くの伝承・伝説が生まれた。なかでも、本書のエピソードはよく知られている。やっと辿りついた羊飼いの家で、夫は留守であったが、休息を願い出て、炉端で武器の手入れをしていると、パンを焼いていた妻が、貧しい身なりの王を夫の仲間と思い込んで、パンを見ているように頼んで、牛の世話に出かける。妻はパンの焦げるにおいがしたので、飛んで帰ってパンを裏返し、怒鳴りつけた。羊飼いの妻を神の代弁者とする説もあるが、ユーモアのある逸話として広まったのであろう（参照：高橋博『アルフレッド大王　英国知識人の原像』（朝日選書、一九九三））。『小公女』（一九〇五）第十一章で、セーラが教室でこの逸話を思い浮かべる場面がある。セーラは、パンを焦がしたアルフレッドは牛飼いの妻に横面を張られたと覚えていた。牛飼いの妻が真実を知ったらどんなに恐れおののいただろうと思い、セーラが本当は王女だとミンチン先生が知ったらどうだろうと考えていると、その目の表情が気に障ったミンチン先生に横面を張られる。

（P119）石炭と木綿の御代……石炭と木綿に「鉄」を加えれば、産業革命の時代（一七五〇－一九一四）と同義語であり、ヴィクトリア女王の時代と重なる。「その子」には、ロマンチックな時代とは思えなかったのである。

（P119）ランプリエールの『古典百科事典』……英国の古典学者ジョン・ランプリエール（一七六五？－一八二四）が編纂した、ギリシア・ローマの神話や古典に出てくる固有名詞、逸話、歴史的事項を解説する事典（一七八八）。近年、何度も改訂を重ね、現在でも使われている。近年、ランプリエールを主人公とする歴史ミステリー小説『ジョン・ランプリエールの辞書』（一九九一）が出版された。（参照：ローレンス・ノーフォーク著　青木純子訳『ジョン・ランプリエールの辞書』東京創元社　二〇〇〇）

（P123）エヴァンジェリン……第四章「物語と人形」の注六一ページ参照。

（P124）「贈答用装飾本」、「詩華集」、「花の贈り物」……「魅力的な装丁の本」と描写されているように、これらはいわゆる「ギフト・ブック」であったと推察される。「ギフト・ブック」は、一八二〇年代から盛んになった出版物で、何よりの特徴は、金箔を使うなど人目を惹く豪華に装飾された装丁にあった。夏の休暇やクリスマス、誕生日などに適した贈り物として数多く出版された。詩や物語などを集めた選集で、色のきれいな口絵やさし絵も入っていた。子ども時代のバーネットが見抜いているように、宗教的な味付けの物語や感傷的な詩は殆ど読まれることなく、見栄えのよい本棚の「飾りもの」として保存されていたのであろう。

（P125）レオノーラ、ズーレイカ、ハイディー、イオーネ、イレーネ……はじめの三人は、英国ロマン派の詩人ジョージ・ゴードン・バイロン（一七八八―一八二四）の作品に登場する。レオノーラは、『タッソー哀歌』（一八一七）の主人公タッソーが愛する女性。ズーレイカは、『アビドスの花嫁』（一八一三）のヒロインでトルコのパシャの娘。恋人を父親に殺され悲嘆のあまり死んでしまう。ハイディーは、後出の『ドン・ジュアン』（一八一九―二四）で主人公に恋するギリシアの海賊の娘。イオーネはバイロンの作品では未見であるが、同時代のロマン派の詩人パーシー・ビッシュ・シェリー（一七九二―一八二二）の詩劇『鎖を解かれたプロメテウス』（一八二〇）に、プロメテウスの恋人エイシャの妹で望みの象徴イオーネが登場する。ブルワー＝リットンの『ポンペイ最後の日』（一八三四）のヒロインもイオーネである。イレーネは、ギリシア神話では平和の女神エイレネ。サミュエル・ジョンソン（一七〇九―一七八四）の戯曲『イレーネ』（一七三六）に、ギリシアの奴隷で、トルコを支配したスルタンの妃になるが、後に殺されるイレーネが登場する。バイロンは、「ホラティウスの助言」（一八三一）で、ジョンソンの戯曲のイレーネについて触れている。

（P126）ブレシントン伯爵夫人、ノートン令夫人、

L・E・L……ブレシントン伯爵夫人(一七八九―一八四九)は、アイルランドの小説家。夫と旅行中、イタリアでバイロンと会って『バイロン卿との親交の記』(一八三二)を書いた。夫の死後、文学サロンを開いて、ディズレイリ、ブルワー＝リットンらの作家と交流があった。生活のために一八四一年から亡くなるまで年次の「贈答用装飾本」の編集をし、他にも「美の本」というギフト・ブックの編集をした。ノートン令夫人は、英国の詩人・作家のキャロライン・ノートン(一八〇八―一八七七)のこと。アイルランドの劇作家シェリダンの孫。詩人として有名になると夫のノートンに虐待され、一八三六年には当時の首相メルボルンとの関係を夫に告発されるが、根拠なしと判定された。女性の財産権や親権の法律の改正に力を尽くした。L・E・Lは、英国の作家レティシア・エリザベス・ランドン(一八〇二―一八三八)の筆名。多数の詩や、小説を書いた。ブルワー＝リットンら作家とのスキャンダルの噂があり、婚約していた劇評家のフォースターと破局。のち、西アフリカの植民地の長官マクリーンと結婚して西アフリカに旅し、そこで不慮の死を遂げた。

(P126) ユードラ……ギリシア語で「寛容な」の意。自身をバイロンになぞらえた米国の詩人トーマス・ホリー・チヴァーズ(一八〇九―一八五八)の韻文劇に『コンラッドとユードラ、またはアロンゾの死―ある悲劇』(一八三四)がある。

(P127) オートミール粥……オートミールとは、ひき割りのオート麦(燕麦)のこと。鍋に水を入れて、少量の塩と手のひら一杯分ほどのオートミールを加え、粥状になるまでゆっくりかきまわす。さらに、火力を弱くして、十分置くと消化のよいおいしい粥ができる。それを、スプーンで、冷たい牛乳に浸して食する。牛乳を暖めて作る調理法やバターや砂糖やジャムやレーズンなどを添加する家庭もある。オート麦は、全粒穀物なので、現代では、健康食品としても人気があり、グラノーラ(砂糖や蜂蜜などと植物油をからめオーブンで焼いたもの)やミューズリー(オートミールを水または牛乳に浸し、ドライ・フルーツやナッツを混ぜたもの)として供されている。また、パンやクッキー、ケーキなどの生地にも使われている。

(P127) ロースト・マトン……羊肉には、ラム(生後十二か月未満)、ホゲット、マトン(二十四か月から七歳)がある。マトンは、独特の強い匂いと肉が硬いのが特徴である。そのため、ガーリックャローズマリーなどの香辛料をすり込み、赤ワインに浸した後、オーブンに入れ、低い温度で、じっくりと焼き上げる。日曜日の礼拝の前に、オーブンに入れておくと、帰ってきたころ、ちょうど、焼き上がり、昼食に間にあったという。キャロル『鏡の国のアリス』の第九章「アリス女王」の宴会の場面に、羊の脚の丸焼きが登場するし、トールキン『ホビットの冒険』の第二章「ロースト・マトン」では、たき火でマトンを焼いているトロルの前に出てしまい、ビルボは、いきなり、最初の冒険に巻き込まれることになる。

（P127）ライス・プディング……プディングは、英和辞書には、「小麦粉、牛乳、卵などで作る甘い菓子。デザート」と書いてあるが、実際は、もっと広義で、「小麦粉、米、肉、牛乳、果物などの材料を混ぜて、砂糖や塩、香辛料で味付けし、焼いたり、蒸したり、煮たりする料理」をいう。ヨークシャー・プディングやチーズ・プディング、ハギスなど食事にも供されるものがある。『鏡の国のアリス』の第八章に登場する「白い騎士」は、新しいプディングを考案しているが、そのプディングは、料理されたことがなく、将来も料理されることのない奇妙なプディングとして描かれている。

ライス・プディングは、世界各国にあるが、英国の場合は、十七世紀あたりからある伝統的なデザートである。米、牛乳、塩を鍋に入れ、沸騰させたら、弱火にしてかき混ぜながら煮る。そこへ、砂糖を少しずつ入れ、さらに、ゆっくりかき混ぜて作る。好みで、ナツメッグやシナモンなどの香辛料を入れる。A・A・ミルンに、「また、ライス・プディングなの、食べたくない」と泣いている女の子の詩があり、次のようにうたわれているところをみると、どろっとした食感に、好き嫌いがあるようだ。

What is the matter with Mary Jane?
She's perfectly well and she hasn't pain,
And it's lovely rice pudding for dinner again!
What is the matter with Mary Jane?
　どうしたの、メアリ・ジェーン?
　元気だし、痛みもないのに
　すてきな、プディングもあるでしょ
　どうしたの、メアリ・ジェーン?
（'Rice pudding' 5th stanza, *When We Were Very Young*, 1924）

（P128）「ある医者の日記」、「年に一万ポンド」……いずれも、医学を勉強し英国の法廷弁護士でもあったサミュエル・ウォレン（一八〇七－一八七七）の小説。前者は、一八三〇年八月から一八三一年九月の間に十二回にわたって「ブラックウッズ・エジンバラ・マガジン」に連載された「最近亡くなったある医者の日記」で、一八三二年に同じタイトルで出版された。ロンドンの内科医が、癌の女性の手術に立ち会った様子や、体調が悪いのにパーティに行って突然亡くなった娘の症例などを綴る形式になっている。後者は、一八三九年十月から一八四一年八月の間に二十一回にわたって連載された「年に一万ポンド」で、一八四一年に同タイトルで出版された。服地店の助手ティトルバット・ティットマウスは、弁護士の偽造した書類によって、国会議員のオーブリーやその美しい妹ケイトを屋敷から追い出し、年に一万ポンドの財産を相続する。貴族の令嬢セシリアと結婚するが、違法行為が発覚して気がおかしくなり、精神病院に収容される。法律関係の情報が得られる物語である。（参照　*Blackwood's Edinburgh Magazine*. Vol.28, No.170-Vol.30, No.186、およびVol.46, No.288-Vol.50, No.310.)

（P129）「老水夫」……英国のロマン派詩人サミュエル・テイラー・コールリッジ（一七七二－一八三四）の詩「老水夫行」"The Rime of the Ancient Mariner"の主人公。アホウドリを射殺したために辿った呪われた航海のことを、結婚式に向かう客の一人を呼びとめて語る。七部にわたる長い詩で、冒頭部分に、「長い灰色の髭とぎらぎらした目で」呼びとめる老水夫が登場する。『抒情歌謡集』（一七九八）所収、後に改訂して『シビルの書』（一八一七）に収録。海を舞台にしたこの作品は、後世に大きな影響を与えた。船乗りの間ではアホウドリを殺すと呪われるという言い伝えがあり、ランサムの『ツバメ号とアマゾン号』（一九三〇）でも、ティティが第三十章で、アホウドリを殺したために沈んだ船に言及している。ティティは文学少女なので、「老水夫行」の詩も知っていたと考えられる。また、ランサムは自伝で、航海仲間のAncient Marinerというニックネームをもつ老水夫を『ヤマネコ号の冒険』（一九三二）のピーター・ダックのモデルにしたと述べている。

（P129）聖アグネス祭の前夜……英国のロマン派詩人ジョン・キーツ（一七九五－一八二一）の物語詩。聖アグネスの日（一月二十日）の前夜に未来の夫の姿が見られるという伝説にもとづいて床に就いたマデラインの前に、敵対する家族の一員である恋人が現われ、ふたりで逃亡する物語。一八一九年に書かれ、一八二〇年に出版された。こうした超自然のモチーフにバーネットは惹きつけられたと思われる。

（P129）マーミオン……前出のウォルター・スコットの代表的な物語詩のひとつ（一八〇八）。イングランドとスコットランドの間で行なわれたフロッデン・フィールドの戦い（一五一三）を背景にした、架空の人物マーミオン卿が婚約者のいる裕福なレディ・クレアを手に入れようとたくらむ物語。作中に出てくるバラードで、他の男と結婚する恋人を直前でさらう「ロキンヴァー」が有名。

（P129）「拝火教徒」や「エデンの門のペリ」や「ベールをかぶった預言者」……アイルランドの詩人トマス・ムーア（一七七九－一八五二）の『ララ・ルーク』（一八一七）のなかに出てくる四篇の詩のうちの三篇のこと。四篇の詩は、皇帝の娘ララ・ルークがビュカリアという国の王に嫁ぐためデリーからカシミールに旅するあいだに、気晴らしのためにカシミールの詩人フェラモーツが語る詩という設定になっている。ララ・ルークは詩人を愛するようになり、王との結婚を憂うが、最後に、詩人が王であることが分かる。この枠物語の部分は散文で書かれている。四つの詩の内容は次の通り。

第一篇「コラーサーンのベールをかぶった預言者」　恋人のアジムが戦争で死んだと聞いたジーライカは、額から光を発するためベールをかぶっている偽の預言者で首長のモカンナのハーレムに入る。生還したアジムは、モカンナを倒すためにカリフの軍に加わる。モカンナは自殺するが、ジーライカも死んでしまう。

第二篇「天国とペリ」　堕天使の末裔であるペリが、エデンの門の外で、天国にとって大切なものを持ち帰れば許されると言われ、最後に罪人が流した後悔の涙を持ち帰る。「エデンの門のペリ」は、この詩の第一行目から二行目のフレーズ。シューマンのオラトリオ「天国（楽園）とペリ」（一八四三年完成）は有名。

第三篇「拝火教徒」　拝火教徒のハフェドとイスラム教の君主の娘ヒンダの悲恋の物語。

第四篇「ハーレムの光」　スルタンの夫と喧嘩した妻が、魔法使いの女に魔法の歌を教えてもらい、夫の愛を取り戻す物語。

（P129）「海賊」、ドン・ジュアン……いずれもバイロンの物語詩（一八一四、一八一九－二四）。「海賊」では、海賊の首領コンラッドが、愛するメドナに別れを告げてトルコ軍との戦いに赴くが、トルコの太守に捕われる。命を助けてもらったためコンラッドを愛するようになったハーレムの奴隷グルナーレが太守を殺し、コンラッドと逃げる。海賊の島に帰ると、メドナは、彼が殺されたと聞いて悲しみのあまり死んでいたという物語。「ドン・ジュアン」は未完の叙事詩で、遊蕩生活を送ったスペインの伝説のドン・ファンをもとにしている。ドン・ジュアンは、人妻との密通がばれて旅に出て、難破する。ギリシアの島に漂着した彼は、海賊の娘ハイディーに助けられ、彼女と愛し合うようになるが、父親に知られてガレー船に売られる。その後、トルコ・ロシア・イギリスで恋の遍歴を続ける。

（P130）「オセロ」「ヴェニスの商人」「ヴェローナの二紳士」「ロミオとジュリエット」……いずれもウィリアム・シェイクスピア（一五六四－一六一六）の戯曲。この時代は、ボズウェルとマローン編纂の「シェイクスピア全集」（全二十一巻、一八二一年出版）が出ていたが、一巻ものの全集も多数出ていた。トマス・バウドラー（一七五四－一八二五）が家庭向けに不適切な部分を削除した『家庭版シェイクスピア』は、一八〇七年に四巻本で出版され、一八一八年に十巻本が出版されたが、一八四七年には一巻に収められたものも出ていたので、その子が見たのはそれであった可能性もある。

（P131）「ウェイヴァリー・ノベルズ」……『ウェイヴァリー』（一八一四）は、ジャコバイトが蜂起した一七四五年にスコットランドに派遣されたイングランドの士官ウェイヴァリーの物語。ウォルター・スコットが最初に書いた歴史小説で、これ以降の一連の歴史小説を「ウェイヴァリー・ノベルズ」と総称する。『パースの美しい乙女』は、スコットの歴史小説『聖ヴァレンタインの日、またはパースの美しい乙女』（一八二八）の通称。スコットランドのパースを主な舞台に、誘拐されそうになった美しい乙女キャサリン・グラヴァーを助けた武具師ヘンリーが、陰謀やハイランドの氏族の間の争いに巻き込まれるが、最後にキャサリンと結ばれる物語。

第8章 パーティー

（P134）ニーガス……赤ワインベースのカクテル。小さなソースパンに赤ワインと少量のブランディー、湯、砂糖、レモンのスライスを入れ、攪拌しながら、ゆっくり温めてつくる。ナツメグなどの香辛料を入れることもある。温かいうちに、耐熱性のゴブレットに注いで供する。最初に作った英国の陸軍大佐F・ニーガス（?−一七三二）の名に由来している。

（P136）イートン・ジャケット……有名な英国のパブリック・スクール、イートン校式のジャケットで、襟が広く、丈は短い。色は黒。当時の男児の盛装であった。

中央がイートン・ジャケット

（P136）ティプシーケーキ……白ワインやシェリー酒に浸したスポンジケーキに、カスタードソース（ミルク、クリーム、卵、砂糖で作る）や生クリームなどをかけて供するトライフルの一種。果物やナッツなどを飾ったものもある。十八世紀半ばから作られている英国伝統菓子。「ティプシー」は、「ほろ酔いの」の意で、お酒をたっぷり使うのが特徴である。

（P137）クラッカー……ロンドンの菓子商トマス・J・スミスは、ボンボン（キャンディー）をねじった紙に包み、中に、恋の詩などの金言を入れて販売していたが、一八四七年、小さな紙筒に工夫して、中に、金言やプレゼントを入れて、二人のひとが、両側から引っ張るとポンというはじける音が出る仕掛けを考案、「クラッカー」として売り出し、人気を得、クリスマスのパーティーの定番商品となっていった。年々、中身を変え、世紀末には、色のついた紙帽子が出てくる製品が出て、参加者が頭にかぶり、歌って踊る光景が繰り広げられた。現在も、トム・スミス社製のクリスマス・クラッカーは健在である。（参照：Peter Kimpton: *Tom Smith's Christmas Crackers* (Stroud: Tempus, 2004)

（P137）キバナノクリンザクラのワイン……キバナノクリンザクラの花の黄色い部分を集め、オレンジとレモンの皮（ピール）を加え、その上に、温かい砂糖シロップを注ぎ、一日寝かせて、酵母菌を入れて、一日に一度、かきまぜると、十日ぐらいでワインができる。濾したり、薄めたりすることで、いろいろの飲み方が楽しめる。

（P140）ターラタン……主に未婚の淑女のドレスに使われた目の粗い薄地モスリン。ふうわりとした軽い生地で作ったドレスは、ダンスをしていると風をはらんで揺れるので、効果的であった。オルコット『若草物語』第九章「メグ、虚栄の市へゆく」で、メグは「何回もアイロンをかけたり、繕ったりした白のターラタンの服」を「舞踏会用のドレス」と無理に名付けていて、自分のみすぼらしい服装を意識する場面がある。また、モネの絵「庭園の婦人たち」（一八六六）も、ターラタンのドレスを纏っている。

（P141）クランペット……小麦粉と牛乳と砂糖を混ぜ、水を加えてこね、直径七センチほどの大きさで丸型に焼いたホットケーキのような菓子。トーストにして、バターをつけて食べる。ジャムを乗せることもある。午後のお茶に供されることが多かった。

（P141）サリーラン……小麦粉、牛乳、卵、砂糖にイーストを入れて焼いた、甘くて軽い丸型の金茶色をしたケーキ。多くの子どもに好まれた。一説では、一八〇〇年ごろイングランド南西部の町バースでこの菓子を呼売りしていたサリー・ランSally Lunnという女性の名前がもとになったと言われている。

（P141）エビや牛肉の壺焼き……"potted"は、魚や肉を大量のバターで炒めて、ナツメグやショウガなどで味付けし、炒めた魚や肉を小分けして、丸くて深い陶器製の容器（ポット）に入れ、鍋に残った融けたバターや油、肉汁などを注ぎ込み、蓋をして、冷暗所で固めた料理。硬い肉は、長時間オーブンで焼いたものを使うなど、工夫しだいで、倹約できるパーティー用の一品になった。壺に入れてから焼く日本料理の調理法とは異なるが、適当な訳語を見つけることができなかった。

（P142）カドリール……十八世紀から十九世紀半ばに流行したフランス起源の社交ダンス。二組または四組のカップルが向かい合って、四角になって動く。宮廷舞踏会から大衆のダンスホールに至るまであらゆる社会階層で踊られたが、十九世紀中ごろには次第にポルカにとってかわられた。ルイス・キャロルの『不思議の国のアリス』

（一八六五））第十章に、浜辺で踊る「ロブスターのカドリール」の話が出てくるが、とちゅうから相手のロブスターを海に向かって投げ、泳いでそれを追いかけ、とんぼ返りをしてロブスターをつかまえて岸に戻るという踊りになっている。カドリールの踊り方を皮肉った場面である。

（P142）「スリッパ隠し」……子どもの遊びの一種。子どもたちが輪になって座ってスリッパを回し、一人だけ輪の外あるいは中にいる子どもが、誰の手にスリッパがあるのかを当てる。十八世紀にもすでに行われていたが、ヴィクトリア時代に特に人気であった。

（P142）「老兵」 子どもの遊びの一種。子どもたちが輪になって座り、一人が歩きながら「老兵になにをくれるの」あるいは「老兵になにをあげるの」と聞く。答えるときには「はい」「いいえ」「白」「黒」「灰色」という言葉を使ってはいけない。

スリッパ隠し（絵／ケート・グリーナウェイ）

（P142）ポルカとショッティーシュ……ポルカは、一八三〇年ごろボヘミアに起こってヨーロッパに広まったダンスで、ふたり組で軽快に踊る。ショッティーシュは、一八三〇年～四〇年ごろドイツで流行して広まった、遅いテンポのポルカに似たダンス。英国ではジャーマン・ポルカとも呼ばれた。前出のカドリールはやや難しいダンスだったようで、そのためポルカやショッティーシュのほうが好まれたのであろう。

第9章 結婚式

（P147）ヘーベ……ギリシア神話の青春の女神。ゼウスとヘラの娘で、天上で神々の酒杯を満たす役についていたが、ガニュメデスにその役が移ったのち、天上に迎えられたヘラクレスの妻となる。アイルランドの詩人ジョージ・ダーリー（一七九五－一八四六）の詩「私が求めるものは美ではない（別名「愛のすばらしさ」）」（一八二八）のなかで、「今を盛りの若い美と力にあふれたヘーベの紅い両の頬のように」A bloomy pair of vermeil cheeks / Like Hebe's in her ruddiest hoursとたとえられているように、へーべには若い健康的な美しさを備えた女性のイメージがあったと思われる。この詩は、F・T・ポールグレーヴ（一八二四―一八九七）によって、エリザベス朝からロマン主義時代にいたる英詩の名作を集めた詞華集『ゴールデン・トレジャリー』（一八六一）に、十七世紀の詩として収められた。

（P148）リンドレー・マレー……米国出身の文法学者（一七四五―一八二六）。英国のヨークに移住して、近くの女学校のために『英文法』（一七九五）を書いた。この書は発売後すぐに非常な人気を博し、十九世紀前半のベストセラーとなって、何度も版を重ね、広く学校で使われた。このためマレーは「英文法の父」と呼ばれている。『英文法』は米国でも一八〇〇年に出版され、ノア・ウェブスター（一七五八―一八四三）の文法書を廃刊に追い込んだ。マレーは読本やスペリングの本なども出している。（参照：池田真『ノア・ウエブスターとリンドレー・マレーの文法戦争』篠崎書林、一九九九）

（P148）マックルズフィールド……イングランド北西部の町。マンチェスターから約二十キロ南の方角にある。同名の細かい模様のネクタイ用の絹地を生産。

（P150）その名はレギオン……新約聖書「マルコによる福音書」第五章第九節「レギオンと言います。大ぜいなのですから」からの引用。レギオンは、古代ローマの軍団。四千～六千の兵士から成る。

（P152）アーネスト・マルトラヴァーズ……英国の小説家・劇作家ブルワー＝リットン（一八〇三―一八七三）の同名の小説（一八三七）。続編に『アリス』（一八三八）がある。裕福な紳士アーネスト・マルトラヴァーズが貧しい娘アリスを凶悪な父親から保護し、彼女と恋に落ちる。アリスは父親に拉致されたのち、アーネストの子どもを産む。『アリス』では、曲折の後、最後にはアーネストと結ばれる。ブルワー＝リットンは明治時代の比較的早い時期から作品が翻訳された作家で、この作品は『アリス』も含めた形で一八七八年に『欧州奇事　花柳春話』という題で丹羽純一郎によって翻訳された。（参照：木村毅編『明治翻訳文学集』（明治文学全集7）筑摩書房　一九七二）

（P152）クウェンティン・ダーワード……スコットの同名の小説（一八二三）の登場人物。十五世紀、フランス王ルイ十一世に仕えるスコットランド人の弓の射手クウェンティン・ダーワードは、意に沿わぬ結婚をさせられそうになったレディ・イザベルを助け、最後に彼女の愛を勝ちとる。

(P152) レーヴンズウッド屋敷の主人……スコットの小説『ラマームアの花嫁』(一八一九)の主人公。十七世紀、エドガー・レーヴンズウッドは、父の仇であるサー・アシュトンの娘ルーシーと恋に落ち、恨みを克服して彼女と婚約する。しかしサー・アシュトンの妻に妨害され、ルーシーとエドガーはそれぞれ哀れな死を遂げる。

(P157)「愛しいものたちよ」……原文はDearly Beloved. 結婚する二人に呼びかけるときの牧師の言い方で、「あなた方」という意味。

第10章 奇妙なもの——

(P161) ヘンリー八世……イングランド王ヘンリー八世(一四九一―一五四七)には、生涯に六人の王妃がいた。最初の妃アラゴンのキャサリンとの離婚をローマ教会が認めなかったためカトリック教会と決裂し、一五三三年、アン・ブリン(一五〇七―一五三六)と結婚、その翌年、イングランド国教会の首長となる。アン・ブリンはヘンリー八世の二番目の妃で、エリザベス一世の母。姦通罪で処刑された。

(P163) 回想録……この章でも活写されているように、ヴィクトリア朝では、子どもが病気や疫病で幼くして亡くなる例に事欠かなかった。そのため、「天国に行って幸せになる」、「神さまに愛された子どもが天に召される」という宗教的な物語が多数出版され、家庭においては、特に、親が子どもを安心させるための「必需品」となっていた。数人の子どもの物語を集めて一巻になっているものが多い。そのどれもが、「良い子」で、躾を守り、宗教的に正しい毎日を送り、天国に行くというプロットであったため、健康で、空想癖のあった子どものバーネットは苦しむことになった。

(P163) 安息日学校……十九世紀の中旬から普及したアドベンティスト派の宗教学校で、土曜日の午前中に歌による礼拝をし、教理などを学ぶ、子どものクラスがあった。同じような宗教学校に、一七八〇年に英国国教会派のロバート・レイクスが開いた「日曜学校」があり、どちらも、組織的に広がりをもち、子どもの教育に大きな役割を果たした。

(P165) 大きな白い御座〜口から火と煙を吐いていました……新約聖書「ヨハネ黙示録」に描かれ

ている天国の様子。「大きな白い御座」は第二十章第十一節に、「純金の通り」と「めのうや～ひすい」で飾られた壁は第二十一章第十九～二十一節に、「赤い獣に乗っている」女は第十七章第三～六節に、「前にも後ろにも一面に目がついていて、それぞれ六つの翼が」ある獣は第四章第八節に、「火の色と青玉色と硫黄の色の胸当てをつけて（いる乗り手と）、頭はししの頭のようで、口から火と煙を吐いて」いる馬は、第九章第十七節に出てくる。『小公女』のセーラは、第四章で、母親を亡くしているロッティに天国の話をし、それに関連して第五章で「ヨハネ黙示録」に言及している。

（P174）「干し草作り」のゲーム……未詳

第11章「ママ」と初めての創作――

（P180）パトリクロフト……マンチェスター近郊の町サルフォードにある地区。

（P180）アミーリア・セドリー……英国の作家ウィリアム・メイクピース・サッカレー（一八一一－一八六三）の小説『虚栄の市』（一八四七－四八）に登場する素直なお嬢さん育ちの女性。

（P180）エイミー・ロブサートとジーニー・ディーンズ……前者は、エリザベス一世の寵臣ロバート・ダドリーの妻で、この時代のイングランドを題材にしたウォルター・スコットの小説『ケニルワースの城』（一八二一）のヒロイン。後者はスコットの小説『ミドロージャンの心臓』（一八一八）の賢明で不屈のヒロイン。

（P182）ミス・マーティノー……英国の作家ハリエット・マーティノー Harriet Martineau（一八〇二－一八七六）は、啓蒙的な社会・経済研究書や詩、小説、短編などの作品を多数出版し、また、旅行記作家としても知られている。子ども向けの物語としては四作品を残しており、そのジャンルでは、最初期の作品として児童文学史に名前を残している。『沼地の開拓者』と『農夫と王子』は、歴史物語、『フィヨルドでの殊勲』はノルウェー人の生活を描いた家庭物語、『クロフトン校の少年たち』は学校物語である。一八四一年に出版されたこれら四作は、年長の子どもたちの読み物の先駆的な作品として、ロングセラーになり、世紀末まで読み継がれた。

（P182）エリス夫人とその『英国の娘たち』……英国の作家サラ・スティックニー・エリス（一七九九

―一八七二）は、いわゆる「レディ」だけでなくより広い範囲の中流階級や労働者階級の「女性」のために、家庭内で良い習慣を身につけ性格を改善して社会の一員としてより良く生きるためのアドバイスを綴ったマニュアル本を出版した。最初に『英国の女性たち―社会における義務と家庭の習慣』（一八三九）を出し、さらに娘・妻・母親の三つの時期についてそれぞれ『英国の娘たち―社会における位置、性格、責任』（一八四二）、『英国の妻たち―その本分、家庭での影響、社会における義務』（一八四三）、『英国の母親たち―その影響と責任』（一八四三）を出した。エリスの考え方は、基本的に女性は男性に従属するというものだったが、家庭に隔離されることで女性の方が男性より誘惑から守られており、道徳的にも優れていて、男性に良い影響を与えられるという主張も見受けられ、結果的に男性を操る力を持つことにつながるため、批判も受けた。

（P182）ワッツ博士……アイザック・ワッツ（一六七四―一七四八）は英国の神学者・賛美歌作家。子どものための讃美歌や道徳の歌を集めた『子どものための聖歌』（一七一五）は何度も版を重ねた。後出の働き者の蜜蜂の詩は有名。

（P182）『アナ・リー、娘、妻、そして母』……多数の教訓的通俗小説や小冊子を書いた米国の作家・ジャーナリスト・禁酒運動家ティモシー・シェイ・アーサー（一八〇九―一八八五）の若い女性向けの作品（一八五三）。良識のある誠実な男性を結婚相手に選ぶ心の美しい賢明なアナ・リーの娘時代、収入に見合った穏当な家賃の家に住む新婚時代、母親としてのアナが描かれている。飲酒の有害さを扱った『酒場での十夜』（一八五四）が邦訳されている（森岡裕一訳、松柏社、二〇〇六）。

（P183）『ピノックの英国』や『ピノックのローマ』……英国の出版業者で教育書の編纂者ウィリアム・ピノック（一七八二受洗―一八四三）は、オリヴァー・ゴールドスミス（一七三〇？―一七七四）の『英国の歴史』（一七六四）の簡約版（出版年不詳、一八三一年で二十二版）を出版した。ゴールドスミスのローマおよびギリシアの歴史書についても、同様の簡約版を出版した。各章ごとに理解度を試す問答付きで、何度も版を重ねた。

（P183）『スコットランドの首長たち』……英国の小説家ジェーン・ポーター（一七七六―一八五〇）の歴史小説（一八一〇）。イングランドと戦ったスコットランドの英雄ウィリアム・ウォーレスとロバート・ブルースの波乱に富んだ半生の物語で、非常によく読まれた。イタリア・ドイツ・ロシアなどで翻訳されたが、フランスではナポレオンが出版を禁止したと、後の版の前書きで著者が述べている。

(P183)『大修道院の子どもたち』……アイルランドの作家レジーナ・マリア・ロッシュ（一七六四？－一八四五）の四巻ものの小説（一七九六）。アイルランド兵士の孤児が、悪人の叔母といとこによって不当に財産を奪われ、アイルランドの城や幽霊の出る大修道院で怪奇な現象を経験する。後出のアン・ラドクリフの『ユードルフォの謎』（一七九四）のようなゴシック小説で、人気を博し、非常によく読まれた。

(P183)『父親のいないファニー』……作者不明の小説『父親のいないファニー、または若い女性が初めて世間に出る物語―小さな物乞いとその保護者たちの記録』*Fatherless Fanny, or A Young Lady's First Entrance into Life, being the Memoirs of a Little Mendicant and Her Benefactors*（一八一一）。寄宿学校に預けられた素性のわからない少女ファニーと、その保護者、友人をめぐる物語。ファニーの高貴な出自がしだいに明らかになり、本当は生きていた実の親の苦難の物語も語られる。ファニーは青年侯爵に求愛されたり、彼女を愛する既婚の大佐に誘拐されアイルランドの城に閉じ込められたりするが、青年公爵に助けられ、彼と結婚する。『小公女』の前身の物語『セーラ・クルー』（一八八七）のインスピレーションになった作品といわれている。共通しているのは主に冒頭部分で、お金のあるなしで態度が変わる女性の校長が登場する点や、慈悲でヒロインが寄宿学校においてもらうところだけであるが、孤児が実際は貴族の娘であった点なども影響を与えたと考えられる。

(P183)『オトラントの城』……英国の作家ホレス・ウォルポール（一七一七－一七九七）のゴシック小説（一七六四）。イタリアのオトラントの領主の息子が結婚式の日に巨大な兜に押しつぶされて奇怪な死をとげた後、武具をつけた巨人の手や、以前の領主の幻影が現われるなど、幻想的な要素を散りばめながら、正統な後継者によるオトラント城の奪回とその恋愛が描かれる。英国におけるゴシック小説の流行に大きな影響を与えた。

(P183)『ユードルフォの謎』……英国の作家アン・ラドクリフ（一七六四－一八二三）の小説

(一七九四)。前出の『オトラントの城』とともにゴシック小説の代表的な作品としてロマン派の詩人や後世の作家に大きな影響を与えた。ジェーン・オースティンがこの作品のパロディとして『ノーサンガー・アベイ』(一八一八)を書いたことは有名。両親を亡くしたエミリーは、叔母の結婚相手でエミリーの財産をねらうモントーニにユードルフォ城に連れて行かれ、そこで不可解な現象に遭遇し、様々な恐ろしい目にあうが、最後に恋人と結ばれる。ただし、後出の「カーテンの陰に隠されていた犠牲者」は本物の死体で、バーネットあるいは母親が覚え違いをしていたものと思われる。以前のユードルフォの城主はモントーニの遠縁の女性で、行方がわからなくなっており、エミリーは黒いベールに隠されたものをその女性の死体と思いこむが、実際には蝋人形で、その女性は生きていた。この作品は副題に「詩を散りばめたロマンス」とあり、エミリーが気持ちを詩で表したり、詩を読んだりする場面が十六箇所もある。

(P184) hの発音……英国では、会話をするとその出身階層がわかるとされている。hの発音をする、しないで、階層やアメリカ人であるかどうか、などを判定した。バーネットは、『小公女』(一九〇五)の第八章「屋根裏」のなかで、セーラが下働きの女中として忙しい一日を送った夜、人のいない教室に本を持ち込んで、勉強をしないと、かわいそうなベッキィと同じになってしまうと独り言をいいながら、「なにもかも忘れてしまって、hを抜かして発音したり、ヘンリー八世に六人の妻がいたことを思い出せなくなったりするのだろうか」と、心配している場面がある。バーナード・ショーの戯曲『ピグマリオン』(一九一二、映画「マイ・フェア・レディ」の原作)は、階層による話し方の違いをテーマとして、言語学の教授が花売り娘の発音を矯正してレディに仕立てあげようとする喜劇である。

(P184)「高貴な身分に伴う義務」……原文は、フランス語で、ノブレス・オブリージュ noblesse oblige。貴族制度や階級社会のある英国では、権力や財産、社会的地位のある者には、それ相当の責任があると考えられており、慈善事業(現在ではボランティア活動など)が盛んな理由である。

(P188)「やさしいイエスさま」……英国の牧師の娘で、牧師と結婚したメアリ・ランディ・ダンカン(一八一四-一八四〇)が、主に子どものために作った讃美歌の一つ。一八三九年に書かれ、一八四一年に母親による回想録に掲載されたのち、一八四二年に出た『子どものための詩歌』に「夕べの祈り」という題で収録された。後に、バプテスマ派の讃美歌集などに組み込まれた。（参照：Julian, John. *Dictionary of Hymnology*. London: John Murray, 1907）

（P194）ブレッド・プディング……残りもののパンを使うので、プディングのなかで、家庭でももっともよく作られたもの。ボールにパンを二〜三センチ大に切ったものを入れ、ミルクに浸す。手でかき混ぜてミルクをよく浸透させ、溶き卵、砂糖、香辛料（ヴァニラやシナモンなど）を混ぜたものを入れ、干しブドウを加えてかき回す。バターをひいた容器に入れ、オーブンで焼く。キャラメル・ソースなどの甘いソースをかけて熱い内に供される。

（P195）オルモル製の時計……オルモルは、金と水銀の合金でめっきした黄銅あるいは青銅のことで、家具の飾り金具などによく使われた。十七世紀半ばフランスから各国に広がった技法で、英国では、十九世紀に、職人による精巧な製品が自国でも制作されるようになった。金色に光る装飾が施された置き時計は、暖炉の上に飾る見栄えのする備品として、定着していった。

（P196）『子ども天使』……英国の牧師の娘マライア・ルイザ・チャールズワース（一八一九－一八八〇）による福音主義の物語（一八五四）。貧しい人々に対する子どもたちの善行を描いていて、英国で非常によく読まれた。日曜学校での褒美としても使われた。他の著作に『貧しい人々を訪問する女性』（一八四六）、『子ども天使』の続編（一八六七）などがある。ネズビットは『よい子連盟』（一九〇一）の第四章で『子ども天使』を風刺している。

オルモル製の時計

（P196）『チャニング家の人びと』……英国の作家ヘンリー・ウッド夫人（一八一四－一八八七）の小説（一八六二）。本名はエレン・ウッドだが、筆名のヘンリー・ウッド夫人としての方が良く知られている。家族が盗みの罪の犯したと思った男が責任を取るが、家族は無実で、後に真犯人が捕まるという物語。

（P196）『ハリバートン夫人の悩み』……同じくヘンリー・ウッド夫人の小説（一八六二）。夫を亡くしたハリバートン夫人が、負債、誘惑、殺人、階級より下の暮らしをすることなどにまつわる苦悩を体験しながら、信仰心をもち勤勉に働いて子どもたちを育てる。裕福で醜聞の多い親戚のデア家の人々と対比されて描かれる。

（P196）『パルミラからの手紙』『ローマからの手紙』……米国の作家ウィリアム・ウェアWilliam Ware（一七九七-一八五二）の書簡形式の歴史小説。『パルミラからの手紙：パルミラのL・マウリアス・ピソからローマの友人マルクス・クルツィウスへの手紙』（一八三六-一八三七）は、後に『ゼノビア、またはパルミラの滅亡』と改題された。パルミラはシリア中部にあった古代都市。ゼノビアはパルミラの女王（在位二六七・二六八-二七二）。『ローマからの手紙』はその続編で、『プロブスまたは三世紀のローマ、ローマのルシウス・M・ピソからパルミラのグラックスの娘ファウスタへの手紙』（一八三八）のことと思われる。後に『アウレリアヌス』と改題された。アウレリアヌスはパルミラを滅ぼしたローマ皇帝（在位二七〇-二七五）、プロブスはそのときのローマ軍団長で後に皇帝となった。

（P196）『ナオミ』……英国の牧師の妻で作家の（アニー）・ウェッブ＝ペプロー夫人（一八〇五-一八八〇）が筆名J・B・ウェッブで出した小説『ナオミ、またはエルサレムの最後の日々』（出版年不詳、一八五四で十二版）。ダビデ時代のエルサレムの祭司ザドクの苦難の物語。

（P196）「日曜日の本」……日曜日には、聖書以外に読むのを許されている本はわずかしかなかった。宗教的な教訓が含まれているいわゆる「ためになる本」である。父親や身近なおとなに読んでもらって、それをみんなで静かに聞くのを、日曜日の慣例にしている子沢山のヴィクトリア朝の家庭の光景が活写されている。普段は、親とは、生活している階も違い、朝夕の挨拶以外のふれあいは少なかったので、こうした団らんの機会は、記憶に残るものになった。

（P198）韻を踏む……ヴィクトリア朝の子どもの本では、押韻している詩や韻文で物語が進む作品が多く、特に、幼い子向けの絵本では、その殆どが四行を一連とする物語詩で成立していた。当時、本は黙読するものではなく、声を出して読むか、読んでもらって聞くものであったことと関係しているだろう。そのため、「初めての創作」も当然のように押韻を重ねた詩になったのである。

（P198）「影になっている〜」……「きらきら星」を書いたことで知られている、英国の児童詩詩人ジェイン・テイラー（一七八三―一八二四）の四連の詩「スミレ」の第一連。原文は次の通り。一行目のbedと三行目のheadおよび二行目のgrewと四行目のviewがそれぞれ脚韻を踏んでいる。

Down in a green and shady bed
A modest violet grew,
Its stalk was bent, it hung its head
As if to hide from view.

（P199）「突撃しろ〜」……ウォルター・スコットの『マーミオン』（三六七ページの注参照）第六篇第三十三連。原文は次の通り。一行目のonと二行目のMarmionが脚韻を踏んでいる。

"Charge, Chester, charge! on, Stanley, on!"
Were the last words of Marmion

（P199）「信じてほしい〜」……トマス・ムーア（一二九ページの「拝火教徒」の注参照）がアイルランドの古い民謡につけた詞「信じてほしい、たとえこの愛すべき若さと色香のすべてが」（一八〇八）の最初の四行。堀内敬三（一八九七―一九八三）の訳詞「春の日の花と輝く」がある。詩の原文は次の通りだが、バーネットは三行目と四行目をWere to fleet by tomorrow and fade in these arms / Like fairy dreams gone to decay. としている。ここではバーネットの原文にそって訳した。一行目のcharmsと三行目のarmsおよび二行目のtodayと四行目のaway（decay）がそれぞれ脚韻を踏んでいる。

Believe me, if all those endearing young charms
Which I gaze on so fondly today
Were to change by tomorrow and fleet in my arms
Like fairy gifts fading away

（P199）「小さな働きものの蜜蜂は〜」……アイザック・ワッツ（一八二ページの注参照）の四連の詩の第一連。『子どものための聖歌』（一七一五）所収。第二十番目の歌として、「怠惰やいたずらを戒めるために」というタイトルが付いている。詩の原文は次の通りだが、バーネットは三行目の始まりをIt gathersとしている。二行目のhourと四行目のflowerが脚韻を踏んでいる。

How doth the little busy bee

Improve each shining hour,
And gather honey all the day
From every opening flower.

ワッツのこの詩以降、蜂は刺すものというようり、勤勉な生き物というイメージでとらえられるようになったと言われている。ルイス・キャロルが、『不思議の国のアリス』第二章で、この歌の蜜蜂をワニに変えたパロディの詩を用いたことは有名である。

（P201）「パンチ」……英国の絵入り風刺週刊誌（一八四一－一九九二）で、半年ごとに製本されて、バックナンバーが本棚に並んだ。創刊期には、文章が中心であったが、少しずつさし絵が大きなサイズで入るようになり、リチャード・ドイルやジョン・テニエルなどの人気イラストレーターが登場してきて、子ども読者は、ページをめくって、おもしろいマンガ的なさし絵を発見して楽しめるようになった。（参照：三宅興子『もうひとつのイギリス児童文学史――「パンチ」誌とかかわった作家・画家を中心に――』翰林書房、二〇〇四）

（P201）チャールズ・ディケンズ……ディケンズ（一八一二－一八七〇）は、ヴィクトリア朝を代表する人気作家であった。子どもの本も書いているが、むしろ『クリスマス・キャロル』（一八四三）や子ども読者向けに書き直された代表的な小説の縮約版でよく読まれたようだ。シェイクスピアとともに、「国民的作家」として、年齢を超えて愛読されている。

（P208）黒いもの以外身に着けない……当時、妻の服喪期間には、厳しい決まりがあり、一年目は、つやのない黒い生地の喪服以外着用せず、一切の社交生活をしないで過ごし、二年目で、少し緩和され、その後六か月の半喪を経て、平常に戻ることができた。一八四〇年から五〇年にかけて、喪服用品専門店ができるほど、ベールや装身具などに至るまで、細かい決まりがあった。「その子」のママは、二年半の服喪期間が過ぎても、喪服に近い黒い服と黒いボンネット帽を着用していたのであろう。

第12章「イーディス・サマヴィル」と生のカブ

（P213）**石板**……スレート（粘板岩）の薄板に、木製の枠をつけ、石筆で文字や絵を書く、携帯できる小型黒板のような文具。布やスポンジで拭くと書いたものが消え、何度でも繰り返し使用できる。紙が貴重な時代であったので、子どもは、石板を使って書く練習をしたのである。『不思議の国のアリス』（一八六五）の最終章で、陪審員が王の発言を「重要」「重要でない」と書き留めている場面で使われているのが石板である。また、モンゴメリ『赤毛のアン』（一九〇八）の第十五章で、アンは、自分の赤毛を指摘されたため、怒りにかられて、ギルバートの頭上に石板を振りおろし、石板を割ってしまう場面は、よく知られている。文房具として、一六六ページにも既出。

（P217）**神智学でいう「高度な無頓着」**……神智学は、ブラヴァツキー夫人（一八三一−一八九一）が提唱して、一八七五年、神智学協会を創設したことから始まっている。夫人は、当時、霊能者としても著名であった。宗教・哲学・科学などの枠を取り払い、人間についての理解を深めようとする学問で、宇宙の根底には、人智を超えた神霊や無限の霊力が存在するという思想である。いわゆる合理主義では解明できない神秘思想やオカルト、心霊主義への興味と相まって、バーネットも深い関心を寄せていた。「高度な無頓着」higher carelessnessとは、仏教の大乗経典「金剛般若経」が説く、「空」（くう）、無我の境地に近い考え方で、神智学に採り入れられていた。

（P218）**「ファミリー・ヘラルド」**……家庭向けに役に立つ情報と娯楽を提供することを目指した、英国の週刊誌（一八四三−一九四〇）。

（P218）**「ヤング・レディズ・ハーフペニー・ジャーナル」**……未詳。物語や、音楽・刺繍・パリのファッションなどを掲載した、英国の若い女性向けの挿絵つきの雑誌「ヤング・レディズ・ジャーナル」（一八六四−一九二〇、最初は週刊誌、一八六六年四月以降は月刊誌）は存在したが、「ヤング・レディズ・ハーフペニー・ジャーナル」については所在をつきとめることができなかった。

（P231）**バッカス祭**……ローマ神話のワインの神バッカス（ギリシア神話では、ディオニューソス）を讃える酒宴での踊りを「バックナリア」と言い、

Late for School.

577 *"There, we* ARE *late!" cried Will.* [Page 18.

石板をかかえている男の子（*Our Darlings* vol.19）

そこでは、乱痴気騒ぎが付き物であったことから、「バッカス祭り」といえば、飲めや歌えのどんちゃん騒ぎのことを意味するようになった。

第13章 クリストファー・コロンブス――

（P235）「フランク・エルズワース、または独身男のボタン」……当時の小説のタイトルには、「または～」という副題がつくことが多かったので、それにならって、特に意味はないが口調の良い（「独身男の」Bachelors'と「ボタン」Buttonsが頭韻を踏んでいる）副題をつけたのであろう。

（P239）アメリカの戦争……南北戦争（一八六一－一八六五）のこと。当時、アメリカの南部では、農業中心のプランテーション経済が盛んで、農園主が黒人の労働奴隷を使って綿花をヨーロッパに輸出しており、英国の綿工業の発展に伴って需要が拡大している時代にあって、自由貿易を望んでいた。しかし、北部では、競争力を優位に保つため、保護貿易が求められており、奴隷制度に反対のため、南部と対立が激しくなって戦争が勃発した。一家が渡米した一八六五年に、政府組織のある、人口の多い北部が勝利している。

（P240）法律で許される年齢……当時は、九歳になると、働くことができた。一七六〇年代から一八三〇年代にかけて産業革命が起こり、長時間労働が問題になった。一八三三年にはじめて労働者の健康に配慮した「工場法」が制定され、九歳未満の児童の労働を禁止し、十八歳未満の労働時間を週六九時間以内に制限した。一八四七年の改正で、一日の労働時間を最高十時間に制限した。

（P242）クロエおばさんやイライザ……第四章「物語と人形」の六一ページの「アンクル・トム」の注参照。

（P243）ジューレップ酒……アメリカの南部で作りはじめられたカクテル。グラスの底にミント（ハッカの葉）と角砂糖をおき、バーボン・ウイスキーを少量たらしてかき混ぜ、ミントの香りがしてくると、残りのウイスキーを入れて、その上にかき氷をグラスの口まで入れ、ミントの小枝を添えて出す。

（P243・244）「綿花飢饉」「ランカシャーの窮乏」……どちらも同じ、一八六一年から六五年の「ランカシャー綿花飢饉」のこと。「綿花パニック」とも言う。アメリカで南北戦争が勃発し、綿の輸出ができなくなり、戦争が長期化するにしたがって、英国北西部のランカシャー綿工業地帯では、綿の不足が深刻になり、工場が閉鎖される事態に陥った。工員が失業し、生活困窮者が大勢出て、社会問題となり、「救貧法」が強化されたり、「無料食堂」（次項参照）が開設されたりした。

（P244）「無料食堂」……スープ・キッチンの訳で、貧しい人のために、無料で、主に、スープとパンを出す給食施設のことをいう。宗教団体が地域の貧しい人のために慈善事業としてはじめたものが、十八世紀には、英国各地に広まっており、「綿花飢饉」の時にも、ランカシャーの各地に開設された。「無料食堂」は、世界大恐慌時に、広く社会に浸透し、現在でも、ボランティア活動家によって、世界各国で運営されている。

（P246）頌栄……頌栄はキリスト教の典礼において唄われる讃美歌。「すべての恵みの源である、神をたたえよ」は、元々は、英国の聖職者で讃美歌作者のトマス・ケン（一六三七－一七一一）がウィンチェスター・カレッジの学生のために書いた讃美歌の一節で、頌栄として広く歌われるようになった。『秘密の花園』（一九一一）の第二十六章で、ディコンや子どもたちが歌っている。

（P249）ロッホ……スコットランド方言で「湖」のこと。恐らく、英国人や外国人がもっともよく知っているスコットランド語で、美しい調べのスコットランド民謡「ロッホ・ローモンド」は有名である。

（P251）A・T・ステュアート社……アイルランドから移住して、主に衣料品を小売りして成功したステュアートAlexander Turney Stewart（一八〇三－一八七六）が、一八四八年、ニューヨークの大通りブロードウェイ二八〇番地に開店した店は、その規模、豪華な建物で群を抜き、「大理石御殿」（マーブル・パレス、五階建て）と呼ばれ、国外まで評判となった。百貨店の先駆けと言われている。

第14章　木の精の日々――

（P257）木の精……原文はDryad。ギリシア神話に登場する木の精霊で、絵画や詩、作品では、若くて美しい女性の姿で描かれることが多い。森のなかに入り、自由奔放に駆け回ったり、森の動植物と触れ合ったりして過ごす自分を、まるで、森の妖精のようだと感じていたのである。

（P265）インディアン……六三ページの注参照。

(P266) 白人の言葉は、ホワイト・イーグルのこころを暖めてくれる……未詳。前出のクーパーの作品の中に出てくるような先住民の言葉をまねたものと思われる。よく知られているのは、「いいか、ホークアイ、わしは嘘をいわない」(『モヒカン族の最後』第三章、チンガチグックのことば)のように、インディアンは嘘をつかないという言い回しである。

(P267)「と思うんだけど」や「じゃーない」などとしゃべる……原文の I guessとI reckonはいずれも米語の略式の「〜と思う」の意。「〜と思う」と言うときに、アメリカ人が、挿入的に用いる。

(P270) アララト山……トルコ共和国の東端に実在する標高五一三七メートルの山で、旧約聖書「創世記」第八章第四節に出てくるノアの大洪水のあと、箱舟が漂着した山と目されて十二世紀に命名されている。山頂や山腹で、箱舟の残骸を発見したという報告が、数多くあるが、そのどれもが定説にはなっていない。

(P271) アレゲーニー山脈……現在では、ペンシルヴァニア、メリーランド、ウエスト・ヴァージニア、ヴァジーニアの諸州にまたがり、アパラチア山脈の一部を指す。しかし、当時、アレゲーニーは、現在アパラチア山脈と呼ばれているもの全体を指して使われていた。バーネット一家が住んだところは、テネシー州で、アパラチア山脈の西端より、まだ西に位置している。

第15章「目的は報酬です」——

(P294) うるわしのエレイン、クリスタベル、アソールのブレア……「エレイン」は「アーサー王伝説」でランスロットに報われない恋をするアストラットの乙女で、シャルロットの乙女とも言う。「うるわしのエレイン」は、アルフレッド・テニソンの詩「ランスロットとエレイン」(『国王牧歌』一八五九–一八八五)の一行目に登場し、それにちなんだ筆名と思われる。「クリスタベル」は、コールリッジの詩(一八一六出版、未完)のタイトルでヒロインの名でもあり、それにちなんでいると思われる。「アソールのブレア」は、アソール公爵の居城であるスコットランドのブレア城あるいはブレア・アソール蒸留所にちなんだ筆名であろう。

(P294)「ゴーディズ・レディズ・ブック」……十九世紀半ばから後半にかけて米国で出版され

て非常に多くの購読者を得た女性向け月刊雑誌（一八三〇―一八九八）。別名「ゴーディズ・レディズ・ブック・アンド・マガジン」。フィラデルフィアでルイス・アントワーヌ・ゴーディ（一八〇四―一八七八）が設立し、「メリーさんの羊」（『子どものための詩』（一八三〇）所収）の作者で知られるサラ・ジョセファ・ヘイルが一八三七年から一八七七年まで編集長を務めた。ファッションの絵や記事、詩、物語などを掲載し、エマソン、ロングフェロー、ストウ夫人などからの寄稿を受けた。一八九二年からは「ゴーディズ・マガジン」と名を変えてニューヨークに移った。バーネットの最初の作品が掲載された雑誌である。

（P294）「ピーターソンズ・マガジン」……「ゴーディズ・レディズ・ブック」をまねてつくられた米国の女性向けの雑誌（一八四八―一八九八、一八四二年設立の「レディズ・ナショナル・マガジンから名称変更」）で、発行部数は「ゴーディズ・レディズ・ブック」を上回るほど人気が高かった。

（P294）定期購読者……米国では、広大な国土もあって、雑誌の購入は、書店売りよりも、予約による販売が中心であった。一冊買いできないので、まとまった金額が必要であり、当時のバーネット家では、定期購読者にはなれなかった。しかし、刊行する側からすると、定期購入は、リスクが少なく、安定した発行ができるうまみのある制度であった。

（P297）三月ウサギ、優雅な妖精リリアン……「三月ウサギ」は、「さかりのついた三月のウサギのように狂気じみた者」という意味でも使われるが、おそらく、ルイス・キャロルの『不思議の国のアリス』（一八六五）に登場する頭のおかしいウサギにちなんだ筆名と思われる。「優雅な妖精リリアン」は、アルフレッド・テニソンの詩「リリアン」（一八三〇）の一行目からとった筆名であろう。

（P297）フールスキャップ版……英国の紙の大きさを規定した標準規格で、筆記用・画用紙では、一六×一三インチ（約四〇×三三センチ）サイズのものが販売され、通常、それを半分に折るか切るかして使った。fool's cap（道化の帽子）の語源としては、工場で生産された紙に道化帽の透かし模様を漉き込んだことから名づけられたと言われている。（『新英和大辞典』による）

（P297）十五歳……「ノアの箱舟」に引っ越したのが十六歳であったので、バーネットの記憶があいまいになっていると思われる。

(P307) 手をすきにかけてから……新約聖書「ルカによる福音書」第九章第六十二節参照。

(P308) メデアとペルシャの変わることのない法律……旧約聖書「ダニエル書」第六章第九節参照。変更不可能な制度や慣習を意味する。

(P312) ジプシー……ここでは「ジプシー」は、ロマンチックな響きや自由奔放で明るい生き方を象徴するひとびととして肯定的に使われている。また、三四ページでは妖精と並列して使われている。しかし、現在では、「ジプシー」は蔑称として使われることもあるので、「ロム」「ロマ人」と呼ぶことが多い。(「ジプシー」の語源は、エジプトから来たひとを意味する「エジプシャン」からきているといわれていたが、言語の研究から、それが間違いであることが判明した。)十四~十五世紀にインドからヨーロッパに渡来し、移動しながら生活をする民族である。ルーマー・ゴッデンの『ディダコイ』(一九七二)には、イギリスのジプシーの複雑な文化背景が描かれている。

(P313) ムラート……白人と黒人の両親から生まれた子どものこと。地域によっては、白人とネイディブ・アメリカンの子どもも含まれる。黄褐色(肌の色)をさすこともある。現在では使われなくなった。

(P314) インディアン・ピーチ……Indian blood peach tree から採れる桃。原産地の中国から中東、北アフリカ、ヨーロッパを経て、十六世紀半ば、アメリカにもたらされ、北米先住民の手で、あちこちに植えられて広まったため、アメリカ原産と勘違いされて、農園で栽培されるようになったとき、インディアン・ピーチと名付けられたという。

第16章 作家の道へ――

(P324) 「デズボラ嬢の苦難」……実際には、ザ・セカンドという筆名で「ゴーディズ・レディズ・ブック・アンド・マガジン」の一八六八年十月号(三二一~三二一頁)に「カラザーズ嬢の婚約」というタイトルで掲載された。手紙の送り間違えが原因による誤解で別れてしまった恋人同士が再会し、誤解がとけて結ばれるまでを描く。ジェーン・オースティンの『説きふせられて』(一八一八)を思わせるような作品である。

(P324) 「コーンヒル」……小説の連載に力をいれた質の高い英国の月刊の文芸雑誌(一八六〇-

一九七五)。サッカレーが初代編集長。トロロープ、エリオット、ハーディらの小説が連載され、テニソンやブラウニングの詩も掲載された。

(P324)「テンプル・バー」……「コーンヒル」を模倣して作られた英国の月刊の文芸雑誌(一八六〇―一九〇六)。「都市と田舎の読者のためのロンドンの雑誌」と銘打っている。短編小説、連載小説、エッセイ・書評などを掲載した。

(P324)「ロンドン・ソサエティ」……「くつろぎのひとときのための軽くて楽しい文学の挿絵入り雑誌」と銘打った英国の月刊誌(一八六二―一八九八)。短編小説、連載小説、様々な記事などを掲載した。

(P325)よきサマリア人……新約聖書「ルカによる福音書」第十章第三十三~三十七節参照。強盗に襲われたひとを通りかかったサマリア人が助けて介抱したことから、困っている者に親切なひとを指す。

(P329)「エースかクラブか」……実際には、ザ・セカンドという筆名で「ゴーディズ・レディズ・ブック・アンド・マガジン」の一八六八年六月号(五二四~五二八頁)に「ハートとダイヤモンド」というタイトルで掲載された。巻末の訳を参照。

「ハートとダイヤモンド」

(雑誌掲載第一作)

(P334)レリー……ヴァレリーの愛称。バーネットの作風を反映するため、愛称はそのまま用いた。

(P338)アポロ・ナンバー・ワン……アポロはローマ神話の詩や音楽をつかさどる美青年の神で、太陽神ともされる。ここでは、崇拝者をアポロと呼んで序列をつけていたと思われる。

(P344)石を与えた……新約聖書「マタイによる福音書」第七章第九節「自分の子がパンを求めるのに石を与える者があろうか」参照。転じて、親身になったふりをして、陰で嘲笑うことを意味する。ここではパンは愛情を指している。

(P345)「親愛なるファイヴ・ハンドレッド」……ファイヴ・ハンドレッドという三人でするトランプゲームにちなんで、三人連れの滞在客のことか。以前に登場した、ミス・ウォーターフォールとマドモワゼル・シニョンとミセス・ショディを指していると推察される。

(P346)すべては小さな人魚の愛のために……英国の詩人で批評家のマシュー・アーノルド

（一八二二―一八八八）の詩「捨てられた男の人魚」"The Forsaken Merman"（『道に迷った道楽者とその他の詩』*The Strayed Reveller and Other Poems*（一八四九）所収）の百六行〜百七行のもじりと思われる。この部分のアーノルドの詩の原文は次の通り。

For the cold strange eyes of a little mermaiden
And the gleam of her golden hair.

幼い人魚の娘の冷たい奇妙な瞳と
そして黄金の髪のきらめきに

男の人魚（海の王者）が、人間界に戻ってしまった最愛の女性を偲ぶ詩で、デンマークのバラード「アグネスと男の人魚」を基にしていると言われている。マーガレットという人間の女性は、男の人魚と愛し合い、人魚の子どもとともに海の底の洞窟で暮らしていたが、復活祭の鐘の音を聞くと、男の人魚や子どもたちを置いて人間の世界に戻ってしまう。引用部分は、マーガレットは娘の人魚を想ってため息をつくだろう、と男の人魚が想像している箇所であるが、詩全体にあふれる男の人魚の哀しみに、ヴァレリーに対するペンの気持ちが重ねられている。『小公女』の第五章で、セーラが級友に人魚の王子に愛されて海の底の洞窟に暮らすことになる姫の物語を語っているが、そのヒントのひとつになったものではないかと推察される。

（P350）神話のヒーローと次に対決するときに私は負けてしまう……神話のヒーローとは、恐らく既出のアポロすなわち崇拝者ペンのことで、ペンに申し訳ができない、あるいは面目が立たないというような意味と思われる。

テキスト

Burnett, Mrs. F. H. *The One I Knew the Best of All.* illustrated by Reginard Birch. London: Frederick Warne and Co., 1893（英国版初版）

Burnett, Frances Hodgson.（The Second, pseud.）"Hearts and Diamonds." *Godey's Lady's Book and Magazine*, June 1868. 524-528.

主な参考文献

Burnett, Vivian. *The Romantick Lady*（*Frances Hodgson Burnett*）: *The Story of an Imagination.* Charles Scribner's Son, 1927

Burnett, Constance Buel. *Happily Ever After: A Portrait of Frances Hodgson Burnett.* Vanguard Press, 1965.

Thwaite, Ann. *Waiting for the Party: the Life of Frances Hodgson Burnett.* Faber and Faber, 1994（初版1974）

Gerzina, Gretchen Holbrook. *Frances Hodgson Burnett: the Unexpected Life of the Author of the Secret Garden.* Rutgers University Press, 2004

Mathew, H. C. G. and Brian Harrison ed. *Oxford Dictionary of National Biography.* 60 vols. Oxford University Press, 2004.

Garraty, John A. and Mark C. Carnes ed. *American National Biography.* 24 vols. Oxford University Press, 1999.

Drabble, Margaret ed. *The Oxford Companion to English Literature*. Oxford University Press, 1985.

Hart, James D. rev. by Phillip W. Leininger. *The Oxford Companion to American Literature*. Oxford University Press, 1995.

Brantlinger, Patrick and William B. Thesing. *A Companion to the Victorian Novel*. Blackwell, 2002.

Sullivan, Alvin ed. *British Literary Magazines: The Victorian and Edwardian Age 1837-1913*. Greenwood, 1984.

Sobczak, A. J. ed. *Cyclopedia of Literary Characters*. Rev. ed. 5 vols. Salem Press, 1998.

Bartlett, John and Justin Kaplan ed. *Familiar Quotations*. 16th ed. Little, Brown, 1992.

Julian, John. *Dictionary of Hymnology*. John Murray, 1915.

The Victorian Catalogue of Household Goods. Introduction by Dorothy Bosomworth. Studio Editions, 1991 (Silber and Flemming, c.1883復刻版)

King, Constance Eileen. *The Encyclopedia of Toys*. Robert Hale, 1978.

Lucas, E. V. and Elizabeth Lucas. *Three Hundred Games and Pastimes: or What Shall We Do Now?* Grant Richards. 3rd ed. 1903.

ハンフリー・カーペンター、マリ・プリチャード著、神宮輝夫監訳『オックスフォード世界児童文学百科』原書房、一九九九

谷田博幸『ヴィクトリア朝百科事典』河出書房新社、二〇〇一

岸辺茂雄他編『音楽大事典』（全六巻）平凡社、一九八一－一九八三

解題

『バーネット自伝　わたしの一番よく知っている子ども』の持つ意味

松下宏子

『バーネット自伝　わたしの一番よく知っている子ども』は、フランシス・ホジソン・バーネットが二歳のころから、米国に移住して雑誌に小説を書き始める十七、八歳のころまでの自伝である。一八九三年一月から六月まで米国の月刊文芸雑誌『スクリブナーズ・マガジン』に掲載され、同年に米国でチャールズ・スクリブナーズ社から、英国でフレデリック・ウォーン社から出版された。当初は短いエッセイになるはずが、予定より長くなったのは、おそらく、書いているうちに子ども時代の記憶がありありとよみがえり、バーネット自身が夢中になって次々と書き進めていったからだと思われる。時系列的な自伝というよりは、心のなかに刻まれた記憶だけが、絵を描くようにくっきりと描かれており、子どもの内面が映し出されていて興味深い作品になっている。

バーネットは生涯で五十作以上の小説を書いたが、現在では子ども向けに書かれた『小公子』

『小公女』『秘密の花園』の作者として最も良く知られている。本書は、『小公子』（一八八六）と『セーラ・クルー』（一八八七-八八、「セント・ニコラス」に掲載、一八八八出版、『小公女』の前身の物語）が書かれたのち、『小公女』（一九〇五）と『秘密の花園』（一九一一）が書かれる前の、一八九三年に書かれた。後の作品である『小公女』と『秘密の花園』とのかかわりに注目しながら、本書の持つ意味をみていきたい。なお、本書のさし絵は、『小公子』のさし絵で一躍有名になったレジナルド・B・バーチ（一八五六-一九四三）によるもので、英国版（初版）からとられている。

三人称を用いた理由

この作品では自分のことを"Small Person"（小さなひと、本書では「その子」と訳した）と呼んで、三人称で描く形をとっている。これには、二つの理由が考えられる。一つには、バーネットは、私的なことを書く場合、自分を他者の位置におく必要があったのではないかということである。序文にあるように、自分の私的なことを書くのは良い趣味ではないと思っていたようで、それが社会通念だったことを窺わせる。

本書では、大人の無理解や、力のあるものの支配に対して、心の中で反抗し、怒りを覚えている子どもの姿がはっきりと描かれている。第一章「わたしの一番よく知っている子ども」では、二歳のころ、生まれたばかりの赤ちゃんだった妹を抱っこしたいと乳母に頼んだのに、抱くふりしかさせてもらえなかったことから、大人は自分のしたいようにできる「動かしがたいもの」（the Fixed）であり、それにあらがうのは、むだであると認識していた様子が描き出されている。口に出さないだけで、子どもの心のなかには、二歳のころから、それほどの洞察力があるというのである。子どもの持つ観察力の鋭さにも驚嘆させられる。

また、第十二章「「イーディス・サマヴィル」と生のカブ」では、物語を書くのを兄たちにからかわれたことにも触れていて、からかわれたときには一瞬殺したいと思うほど強い怒りを覚えていた様子が描かれている。そうした兄たちも「動かしがたいもの」であり、それにあらがうのはむだなので、がまんしていたという。このように「動かしがたいもの」、つまり支配的なものに対するかなり赤裸々な不満や怒りの感情は、一人称では描きにくかったのではないだろうか。逆に言うと、子どもの自分に「小さなひと」という名をつけて三人称で描いたことにより、社会通念にとらわれず自由な描き方ができて、大人からは想像もつかないような子どもの内面が生き生きと描けたのではないかと思われる。

二つめの理由としては、子どもであっても、大人と同等に理解力があり、想像力も豊かで、体のサイズが小さいだけの「小さなひと」であるのを示したかったということが考えられる。第四章「物語と人形」で描かれているように、バーネットは、本当に想像力が強い子どもだった。普通の子どもではなく、想像力と言う腫瘍を持って生まれてきた、とさえ言っている。そして読書好きで、想像力を刺激してくれる本すなわち物語を渇望するさまは、アルコールや麻薬の中毒のようであって、物語マニアックであったと自認している。物語へのこの渇望は、大人には誰も思いもよらないほどだった。友達の家に遊びに行っても、本ばかり読んでしまう付き合いの悪い子と思われて苦悩する様子も描かれている。第七章「本棚付き書き物机」で母親の書棚にあった『ブラックウッズ・マガジン』やいかめしい雰囲気の大人向けの本についに手を出して、そのなかに物語の宝庫を見つけてむさぼるように読む様子は、迫力のある筆致で、圧巻である。物語への愛において、大人と子どもの区別はないことを示している。

後の作品への影響―『小公女』

バーネットの記憶には、ワッツの絵や、『ユードルフォの謎』の内容や、「ノアの箱舟」に引っ越した後の年齢を十五歳とするなどのように、ところどころまちがっているところも見受けられる（七二、一八三、二九七ページの訳注参照）。しかし大事なのは、何が印象に残ったかということ、そしてそれがどのように後の作品に影響を与えているかということである。

バーネットは、想像力を特に発揮できる「ふりをする」遊び（pretending）に夢中になった。第四章「物語と人形」にあるように、バーネットは、様々な物語のヒロインを人形に演じさせ、自分はその他の人間のふりをして遊んだ。バーネット自身はヒーローなどの男性の役も演じた、と言う点も興味深い。こうした「ふりをする」遊びや、人形を生きているように扱って遊ぶところは、

『小公女』や、その前身の『セーラ・クルー』にも使われている。興味深いのは、『わたしの一番よく知っている子ども』で出てきたエピソードが、いくつも『小公女』に使われて、『セーラ・クルー』のセーラにさらに肉付きを与えて作品を深めていることである。

『小公女』は、もっと短くて登場人物も少ない物語『セーラ・クルー』をもとに、一九〇二年のロンドンと一九〇三年のニューヨークでの劇化を経て、劇で用いられたエピソードや登場人物を加えた増補版として一九〇五年に出版された。その加筆された部分に、本書でも描かれていたエピソードが多く見受けられるのである。たとえば、本書の第四章「物語と人形」で、幼いバーネットはお話を語りながら遊んでいるところを他人に聞かれたくなかったが、『小公女』第三章でセーラがアーメンガードに話すように、寄宿学校に入ったセーラが特別な部屋をもらうのも、同じ理由であった。これは『セーラ・クルー』にはないエピソードである。また本書の第十二章「『イーディス・サマヴィル』と生のカブ」でバーネットは級友たちにお話を語るが、『小公女』第五章でもセーラが寄宿学校の生徒にお話を語りきかせる。『セーラ・クルー』では、アーメンガードが理解できるように、歴史書や旅行書の内容を語ってあげるだけであった。訳注にもあげておいたが、他にも、モンテ・クリスト伯・アルフレッド大王・ヨハネ黙示録への言及や、hの発音をしなくなるのではと心配するところなども、『セーラ・クルー』にはないが『小公女』では用いられている。特に、『小公女』のセーラは、第四章で、母親を亡くしているロッティーに天国の話をし、それに関連して第五章で「ヨハネ黙示録」に直接言及している。本書の第十章「奇妙なもの」で、子どもが死についてどう考えるかを描いたことが、『小公女』に「ヨハネ黙示録」のエピソードを加えるきっかけになったのではないだろうか。バーネットは、一八九〇年に長男ライオネルを病で失くしてから、ライオネルが行った場所すなわち天国について書いてある「ヨハネ黙示録」を読んでいたので、そのことも影響していると思われるが、バーネットが本書を書くことで思い出した子どものころの心の内面を『小公女』に加えたことは、これらの事例から推察できる。それによって、セーラは、想像力豊かで、友人にお話を語り聞かせたり友人を思いやったりする、さらに厚みのある少女となり、作品の深化へとつながったのである。

後の作品への影響―『秘密の花園』

バーネットは、初めは工場のすすが絶えず降っている英国の工業地域マンチェスターの一角で暮らしていた。昔は裕福だった人々が住んだりっぱな家が多く、そのなかにかつてはりっぱな庭園だったと思われる庭があった。ゴミの山や雑草だらけの荒れた庭になっていたが、第十四章「木の精の日々」に描かれているように、初めてその庭に入ることができたとき、バーネットは想像の力でそこを美しい花園にした。バーネットはその荒れた庭の地面に本物の紅ハコベの花を見つけるが、『秘密の花園』(一九一一)のメアリも、第九章で初めて秘密の花園に足を踏み入れた時、地面に植物の芽を見つける。『秘密の花園』については、バーネットが後に住んだケント州ロルヴェンデンのメイサム・ホールの庭がインスピレーションを与えたようであるが、バーネットのこのときの紅ハコベの記憶も、『秘密の花園』の土台のひとつであったと思われる。本書の第十四章「木の精の日々」にあるように、バーネットは草や花に親近感を抱いていたが、メアリも第九章で庭の植物に夢中になる。

バーネットは十五歳のときに米国のテネシー州の自然にあふれた土地に移住する。そこは彼女の新しい「庭」だったが、本物の自然に触れることができて、彼女はそこで生き返ったような気持ちになる。それはまるでメアリやコリンが秘密の花園に入って生き返ったかのようである。本物の「庭」を手に入れたバーネットは、以前のような、何かを別のものにみたてる「ふりをする」遊びをしなくなった。『セーラ・クルー』や『小公女』でセーラがしていた、「ふりをする」遊びは、『秘密の花園』ではほとんど行なわれていない。メアリは、インドにいたときは花園をつくるふりをして遊んでいたが、英国に渡って花園を見出してからは、本物の庭を再生させるという実際的な行動をとる。メアリがコリンに話す庭は、リアルなものである。コリンは想像力のある子どもで、この点ではバーネットと共通するものの、メアリに会うまでは、自分の病気の妄想を膨らまして、想像力をマイナスの方向に使っていた。しかし、本物の花園に関わって行くことで、彼自身も変わっていく。そして生きる喜びを知り、それを表わすために本書の第十三章にも出てきた頌栄を歌う。このように『秘密の花園』には、テネシーで現実の自然に触れて、ふりをする遊びをやめて自然の美しさや力をそのままに感じ取ったバーネットが反映されている。バーネットは本書を書いて自分の子ども時代を再創造し、それを『秘密の花園』に投影したのである。

本書を読んで、『小公女』と『秘密の花園』を読みなおしてみると、共通する点が多く、後の作品に与えた影響は大きいものであることがわかる。その意味で本書はとても重要な作品と言える。

時代の反映として

本書はまた、ヴィクトリア時代の中流階級の子どもの暮らし、物の考え方、影響を受けた書物・文学、アマチュア作家としての鍛錬とも言える友人への語り聞かせの様子や、作家への道筋をも明らかにしてくれる。階級や、北米先住民に対する考え方などには、時代が反映されている。本書では、その時代の子どもの考えを反映するものとして、すべて書かれているとおりに訳した。第十四章「木の精の日々」に出てくるように、幽体離脱のような経験を書いたり、神智学への関心を持っていたりした一方で、キリスト教を信じているものの、第十章「奇妙なもの」では、天国へ行ったはずなのに気の毒に思うという矛盾を突いている点も興味深い。また米国へ渡ってからのエピソードでは、かつては良い暮らしをしていた者が貧しい暮らしをする大変さを、バーネットが身をもって体験していたことを教えてくれる。そのなかでも、このままではいけないと考え、なんとかして、ちゃんとした暮らしをしたいというバーネットのプライドや欲求の強さも感じさせられる。そして、作家への第一歩を踏み出すのである。

「ハートとダイヤモンド」について

ここで、初めて雑誌に掲載された作品である「ハートとダイヤモンド」("Hearts and Diamonds")についても触れておきたい。『ゴーディズ・レディズ・ブック・アンド・マガジン』一八六八年六月号に掲載されたこの短編は、本書の第十六章「作家の道へ」にあるように、先に投稿した「カラザーズ嬢の婚約」("Miss Carruthers' Engagement")が、出版社から非常に英国的であるとされ、本当にオリジナル作品か確認するためにもう一作送るよう要請されて書いたものである。結局両方とも採用され、「カラザーズ嬢の婚約」は一八六八年の十月号に掲載された。実際に作品を書いた日時ははっきりしないが、原稿送付の費用を得るため野ぶどうをつんだのが掲載の前年の秋とすると、バーネットがおそらく十七歳か十八歳のころと推測される。本書で、それぞれ「エースかクラブか」「デズボラ嬢の苦難」と、題名を変えられているのは、おそらく、未熟な頃の作品を読者に知られたくなかったからであろう。しかし、たわいのない恋物語であるものの、冒頭からスピーディに展開して読者をひきつける力をもっており、バーネットの物語作りのうまさが感じられる短編である。本書にも言及されており、最初に商業誌に掲載された作品としてとても興味深いので、本書と合わせて訳を掲載した。

「ハートとダイヤモンド」のロマンスのパターンは、誤解と自尊心が鍵になって物語が進み、やがて誤解が解けて結ばれるというもので、ジェーン・オースティン（一七七五―一八一七）の『高慢と偏見』（一八一三）を想起させる。ヒロインのヴァレリーは、素直だが思慮に足りないところがあり、人に頼りがちで臆病そうな少女に描かれている。一方、友人のジェッティは率直な物言いする機知にとんだ女性である。ヴァレリーはペンデニスの出自を気にする発言をするが、ジェッティは出自にとらわれず、彼が今どんな人間であるかが大事だと言う。「カラザーズ嬢の婚約」に比べると、出自についてのジェッティの考え方にアメリカらしさがはっきり打ち出されている。このようにジェッティは階級意識にとらわれない進歩的な女性、ヴァレリーは伝統的な考えを持つ、おどおどした子どもっぽい女性として対照的に描かれている。

この作品が掲載された『ゴーディズ・レディズ・ブック・アンド・マガジン』は、十九世紀後半に米国で出版された女性向けの月刊雑誌で、ファッションのイラストや、物語や詩などを掲載し、女性の余暇に楽しみを与えることをねらいとしていた。バーネットの伝記作家のアン・スウェイトによると、掲載された物語は、ロマンティックなもので、お針子や家庭教師が女主人の一人息子と結婚したり、町のお金持ちの後妻になったり、外国へ宣教師として行ったり、放蕩者や酔っぱらいと結婚して改心させる物語などだったが、編集長のサラ・ジョセフ・ヘイルは、時代遅れの十八世紀風の優雅でよく泣いてすぐ気絶する女性像と、知性を磨いて自分の意見を持ち、それをはっきり主張できる新しい女性像というふたつの極端な女性像の中間をめざしたという。「ハートとダイヤモンド」のヴァレリーとジェッティは、まさしくそれぞれの女性像を著しており、時代に合わせることのできるバーネットのしたたかさも見受けられる。

そしてこのふたつの女性の姿は、英国の価値観と米国の価値観の両方を抱えざるをえなかったバーネットそのものをも表していると言える。また、ふたりの女性の濃密な関係は、女性同士のつながりの大切さをも強く感じさせる。十七歳か十八歳の少女の作品とは思えないしっかりしたキャラクターづくり、会話の面白さ、誤解と自尊心が鍵のオースティン風のロマンス、スピーディな展開など、バーネットの物語作りのうまさが既にうかがえる興味深い作品である。

おわりに

「ハートとダイヤモンド」の作品で作家としてのキャリアの第一歩を踏み出した後、バーネットは『ピーターソンズ・マガジン』などでも作品を発表し、さらに一般向けの文芸月刊誌『スクリブナーズ・マンスリー』にも書くようになる。そこで連載された「ロウリーんとこの娘っ子」が初めての単行本（一八七七年）となり、小説家としての地位を築いていく。そして『小公子』、『小公女』、『秘密の花園』へとつながっていくのである。

バーネットが作家への道を踏み出すことができたのは、本書にある通り、妹イーディスとエドウィーナの協力も大きかったといえる。ふたりの妹は実名で登場しており、ふたりの兄は「兄たち（the Boys）」としか表現されていないのに比べると、対照的である。特にイーディスは、結婚してからもバーネットと近しい関係であり続けた。

なお、後に夫となるスワン・バーネットは、米国に渡ってから最初に住んだ丸太小屋の近くの住人で、バーネットが作家への道を踏み出す前に知り合っているが、本書では、スワンのことは一言も言及されていない。バーネットは、あくまで生活の糧を自分で得る前の子ども時代のこころの動きを描きたかったからであろう。

伝記作家のアン・スウェイトは、バーネットの伝記の最初の章の標題を「パーティーの準備」、最終章の標題を「あれは、パーティーだったの?」としている。後者は明らかに、本書の第八章「パーティー」でバーネットが心の中でつぶやいた「これが、パーティーなの?」をもとにしている。これらは、伝記のタイトル『パーティーを待ちながら』*Waiting for the Party* とともに、人生の華である「パーティー」に参加していながらなかなか実感できず色々なものを求め続けたバーネットの生涯を示唆しており、的を射たタイトルであると言える。同時に、本書に描かれているバーネットの子ども時代が、非常に意味深いものであったことも示している。

フランシス・ホジソン・バーネット（1849-1924）年表

1844		父エドウィン・ホジソンと母イライザ・ブーンド結婚
1846		長兄ハーバート・エドウィン誕生
1847		次兄ジョン・ジョージ誕生
1849	0歳	11月24日、フランシス・イライザ、マンチェスターのチータム・ヒル・ロードの家で誕生
1852	2歳	近くのセント・ルークス・テラスに引越し、妹イーディス・メアリ誕生
1853	3歳	9月、父エドウィン、卒中で亡くなる、享年38歳
1854	4歳	1月、妹エドウィーナ誕生、ペンドルトンのシードリー・グローブに引越し、ヘイグ姉妹の私立学校に通う
1855	5歳	サルフォードのイズリントンに引越し、ハドフィールド姉妹の私立学校に通う
1865	15歳	5月、米国テネシー州に一家をあげて移住、ニューマーケットの丸太小屋に住む
1866	16歳	ノックスヴィル近郊の木造の家に引越し（「ノアの箱舟」と名付ける）
1867	17歳	はじめて出版社に原稿を送り、採用される（推定）
1868	18歳	6月、「ゴーディズ・レディズ・ブック・アンド・マガジン」誌に、はじめて作品「ハートとダイヤモンド」が掲載される
1869	19歳	ノックスヴィルに引越し
1870	20歳	3月、母イライザ、亡くなる、享年55歳
1872	22歳	ニューヨークに移る、英国に一時帰国（15か月）（〜73）
1873	23歳	9月、眼科医スワン・バーネットと結婚

1874	24歳	9月、長男ライオネル誕生
1875	25歳	パリに一時移住（〜76）
1876	26歳	4月、次男 ヴィヴィアン誕生
1877	27歳	ワシントンDCに引越し、『ロウリーんとこの娘っこ』出版
1885	35歳	「小公子」、「セント・ニコラス」誌連載（〜86）、86年、出版
1887	37歳	「セーラ・クルー」、「セント・ニコラス」誌連載（〜88）、88年、出版
1890	40歳	12月7日、パリで長男ライオネル 結核で亡くなる、享年16歳
1892	42歳	『わたしの知っている子どもたち』出版
1893	43歳	ロンドンに家を借りる（〜98）
		「わたしの一番よく知っている子ども」、「スクリブナーズ・マガジン」誌連載、同年出版
1898	48歳	夫スワンと離婚手続き
		英国ケント州にカントリーハウス「メイサム・ホール」を借りる （〜1907）
1900	50歳	俳優スティーヴン・タウンゼンドと再婚（1902年離別）
1902	52歳	ロンドンで劇「小公女」上演、翌年ニューヨークで上演
1905	55歳	『小公女』出版
1908	58歳	ニューヨーク州ロングアイランドのプランドームに土地を購入、家を建て、庭を設計して、翌年移り住む
1910	60歳	「秘密の花園」、「アメリカン・マガジン」誌連載（〜11）、11年、出版
1914	64歳	「消えた王子」、「セント・ニコラス」誌連載（〜15）、15年、出版
1924	74歳	10月29日、プランドームの自宅で亡くなる

注：記載年齢は、出来事が11月24日から12月末までに生じた場合は、1歳ずれることになる。

あとがき

本書は、一八九三年に出版されたバーネットの自伝的な作品 *The One I Knew the Best of All*（英国版）の全訳に、十七、八歳で初めて原稿料を稼いだ雑誌掲載の短編作品の翻訳、作品解題、註を加えて構成されています。「自伝的な作品」と書きましたが、いわゆる伝記ではなく、幼いときの一番古い記憶から書き始めて、鮮明に記憶されていることのみを綴った「心の軌跡」といえる作品です。

本書が内包している意味は、多層的ですが、家族史としても評価できると思います。歴史に子どもの姿が描かれることは稀ですが、結果的に、多感な少女の目に移ったヴィクトリア時代一八五〇〜六〇年代のマンチェスターにおける中流階層の子ども部屋の暮らしと「綿花飢饉」による経済の疲弊により、アメリカへ移民する一家族の歴史を読み取ることができるからです。

また、大きい意味を持っているのは、多くの物語を描いてきたバーネットが、四二、三歳になって、作家の眼で、「他の子より想像力が豊か」（「はじめに」による）であった自分の過去を探り、楽しい思い出だけでなく、子どもの暗部にも迫って詳細に記述したことです。「死」や「悪」にどのように出会い、どう考えていたかを克明に描いているところや、第八章「パーティー」で、盛装して、ご馳走を食べ、踊りにふけり、賑やかに楽しんでいるなかで、「本当にパーティーにきているのだろうか」という疑問にさいなまれる場面などです。第三章「エデンの裏庭」は、バーネットの評伝を書いたアン・スウエイトの手で、絵本にもなっています（*A Piece of Parkin*, 1980）。いわゆる成長の記録とは違った、子どもの心象史としても稀有な作品といえるでしょう。

幼いころから、物語が好きで、人形によるひとり遊びから、隠れて創作にふけり、友人たちに物語を語った経験によって、読者をひきつけるプロットを会得し、経済の困窮を緩和しようと雑誌への投稿から作家になったその歩みは、後の作品との関わりということでも、興味深いものがあります。「庭」「雲」「空」「森」といったキー・ワードで、作家としての軌跡を辿ったり、第十四章「木の精の日々」における自然との交感体験と後の作品との関わりを探ったり、「物語」を作る行為そのものを論じたりできるでしょう。いろいろの広がりと深さを持っている作品です。

翻訳の作業は、Small Personの訳をはじめとして、すべて二人で話し合って進めていきました。取り組み始めてから出版まで、多大な時間が掛かってしまいましたが、時間を掛けるにふさわしい作品だったとあらためて感じています。訳し終えてからの「訳注」は、調べることが楽しくて、簡潔な記述を逸脱したところがあります。結果的に、ヴィクトリア時代の雑学としても読める注になってしまいました。他の児童文学作品との関わりも視野に入れています。なお、「解題」と「ハートとダイヤモンド」訳は、松下宏子が担当しました。

まだ、完成に至っていない訳を読んでアドバイスをもらった友人の野田久美子さん、鷲原雅子さん、訳がほぼできあがった段階で、詳細に読み、さまざまの指摘をしてくださった小山明代さんに、お礼を申し上げます。

脱稿するまで、お待ちいただいた翰林書房の今井ご夫妻に、心から感謝を申し上げます。

二〇一二年十月二九日

訳者　松下宏子、三宅興子

【訳者略歴】
松下宏子（まつした　ひろこ）
梅花女子大学大学院で博士学位を取得。関西大学他英語・児童文学非常勤講師。
著書:『アーサー・ランサム』（KTC 中央出版)、『児童文学を拓く』（共編著、翰林書房)、訳書：『ねむり姫がめざめるとき―フェミニズム理論で児童文学を読む』（共訳、阿吽社)。

三宅興子（みやけ　おきこ）
一財）大阪児童文学振興財団理事長、梅花女子大学名誉教授。
著書：『イギリス児童文学論』『イギリス絵本論』（翰林書房)、『イギリスの絵本の歴史』（岩崎美術出版社)、『ロバート・ウェストール』（KTC 中央出版）など。

バーネット自伝
わたしの一番よく知っている子ども

発行日	2013年6月27日　初版第一刷
著　者	フランシス・ホジソン・バーネット
訳・編者	松下宏子 三宅興子
発行人	今井 肇
発行所	翰林書房
	〒101-0051　東京都千代田区神田神保町 2-2
	電 話（03）6380-9601
	FAX（03）6380-9602
	http://www.kanrin.co.jp
	Eメール● Kanrin@nifty.com
装幀	須藤康子＋島津デザイン事務所
印刷・製本	㈱メデューム

落丁・乱丁本はお取替えいたします

ISBN978-4-87737-352-8